U0823840

FPA

Four-colors Personality Analysis

性格色彩入门

跟乐嘉色眼识人

乐嘉 著

FPA性格色彩

CNS PUBLISHING & MEDIA
湖南文艺出版社 HUNAN LITERATURE AND ART PUBLISHING HOUSE
博集天卷 CS-BOOKY

读者须知

本书的前身为我的第一本著作《色眼识人——FPA性格色彩解读》。

本次增补、新增及修订内容如下

增补了第三章至第十章的八章内容；新增了第十一章“如何找到真正的自己”及附录“入门色友的普遍疑惑”；修订了第二章中的“性格色彩测试”。

无论是过去、现在还是未来，

这本书始终是所有FPA性格色彩著作中的奠基石，

一切相关研究和发展都将由此而生。

乐嘉自白

许多人看到电视中的我，以为看到了全部的我。其实，他们既不了解我本人，也不理解我真正在做的是什么。关于我曾经走过一条怎样的路，时间到了，我会告诉人家。我的故事可能会激起人们的好奇，或好事者的品头论足，抑或对你有丁点儿启发，但那毕竟只是我自己的故事，不会在你身上重演，如果你和我完全来自于不同的世界，那些故事极有可能对你并无意义。所以，我对你能产生的真正价值，还是会落在我所研究的领域，如果你只满足于取走我在电视上那转瞬即逝的价值，你只是拿走了椟，还回了珠。

从十年前举办性格色彩培训第一堂研讨会开始，我一直坚持记录。在阐明我对性格色彩研究成果的同时，在解剖真实自我的同时，我期待能走出一条路，能够成为所有希望自己幸福快乐的人开始探索内心世界的起点。

“送奶工”是我对自己的定位，虽然我不是首先发明性格分析的人，也不是第一个以颜色为符号来定义性格分类的人，但我希望能通过独特的传播手法和创新的发展，将一个阳春白雪的心理学理论，变成一个普罗大众每天可运用的真正获益的实用心理学工具，于市井之处影射精妙，化高深之意为平实。从这个意义而言，“送奶工”的本质就是“传道者”。我清楚地知道，更多的人受益的前提是，必须有更多的人能够一起分享、一起送奶、一起传道、一起授业，一起解惑。

我向团队里共同讲课的老师们一直强调：化繁为简，形象地烙印在听众心灵深处是第一本领；化简为繁，深度地洞悉各种复杂状况是第二本领。这些年来，除了培训和演讲，我不停地在各个领域用各种手法进行尝试，就是期望可达到“启蒙”——把有价值的思想平白通顺地呈现出来，让更多的人知道，从而产生思想的增值与繁殖。

老子说：“上士闻道，勤而行之；中士闻道，若存若亡；下士闻道，大笑之。不笑不足以为道。”我希望有一天，上士与中士越来越多，而下士至少愿意了解一下他们正在大笑的这个东西到底是什么。我希望有一天，“FPA性格色彩”的内涵与价值可以让人们真正明白。

自序

看谁看懂，想谁想通

立言难啊！几千年文字史，多少人精、疯子、天才、智者已然写下多少文字，性格分析的话题更是如此。所以，当你拿起本书，心想这也许又是一本把人分类的书籍，只不过是分类符号的差异而已。从古至今，从血型到星座，从紫薇斗数到塔罗牌，从企业应用的性格测验量表到学院派正规的心理分析，从电视综艺节目上的大话爱情到网络上流传的八卦测试。不管你是喜欢还是痛恨性格分类，对这些也许都有所耳闻或尝试。

本书非游戏书。作为一门严肃的学问，在过去十年，我和我的导师团队用“FPA性格色彩”举行过数千场培训和演讲，与五湖四海的三教九流相互探讨过人生的酸甜苦辣。在众人一扫昔日困惑，拥有更为和谐幸福的人际关系的同时，我也从参与者的个人故事中，感受到性格贯穿我们每个人的一生并有着巨大影响。

本书非理论书。与遍布心理学术语的专业书籍相比，本书少了术语，多了故事，少了晦涩，多了轻松。我确信“实践是检验真理的唯一标准”。这本书中的故事均从芸芸众生中汲取而成，你可从中搜寻到自己与周围他人的缩影。

本书是工具书。这是一本关于实用心理学的工具书，有太多学者早已笔耕了无数理论、系统与学派。举凡“工具”者，实用最重要。本书的“实用”表现为：可释怀过去的困惑，可解决当下的麻烦，可提示未来的方向。

本书中，我们会进入内心的最底层进行探索。

你将学会如何找到自己的天赋潜能，并不加压抑地充分施展，同时还可把握自己阿喀琉斯之踵的准确位置，并知道它是如何严重破坏你的人际关系，且变成你人生发展的拦路虎；你将通过进入每种性格的内心，看到别人怎么思考、怎么行事，真正理解你与他人的差别，原来那些你认为费解、滑稽、混蛋的家伙居然是如此简单透明；你将能够检查自己读人的方法是否正确，以便拥有你希望的与搭档、亲友间的健康关系。最重要的是，你将知道自己是谁！

多年来，我倡导“色”眼识人，长期的训练可以让我们对人性拥有深刻的洞察力。我们越理解他人，就越能欣赏他人的优点，并对我们不喜欢的部分变得更客观。我们可借此更客观地看人，与人有更深切的联结，更有能力与他人相处，享受更美好的人生。

一句话，这本书可以让你向拥有“看谁看懂，想谁想通”的功力迈进。

从2006年首次出书，迄今我一共写了六本书。这些书均唯《FPA性格色彩入门——跟乐嘉色眼识人》（旧版《色眼识人》）马首是瞻，即使日后性格色彩的相关著作百千，也依旧如斯。这不仅是因为我和本书的情感最深，写作得最辛苦，更是因为此书奠定了性格色彩分类的基本框架。《跟乐嘉学性格色彩》是本书的前传，是最方便简单的普及读物；而《色眼再识人》完全集中在深度探讨每种性格的局限，是本书的后传；《人之初，性本色》和《让你的爱非诚勿扰》都是基于本书之上的延伸，如果没有本书作为基础，对这两本书的理解就根本无法透彻；而《微勃症》看似无色，其实处处流露着我传色道路上的心坎。此次，时隔六年之后，再次耗费大力修订增补，想起当年的艰辛，也想起写作此书时对我有恩的师友。

没有桂国强，我的处女作不知要何时才能到来，他是我最早开始写作的直接推动者；没有邬峭峰，我无法熬过写作最苦的阶段，他在我最艰难时，用他“恶毒挑剔”的手法，逼迫我一直咬着嘴唇憋着气，满怀激情地沉着屁股，远离诱人的阳光，把键盘敲击当成是观赏美女；没有张艳梦，我无法长期处于亢奋状态，她总是不停地告诉我“味道不错，今天还有新写好的吗？”我写到现在，她是最知道挑逗我积极性的同道中人；没有武力和叶基衡这两位我的老师和领路人，我至今还不知道这个世界上性格的探索居然也可以成为一门学问；没有陈茜，写作本书时，我不可能告诉自己“不成功便成仁”，她是我早期内心最原始的动力；最重要的是，没有所有参与研讨会的学员，本书的素材将无迹可寻，是他们慷慨允许我进入内心，碰撞心灵，让我得以有机缘真正了解每种性格真正在想的是什么，这是我亲吻不同性格灵魂深处的最佳途径。我无法用语言表达我对他们的爱和感激！

“大恩不言谢”，现如今，“不言谢”委实虚幻，可虚幻得温暖明亮，让人在虚拟中陡生一丝幸福，微弱至极。我将此幸福用书的形式表达，以回报多年来支持、关心、鼓励我所有的色友和同道中人。

阅读指南

关于人的“十万个为什么”

当你翻开本书，有三种致命的观念将阻碍你继续翻阅。

其一，我是“独一无二”的，我讨厌被任何分析的框架束缚。

其二，人性如此复杂，怎能用四种颜色就把人分析出来，未免太简单了吧。

其三，根本不可能分析出性格，就算分析出来，对我又有什么实际意义。

年少时，我狂妄自大，认定在下是前无古人后无来者，对性格之说不屑一顾，以上想法全部具备；年长时，我现身说法，晓得自己仅沧海一粟萤火之光，过往观点只是无知。

我自己清楚，对于《十万个为什么》中雷公电母从哪儿来、花鸟鱼虫向哪儿去，这类斗转星移的“为什么”很难提起兴趣。可我自己都不能否认，对“人”的为什么，我感觉灵感超常纵横，但疑惑众多问题无限，当然痛苦亦是无限。

工作上，举凡上下左右关系，让我头痛让我忧。

·我大老板从来与员工亲密无间，称呼起来像是自家兄弟，嘉宾演讲我请他做托儿，大老板听至一半，狂拍胸脯，“这事儿你就是不和我说，我自己也会问的，放心，没问题”；我二老板从来与员工保持距离，表面看来无比彬彬有礼，嘉宾演讲我请他做托儿，二老板听完无语，眉头紧锁，“你需要我问些什么？能不能事先给我份提纲，我想一下再答复。”老大时常变幻莫测，老二总是有板有眼，每日我伺候两个当家的命悬游丝，下人们办事难哪！

·我门下张三淡泊心志，口袋里无钱心里也无钱，老婆孩子热炕头，抱着一亩三分田却能自得其乐；我门下李四欲壑难填，口袋里无钱但心里装满钱，开着夏利想宝马，每日压力不断、苦不堪言，仍斗志不减。每日我头痛于员工管理，张三随你怎么启发也纹丝不动，李四虽奋勇向前但桀骜不驯。我该如何是好？

·我市场部同事Mary脾气火暴，平生容不得自己和他人半点拖沓，一言不慎便触动引线，每每生气口歪眼斜好像中风早期；我客服部同事Kathy语缓行迟，总是三棒子打不出个闷屁，极度愤怒也不过小脸通红、玉体微颤，永远天塌下来当被盖，从来不知“着急”二字如何写法。我和前者交流，动不动就吵架；我与后者对话，问题始终无解。到底应该如何与他们沟通？

·我客户温总对论述的热情大过对做事的热情，每次洽谈都对我诲人不倦。这位说话派的高手，承诺快捷却食言迅猛，要赚他的钱，没谱；我客户梁董却对做事的热情大过对论述的热情，每次交流都是阴险地审视并永无休止提出问题。这位实战派的支柱，要求刁钻且条件苛刻，要赚他的钱，痛苦。我夜不能寐，食不知味，谁能告诉我该如何搞定不同的客户？

生活上，无论婚恋育儿交友，让我紧张让我愁。

·我女友小芳总是随机选择我过去的一个老情人的名字，让我不停地讲述一遍和她的悲欢离合，然后启发我运用阴损刻薄的语句将那些女孩形容成貌似东施、心如吕后；我女友小凤打刚开始，就只扔下一句话：“小乐子，过去你的花边咱既往不咎，你也不用再提，我也不会再问，但从今往后只许你心为我想、身为我用。”我被前者折磨得精神衰弱，被后者吓得噤若寒蝉。我不知道，到底自己该找个什么样的夫人？

·我妈还是少女时，常面带桃花，充满朝气和喜悦，见人七分熟，直至升为人母后，仍积极参与“老鹰捉小鸡”的大军，趴在地上给她儿子当大马；我媳妇还是少女时，常冷若冰霜，五步内阴风密布，是远近闻名的“可远观却不可近语”的主儿，直至升为人母后，仍以妙卡般的姿态端详着我儿子的玩耍，审视着有无不妥。婆媳二人话不投机，形同冤家，我夹在当中如坐针毡，到底怎生是好？

·我侄儿少时逃学，他爹手刚举起尚未落臀，便一阵鬼哭狼嚎，声嘶力竭“我错了，再也不敢了，饶了我吧，疼死我啦”；我外甥少时吸烟，他爹以三寸木板打得臀部皮开肉绽，及至老爹手软示意认错免打，小儿咬破嘴唇硬是不流一滴眼泪，“我没错，就是打死，我也不认。”若是战争时期，我侄子看来要步甫志高的后尘，我外甥却有杨靖宇的基因。

·我前任保姆凡事怕出错，早请示晚汇报，冰箱里没人吃的剩菜，会极有耐心地等待它一直霉变下去，直到你质问为何留之，她的回答是“你又没说要扔掉”；而我现任保姆凡事自行决断，我准备次日享用的美味往往瞬间消逝，直到你质问为何弃之，只回答你“旧的不去，新的不来”。我批判前任，她无声无息稍后再犯，我头疼；我恳谈现任，她马上跳脚备感委屈，我头晕。我可以炒掉她们，但保不准会有另外的问题出现，这人怎么这么难弄啊？

《狮王争霸》中阿宽把十三姨的狗吃了，他的解释是："要知道，十三姨，人们喜爱狗的方式是不同的。"事实上，不但人们喜欢狗的方式不同，对于任何一件同样的事，不同性格的人都会有截然不同的反应。即使人类的反应千差万别，终究还是逃脱不了那些基本的套路和招数。如果在阅读以上的诸多"为什么"中，你或多或少嗅到一些踪迹，那足以证明最为复杂的人类也有其"共性"。这是一本研究人类的"共性"，而非针对您这个"个体"的书。这是一本解决包括以上所有人际关系的"十万个为什么"的书。

本书的特别之处在于，它用一种极为简单易懂的符号，重新诠释了几乎所有你关注的人际关系的冲突和困惑，最终让我们达成以下真知：

1. 我是谁？为什么我会成为现在这个样子？这是一本"少当读，老当看"，适合所有人的书。只要你对认知自己有兴趣，即便垂垂老矣，又有何妨？本书的工具给你提供了一个自我认知的强大途径。我鼓励你四世同堂，齐来探索。

2. 他是谁？为何在同一个问题上，我们会有如此巨大的差异和分歧？除了了解自己之外，也许你还想更多地了解别人，尤其是和你关系密切又必须面对的人。对性格的彻底理解，有助于你学会尊重彼此的差异，减少冲突的痛苦。

请相信，这书绝非试图谋杀你的独特，相反，我们将一起探索为何在一些简单的基本规律下，会衍生出无数变化且迥然不同的个体。无论如何，找到一些基本规律，可以帮助我们首先让复杂的生活变得简单明朗，然后再让简单明朗的生活变得有色彩和灿烂起来。借由此，我们当知如何更好地建立起我们希望的人际关系，拥有强大的自我力量和对他人的影响力。

本书的重点在于分析人性，让读者可以洞察真正的自己与他人，并学会理解人和人之间的冲突和差异。本书共由十一章组成：前两章是性格概述。它帮助你理解"FPA性格色彩"工具的概念和对你的意义，同时为你勾勒出自己的性格色彩；三到六章是天赋潜能，阐述了四种性格的天然优势和它们天性中的力量，让你知道人们彼此相互吸引的原因；七到十章是过犹不及，探讨了各种性格一旦失去平衡必然面临的本性局限，让你知道人们彼此"痛恨"对方的原因。第十一章是本色的你，即找到真正的我自己，在这个部分中，我将通过八封不同性格的学员来信中的自我剖析，来展示如何透视外在行为包围下的真实的个人内心世界。

了解不同性格以及他们待人处世的最好办法，莫过于直接观察该性格的案例。本书中有许多工作和生活中的故事重现，这些故事就真切地发生你每天都会遭遇的周围，尽在你的吃喝拉撒中，你不会感到陌生，很容易引发共鸣。另一个方法，则是分析那些属于某个性格色彩的名人，通过洞悉这些耳熟能详的人，你可从历史的八卦中研究出学问，同时转化为自己生产力的学问。

关于阅读本书的重要建议和说明

· 无论你准备跳跃或按序阅读，先请完成第二章“性格色彩测试”。当你阅读完本书后，你也可以将这套题目给你所关注的人测试，以衡量你在本书阅读后，洞察他人性格的功力到底如何。

· 阅读本书最重要的一点是：不要用带有任何道德善恶的标准来理解所有的事例。

· 绝大多数人在看本书“天赋潜能”的描述时，恨不得个个优点都是自己的。当看“过犹不及”时，总是下意识地寻找和自己不符的细节，借以证明我没有这个毛病，这不是我自己，或干脆推脱是作者写很有问题。请记住不要对号入座，本书的宗旨是“对色不对人”，我们只讨论性格的“共性”，而非针对某一“个体”。因此，某个性格色彩中描述的行为并不一定你全都具备。记住：这是一本研究性格规律的书。

· “红色”代表红色性格，“蓝色”代表蓝色性格，“黄色”代表黄色性格，“绿色”代表绿色性格。为了阅读方便，所有的性格将统一用色彩简称替代。

· 书中出现的“超X色”、“大X色”或者“典型的X色”，意指此性格异常明显或突出的人。

· 在本书中，未牵涉到具体人物时，我所使用的均为男性代词，唯一的原因就是方便统一和阅读。

· 本书中不同字体所代表的含义并不相同。仿宋部分代表历史人物的真实事件或媒体、书籍对于人物的评价，以及现实生活中的真实事件，细黑部分代表作者的观点、分析和阐述。

· 在阅读过程中，如果你觉得四种性格似乎每种都有一些，那到底该属于什么性格呢？答案是请勿急于求成，你在本书阅读时所花费的时间，在未来洞察人性直指人心时所得的回报，将会享用一生。所以请先全部阅读完本书，自见分晓。

FPA性格色彩入门——跟乐嘉色眼识人

目 录

contents

第六章　绿色优势/134

第一章
人之初，性本“色”

FPA性格色彩入门——跟乐嘉色眼识人

史说性格色彩

古今中外多少年来，人们一直在试图了解人类行为的特性和体内的驱动力。

传说在公元前400年，西方“现代医学之父”希波克拉底将西西里哲学家恩培多克勒提出的“四根理论”（宇宙万物都是由火、水、土、气四种元素生成的）运用于医道，成就了一个被现世称为“四液学说”的性格分析工具。希氏认为，复杂的人体由血液、黏液、黄胆、黑胆四种体液组成，四种体液在人体内的比例不同，形成了人的不同气质：性情活跃、动作灵敏的多血质，性情沉静、动作迟缓的黏液质，性情急躁、动作迅猛的胆汁质，性情脆弱、动作迟钝的抑郁质。

而在中国，“五行之说”最初是周武王向殷贵族箕子请教治国方针时，箕子讲到大禹治水成败的关键是金、木、水、火、土五个方面，以后逐渐引申到节气和天地人的组合之中，以阴阳相贯通，最后进入人体医学，得出了中医疗法抑强扶弱、平衡阴阳的病理原理。

中国的五行相生相克原理，在中医中得到了不断的运用和发展；而西方的四体液说则是“墙内开花墙外香”，被西医打入冷宫，却在心理学领域梅开二度。这正是两种文化的差别——中国注重天人合一，强调以直觉思维为主，而西方探索深层结构，强调以逻辑思维为主。因此，当新的理论出现后，原来的理论便落魄成了退役美女乃至徐娘半老的花瓶。

此后，无论各大门派的祖师爷如何开天辟地，青年才俊如何传宗接代，域外高手如何发扬光大，举凡四类、八类、十六类性格分类方式层出不穷，任凭纷繁变化，皆或多或少有希氏的踪影痕迹。名门正派如荣格爷爷或麦尔碧瑞斯太太在企业人力资源管理界声名显赫。而以飞禽走兽分类命名的“动物学派”，或DISC分类构成的“字母学派”，亦有其独到妙用。当人们认识到深入细致地了解人类性格所带来的巨大价值和意义时，无数志士始终匍匐追随希波克拉底的脚步，在此后的历史长河中，继续发展这一学问。然而，各门各派自以为独辟蹊径地划分了性格，其实万法归宗，绝大多数分析家仍把人类的性格归纳为四种。

1996年，我偶然听到性格分析一说，开启了对于性格关注的内心之门。五年以后，当我首次将性格分析的概念带入管理培训的部分篇章，虽仅只言片语，分享的回馈和影响却远超花费十倍时间的其他内容。此后，我日夜专攻于此，培训对象日益增加，当然，众人的学习目的也各有不同。

商界大亨们为了“抓革命,促生产”，希望搞清楚自己的性格是否可能有如韦尔奇般超级强壮，从而了解未来一统天下的领导方式；“白骨精”（白领、骨干、精英）们深知人在江湖，身不由己，他们普遍“身穿长工服，怀揣地主心”，希望尽最大努力适应上司和客户的性格，以换取更多的银子；潜伏在城市中的越来越多的大龄单身贵族，更是道貌岸然、不掩风流地关注如何泡到不同性格的MM，钓到不同性格的GG；而中年忧伤者表面沉浸在“家中红旗不倒，家外彩旗飘飘”的快活中，其实苦不堪言，普遍梦想通过了解性格，以达成既攘外又安内之功效；当然也有人只是为了习惯性八卦，对搞清楚“芙蓉姐姐与木子美是否性格相同”等问题更有兴致。

种种迹象表明，世间男女，无论职位高低、美丑善恶，均对探知自身和建立美妙的人际关系充满了无限欲望。在这样一种宏大的背景下，“FPA性格色彩”嗷嗷待哺数载，横空出世。

“FPA性格色彩（Four-colors Personality Analysis）”中各种色彩所代表的性格与你个人偏爱的颜色无关，色彩在此处只是代表符号而已。有很多年轻女子经常若有其事地眨巴着无比善良纯真的眼睛，严肃地询问：“老师，老师，我喜欢紫色，为什么你这里没有紫色啊？我觉得我是紫色性格耶！”除了强装笑颜外，我只能鼓励她：“你好厉害喔，你和别人不一样喔。”然后，她就特别满足地继续去看了，看到最后，发现自己其实和别人没啥不一样。

之所以用红、蓝、黄、绿色彩的符号代表性格类型，原因在于：

其一，简单实用，过目不忘。

相比较其他称呼，比如“巫师型、哲人型、开拓型、调解型”，或者“前线者、思考者、行动者、人本者”，还有“社交人、智觉人、指导人、亲善人”等，看起来分类本质并无甚差别，但比较一下“红、蓝、黄、绿”称呼的便捷程度，就如同过去你拨号上网，而现在用宽带。

其二，形象易记，方便理解。

按照色彩心理学对于颜色的划分：红色和黄色张扬，故我将其分别赋予两种外向的性格；而蓝色和绿色内敛，我把它们分配给两种内向的性格。在我们的概念中，色彩的内涵进一步地被丰富——红色作为吉庆喜庆的象征，有如太阳般热情，因此，作为生命征兆的红色，必然成为民俗活动的主要色调；蓝色使人联想到海洋的深邃，在所有的文明圈中，蓝色都是灵魂的颜色，象征对生存意义的理解和生命的整体追求；黄色代表至高无上的权势和尊崇，五行中，土居五方之中，土为黄色，一以统四，黄色号令四方；绿色象征着大自然的宁静和谐，“绿色是生命”这句商业广告语绝非空穴来风。以上这些简单自然的联想，正好与我所指的性格灵魂是如此惊人吻合。

其三，深入钻研，奥妙无穷。

一直以来，我总是天真纯洁地相信即使貌似简单的一套理论，持续不断地思考、研究、应用和演绎，也能创造出不朽的奇迹——帮助每个人走出心灵困惑的大门和痛苦的束缚。这种天真纯洁的意义在于，我愈益坚信红蓝黄绿应用到了一定的熟练程度，便可解释大千世界中所有关于人际关系的复杂定律，达到“世事洞明皆学问，人情练达即文章”的境界。就好比《天龙八部》里萧峰在聚贤庄大战，只一套习武之人开蒙所练的极其普通的太祖长拳，便打得天下英雄莫敢争锋。

所以说“戏法人人会变，各有巧妙不同”，那四种色彩代表的性格内涵到底是什么呢?

快速进入“红蓝黄绿”的世界

如果你只有五分钟，就希望掌握红蓝黄绿的全部内涵，请离开，那并不可能；如果你只有五分钟，希望了解性格四色的基本概念，请留步，看“挤牙膏”的故事。

这些年，每逢开讲必有开场，每逢开场必有“刷牙”。千百案例，唯“刷牙”独领风骚。以下冲突版本，是我年少时从老爹老娘日复一日、月复一月、年复一年的“牙膏战役”中汲取到基本元素，然后被无数家庭验证，它让我完成了理解人与人之间性格冲突的萌芽教育。

让我们先从一个问题开始。你挤牙膏的习惯是倾向于从中用力地一把“抓挤”，还是从下到上随时卷起保持牙膏形状完整之渐进“挺挤”？看起来，我娘就是属于前者，现在我知道那叫红色——整体上红色偏向于比较随意的生活习惯，他们追求自由、自然、自在的方式而不拘小节；而我爹则属于后者，现在我知道那叫蓝色——整体上蓝色偏向于严谨的生活习惯，注重秩序、规则与条理，在对待任何一个你可能觉得是小问题的问题上，一丝不苟、精益求精。

老妈每每刷牙完毕，东西一扔撒腿就溜。显然老爸对于红色的无序和零乱极为不满，于是处理善后事宜——将牙膏捋好，擦干盥洗台面，牙刷朝上并行排列。敏感的老爸一直期待用无声的行动来暗示老妈自动自觉地改正这万恶的坏习惯，当发现连续几日并无任何改进迹象时，老爸遂提出问题的严肃性，这让老妈极度惊讶于老爸如此小题大做。在后来漫长的岁月中，老妈曾经努力尝试按照老爸设定的标准，来完成一段比六西格玛还严格的刷牙流程。然而无论老妈如何努力，在蓝色老爸看来都是理所应当，从无丝毫嘉许。

在老爸始终坚持“人只有不断的要求和批评才可以进步”的原则下，老妈拉开一副鱼死网破的架势，坚决罢工。如此，双方势均力敌，数十年来争斗不止。他们彼此相互改造，老爸一直期望将老妈改造成为一个同样生活严肃、追求完美的人；然而老妈一直认为老爸根本没有人生乐趣，一直竭力反攻老爸，希望他能和自己一样是追求变化和乐趣的。

有趣的事情是，也有不少家庭挤牙膏方式不同，但并未如我的父母那样爆发“牙膏战役”，这就牵涉到每个人性格中可能的第二色彩。虽然我父亲的蓝色和母亲的红色在生活态度和行为上有很大差异，但是他们将冲突演变得更为强烈，完全拜他们的第二性格“黄色”所赐。

我特别观察了蓝＋绿的朋友处理同样问题的方式，发现他们最常见的做法几乎都是再拿一支牙膏，以后你挤你的我用我的，互不相干。我看不惯你的零乱方式（蓝色特点），但我也懒得改变你（绿色特点），却绝对不会像我蓝＋黄的父亲那样，既然看不惯就一定要坚持改造对方。同样，如果我母亲性格中有绿色，也不会轻易与人发生冲突。而事实上，红＋黄的母亲也不能容忍父亲对自己的改造，他们共同拥有的“黄色”让他们都以为自己所做的是对的，从而矛盾更加尖锐。无数小事的累积导致最后婚姻的崩盘，这样的婚姻在这个世界上普遍存在着。

我的双亲曾经无数次地对吼“离婚”，我的少儿时期就这样充分浸淫在充满火药味的战斗中。值得庆幸的是，这些都成了我现在思想库中的上等素材。所幸，他们一辈子依偎相伴，当然对我来说，我不必要去体验单亲家庭的苦痛和磨难。我知道，并非所有人都能安然度过彼此理解上的深沟广壑，因为我们视善不如流，往往很难去吸收红色的自由快乐、蓝色的完美谨慎、黄色的果断坚定、绿色的和谐宽容；因为我们疾恶如仇，恰恰双眼紧盯的是红色的杂乱无章、蓝色的死板固执、黄色的霸道蛮横、绿色的软弱拖拉。

在过去十余年的训练、演讲、辅导和观察中，我耳闻目睹了无数的人生悲剧和遗憾。这本书相当于给你提供一个方便易懂、轻松明了的入门普及，当你全部阅读以后，如能真切感受到“月有阴晴圆缺，人有红蓝黄绿”，就足矣！所以，既然你无法改造他人，就请学会发自内心地接纳自己并理解他人吧。

“现在的我”与“原本的我”

“性格是否有遗传关系”的问题，在我们的研讨会上总是引发正反双方唇枪舌剑。不得不承认，民间“龙生龙凤生凤，老鼠的儿子会地洞”的观念，依旧基础雄厚。

性格这玩意儿并不像血型的规律那样，总能找到父母的血型搭配和子女血型具备某一对应关系。到目前为止，在所有的调查和分析中，还没有发现任何性格色彩和遗传必然相关联的依据。

然而，虽然性格并无必然遗传的规律存在，但我在研讨会上抛出“性格是天生的，还是后天形成的”这个问题，当场引发的唾沫星子横飞的程度，同《无极》和“一个馒头引发的血案”之争相比，更是有过之而无不及。你意下如何？

如果你去问任何一个生过两胎或以上的女性，她们会告诉你关于这个问题最真实准确的答案！

据我的母亲大人揭发，乐嘉先生和弟弟诞生之前，在娘胎里的蠕动轨迹绝对迥然不同。相比之下，前者的拳脚功夫甚是了得，自打怀胎16周起，每日便早晚练功，害得老娘总是心脏乱跳，煞是辛苦；而后者就连做伸展运动都是那么温柔舒缓，大多数时候只是安静小心地持续蜷缩成冬眠状。后来我在一家专业的母婴护理服务公司工作的经历，让我有幸目睹了各种婴儿的不同表演，无论是哺乳期的哭声频率和音贝的高低，还是在床上翻滚的勤劳程度，不同性格都相去甚远。

同事莉莎曾分享多年来被一对儿女严重困扰的心结，原来都是性格惹的祸。当年她带儿子时，儿子来自于绿色星球，感觉整个是“温良恭俭让”；但女儿被黄色星球派遣，女儿出世后，方知人间何为“混世魔王”。当她耽误了黄色女儿喝奶的时机，女儿往往表现出强烈的拒绝姿态，向她发出“女儿很生气，后果很严重”的警告；而儿子半夜饿醒却是毫无声息地常以手指果腹，难得吵醒自己。而后，某夜莉莎与子同床，凌晨四时许，突然听到老公大叫一声，阳台上人头攒动，欲捕小偷，却是虚惊一场。当问六岁半的儿子为何半夜站在阳台上时，回答说睡觉时妈挤到他了，怕影响妈休息，所以爬起来等到天亮再说。而女儿，平时你若拿汤匙喂饭，她执意将汤匙牢牢攥在自己手中，若你不肯给，趁你不备，一把抢过掷在地上。两者相比，真是天壤之别啊！

让我再来向您展示一个实例，看看不同性格的孩童在那哈利·波特流行的时代，是如何让父母买玩具的。

红孩儿与老爹上街见到橱窗中的哈利·波特魔法帽，立马提出要求购买。老爹不肯，小儿于是扯开喉咙耍无赖。若是老爹心肠硬下一走了之，小儿一面从指缝中偷看，一面假装声嘶力竭直至老爹销声匿迹，确认所求无果时，只好作罢，满脸鼻涕灰溜溜地回家。没想到家中有套新买的《樱桃小丸子》，喜笑颜开，早把魔法帽一事扔到九霄云外。

蓝孩儿与老爹上街见到橱窗中哈利·波特魔法帽，伫立不行双目注视。老爹在前催促，小儿口应腿不应，待老爹走回跟前，问：“爹，最近我表现如何？”“你是否说过表现好是有奖励的？”“那你觉得这个魔法帽怎么样？”待到老爹醒悟，施以缓兵之计，推脱今日囊中空空不便购买，容后再说。小儿回家后半月内一言不发，举座皆慌，老爹这才反应过来魔法帽一事其实并未了结。

黄孩儿与老爹上街见到橱窗中哈利·波特魔法帽，“老爸，买一个”。“我们同学都有，不买，下回你参加家长会的话，很没面子啊！”“没钱？你刚才偷偷买烟我都看见了，你不买，回家我就把这事儿告诉我妈。”老爹若走，小孩不哭不闹，静坐橱窗前，直到老爹回头找他，双手投降。若老爹不予理睬，回到家中再迂回进攻老爹的爹和娘，反正直到魔法帽到手，方才善罢甘休。

绿孩儿与老爹上街见到橱窗中的哈利·波特魔法帽，仍旧步法中规中矩，见到他人手中有，面不改色心不跳，仍旧一副“不羡鸳鸯不羡仙”的表情，连要求也不愿向老爹去提。

现在，问问你自己，你自己可能是倾向于哪种呢？这种买玩具时的招数和反应上的巨大差异，从来没人去教，一切都是那样的浑然天成。如果你生活在见了“咸菜夹窝窝头”都流口水的年代，温饱成忧，遑论玩具，那就请你仔细思索这四种性格的人面对自己内心欲求时的反应是什么。

我相信“性格是天生的”，有不少专业人士可能并不同意。也许是因为他们在使用“性格”这个词汇时，与我的定义并不相同。他们也许更习惯把个人发展的一生界定为性格。事实上，有很多心理学家给“性格”、“个性”或“气质”等下了众多的定义，你从牛津百科全书、铺天盖地的心理学普及读物或者大学教材中得到的文字定义，也会有所不同。总而言之，他们认为后天的环境等诸多因素的影响，会对个人性格形成起到决定作用。

为了避免大家都掉入文字游戏的陷阱，在“FPA性格色彩”的定义中，我将人的本性界定为“性格”——“原本的我”。当我们来到这个世界上的时候，每个人都有一套自己的性格标志，而后天的影响和塑造成就了现在的我们。故此，我将后天界定为“个性”——“现在的我”。

“性格”是天生的，就是“原本的我”。
“个性”是后天的，就是“现在的我”。

关注“现在的我”，可以让我们知道“我如何成为现在的我”以及下一步的发展方向。因为每个人在个性形成中都有巨大差异，这就解释了为什么只有四种性格色彩，十二种不同的性格组合（详见第二章），就足以构成这个世界里没有一个相同的千万个“你”“我”“他”。

主观上，个性的形成与自我的修炼密切相关，而个性修炼的至高境界与道家文化中阴阳平衡的思想同出一辙。你所见的这个“个性修炼”的标志，意味着成长需要我们发挥自己独特的强势，逐渐去除自身的一些盲点和局限。同样要求我们欣赏别人的性格色彩，并自愿地运用他们的优势完善自己的个性。

有人时常抱怨“上天不公”，然而至少在一点上，老天爷无比公平。那就是当赋予你性格时，一定是将性格本色中的力量和局限同时给你，不可能只给你优势不给你弱势，绝不会有人幸免。我们每个人无法为自己天生的性格负责，但是我们每个人都必须为自己的个性负责。关于个性修炼（如何修炼圆满的个性）的部分将会在未来的书中专门论述。

对于“性格决定命运”的说法，我向来敬而远之。果真如此，如前所述，性格是天生，那岂非意味着天生下来命运已定？根据无数古往今来那些传授成功学的愤青提倡的“自己拯救自己”的理论，如今，我斗胆冒天下之大不韪，将旧口号“性格决定命运”，替代为新口号“个性决定命运”。

不是“性格决定命运”，而是“个性决定命运。”

“做什么”与“为什么做”

“FPA性格色彩”与其他性格分析系统的表面上看，只不过是分类的符号不同，然而真正的核心差异在于：1、FPA性格色彩是“洞见－洞察－修炼－影响”四位一体的完整体系，这在《色眼再识人》中有详述；2、每种性格色彩的内部都有一个相对应的核心动机。所谓动机就是“为什么做”，而所有凸显在外的行为只是“做什么”。知道“为什么做”比“做什么”重要得多。换句话讲，我们要探寻的是人类行为背后的根源，而非仅仅是看到表象。

动机就是“为什么做”，行为就是“做什么”。

●不同的行为背后有不同的动机

以上一小节中的“买哈利・波特魔法帽”为例，我尝试诠释四种性格所表现行为背后的真正动机。

红色的动机——快乐。买魔法帽的终极目标也是快乐，如果不买，快乐没了自然就哭，发现有新的（得到连环画）的快乐来临，旧的（没有魔法帽）的苦恼就容易遗忘。

蓝色的动机——完美。对人际关系的完美需求，表现为强烈地希望他人对自己可以理解。故而宁愿以含蓄来代替直接的方式表达自己的需求，当对方无法理解或者承诺不兑现时，蓝孩儿的内心痛苦且情绪久久不能释怀。

黄色的动机——成就。在购买玩具的整个流程中，黄孩儿设定了必须达成的目标，以实现成就感并采取各种方法掌控局面，不达目标誓不罢休。

绿色的动机——稳定。他们本身的变化和需求无多，更多扮演给予者而非索取者的角色。绿孩儿也不愿意随便去麻烦他人，故此，他们需要魔法帽的愿望不如其他三种性格强烈。与此同时，如果大人不开口，他们就不愿意随便提出，让家长为难。

以上你看到的是对于不同行为背后真正内心动机的剖析。我们每个人所有日常行为的背后都有深刻的原因，这种原因，就是我们称为“动机”的东西。

●同样的行为背后有不同的动机

“FPA性格色彩”真正的强大威力，是在对相同行为背后的动机剖析时才开始一展身手的，让我们对“子女离家出走”的现象稍加探讨。放眼望去，举国上下，不少家长只会用“现在的小孩都是独生子女，极为叛逆，难带，很难带啊！”这样的话语来进行搪塞，为自己教育的无力盖上一块遮羞布。

按照性格色彩的分析，蓝色和绿色少有离家出走的行为，红色和黄色常有拔腿就走的倾向。蓝色和绿色两者虽然少见，但是两者的内心动机多有不同。绿色孩童通常是最没有离家出走倾向的——老大打碎碗后逃掉，绿色的老二像小猪麦兜似的站在那里，老爸以为是他打的，打得他皮开肉绽也不见申辩和反抗。这种孩子即使拿棍棒赶他也很少出去，所以“叛逆”两字是八竿子也打不到绿色头上的。

而当蓝色受到压迫时，尤其是当受到委屈和误会时，一定会用沉默来传达更强烈的愤怒和反抗。他们不离家出走，只是暂时因为天性中强大道德力量的束缚和对于规则的无上遵守，但并不代表他们没有欲望，这与绿色的孩童有着本质的不同。

红色和黄色是离家出走频率最高的性格。虽然他们同样都有离家出走的行为，但背后的动机却完全不一样。红色的孩子主要是因为情绪激动，脑门一热，就以离家出走给爹娘点颜色瞧瞧，其实不过是想吓唬吓唬而已，在外流浪一圈，没东西吃了，自己会跑回来；而黄色的孩子是要表明内心深处强烈的反抗，和希望掌控自己命运的强烈愿望，通常出去以后，为了显示自己的路线一贯正确，强烈坚持“饿死也不回头”的理念，在所有性格的孩童中，真正在叛逆和离家出走问题上让家长最头痛的，当属这样的孩童。

以上你可以了解一个简单的社会现象背后不同性格的动机，这就是我所强调的：同一行为背后可能会有不同的动机。了解人性的基础是“动机”而非“行为”，知道他人“为什么做”比“做什么”更加重要。遗憾的是，我们的大多数家长从来没有受过如何做个合格的父母的教育，我们想当然地以为孩子要和自己一样，我们并不懂得“孩子不同，需要不同”。包括学校里的老师也一样，很多教育工作者口中呐喊“因人而异，因材施教”，其实却惯用一刀切的方式来解决所有问题，才会有这么多的教育悲剧发生。

如果只注意表面行为而忽略了内在的动机，那么我们将可能无法判断出正确的性格色彩。

●区分行为背后的真正动机

“行为”背后的“动机”，好比冰山下隐藏的暗流，我曾为此内心震荡。

当年销售培训时，为训练学员的勇气，要求众人上街与陌生人对话，这对于一些人来说是件困难的事。为了鼓励他们迈出这艰难的一步，我径直走到门前打开房门，看到一位笑嘻嘻的像做销售的小伙子，问他是否愿意进来待几分钟接受访谈，那位小伙子同意了。请他进来后，我和他寒暄了几句，发现他从进门就一直保持着的一张笑脸，没有变过。面对一群充满兴奋而好奇的学员，我也没看出他的紧张。我很诧异，就问他：“我们谈了五分钟，你始终保持微笑，为什么？”他低下头想了想说：“好吧，如果你真的有兴趣，我就告诉你。我出生时有类似兔唇的症状，家人设法把我送进医院，可惜手术并不成功，所以每天看上去永远就像在笑。很多人认为手术很棒，然而我想知道的是，有这样一张永远一成不变的笑脸，当内心悲痛时，如何才能表达出来，让他人知道呢？”教室异常安静。我现在请问各位，你们看到这里又做何感想呢？

许多人在内心哭泣时，周围的人一无所知，而我们经常在并不十分了解他人的内心感受时，恣意判断或批评。不幸的是，我们对于自己也常犯错误而不自知。大多人只是观察有限而肤浅的表面和行为，且以此为满足。可是了解人类内心世界的精华在于“动机”，在于知道“做什么”背后的“为什么”。如此，我们才能学习如何更成功妥善地安排自己的内心生活，怎样改进我们的人际关系。

在后面，我在每章的最后归纳总结了每种性格色彩的行为，以便您能最终溯本归源，回到每个性格色彩的“动机”。在以往很多的性格分析中，大多侧重在对“行为”的分析，而“行为”受到社会化的很大影响。在观察不同人时，最重要的就是区分内在的“动机”和外在的“行为”。绝大多数人总是相信后天的个性才是他们真正的本性，他们按照社会化的一切行为来暗示和要求自己，他们领取了一个不属于自己的真正身份，因此他们会沉浸在浑浑噩噩与不快乐中。即使这些后天训练而成的态度和模式与他们的本性大相径庭，他们仍旧不知。

比如说，许多人都以为自己喜欢一些其实天生根本没兴趣的活动。你可能以为自己喜欢IT，因为你生长在一个遍布理工科高才生的成员家庭，而且家里IT工程师济济。然而，红色的你可能天性中根本就不喜欢从事和IT有关的工作。虽然你可以熟练地编写C语言，或具有轻松地拆卸并安装所有计算机的超强技能，但当你发现自己喜欢时尚，并且富有强劲的时尚嗅觉尤甚于IT时，突然着实松了一口气。一个人在多年抑制并否认内心的真正喜好以取悦他人之后，可能不再察觉那些喜好到底是什么。因此，要区别性格的动机和个性的行为里各有什么，可能是一条漫长的艰辛之路。朋友，不要焦躁！

●动机无法改变，行为可以训练

了解自己天性中的动机对你的人生意义非同一般。我想说明的是：你的动机——你内在的真实部分，是无法改变的。

王小波对此的描述是：“一个人快乐或悲伤，只要不是装出来的，就必有其道理。你可以去分享他的快乐，同情他的悲伤，却不可以命令他怎样，因为这是违背人的天性的。众所周知，人可以命令驴和马交配，这是违背这两种动物天性的，结果生出骡子来，但骡子没有生殖力，这说明违背天性的事不能长久。”严格意义上来说，我只是强调，天性中的动机无法改变。以下是我银行会计和保险推销员的职业经历中的验证。

众所周知，银行会计的工作性质要求眼比斗大又心细如针，对每一个可能的错误防患于未然，并以“宁可错杀一千，绝不放过一个”的心态围剿任何细微的错误，这些再没有比蓝色天性更擅长的了。然而，这并不意味着所有的银行会计都是蓝色，可是我们不能否认，如果你希望胜任这份职业，经过足够的熏陶和训练，即便粗心犹如红色者，在银行时也会做事日渐谨小慎微，万物摆放有条不紊，在工作场所中的行为越来越向蓝色靠齐（在第十一章中，我详细阐述了自己是如何被改造的）。然而，一旦脱掉工装回到家中，立马现出原形，东西随意不拘形式地摆放可能让红色更自在，即便东西放置得再规整，也无法改变红色内心对于自由和不受拘束的向往；而对于蓝色来讲，将物品陈列得有条理和整洁本身就是生活的一部分，是理所应当的，两者的区别可见一斑。

再看保险代理人，道理大同小异。大凡保险推销，世人皆以为伶牙俐齿、口若悬河最是紧要，而陌生人拜访的喜悦和建立宽广的人际圈更加深了非红色者莫属的印象。然而，施以数年足够训练和打磨的蓝色保险高手，均可在工作时间内对与客户交流的插科打诨做得游刃有余，对组员励志的慷慨激昂也是得心应手。任凭白日在外如何活跃异常，蓝色黑夜回到自己的空间，即使半年内独守空房，观赏着雨点叩击窗沿的滑落，聆听着肖斯塔科维奇的《第五交响曲》或肖邦的《升C小调夜曲》，在紧张的节奏与哀痛的抒情之间，任凭音乐抚摸自己完全暴露出来的伤痛灵魂，也能享受那种精神的狂放宣泄与刻骨的心灵颤抖。红色对于蓝色的这种方式则是——难得如此，假装附庸文雅一番，并无问题；超过一周，红色势必揪心，恨不得跑到楼下“家家乐”，就算找掌柜的王阿姨聊聊，调换一下心情也不错。红色心情不好当然可以用安静来打发，但不同于蓝色那种用安静来消化安静、用思考来咀嚼思考的心态。蓝色可以通过内心对话享受内心的孤独和寂寞，而红色的本质确实需要更多地与人群接触。

各位知道，悟空七十二变的造诣早已臻至以假乱真的化境，然无论如何变化，唯一的软肋仍是——怎么变，猴子屁股还是红的。这与“动机”和“行为”的奥妙同出一理。一个粗心的人可以经由训练变得仔细，一个腼腆的人可以经由训练变得主动，一个拖拉的人可以经由训练变得迅速，一个暴躁的人可以经由训练变得沉静。我们可以训练出很多非性格本色的“行为”，但我们永远无法改变自己的核心“动机”。

“FPA性格色彩”的功能之一正是教人轻松自在，抛掉肩上沉重的包袱，去除魔障，在生活中找到心灵的依靠，拨开外在的“行为”，看到真正的“动机”。

动机无法改变，行为可以训练。

当你通过“FPA性格色彩”更深入地认识你自己及他人时，你会发现，在一个更奥妙的层次上，“FPA性格色彩”将完整地呈现心理上的所有可能性，并将你自己在所有性格中潜在的不同部分显示出来。虽然每个人在天性里的性格无法改变，但是经由修炼和自我认知，可以产生新的容纳力量。

接下来的一章，即将进入激动人心的自我探索之旅。在之后的20分钟，你将对属于自己的性格色彩展开“领取”行动。也许在前面关于性格的所有描述中，你已经有了大概的自我性格色彩概念，是否就不需要了呢？不，亲爱的朋友，请不要着急！这个属于你自己的特别标志，可以使你提高未来的阅读效率。

准备好了吗？“领取”行动即将开始。

第二章
进入你的性格色彩世界

FPA性格色彩入门——跟乐嘉色眼识人

测试前必读

当你翻开本章，你很有可能迫不及待地直扑测试而去，忽略了此刻正阅读的这些真正可能帮助你搞清“你是谁”的极其重要的文字。因为你早已被报刊中博君一笑无须动脑的八卦测试惯坏了，你以为随便做个测试，就可以搞清楚自己是谁了；你以为自己领取了一个色彩的符号和标志，当下回别人和你谈起性格色彩时，你就可以炫耀“我早就知道我是什么色了”。很遗憾，其实你什么都不懂，你错过了一个可以全方位审视自己内心的机会，你错过了一个客观公正愿意对你说真话的自我观照内心的途径。

按照“FPA性格色彩”四大功力中最基本的功力——“洞见”的定义，真正洞见自己，需要明白四件事情：

1. 知道我天生的性格是什么；
2. 知道我现在的个性是什么；
3. 知道我为何以及怎样从原来变成现在这个样子；
4. 知道为何别人眼中的我和自己眼中的我有如此巨大的差别。

只有彻底搞透这四个问题，你才能算对自己有立体清晰全面的认知。实际上，这个测试仅仅是在通往四件事情中的第一件事情上起到一丝敲门的作用。

在第一章中，已经提到了“性格”和“个性”的重要差别，所以当你在做测试时，你越费时越费力越觉得难做，只有两种可能：要么是你一直刻意在寻求最好的答案而非最本能的答案；要么是你在后天受到很多巨大的影响和训练，以至于你压根儿没能力区分到底哪个是你先天的“性格”，哪个是你后天的“个性”。

即便如此，为了使你阅读时更容易对号入座以便开始深层的思考，在开始探索每种性格的内心前，你还是需要给自己先暂时认定一个自己的性格色彩身份！也许在阅读第一章时，你就已经有了关于自我的评价，但很有可能直到你做完了这套测试，你对自己的估计与真正的你自己还是完全两回事，特别是当你总觉得自己性格是双重多重的，自己是非常复杂的，自己是无法被解释的。

在我们举办的专业研讨会上使用的题目是一套极为专业的版本。而作为这本普及大众的实用工具书，我从专业问卷中变化出30道题目，期望勾勒出你的基本骨肉。如果你真的读懂了这段文字，在测试结束时，你应该可以得到自己天生“性格”而非后天“个性”的框架，直白些，就是这个测试，测的是你先天的本色，而非后天被染过的现在的你。

由于不同读者对辨识自身的难易度不同，对每道题目中的词汇、文字和语句的理解也不一，速写的答案仅供参考，并非所有人在完成这份试卷后都将得到符合自己的真实性格色彩。是否完全吻合你，还要取决于你在阅读过程中的理解和共鸣。

请凭本能反应选择，勿犹豫

答题时请注意：

· 在每个题目最符合你的选项前的小方块上打钩，每组只选一个答案。做完全部题目以后，按照最后的指示将各个字母的数字相加。

· 先完成对你来讲比较容易的题目，较困难的随后再来选择，不要停顿。

· 所有问题的答案都不存在好坏或对错之分，请不要犹豫。

· 关注你自己的内心世界而非你的工作状态。你的习惯、教育、阶层和年龄常会给你一些误导，如果你很难确认，请选择让你“最本能最真实的”反应，而不是思考“最好的最适合的”或“最应该的”。简言之，你回答的是“我是谁”，而不是“我应该是谁”，也不是“我希望是谁”，切切！

乐嘉性格色彩速写与解读

说明：在最符合你的句子前打钩。每组只选一个答案，做完全部三十道题目后，按提示计算。

1. 我的人生观是：

□A人生的体验越多越好，所以想法很多，有可能就应该多尝试。

□B深度比宽度更重要，目标要谨慎，一旦确定就坚持到底。

☐C人生必须有所成。

☐D没必要太辛苦，好好活着就行。

2.如果野外旅游，在下山返回的路线上，我更在乎：

☐A要好玩有趣，不愿重复，所以宁愿走新路线。

☐B要安全稳妥，担心危险，所以宁愿走原路线。

☐C要挑战自我，喜欢冒险，所以宁愿走新路线。

☐D要方便省心，害怕麻烦，所以宁愿走原路线。

3.在表达一件事情上，别人认为我：

☐A总是给人感受到强烈印象。

☐B总是表述极其准确。

☐C总能围绕最终目的。

☐D总能让大家很舒服。

4.在生命多数时候，我其实更希望：

☐A刺激。

☐B安全。

☐C挑战。

☐D稳定。

5.我认为自己在情感上的基本特点是：

☐A情绪多变，情绪波动大。

☐B外表抑制强，但内心起伏大，一旦挫伤难以平复。

☐C感情不拖泥带水，较直接。

☐D天性四平八稳。

6.我认为自己除了工作以外，在人生的控制欲上，我：

☐A谈不上控制欲，却有强烈地能感染带动他人的欲望，但自控能力不强。

☐B用规则来保持我的自控和对他人的要求。

☐C内心有控制欲，希望别人服从我。

□D从不愿去管别人，也不愿别人来管我。

7.当与情人交往时，我倾向于：
□A在一起时就要尽情地欢乐，爱意常会溢于言表。
□B体贴入微关怀细腻，于对方的需求和变化极其敏感。
□C帮助对方成长是我最大的责任。
□D迁就顺从的陪伴者和绝佳的聆听者。

8.在人际交往时，我：
□A心态开放，可快速建立起人际关系。
□B非常审慎缓慢地深入，一旦认为是朋友便会长久。
□C希望在人际关系中占据主导地位。
□D顺其自然，不温不火，相对被动。

9.我认为自己的为人：
□A可爱而生机。
□B深沉而内敛。
□C果断而自信。
□D平静而和气。

10.我完成任务的方式是：
□A常赶在最后期限前的一刻完成。
□B自己精确地做，不麻烦别人。
□C最快速做完，再找下一个任务。
□D该怎么做就怎么做，需要时从他人处得到帮忙。

11.如果有人深深惹恼我时，我：
□A内心受伤，当时认为不可能原谅，但最终常会原谅对方。
□B如此之深的愤怒无法忘记，同时未来避开那个家伙。
□C每个人都要为他的错误付出相应的代价，内心期望有机会要狠狠地回应。
□D尽量不摊牌，因为还不到那个地步。

12.在人际关系中，我最在意的是：
□A欢迎。
□B理解。
□C尊敬。
□D接纳。

13.在工作上，我表现出更多的是：
□A热忱，有很多想法且很有灵性。
□B完美精确且承诺可靠。
□C坚强而有推动力。
□D有耐心且适应性强。

14.我过往的老师最有可能对我的评价是：
□A善于表达和抒发情感。
□B严格保护自己的私密，有时会显得孤独或不合群。
□C动作敏捷独立，且喜欢自己做事情。
□D反应度偏低，比较温和。

15.朋友对我的评价最有可能的是：
□A喜欢对朋友倾诉事情，是开心果。
□B能提出很多问题，且需要许多精细的解说。
□C解决问题的高手。
□D总是多听少说。

16.在帮助他人的问题上，我倾向于：
□A我不主动，但若他来找我，那我一定帮。
□B值得帮助的人就帮。
□C无关者何必帮，但我若承诺，必完成。
□D虽无英雄打虎胆，常有自告奋勇心。

17.面对他人对自己的赞美，我的本能反应是：
□A没有赞美也无所谓，得到了也不至于欣喜。
□B我无须那些没用的赞美，宁可他们欣赏我的能力。
□C有点怀疑对方是否认真或立即回避很多人的关注。
□D能得到赞美，总归是一件令人愉悦的事。

18.面对生活的现状，我更倾向于：
□A外面怎样与我无关，我觉得自己这样还行。
□B这个世界如果我不进步，别人就会进步，所以我需要不停地前进。
□C在所有的问题未发生前，就该尽量想好所有的可能性。
□D每天的生活，只有开心快乐最重要。

19.对于规则，我内心的态度是：
□A不愿违反规则，但可能因为松散而无法达到规则要求。
□B打破规则，希望由自己来制定规则，而不是遵守规则。
□C严格遵守规则，且竭尽全力做到规则内的最好。
□D不喜欢被规则束缚，不按规则出牌，会觉得新鲜有趣。

20.我认为自己做事上：
□A慢条斯理，按部就班，能与周围协调一致。
□B目标明确，集中精力为实现目标而努力，善于抓住核心。
□C慎重小心，为做好预防及善后，会尽心操劳。
□D丰富跃动，灵活反应。

21.在面对压力时，我比较倾向于选用：
□A眼不见为净。
□B压力越大，抵抗力越大。
□C在自己的内心慢慢地咀嚼消化压力。
□D本能地回避压力，避不掉就用各种方法宣泄出去。

22.当结束一段刻骨铭心的感情时，我会：

□A日子总要过，时间会冲淡一切。

□B虽然受伤，但一旦下定决心，就会努力把过去的影子甩掉。

□C深陷悲伤，在相当长的时间里难以自拔，也不愿再接受新的人。

□D痛不欲生，需要找朋友倾诉，寻求化解之道。

23.面对他人的痛苦倾诉，我回顾自己大多数时候本能上倾向于：

□A静静地听，认同对方的感受。

□B作出判断，痛苦没用，要帮助对方解决问题。

□C给予分析，帮助他分析，安抚他的情绪。

□D发表自己的评论意见，与对方的情绪共起落。

24.我在以下哪个群体中较感满足？

□A能心平气和，只要大家达成一致。

□B能简单扼要有结果地彼此展开充分的辩论。

□C能就一件事情有规则、有条理、有步骤、有章法地详细讨论。

□D能随意无拘束地、开心地自由谈话。

25.我觉得工作：

□A最好没有压力，让我做我熟悉的工作就不错。

□B是达成人生目标和成就最重要的途径。

□C要么不做，要做就做到最好。

□D如果能将乐趣融合在工作中就太棒了，如果是不喜欢的工作就实在没劲。

26.如果我是领导，我内心更希望在部属的心目中，我是：

□A可以亲近的和善于为他们着想的。

□B有很强的能力和富有领导力的。

□C公平公正且足以信赖的。

□D被他们喜欢并且觉得富有感召力的。

27.我希望得到的认同方式是：

□A有无认同都不影响我。
□B精英的认同最重要。
□C我认同的人或我在乎的人认同就可。
□D希望大家都能认同我。

28.当我还是个孩子时，我:
□A不太会积极尝试新事物，通常比较喜欢旧有的和熟悉的。
□B是孩子王，大家经常听我的决定。
□C害羞见生人，有意识地回避。
□D调皮可爱，在大部分的情况下是多动且热心的。

29.如果我是父母，我也许是:
□A不愿干涉子女或易被说动的。
□B严厉的或直接给予方向指点的。
□C用行动代替语言来表示关爱或高要求的。
□D愿意陪孩子一起玩，孩子的朋友们所喜欢和欢迎的。

30.以下有四组格言，哪组里符合我感觉的数目最多?
□A最深刻的真理是最简单和最平凡的。
　要在人世间取得成功必须大智若愚。
　好脾气是一个人在社交中所能穿着的最佳服饰。
　知足是人生在世最大的幸福。
□B走自己的路，让人家去说吧。
　虽然世界充满了苦难，但苦难总能被战胜。
　有所成就是人生唯一的真正的乐趣。
　对我而言，解决一个问题和享受一个假期一样好。
□C一个不注意小事的人，永远不会成就大事。
　理性是灵魂中最高贵的因素。
　切忌浮夸，与其说得过分，不如说得不全。
　谨慎比大胆要有力量得多。
□D与其在死的时候握着一大把钱，还不如活时活得丰富多彩。

任何时候都要最真实地对待你自己，这比什么都重要。

使生活变成幻想，再把幻想化为现实。

和喜欢的人在一起做喜欢做的事是莫大的快乐。

前1－15题合计数：	
A的总数（　）	
B的总数（　）	
C的总数（　）	
D的总数（　）	
小计	15

后16－30题合计数：	
A的总数（　）	
B的总数（　）	
C的总数（　）	
D的总数（　）	
小计	15

“FPA性格色彩”的总数	
红色：前A＋后D（　）	
蓝色：前B＋后C（　）	
黄色：前C＋后B（　）	
绿色：前D＋后A（　）	
总计	30

测试分数解读

作为测试后的解读，本章有九条测试后必读的指导原则。在读这九条前，再啰唆一句，你还是应该把测试前的那段文字再读一遍，否则你做完测后试除了困惑或者抱怨外，什么收获都没有，稍后你便知个中奥秘。

测试后必读

在测试后，假如你有困惑无法分清自己，那必定是把先天的“性格”和后天的“个性”混为一谈。下面提供九条基本的指导意见以供参考。

1．本测试题如果答案真实准确，测试出的是“性格”而非“个性”，测试“先天”而非“后天”。如果您有幸一贯自我认知清晰，你的测试就会非常轻松明了。

2．测试并非指向“性格”的唯一标准或绝对标准，因为书上的测试是大众普及版，而非研讨会中的专业版。更重要的是，鼓励你从阅读中通过不停地对比寻找到真实的自己。

每种性格色彩都有优势和过当（局限），你是这种性格色彩，并不代表这种性格所有的优点或所有的缺点你都有！比如，有人会说：“咦，红色性格善于表达和演讲，可我是红色性格，但是我的口才不好啊，也不喜欢当众说话呀。”也有人说：“红色性格是马大哈，可我是红色性格，但是我做事情很仔细啊。”所以，人们经常犯的错误是以偏概全、以点代面。

3. 如果您的分数落差比较大，呈现性格明显，恭喜您，性格原生态保存完好。例如，红色20，几乎毫无疑问是标准的红色性格；又比如，黄色15红色11蓝色2绿色2，则是黄＋红。如果某个色彩的分数超过一半即15分，请注意，你一生的幸福和成就拜此性格所赐，不过你无数的麻烦与痛苦也必定与此性格相关。

4. 测试不准确或分数极其平均的原因通常有两个：第一，对题目的文字理解个人有不同；第二，后天的影响实在太大。

5. 无论你多么复杂，在“FPA性格色彩”中，每个人的先天“性格”最多用两个颜色便可勾勒和涵盖，你所看到的第三、第四色，在性格色彩中统称为“个性”，这样做的意义是简单和方便应用。在“FPA性格色彩”的学问中，当我们描述一个人时，最多使用两种色彩的组合，就足以概括其人的核心本质。

6. 当两种性格色彩的分数相距很近时，在第一色和第二色的判别上要小心。譬如，某人红色12分黄色13分蓝色3分绿色2分，他会快速确定自己是黄＋红。这种情况还有一种可能性，就是他天性其实是“红＋黄”，但是在工作中运用第二色的机会远大于第一色，所以在测试中反被强化，显得第二色超过主色。确认组合的先后顺序，在性格色彩的高级运用阶段尤其重要。

7. 关注性格的局限比关注性格的优势，更容易让你寻找到真实的“性格”。最笨但最有效的确认自己性格的方法就是：问自己付出的代价和犯的错误经常是因哪个性格造成的，这样就很容易找到真正的性格！因为天生的缺点和毛病很不容易改，所谓“江山易改，本性难移”。

8. 性格色彩与星座和血型没有对应关系，所以你是某种性格色彩，并不代表所有的优势你都具备，也不代表这种性格所有的毛病你都会有。这里可能有第二色对主色的影响，譬如红色性格容易情绪化，如果您是红＋黄，情绪化可能更加严重；如果你是红＋绿，情绪化可能就会很不明显，且大大降低。还有后天受到的影响及修炼等原因，比如你是黄色性格但做了十年服务业，让你交往起来就毫无黄色的急躁和武断，却有很多绿色的耐心和倾听。

9. 您的性格可能是一种，也可能是两种的组合，分别是：

红色

蓝色

黄色

绿色

红＋黄　红＋绿

蓝＋黄　蓝＋绿

黄＋红　黄＋蓝

绿＋红　绿＋蓝

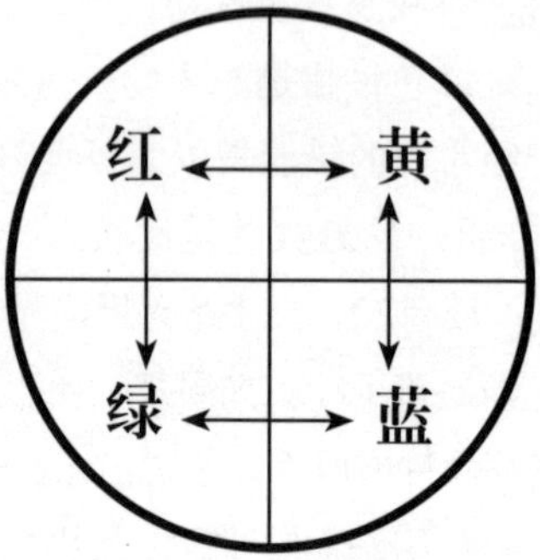

以上圆形示意图显示出“FPA性格色彩”组合的基本规律。在所有的八种组合中，没有列出“红蓝配”（红＋蓝、蓝＋红）和“黄绿配”（黄＋绿、绿＋黄）的四种组合，是因为红与蓝、黄与绿是两对完全矛盾的性格，在“FPA性格色彩”的体系中，我们说一个人的性格怎么样，通常指的是他天生的“性格”，而非后天的“个性”。

如果你觉得自己或他人是属于两个同时并存且旗鼓相当的矛盾性格，必有一个是受到后天的强大影响，大到很多人根本无力辨别到底哪个是先天的本色，哪个是受后天影响所得。于是只能大声疾呼 “我很复杂”，“我和别人就是不一样”，“性格哪里可能那么简单被区分啊”，“我就是觉得我四个颜色的特点都有”，“我与众不同，的确就是有两种完全相反的”，“我真的很矛盾”。我想再次重申，无论您认为自己是多么独一无二（事实上，我们中的很多人都是这样认为自己的），必定有本质的规律存在。这个本质的规律就是“人与人之间是有共性存在的”，这个共性，我们就用红蓝黄绿四色的符号和排列组合来替代。” 关于性格色彩组合的奥秘和规律，将来会有专门的著作详细阐述，不属于本书的内容。

现在，你已经暂时拥有了一个全新的性格色彩身份。接下来，请进入摸清这个身份背后意义的神秘之旅吧。

第三章
红色优势

FPA性格色彩入门——跟乐嘉色眼识人

阳光心态 积极快乐

红色发明了飞机，蓝色发明了降落伞

“积极的人像太阳，照到哪里哪里亮；消极的人像月亮，初一十五不一样。”用这句话来形容红色和蓝色的对比再恰当不过了。红色总是能够在一大片乌云上看到彩虹，也许你会看到他也有泄气的时候，不过很快这种沮丧和泄气便会被新的吸引点转移。两个不同的人看到半杯水，红色也许就是那个说“太好了，还有半杯水”；而蓝色是说“真糟糕，只剩下半杯水了”的人。

当面对新的选择时，红色的天性总是更多地推动他们思考这件事情如果做成会怎样；而蓝色是本能地考虑有什么理由可能让这个事情做不成。众所周知，如果在刚开始一个新的想法之前，如果我们为每件事情都找出不能做的理由，那还是什么都不要做好了，这就是红色的价值所在，他们总是能给我们带来阳光和希望。事实上，红色在大多数时候是看到问题后面的机会，而蓝色经常看到机会后面的问题。

鲁迅笔下的阿Q和笛福笔下的鲁滨逊，看上去是风马牛不相及的两个人物，但共同点是都具备红色的“阳光心态”。只不过，阿Q与鲁滨逊的“阳光心态”截然不同。

> 红色发明了飞机，蓝色发明了降落伞；红色发明了游艇，蓝色发明了救生圈；红色建造了高楼，蓝色生产了救火栓；红色发射了飞船，蓝色办了保险公司。

前者是消极的：阿Q的精神胜利法，每每是在遭受了无端的屈辱，感到无可奈何的时候。阿Q被闲汉打败，被他们揪住黄辫子往墙壁上碰了四五个响头，被赵太爷打嘴巴，被赌徒抢去洋钱，阿Q都是利用这种方法来消除内心的痛苦，使自己快乐起来。而后者是积极的：鲁滨逊一到荒岛，在克服了最初的绝望后，立即投入了征服大自然的革命当中。他从搁浅的破船上取走了几乎所有可以取走的东西，利用船上留下的简单工具，搞定无数问题，为自己的生存创造了条件。在岛上的后期，我们已经能够看到他那种轻松和悠闲，已经有点像韦小宝在通吃岛那样的心态了。

应该承认，两种“阳光心态”的层次是不同的：阿Q在与现实相矛盾的虚拟世界里享受低层次的“阳光心态”，鲁滨逊在与现实相吻合的真实境界里享用高层次的“阳光心态”。如果你需要对这种健康的阳光和积极作一个彻底的感受，可以看看余华小说《兄弟》中的父亲宋凡平，堪称近乎经典的一个健康的红色性格。

头一天宋凡平还是挥舞大旗走在人群最前面的斗士，第二天就成了戴着高帽游街的“地主宋凡平”。李光头的童言无忌更使他吃尽了苦头，他被关进仓库，遭到毒打。然而，他告诉两个孩子自己被打折的胳膊是在休息，教他们扫蹚腿，教他们怎么到河里捉虾。他给远方的妻子写信，把自己描绘得春风得意。他一直在家人面前捍卫生活的美好假象，以鼓励家人快乐地有勇气地生活。

在艰难困苦的时刻，还能表现出这种对生活的激情和对美好生命的憧憬，让人动容。毕竟生活中像文艺作品中这样完美的人实在太少了，然而有一点是通用的，红色，无论是具备哪种层面阳光心态的红色，都有能力做到遇事尽量往好处想。

刘墉曾在作品中提到，小时候看宗教杂志上说，当针扎到手指的时候，要想：幸亏是扎到手，没扎到眼睛。我当时就心一惊，觉得那想法真好。当我去年食物中毒被救护车送进医院，我一边上吐下泻，一边想：“又多个生活体验，又多个写作题材。”当我在北京胆囊发炎，一下子瘦了一公斤半时，我对朋友说：“瘦了照相比较好看，而且比较敢吃甜食。”当我最近在马路上摔了一跤，把新买的鞋子摔成“开口笑”的时候，我告诉自己：“幸亏这是一双结实的新鞋，不然我一定摔断骨头不可。”

“正面思考”使我们在最坏的时候能往好处想。它使我们学会宽恕，学会感恩，帮我们度过最艰苦的岁月，且与每个身经苦难的人，结合得更紧密。

如果说黄色的正面思考更加来源于他们“不服输”的动机，更加侧重于解决问题；那么，红色的正面思考更多地是因为他们天性习惯于“向往快乐和美好”的动机，更加侧重于精神层面的鼓励和暗示。

病床前的烟花

当你最爱的亲人病重时，你会怎么做呢？生活中，绝大多数人都有自己的亲人住院的经历。同样是出于对重病亲人的关爱，每种性格所采用的方式不尽相同，不同的人用自己擅长的方式来表达。

蓝色更愿意从生活起居到饮食护理，默默地给予无微不至的考虑。每每蓝色坐下，根据情况开始兵分两路，一方面开始唠叨诸如当初你怎么不听他的话，为什么这么不小心；另一方面，从来没有放弃搜寻一些民间偏方，或者弄个什么当归加乌梅炖羊尾巴放冰糖之类的煲汤，对于护士挂的盐水瓶流量过快、护工做事马虎、医生忘了定时查房这种事，绝不会轻易放过。他们会把照顾亲人当成一件严肃的工作来对待，这样可能会在无形中给病人造成一种精神负担。

黄色一切以解决问题为主，他们会控制自己内心的伤痛，不惜一切代价寻求最好的医院、医生和药物，把你的病治好才是真的，其他有个屁用。上医院探视时，倾尽财物“不求最好但求最贵”地奉上补品，当然这样做的代价是黄色难免会忽略情感的关怀。

绿色是让你最为轻松舒服的陪护人。如果病得不太重，绿色会关心但不会有什么特别举动，但是如果病得较重，绿色则不遗余力地照顾并在照顾中使病人保持放松的心态，绿色会从细节上让病人觉得生病不是很糟糕的事。比如说，同样是给病人做食物，蓝色可能会说：你把这个都吃了，这个很好。也许病人没有好胃口，他只会说，这个食物含有什么，你很需要。而绿色则会把制作过程中出的洋相夸大，这样让病人来笑话自己，即使没有胃口也尽量多吃。

唯独红色最搞笑，厉害的红色可以把你逗得觉得生病似乎是件非常幸福的事情，经常拿个什么小猫小狗小熊之类的玩意儿来让你开心开心。进了病房以后，开始用红色特有的哈哈大笑感染你，病房里其他的病友也都跟他混了个脸熟和亲切。

早年我的一位老师年少时，父亲患了重病住院，她不得不打临工减轻家里的经济负担。春节前夕，她拿到相当于一年学费的第一笔收入50元钱。而在当时家里经济条件紧张的情况下，居然毫不犹豫地把这50元钱全部用来买了烟花爆竹，除夕夜在父亲的病房外放了两小时。绚烂的烟花照亮了整幢病房大楼，越来越多的病人聚集到窗前，一张张苍白憔悴的脸上慢慢展开了笑颜。

她自己对于当时心情的解释是，她希望用这种方式带给父亲快乐，心情愉快地迎接新的一年。而当她看到病房里其他病重的病友，她想到的是他们中的多少人还能有机会看到明年的烟花呢？也许正是受了红色乐观精神的支持和感染，她父亲经过几年艰苦的治疗，终于恢复了健康。不幸的是，病房里的其他病人没有一个能挺过三年。

即便在最艰难时，红色也能以一种乐观积极的方式传达给病人对美好生活的向往和信念。即使自己身处困境，红色也不忘给身边同样遭受痛苦的人们带去欢乐。正如普希金在《假如生活欺骗了你》中所说：“假如生活欺骗了你，不要悲伤，不要心急！忧郁的日子里你需要镇定，相信吧，快乐的日子将会来临。心儿永远向往着未来；现在却常是忧郁；一切都是瞬息，一切都将会过去；而那过去了的，将会成为永久的回忆。”

在电影《美丽人生》中，男主人公圭多的杰出表现将红色的表现进一步升华。

圭多不愿让孩子幼小的心灵蒙上悲惨的阴影，在惨无人道的集中营里，他骗儿子这只是一场游戏。他以游戏的方式让儿子的童心没有受到任何伤害，自己却惨死在纳粹的枪口下。他在魔鬼般的劳动中，丝毫不忘对多拉的思念之情，冒着生命危险进入广播室，对着话筒向妻子表达自己的心声。在纳粹军官聚餐时，抓住时机，又把奥芬巴赫的歌剧声传递到多拉的耳膜里。

圭多知道噩梦是暂时的，相信美丽的人生才是永远，所以小心翼翼地呵护着儿子纯洁幼小的心灵。就算在集中营里，健康的红色脸上也始终带着笑容，只当是给儿子演戏。没有发自内心对生活充满激情和热爱的人，是不会有这种灿烂的、让人喜悦而充满力量的笑容的！健康的红色以他的实际行动验证了“如果冬天来了，春天还会远吗”的真谛。

激情澎湃 梦想万岁

林徽因为何没有选择徐志摩

林徽因在婚姻中最终选择了梁思成的建筑而没有选择徐志摩的诗，她在选择

红色以喜悦拥抱每一件事情。生命是如此奇妙，健康的红色能在每件事情中看到美好的一面，即使是他们所不理解或者未曾思考过的事物，也能使他们快乐。生命的黑暗和死亡的阴影，都无法令他们忧虑。奇妙的是，当他们对生命抱以开放和接受的态度而不苛求什么时，生命所带给他们的意义更加丰富。

时也许不一定认清了情感的真正价值，也不一定了解什么红蓝黄绿，但我相信，那时她定会感受到蓝色的梁思成，相比较红色的徐志摩更值得被信任。而付出的相应代价就是，她在梁思成那里永远都无法体验到一种轻盈的、飘逸的、美得醉人的快乐。

林徽因没有嫁给徐志摩，她自己曾经有句话说过，大意是“对于徐的浪漫主义她是欣赏的，可是却不现实”。林是个现实主义者，而梁是个性情木讷而又实在的人，在美国学习的时候，林有很多思想，用笔表达不行，而一旦梁在身边，梁总能以其深厚的建筑画功底将林的思想淋漓尽致地表达出来，在思想上，林和徐是很接近的，可在事业上，林和梁是完美的一对。按照林徽因的评价，她说志摩“孩子似的痴与纯净的天真”，说“他愉快起来，快乐的翅膀可以碰到天；忧伤起来，悲戚是深得没有底”。我相信，林徽因如果再有一次选择的机会，大约也不可能选择徐志摩——美丽的诗毕竟不能成为痴迷的日常生活，徐志摩的浪漫在于他的天真、淳朴、真诚，也注定了他的飘忽不定。

除了在事业上，林徽因与梁思成的互补外，林徽因没选徐志摩的性格因素是——虽然她是那么的喜爱红色的浪漫，但又必须担忧红色的轻狂。当她觉得无法掌控时，她宁可选择离去。

红色的这种浪漫和丰富，从性格上我们继续延伸，发现徐志摩与俄罗斯诗人叶赛宁很相似。26岁的叶赛宁在43岁的美国舞蹈家邓肯的一场演出后相识，两人语言不通，彼此没有可以直接交谈的语言。然而，这一切并不妨碍两人如痴如狂的热恋，彼此都能从对方的身上和眼睛里感受到一种特别强烈的爱。

邓肯曾经读过叶赛宁那些美丽的抒情诗。如今见到这位诗人竟是这样年轻英俊，那双神情略显忧郁的蓝眼睛里迸发出如此奔放而且灼人的热情……她完全被迷住了。对叶赛宁来说，邓肯是他接触到的第一个现代西方女子，她身上有着俄罗斯女子所没有的独特魅力。更使叶赛宁惊异的是，在同邓肯的接触交往中，往往能从她身上感受到少女般纯真的热情。正因为如此，两人见面相识后，便一见倾心，互相钟情，接着便陷入热恋中。

他俩似乎仅凭感觉便知道彼此都需要对方的这种爱，然后迅速结婚。他们相遇时的场景绝对是典型的两个红色相见的“一见钟情”。国外旅行生活结束回国后，由于双方年龄和文化上的巨大差异，两人分居。叶赛宁回到旧情人身边，不久后，这位多情的诗人又跌入了另一个纷乱的爱情旋涡。

在一次家庭晚会上，他认识了托尔斯泰的孙女索菲娅，叶赛宁那红色本来就易于冲动并且常常表现出爱情狂热的心灵，自认识了索菲娅那一天起，又失去了平衡。红色的叶赛宁是一个天性喜爱自由、理想大于现实的人，不习惯于传统的家庭生活。他投入索菲娅的怀抱时，没有意识到把自己关进了一向厌恶的家庭生活的牢笼，充当了婚姻锁链下的奴隶。到这时，他才真正感到当初旧情人的重要和可贵。

由于选择的错误，叶赛宁在30岁时选择了自杀。在此章，暂不评述红色无章法的频繁变化让他们所付出的人生代价。然而，无论从郁达夫、徐志摩还是叶赛宁的身上，我们都可以感受到红色在情感上的丰富性，“浪漫多情”大抵都是指红色。

正因此，胡适发出了“醉过方知酒浓，爱过方知情重” 的感慨，这与郁达夫的“曾因酒醉鞭名马，生怕情多累美人”简直是一个模子里刻出来的；而蔡澜也毫不讳言自己“寡人天生好色——我比较喜欢做段誉”。我们再来看小说中的人物，从《天龙八部》中的段誉到段誉的老子段正淳，再到古龙小说中的陆小凤、楚留香、《多情剑客无情剑》中的李寻欢，甚至《红楼梦》里的贾宝玉，这种以红色男性为主人公的小说，注定了小说的基本旋律无一例外都有着情感上的高度丰富性和数不完的纠葛。

红色定义版“特别的爱给特别的你”

当情感上的高度丰富性进入友情中，有时会有极为有趣的场景出现。显然，

红色在“姐弟恋”的接受程度中排名榜首，也是源于他们的开放心态和为人感性。

红色的朋友数量是最多的，但因为精力有限，红色有时会使每个好朋友都充满“怨恨”。新年伊始，红色给每个好朋友发了一张贺卡，上面大书“特别的爱给特别的你”，充分肯定了每个人独特的可爱之处，后来却被众人集体批斗。原来对于红色来讲，的确是每个人都有自己的可爱之处；但是对于蓝色来讲，希望你对我的“好”能够超过对其他人的“好”，希望你对我的好是唯一的，当发现并非如此，而是每个人都能享受，立即觉得失落大于期望，发现真相的痛苦大于收到祝福时的喜悦。

岂不知，红色的爱是博爱，蓝色的爱是专爱。红色认为人有不同，的确每个人是特别的，当然我们绝不能排斥红色性格偷懒的可能，所以在写贺卡的时候所有人照抄一遍一样的话语；而对于蓝色来说，既然我是“特别”的，我就应该得到与众不同的东西，如果我收到的和其他人收到的全都是一样的，那还如何证明我是特别的呢？

上面的那个红色只是一个懒惰的红色，而勤快的红色，一个充满爱的红色给每个人写贺卡，会力求每张的话语都是不同的，都是对其人量身订制的。虽然有些麻烦，但这样能让红色自己更体会到“爱”的感觉。法国新浪潮电影大师特吕弗正是最好的写照，每拍一部电影，他都控制不住地爱上他的女主人公。而且，就像《偷吻》的女主人公所说，特吕弗对待任何一个情人都是不同的，他用他的方式让每一个人都觉得自己是特殊的，他对待电影也是这样。

● 一辈子=几辈子

用“梦想家”这三个字来形容红色，再贴切不过了。黄色对目标的无限执著和追求，注定是四种色彩中最可能做成大事业的性格，但是以梦想的多样性和绚烂性而言，他们与红色仍旧是两个完全不同的路数。

黄色因为他们的现实主义，在订立梦想和人生规划的行进中，更加注重的是“成功”，他们希望自己无论朝什么方向去走，最终都能够落到成功二字，通过社会价值的认可来为自己画上满意的逗号，因为黄色内心不会也不愿给自己画句号，他们有创造更大更多的欲望。

蓝色因为他们的古典主义，正如笛卡儿所说，一切以合乎情理为原则，在理智认识世界的基础上，小心合理地判定自己的梦想，他们甚至不会去想自己认为不切实际的梦想。

绿色因为他们的稳妥主义，宁愿不冒风险安于现状，他们的梦想相对而言，整体上是四种性格中最少的。

而对于红色而言，因为他们的浪漫主义，他们更加看重的是人生的“体验”，红色内心对于体验的强烈追求和尝试的心态，对于一切能够触动心灵的新事物，有着相当的好感甚至狂热。

黄色的现实主义，在梦想中更注重的是成功。
蓝色的古典主义，小心合理地判定自己的梦想。
绿色的稳妥主义，宁愿不冒风险安于现状。
红色的浪漫主义，他们更加看重的是人生的体验。

如果你一定要问我黄色的梦想和红色的梦想的差别是什么，我会告诉你：黄色更希望通过梦想的“实现”得到人们的“尊重”，而红色更希望通过梦想的“体验”来得到人们的“关注”。

当年《少林寺》一上映，全中国的少年都疯掉了。报纸上不断有十几岁孩子不告而别上洛阳的消息。我表弟在反面报道的启发下，来跟我商量，说他现在已经开始绑沙袋睡觉，不久就可以练成轻功，计算行程大概也就是几天时间。但是他的计划很快便泄露了，因为有一个同学把他的梦想写进了作文。不过，表弟并没有气馁，他在人世匆匆十五年，一直怀着最质朴的英雄梦：总有一天，他会飞起来，高高地飞起来，除暴安良！

小学时看完《崂山道士》，红色的同学就开始练穿墙而过的本领，嘴里念念有词：“穿墙进去，穿，穿，穿……”虽然没有一个跑得掉，但每到下课，仍是有发傻的男生一遍遍地试图穿越教室。到了成年时，《骇客帝国》重新唤起了红色童年未实现的梦想，于是报名参加一些跆拳道训练班也是不错的选择，梦想成为黑带的九段。

红色的女孩在看了港版的影片《郎财女貌》后，每天幻想自己也能拥有灰姑娘般的爱情，于是手里天天捧着《女白领怎样可以钓到金老公》，期待奇迹的出现，等了很久发现仍是一场空。正在不相信爱情的时刻，突然听说河南农妇上网，居然与南斯拉夫总统的候选人比翼双飞，于是那颗受伤的心灵再次雀跃起来，本来就对网恋神往的红色从此益发神迷、执著。红色看到路边变戏法的，会希望自己有一天也能成为大卫·科波菲尔式的人物；他们看到杂志上面山区孩子的悲惨现状，会立即有欲望去探察一下民间疾苦，看一看希望小学，认领两个孩子。

红色热衷于体验，他们的浪漫主义色彩，注定了红色的人生是所有色彩中最有变化性的。红色的变化让他们比其他人更容易尝试完全不同的人生感受，因为对生命的好奇，他们可以把一辈子当几辈子过。在香港，倪匡、蔡澜、黄霑三人被称做香江三大名嘴，这三位无一例外是红色的性情中人。

看看风流才子蔡澜，虽然生长在新加坡那么讲求集体规范的社会，可是他天生好玩的性格禁也禁不了。他有着红色兴趣多多的特点，凭着一股好玩好动的热情和冲动，很多事业就这样干出来了，如投资监制的成龙电影参与打造了香港电影的一个黄金时代、主持电台电视节目、写作、开餐厅、搞美食团……数不胜数，事实上，如果他们肯安定下来发挥才干，可以有很大的发展空间。他曾把叶子媚丢到游泳池，湿漉漉的叶美女照样笑嘻嘻地把节目做完；曾向林青霞天天送花，直到她肯上他的电视节目；他写美食，嗜酒，爱篆刻，跟名师习书法、绘画，称自己不做电影还可以去磨豆腐、酿酱油。

黄霑曾在广告界工作过一段时间，“人头马一开，好事自然来”这句广告词就出自他的手笔。他文采飞扬，个性洒脱，被称为三人中的“鬼才”，他的想法、创意总让人拍案叫绝。黄霑、蔡澜、倪匡曾合作主持过一档电视成人节目《今夜不设防》，这个节目言论开放坦荡，上下纵横，无所不谈，涉及成人话题时，更是妙语连珠，尽显风流才子本色。黄霑著作甚丰，其中的一本至今仍是香港最畅销的单行本，这就是《不文集》。这本黄霑早年所讲的性笑话合集已再版61次，纪录至今仍无人打破。

倪匡精通三艺：文艺、园艺、厨艺。嗜好养鱼、种花、集贝壳、木工、烹饪、古典音乐等，皆是由迷转痴，由痴变狂。推而广之，任何具有许多不同式样的东西都喜欢研究、收集。喜欢读书，什么稀奇古怪的书都看，但最喜欢看小说。人生阅历丰富，什么苦难都尝过，仍认为一生最值得追求的东西是快乐。倪匡的个性极端情绪化，难得不糊涂。率性放任，热情爽朗，慷慨侠情。绝对的自由主义，不喜欢受约束，不爱争胜负，不喜欢正经八百，也绝不会道貌岸然。

这三位在上述的片断中，都表现出了生命中强烈的兴趣上的多元性。红色就像毫不停歇的永动机，大脑里永远充满了幻想和罗曼蒂克的色彩。健康的红色会让他们的无限遐想通过努力逐渐转变为现实。遗憾的是，那些没有自制力和缺乏外界推动力的红色，因为疏于行动，很多梦想最终堕落为幻想和空想。不像绿色，人家虽然也不行动，但是人家没有红色那么多光怪陆离、怪力乱神的臆想。因此，与其说堂吉诃德是西班牙的最后一位骑士，不如说他是超级富于幻想的红色代表人物，这个世界的最后一位理想主义者：把村姑奉如天仙，把风车视为巨人，把羊群视为敌人，把流浪作为伟大的事业。当然，如果典型的红色男性不停地空想，再加上夸夸其谈，一不小心，很容易落得“纸上谈兵”一样凄惨的下场。

典型的红色因为缺少黄色对于目标的执著，他们天方夜谭般的想法，总让你觉得——他们不是活在现实中的人群。然而，正因为红色的体验情结，他们是最有能力幻想和尝试不同的人生性格，尤其是当性格是红＋黄的情况下。他们一旦能够发挥出红色的想象与黄色行动力的优势，就很容易在多个不同的领域获得人生的丰收。从杂志对张朝阳的介绍中，你可以体会到一个红＋黄性格的雀跃梦想以及驱动之路。

“掌声响起来，股票涨起来。”这是张朝阳的信念。处在媒体的聚光灯下，张朝阳毫不避讳地承认他喜欢在聚光灯下的感觉；甚至，当百度在纳斯达克成功上市，当日股价冲破150美元，聚光灯打在别人的身上时，张朝阳说，他有一种失落的感觉。他曾经相信：名声，是驱逐寂寞的唯一方式。

1986年，张朝阳在麻省理工学院就读物理学博士时，像大多数美国年轻人一样，肆意放纵自己的青春，渴望用超前的行为获得人们的目光：“当时我的梦想非常crazy，想做好莱坞明星。后来，我真的去广告公司拍了一个广告。我还梦想着能像迈克尔·杰克逊那样跳舞——跳那种自己发明的、别具一格的舞。”他从来不在银行存钱，钱都用来买敞篷车，并且，“开车路过商店时，要来个急停掉头，进店买一副墨镜戴上……穿衣服一定要穿POLO”。张朝阳的目光中饱含笑意：“甚至，我还梳过马尾辫。我希望过非常cool的生活。”如今，年过不惑的张朝阳，张扬地跳起摇滚、街舞、迪斯科，玩着蹦迪，并且宣布，现在跳街舞和迪斯科都是“补课”，补年轻时未上的课：“我要享受一下年轻人的感觉，要把20岁再重新过一遍。”张朝阳说，自由的街舞，是为了补回他们缺失的那段青春，表达一代人在填鸭式教育下未曾表达的自我。

现在，你能明白，张朝阳为何是国内难得在时尚健康杂志做半裸封面的企业家，维珍航空的总裁布兰森也是属于玩这种路数有过之而无不及的主儿。这样的事，在另外三种性格身上是很少见的。对于绿色和蓝色，他们是低调的，他们不愿意被人们所关注和评头论足；对于黄色，他们的内心绝不允许自己以这样的方式暴露在公众面前；只有红色，才能用与众不同来表达个性的张扬，无所顾忌，引起他人的关注，与此同时，他们需要，他们需要，他们需要体验自我！童话大王郑渊洁为此作了最好的注解："我只喜欢两种出行方式：乘坐地球在宇宙中旅行和搭乘生命之舟经历人生。"

热情开朗 喜欢交友

我的字典里没有"陌生"这两个字

假设你被要求去出席一个盛大的陌生聚会，在这样的场合，不同性格色彩的人会如何反应？

也许红色是天生活在人群之中的人，当他们听到华丽的音乐和闻到人群的味道时，全身上下的细胞似乎立即充满了激情和干劲。这也就是为什么红色那么热衷于参加各式各样有关无关的活动，在那些充满小资情调或者奢华气息或者山野趣味的活动中，体验玩乐的真谛。

典型的红色对人有着高度的兴趣，这使他们容易打动别人。他们关注所有人对他们的看法和评价，他们会根据别人表现出来的兴趣程度来判断所有的事情。他们喜欢成群结队地去旅游或者去某个地方。有些人也许只喜欢有一个亲密的朋友，而典型的红色绝不会那样，他们喜欢拉帮结派和群众运动。在团体的气氛中，他们感受到了快乐，并且对每个人做的事情都非常感兴趣。

进入陌生社交场合的红色，更容易迅速融入环境。他们会非常自然主动地与周围的人攀谈和交流。作为四种色彩中最容易信任他人的人群，红色始终在天性里相信，每个人都有可能是我的朋友，虽然不至于像乔吉拉德所说“我从来没有遇见一个我不喜欢的人”那样夸张，但至少红色的内心是呈现漏斗状态的。他们开放和接纳的心态，使他们能够快速地和陌生人打成一片，结交一大批朋友。

在典型的红色字典里，是没有“陌生”这两个字的。当他们晚上离开聚会时，除了今天晚上是否玩得尽兴开心以外，他们享受被人关注和喜欢的感觉；他们期待能够交换上一沓名片，以认识人员的数目多寡来衡量今天的战绩；而这些对于蓝色来讲，显得那样不可思议。对于其他人来讲，红色喜欢谈论故事和笑话，模仿其他人，让你笑个不停。当他们离开房间的时候，你会突然感到好像房间的温度下降了，降温的原因是因为那个充满喜悦的红色走了。

正因为红色的热情和开放的情怀，他们散发出的感染力吸引了相当的人群，这奠定了他们“亲和力”的强大基础。相比较绿色的温和与接纳的情怀而形成的“亲和力”，红色的亲和力更具备个性魅力的要素。而蓝色因为他们的严肃和距离感，往往很难建立容易亲近的感觉。黄色就更不要提了，我至今仍旧记得珠海格力电器公司副董事，总裁董明珠，在回答“工作中如何体现女性的柔性一面”的访问时曾说：“工作中没有柔情可言，女性领导不是靠亲和力来解决问题的。”杀机毕现，遑论“亲和”？

> 因为红色的热情和开放，他们散发出的感染力更具备个性的魅力。

花蝴蝶vs冷美人

就像异常活跃的女性红色有着“花蝴蝶”或者“交际花”的美誉一样，蓝色女性总是给别人“冷美人”般的冰霜面孔或者不可亲近的距离感。蓝色始终认为“我不认识你，为什么我要相信你？”所以我宁愿多花些时间，先来进行彼此可能关系的探索。

进入陌生场合人群中的蓝色，不像绿色那样，首先便找个地方坐下开始享受“能坐着绝不站着，能躺着绝不坐着”的千秋大梦，绿色才懒得去思考周围到底发生了什么，旁观本身就已经是难得的舒服和享受了；他们也不像黄色那样直截了当，目标明确，以能学习到什么新知识、交换到什么新信息、认识了几个可能对我未来有影响的为最高目标。

蓝色就是蓝色，在自己冷眼旁观、众人皆醉我独醒的心态下似乎在思考和搜寻着什么，一旦发现能对上眼的，在半推半就的含蓄下，展开充满意境的交流，直到周围的一切熟视无睹，相见恨晚。当晚会结束时，认为自己今天来得非常值得，因为找到了一个可以进行深入交流的知己。

红色与蓝色两种不同性格的人，有着两种完全不同的思维和价值观，两种人对于“朋友”的定义是完全不同的。这也难怪蓝色总认为红色是那么的肤浅，因为对于蓝色来讲，过滤朋友的层次和圈子是人际关系中起码的事情，一个人怎么可能有那么多的朋友呢？红色也因蓝色那种爱理不理的冷漠而气愤。从红色的角度来讲，扩大朋友圈并享受朋友遍天下的感觉，是符合他们的价值观的。

在对于朋友的定义上，蓝色秉持的是“人生得一知己足矣”的人生哲学，红色则宁愿是“普天之下，莫非我友”的人生态度。

黄宗江的女儿曾撰文评价她红色的老爸是如何好客以及为何好客，对于蓝色，这也许是很好地理解并进入红色内心世界的一个切入点。

爸爸好吃，并且好客。平时他什么都能忍受，唯独没有朋友不能忍受。家中有了什么好吃的，爸爸必要找个“吃音”来共享。他的观点是一个人吃没味儿。于是千方百计想方设法，四处打电话也要找个人来，妈妈拿他毫无办法。记得有一次他要请一位客人来吃饭，结果串联成了九位，幸亏那天吃的是“涮锅子”。

天天有客，有客就聊，妈妈抗议了：“有事没事地把人找来，一谈就是大半天，你那些东西什么时候写啊？还天天熬夜吗？少会点客吧！”爸爸原则上接受妈妈的劝告，并立即采取“行动”。他提笔写了一张布告“写作时间，概不会客”。当然这种布告的无效是可以预见的。妈妈只好另想办法，在外面为爸爸借了一间小屋。爸爸自己还主动提出：“地址保密，有人问就说躲起来写东西去了。”可是还不到一个礼拜，我们就发现，爸爸的朋友几乎比我们还熟悉他的新地址。而且我家的饭桌旁，基本上还是每日一客。这客从何而来呢？秘密终于发现了。原来爸爸人是走了，可电话比人走得还快：“喂，我已经躲起来写东西了，地址保密。不过我还想找你谈谈。这样吧，你坐无轨……回头一起到我家吃工作晚餐。”

红色认为自己是快乐并且热情的，他们把幸福与快乐视为人生的目标。由于他们对事情总是有很高的兴致，因此他们是令人愉快的伙伴，而且他们的活力与热情具有感染力，能够辐射到周围的人身上。和这样的人相处的时候，总是充满乐趣，而且容易被他们活泼的精神所感动。

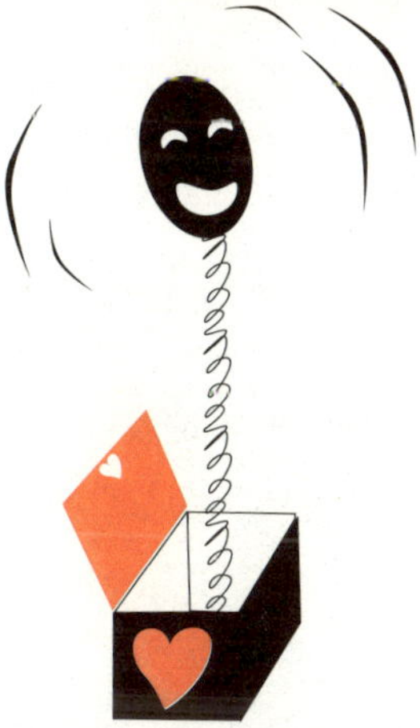

童心未泯 富有趣味

76岁耍弄英文的老太

我在举办研讨会开场简单介绍完四色后，每每问到学员：《射雕英雄传》中的红色代表人物速速报上名来，众人当下回应：黄蓉（红＋黄）、周伯通（红色）和洪七公（红＋黄）。为何从不见把黄药师、欧阳峰或一灯大师归属到红色中？虽然众人并不深谙性格奥妙，但此三人现身书中或是电视时，总有喜事与逗趣发生，比之黄药师的僵尸脸、欧阳峰的死鱼脸和一灯大师的和尚脸，他们三人看上去更让人们开心。如果说黄蓉的红色更因她的古灵精怪，那“老顽童”周伯通和“北丐”洪七公两位的红色，更是拜疯疯癫癫，没大没小，却是极有童趣所赐。

想起以前住对门、高龄76岁的阿婆，精神矍铄。某日我在家中练功，次日清晨老太见到我，眯着小眼喜气洋洋地说：“小弟，昨天是你在吹笛子吧，赶明能不能帮我也弄个，教我吹吹？我现在啊，在老年大学每天去学弹琴，家里刚买了一台，回头你有空，也到我家里来玩琴。”这老太太腿脚不好，隔天就要到医院里去检查一次，却从没见过她愁眉苦脸。据他儿子和我说，那根本不算什么，更厉害的是老人家在电脑上打麻将兼学英语，每每孙女电话打进来的时候，操起电话朗朗道“Hello，my dear grand daughter”。没过多久，我居然在电视上看到她的形象，原来老太太业余还到上影厂做群众演员。

活到这份儿上，还能有这样的激情和童心，实在佩服得紧。红色因为他们的好奇心和一颗永远长不大的童心，那些穿着花棉袄蹦来蹦去的老顽童总比一边晒着太阳，一边埋怨今儿太阳没有昨儿好的蓝色小老太太要明媚许多。那日我问76岁的老太，为何对这么多事情都有兴趣。老太太看着我，牙齿里蹦出两个字“好玩！”然后自己大笑起来。

话说早几年在一个公开讲座中谈到如何减压时，蔡澜的个人心得就是“对很多事情不要太执著，不要太介意，要记得很多东西好好玩”。他曾在专栏中谈到如何阻止年轻人为学习和感情而自杀的问题，认为解决方法非常简单，就是假如失恋了，就再多谈几次恋爱；遇到有什么不如意的事，干脆饱餐一顿，自然什么都会忘得一干二净，重拾起生存的斗志！这正活脱儿是我们家对门老太的口吻！

德国诗坛大佬席勒曾经说过：“只有当人充分是人的时候，他才游戏；只有当人游戏的时候，他才是完全的人。”他并没有看见自己的诗有一天会被红色性格作为旗帜高高举起，若九泉有知，死也瞑目啊。

1995年，数十位学者会聚讨论启功先生的新著《汉语现象论丛》。讨论结束前，一直正襟危坐、凝神倾听的启功站起来讲话。他微躬身子，表情认真地说：“我内侄的孩子小时候，他的一个同学常跟他一块上家来玩。有时我嫌他们闹，就跟他们说，你们出去玩吧，乖，啊！如此几次，终于有一天，我听见他俩出去，那个孩子边下楼边不解地问：那个老头总说我们乖，我们哪儿乖啊？今天上午听了各位的发言，给我的感觉就像那小孩，我不禁要自问一声：“我哪儿乖啊？”听完这最后一句，会场里笑声一片。

国学大师启功晚年更似返老还童一般。他的客厅卧室中，触目可及者，除书画外，就是各色玩具的小动物。无论熊、狗、兔，还是猫、虎、鹿，一个个全都瞪圆了天真的大眼睛，好奇地望着他。启功戏言道：“动物比人可爱。”在2002年庆祝启功先生执教70周年的活动现场，北师大学生们送给他一个可爱的绒毛玩具“小熊维尼”。会议期间，先生忍不住一次又一次地抚摸着那只绒毛玩具，像个孩子。

无论是黄色还是蓝色的他们都无法理解：红色为何那样幼稚？为何会因为一道水煮鱼的味道不错，就亢奋上一周，不停地告诉他的朋友们如何的美妙。他们无法理解红色对彩虹的追逐，无法理解红色始终认为人生镶满了金色的花边，他们很少被感情的包袱和细节缠身。

虽然红色也会被一些事物困扰，但他们对自由的强烈渴求，可以本能地分辨出包袱，并且毫不犹豫地甩开它。这正应验了《大话西游之月光宝盒》中的台词“不开心，就算长生不老也没用；开心，就算只能活几天也足够”。红色天性里对于快乐的向往，让他们可以用童心来欣赏一切。这种生活态度和哲学，使他们不会复杂化。他们最懂得享受生命，不管他们从事的是什么，即便是正在苦干，也显得乐在其中。他们过日子秉持的信心就是——最好的还没有到来。

一个全部是红色的家庭

因为红色的童心，当他们为人父母时，他们会饶有其事地和孩子们一起趴在地上玩着积木，他们会让自己适时地扮演大马或者小狗，和小朋友们全身贯注地进入游戏状态，他们自然更容易受到孩子们的欢迎，而他们的家里也会经常地成为了孩子们的聚集地，这在蓝色和黄色的父母身上是很少见到的。回忆一下你童年时，喜欢在自己家里还是喜欢去其他同学家？回忆一下，你的同学是如何评价你的父母的？你可以发现其中的规律和奥秘。

黄色的父母，是绝对不会允许自己趴在地上与孩子们混在一起的，这恐怕会降低自己的身份和尊严；蓝色如果发现地上弄成一团糟，一面心里皱起了眉头，一面要求他们迅速全部转移到桌面的战场也不要在地下乱搅和；绿色就像动画片《狮子王》里小王子辛巴的母亲王后沙拉碧（绿色）那样，总是仁慈耐心地观望着孩子们的一切，然后温柔地呼唤“孩子们，快来吃饭了”；唯独红色可以做到不仅欣赏，而且参与其中，在红色看来，开心是最重要的。

在一个全都是红色的家庭里，夫妻双方会为了早上的被子谁来叠而饶有兴趣地争论个不休，按照石头剪刀布的规则比拼后，老公负担了这样一个光荣的任务。正当妻子欢喜地跑进厨房时，老公突然跳到后面，双手叉腰充满兴奋地宣布：“我，叠好了！”妻子回屋一看，差点气晕，原来只是把被子推到中间鼓起一个蒙古包的形状。还没等妻子反应过来，红色老公得意道：“看到没有？这是我今天折的小丘型，今天我们不做面包型（以前叠被子的传统方块形状），怎么样？”

仍旧是在这户人家，每天都上演捉迷藏的游戏。有天晚上，红色的妻子下班回家，发现家里三人全都不在，却听到房间里传来“我们藏起来了，你找不到我们”的声音。走到卧室里，才发现红色的老公带着两个小孩全部蒙到被子里面。这红色的太太也够绝，索性一下子整个人压到被子上面，拿它当了回太空垫，听到里面三个人一片鬼哭狼嚎的声音，好不得意，结果最后四个人抱成一团。年近四十还能如此，你能想象吗？

这种家庭的氛围，虽然我们不得不承认也许会有点混乱无序，可是那种自由，那种无拘无束，那种快乐，那种童趣，那种永远年轻的心态，真是不得不让人羡慕。只有两个红色组成的家庭，才会出现这样的情况。夫妻中有一个是红色，另一方性格只要不是非常强硬的蓝色或者黄色，乐趣始终是会出现。

红色是属于那种永远也长不大的类型，一边小便，一边儿玩高高低低的画线游戏，并尝试射中一两只飞过的苍蝇；或者是不用双手一边打领带一边小便，环顾四周，不时吹上几声口哨。你若看到有人会突然不大确信自己在做什么，不时看看是否对准了，或不时看看裤子有没有湿，多半与蓝色有关。

乐于助人 易忘仇恨

谁修了我的投影仪

在一次为南通企业家协会演讲开始前的准备时，我为拨弄投影仪十分钟未出图像而苦恼不已。这时工作人员毫无踪影，房间内散坐着数十人，坐在前排的一位白须长者主动前来询问，是否需要帮忙。大喜之下，长者三下五除二，居然立马解决。长者轻拍着我的背部，笑说：还不错吧！后来知道长者系某IT公司的董事长。他到底是什么性格的人?

是蓝色吗?

因为他帮我解决了问题?可那只是和能力有关，与性格没有必然关系。事实上大多数时候，那与蓝色无关。原因在于，蓝色在这样的公众场合，即使有心帮你，在他自己上来之前，他也会思考至少以下若干问题：为什么这个演讲者自己调试不出来?旁边的工作人员溜到哪里去了?如果我过去帮他，旁边的人会怎么看我，会不会有拍马屁之嫌?如果我去弄了，万一也做不成怎么办?在这些不断需要探究和反复咀嚼的问题中，蓝色一直在思考并观察周围的人是如何反应的，很少冲在前头。

是黄色吗?

黄色直接的方式和帮助人们解决问题的能力往往会让人刮目相看，然而如果你判断长者性格是黄色，就忽略了黄色最重要的根深蒂固的座右铭“强者生存，弱者淘汰”。在这种人生哲学的指导下，黄色尊重强者，鄙视弱者。他们尊重和欣赏那些从社会底层摸打滚爬起来的强者，而从内心深处瞧不起需要依靠别人施舍才能苟延残喘的弱者，因此他们宁可“锦上添花”，而不愿“雪中送炭”。我并非说黄色没有同情心，他们的确具备社会责任感，然而以内心深处的想法而言，他们要求自己要从困难中独立，横扫生命中一切的牛鬼蛇神。所以当出现以上情况时，他们内心本能的第一反应是，演讲者应该有能力自己解决问题，而非假手他人。另外一个不容忽视的关键问题是，黄色内心的“指挥”意识情不自禁地认为，这种小事情应该由别人出面，自己出手似乎有点掉身价了。

是绿色吗?

长者这个词在人们心目中是具备温文尔雅的儒家气派的，当你看到长者，如果立即跳出绿色的符号，只能说明目前你仍旧在按照表象的“行为”而非真正的“动机”在思考。绿色的内心虽然以取悦和帮助他人为乐，然而在绿色“多一事不如少一事”的指导思想下，当人们去找到他们的时候，通常他们会来者不拒、有求必应，但绿色很少主动给自己揽活，没事找事，那绝对不是他们的风格。

现在你知道问题的答案了吧?是的，最后连他自己也确认他是红色的人!

黄色：值得帮助的人才应该帮助，锦上添花犹胜雪中送炭。
绿色：多一事不如少一事，但若你来找我，那我有求必应。
蓝色：无关者何必帮你，但一旦承诺，必欲完成而后释然。
红色：虽无英雄打虎之胆，常怀自告奋勇之心。

虽然在长期的管理生涯中，他训练和培养了很多蓝色的“行为”，但是内心深处无疑这是一个红色的长者。与绿色的不同在于，红色天性积极主动，他们充满爱心和对于外界事物密切关注。红色在主动上来帮助你之前，他们并不会像蓝色那样考虑一切可能出现的状况，那一刻，向对方传达“我希望能够为你做些什么”的意思是最重要的。在传递当下，红色感觉到自己的崇高和快乐，至于是否能够做到，这就不是红色考虑的范畴了。现在我们很容易就能理解，为什么在工作和生活中，经常会有很多人自告奋勇地答应或者承诺一些事情。虽然很多时候他们会做不到，甚至事与愿违，但我们绝对不能忽略红色“甘投洪炉火”下内心涌动的激情。

顺便提醒一下的是，老先生成功调试完后，曾喜悦地拍拍我的肩膀说“还不错吧”。这种行为说明，一方面希望他的付出能够得到足够的认可，或者说借助这样的话语来带动一下欢快的局面；另外一方面，即使是陌生人，红色也自然地通过不经意的肢体接触，向对方传达“我愿意和你拉近距离”这样的信息。在这样自然欢快的气氛中，瞬间我觉得与他的感觉亲近了很多，瞧，这又是红色的本性。

至少在这个时代，红色的自告奋勇和乐于助人，红色以他们特有的那种热烈，让我们体验到激情的力量和人间的真善美。你在火车上坐着，有陌生人提醒你“鞋带开了”；在公车上有时你不知道哪站下，售票员的回答含糊不清，旁边有人主动说，你到时跟我走吧，或者告知应该如何这般，这样的人大多是红色。红色当听到旁边的对话时，如果觉得自己能够帮上，便有强烈说话的冲动，这首先是建立在内心助人的基础上。

罚你写十首新情诗

既然是一本探讨人际关系的书，到底哪种性格最不容易和他人发生冲突？

黄色在面对不一样的意见或阻碍时，是那么的顽强和亢奋，对于他们来讲，斗争本身就是一种乐趣。冲突对于他们来讲，显然是家常便饭；而在所有的人群中，黄色是最容易和他人发生正面冲突的。

蓝色并不像黄色那样冲动，宁愿停在“秀才遇见兵，有理说不清”的境界，似唐僧般地娓娓道来，谈古论今是他们的最爱。遗憾的是，并非所有的蓝色都像唐三藏那样有佛家修为，当处于压力状态下，蓝色的冲突有时通过坚持不妥协而产生冲突，更多的则是用隐性手法表示内心的愤怒和强烈抗议。这种冲突的延续性，在所有的性格中是最长的。最麻烦的问题是——蓝色不仅会记他人的仇，而且会拿别人的错误来折磨和惩罚自己，这样就使他们自己卷入仇恨的旋涡中而不能自拔。

红色和绿色虽说“亲和力”道不同门，到底更胜一筹，恰似武当与少林相比，法门不同，绝无可比之处。但可比的是，在内心的度量上，绿色完全做到了“我不入地狱，谁入地狱”的忘我和宽容境界；而红色经常因为他们情绪上的冲动和管不住自己的嘴巴，会给自己带来一些冲突和麻烦。因此，最不容易和他人发生冲突的性格首推绿色。

既然红色也是容易和他人发生冲突的性格，为何相比较黄色与蓝色，红色的冲突不如他们强烈？细细审视，主要是因为红色的两个特点合二为一而成，首先“有错就认”，其次是“不记仇”。

有错就认

红色，冲突发生时，气势澎湃，面红耳赤，力图在口舌上占据上风。几分钟前和你面红耳赤，非要讨个说法不可，几分钟后如果发现是自己错了，回头就跑过来和你认错，好比多年未见的亲兄弟般热络，让你哭笑不得。

这就好比我七岁的小侄子做事情不容易控制自己，做错了事情会认错，但只过几分钟又会故技重演，对不愉快的事情很快遗忘，甚至眼泪还在脸上，就会对他的妈妈说“妈妈，我想玩一下”后，就非常开心地去玩了。

在婚恋中，蓝色喜欢红色的原因有很多，在一般的性格分析书籍或者传统民众的观点中，认为红色的活跃热情可以吸引沉稳寡言的蓝色，这只是构成蓝色喜欢红色的基础而已。而在形形色色的分析中，都忽略了上述一点：因为红色容易认错，而黄色错了也很难低头，这让蓝色感到愤怒。讲究公平和公正的蓝色，实在很难接受一个不讲道理的黄色的出现，而红色的低头认错，在沪语地区，人们称为“放软档”，至少让蓝色觉得自己是正确的，是可以施加影响的，这也是红色骨子里之所以吸引蓝色的原因之一。

不记仇

有不少人将“宽容”用来描述红色性格，在我看来，能够担待“宽容”二字的非绿色莫属，红色用“不记仇”描述更加贴切。典型的红色正是属于那种“前脚吵后脚忘”的人，只要你不是对他做了那种杀父偷妻背后捅刀之类实在忒狠忒让人伤心的事，随着时间推移，红色都会忘记。

胡适不是那种把自己的才能深藏起来的人，他有什么就拿出来什么。他是什么人，全都摆在明处。从前上海的左翼作家在鲁迅的领导下，曾向他“围剿”多次。鲁迅逝世后，许广平为《鲁迅全集》的出版而四处奔走，却无人愿意帮忙；不得已求助于胡适，胡适马上着手运作。他从未计较过恩怨得失，不管是友人，还是曾经反对过自己的人，他都尽全力帮助。

不知当无人愿意帮忙，唯独被鲁大人批得狗血喷头的胡适出手时，许先生做何感想？非经后天刻苦修炼，红色难成真正意义上“豁达”之人，但红色天性具备的“不记仇”让他很快就能够释然。

黄霑人缘好，整天笑口常开，碰到生气的时候，他从来都是有话直说，口无遮拦。比如20世纪90年代初，他就曾痛骂过刘德华填写的歌词“狗屁不通”，后来他又被刘德华勤奋的工作态度感动，狠狠写了一大篇文章夸奖刘德华的进步。他就是这样一个性情中人。

这种释然的人生态度，说到底，最终得益者还是红色自己。不像蓝色，终日生活在过去和怀旧的痛苦中；也不像黄色，对于那些曾经冒犯他的人，内心深处充满了他日一定要“让你知道后果”的欲望，两种人都活得很累啊。我想起一个学计算机的同学，被老婆发现他学生时代写给其他女孩的丰富情诗，想起恋爱多年从来没有给老婆写过一封情书，觉得这下离死不远了。没想到老婆趴在桌上哭了五分钟，末了，令他三天内写出十首新情诗献给自己，要比席慕蓉写得好，诗里面还不能有0或者1。还是红色好啊，既不责怪你，又可锻炼你写诗，多好。

善于表达调动气氛

红色最发达的头部器官

如果人体器官举办大赛，评选四种性格在头部分别最发达的器官，“嘴巴”当之无愧将成为红色的代言物。

红色出众的表达能力，往往并非来源于后天职业有素的刻苦训练，而完全得益于他们天性中具备的感染力以及与生俱来的表现力。看看幼儿园的小朋友，你就会发现，相比较其他性格的孩子，红色小孩往往是讲故事课而非写作课五角星的获得者，这种态势一直延续在小学以至大学和工作的整个生命历程中。而相反的是，蓝色往往在书写过程中得到的快感，远胜于表达本身。

红色似乎不用费太多的力气，就能把生活中你认为平淡无奇的事情描述得那样惊心动魄，同时富有奇幻般的美丽色彩。当其他性格的人正在苦心钻研演讲技巧、卡耐基口才丛书、背诵格言和笑话、锻炼自己当众演讲的勇气和信心的同时，红色似乎所有的一切可以顺手拈来，他们不仅可以塑造得惟妙惟肖，而且可以让你感觉到那个事件的再现。即使他们有时带了很多的夸张和加工，即使他们说的话你要去除一半的水分，你仍旧赞叹于他们的语言是那么的有张力。

因为红色天性中的表现欲和内心希望受到他人关注的强大情结，他们的表现力总是那样让人拍手叫绝。我的蓝色朋友作家老邬，曾经写了一个不懂英语的中国人刚到澳大利亚时，是如何完成商品购买行为的。

他决定去买一瓶牛奶。踏入一家Milk Bar，以带有几分羞涩的傻笑，让店主去揣摩这样一个信息“真不好意思，我知道我要什么，但我不知道我要的东西叫什么”。店主对他还以职业式微笑，并说着诸如“我能为你做什么吗”之类的英语。他低头躲闪开店主的关切，想迅速在店里发现他要的牛奶，并企图用手简单一指了结。遗憾的是，并没有发现。店主终于发现了问题，努力把语速放慢到不能再慢的地步，这反而使他无比急躁，他突然决定动用手势来解决问题，他举了下手示意开始。他先对着店主圆瞪双目，弯腰垂臂做四肢着地状，接着双手点击自己胸部两侧并观察店主的反应，然后直起身模拟喝杯中物的姿势，五六个动作一气呵成，像做了一套操似的。也许，那个店主也颇有哑剧天赋，他成功了。

没有语言不要紧，还有上面讲的另外两件法宝，反正红色具备这样一种功夫，当他们在表达某一个主题思想的时候，可以唤起全部器官的说服力进行情感和需求的强烈传递；若是蓝色，不喝也罢，让蓝色去做模仿奶牛状，没门！“牛奶可不饮，尊严不可辱”。

红色表达能力的三大法宝：“面部表情”、“夸张的肢体语言”和“富有节奏感的语气”。如果我们把“让他人心动”的能力界定为感染力，而把“让他人行动”的能力界定为影响力，那感染力更多是来源于红色，而影响力更多的则来自于黄色。

真诚信任 感染四方

挖人者必读——红色老板的挖人诀窍

对于很多组织来讲，高层职位的核心人员因为良驹难觅，到同行中挖人是常用、要用、必用的手法。除了选择猎头和你的开价以外，挖人者是否有足够的能量影响候选人，是个非常严肃和至关重要的问题。

除了专业的谈判与程序外，到了一定级别，“挖人者”的个人魅力影响力对于“被挖者”至关重要，有时因为对你不感兴趣，我就是不愿意跟你在一起工作，你能怎么样？权威统计证明，80%的跳槽是由于和直接上司的相处存在障碍造成的。这个原因是跳槽原因排行榜的第一位，而不是普遍认为的薪酬是第一位。以下我记录了一个红色性格的老板是如何发挥自己红色的优势，成功施加个人魅力影响力的案例。如果正在阅读本书的你是HR的专业人士，请充分体验红色性格的真诚和感染力。

黄色的TOM已在A公司服务八年，A和B公司分属行业中全球最大的两家公司，彼此是冤家对头。最初B公司的红色老板通过猎头几次试图约见TOM，都被拒绝了，主要原因是：TOM在一年前已晋升，正为一年后的晋级作准备；年度调薪在即，由于业绩突出，自己有绝对把握大幅加薪；虽然B公司整体规模要大过自己的公司，但自己所负责的版块比对方强。基于以上三点，TOM认为自己根本不会跳槽，也就毫无兴趣商谈。

B公司的红色老板并未就此放弃，索性直接致电TOM约见。在电话里，红色天生的热情、生动的口才，加上毫不做作的诚意让黄色心中一动，终于答应见面一谈。在听了TOM对于业务的见解之后，这位红色老板便将他所掌管的组织结构、人员配置、业绩现状、未来目标以及战略计划，甚至还有一些敏感的办公室政治，都毫无保留地全盘托出；并对于TOM未来的安排与个人发展都做了非常吸引人的安排。所有的谈话在真诚和开放下进行，非常信任，没有留一丝的心计和隐瞒，这让黄色的TOM深深震撼。毕竟在竞争对手之间，这样做是非常冒险的。他给TOM抖的最后一句话是："我只有一个想法，我就是想让你来。"

由于红色提供的条件优于TOM的现状，虽然系统还不完善，但挑战对于TOM是有吸引力的。最后只剩下薪酬的问题了，而这也是最为关键的因素之一。由于A公司的加薪比例还未最终决定，红色老板就建议TOM按照预估比例，把年薪计算出来提供给他参考，而红色也完全相信TOM提供的预估数据。

有趣的事情发生了，在TOM发给红色老板的邮件中，除了现有薪资的数据，TOM还给出了自己的期望范围，而这在挖人中是非常愚蠢的做法。这个平日里一贯做事理性冷静的黄色，在这件事上被红色老板完全震晕，决定把自己的底线明白无误地告诉对方，而且的确没有丝毫高估加薪幅度，他给出的预估和最后A公司公布的几乎一样。红色的信任也换回了黄色同样的真诚回报。

后来还有一系列的沟通，由于红色一开始为整件事情定下了非常真诚融洽的基调，最后成功地把黄色挖了过去。之前B公司曾挖过不少A公司的员工，而TOM是有史以来被挖的本地员工中级别最高的一个。

你以为红色的这个老板是个冤大头的傻瓜吗？你以为他不明白“害人之心不

可有，防人之心不可无”的古训吗？当红色交流相当于商业机密的这些信息时，表达了红色对人的绝对信任，这对于其他性格是不可想象的。黄色天性的理性和注重事实，蓝色天性的理智和谨慎小心，绿色天性的安全和胆小怕错，都会本能地排斥这样的行为；唯独红色，他们的开放、透明、真诚让他们给人温暖。Tom从来就不是一个冲动的人，当我以巨大的诧异和怀疑询问他当时的心态时，Tom坦陈：我从来没有遇见过这样一个信任我的人，他的热忱让我没有办法拒绝。

现在，我们可以知道，信任和真诚是可以感染人的！人们都会觉得自己是重要的，他们希望别人需要自己，有个办法是让他们知道你信赖他们，关心他们。告诉他们，你认为他们有潜能，可以承担他们想担当的角色，给他们希望，让他们看见他们有可能达到的光辉未来。而红色，上天赐予了他们这种能力。所以，我一直认为，没有人比红色更适合做天生的激励者。

我突然想起若干年前，我自己刚为企业训练的时候，我告诉别人，“性格色彩”的分析可以如何提升企业的效能，可以如何帮助个人成长和解决生命的困惑，虽然我一再表白，但是当时门可罗雀，总有很多人表示怀疑和不屑。现在回忆，那些在早期愿意相信乐嘉的人，总是以红色居多。而这种在没有任何人相信你的情况下，伸出来的“信任”，大大地激励了我的前进、付出以及我内心的承诺，“他日衣锦还乡，定当涌泉相报”就是我那时唯一的想法。

● 马屁论

红色喜欢“被赞美”是出了名的大户。红色会因为你夸她的头花或者丝巾“哇塞，好好漂亮喔” 而一整天得意扬扬、沾沾自喜，然后反复拿出镜子找出更多的理由来验证。你刚才说的话，果然是非常有眼光、非常有道理、非常有战略高度的，之后巴不得每天戴上这条丝巾在世界周游，就像我那个姐姐，我和她说“你穿这件红色真好看”，此后她买的所有衣服全部向红色靠拢；若是蓝色，你夸他发型酷毙了，他除了略带羞涩地说声“谢谢”然后迅速回避外，实在不愿意被关注，更不愿意成为众人瞩目的焦点。

关于红色喜欢赞美，举不胜举。我在电台做编辑的红色表妹，曾经在凌晨两点电话惊醒我。那时，我正在梦中与美人坐而论道，她兴奋地通知，她在今天节目中接到一个听众的表扬电话，是她整个一生中听到的最最开心的赞美。她是兴奋了，我的美人，他妈的没了。小丫头说话也够夸张的，25岁不到，就说自己“一生”中，知道“一生”是什么概念吗？但你必须得承认，就那个电话，足够让她之后的一个礼拜，一直屁颠屁颠地去做人做事。关于红色的喜欢赞美，又有史评记载：

对齐宣王这样性情中人，射箭这么好玩的事情他是肯定要玩一把的，不过最多就能拉不过三石（三十斤）的弓。拉完后，他满脸得意地把弓拿给周围一帮陪他玩的人看。大家都拿过来试拉一下，拉不到一半就痛苦地拉不动了，都说，不得了，不得了，这张弓最少也有九石（九十斤）！宣王畅快地大笑，说“你们真会拍领导的马屁，这弓三石，小孩子都能拉动，你们都当我是白痴。不过，我爱听，拍得我高兴。”

所以人家说，“千穿万穿马屁不穿”。仔细研究四种性格对于“马屁”的态度，还是有所不同的。因“马屁”一词带有贬义，大众们普遍用“赞美”替代。来看看四种性格对于他人赞美自己时的反应。

四种性格中，本能地最排斥赞美的性格，首推蓝色，蓝色性格对于深度的要求，让他们对一应口头的“马屁”觉得不仅无聊，甚至讨厌。他们欣赏的是那种用眼神传递的温柔有力的默认，他们会呕吐于“美女你真的很漂亮”这种俗套通用的赞美，而对于“迎面走过来一个和尚，居然也偷看了姑娘一眼，舌头尖尖禁不住舔了舔上嘴唇”这种高质量的且专门定制的“马屁”异常受用。对于蓝色来讲，“屁不在多贵在精”，不仅要绣花在外，更要白玉在里，听上去不腻，品上去要有嚼头。由此可见，蓝色的完美主义的确是无处不在的，屁，也绝不松懈。

绿色对于“马屁”的态度，犹如他们一贯的作风，紧抓“不排斥”和“不欢迎”两个基本点，心中默念“巧者劳而智者忧，无能者无所求，饱食而遨游，拟把马屁万句，换取扁舟一叶，归去”，保持着那种特有的平静。你对她说“姑娘年轻有为天生尤物波大臀圆”，她也嫣然一笑；你对一群女人都如此说唯独对她不说，她还是嫣然一笑，正所谓“不因屁大而喜之，不因无屁而不喜”。

黄色因为内心希望别人对她的尊重和能力的认可，故此，对于推崇格外看重。如果你下的药轻了，总觉得有些“隔靴搔痒”，用大剂量的猛药最为重要。尤其对于黄色女性，说她漂亮不如说她有才，说她有才不如说她能干，说她能干不如说她才貌双全，说她才貌双全不如说“男人和你生在同一个时代，是男性最大的悲哀”。总之，黄色对于自身能力极为认同，如果你只是夸我漂亮，那实在太低估姑奶奶了。黄色，切记，“小屁不可养家，滚；大屁方可定国，留！”

四种性格面对马屁的态度：
红色：有屁多多益善，无屁自去寻来。
蓝色：屁不在多贵在精。
黄色：小屁不可养家，滚；大屁方可定国，留！
绿色：不因屁大而喜之，不因屁小而不喜。

红色就甭提了，大小屁通吃。除了梦寐以求用杰出工作换来的好莱坞式的颁奖舞台的“大屁”，15元在襄阳南路搜来的戒指而引发“哇塞，魔戒，真的很炫耶”之类的“小屁”通通照单全收。实在没有，自己给自己鼓气，高唱《我真的很不错》也是可以选择的，正所谓“有屁多多益善，无屁自去寻来”。你担心会不会太多，会不会嫌烦？此言大大差矣！

对夸奖的话不嫌烦，是红色性格的一个重要特点。经常有很多红色女性缠着男友或者老公，一般地就说“你觉得我今天有什么变化吗？”更进一步地说“你夸夸我吧，你看我最近表现是不是有进步啊？”如果男方是个强硬的黄色或者蓝色，立马拉下面孔，“你烦不烦啊，天天要我夸你”。对不起，人家不会烦，受用得很呢！红色的下属希望得到上司的表扬；红色的子女希望得到父母的夸奖；红色的老爸老妈希望你说，吃家里的饭菜比外面的鲍鱼、熊胆不知道鲜美上多少；就连红色的保姆也会因为听到你说“你办事，我放心”之后，老泪纵横“士为知己者死啊”！心甘情愿地不收一个子儿，帮你多擦两个钟的地板。

乐在变化
创新意识

● 红金蝶，蓝用友

喜欢变化的天性，很自然地就被红色转化为“创新”。相比较黄色那种“蚯蚓式”的不停地寻找方法的创新，蓝色那种“发明家”式的追求完美的创新，红色的创新更多了些灵动腾挪和天马行空的流畅感。就好比去友人家里串门，目睹他那个读初中的儿子正把他刚拔下来的牙，打磨成新款的项链坠，然后套根绳戴上，这种事情只有红色才做得出来。

作为健谈的、精力旺盛的和喜欢开玩笑的乐天派，红色喜欢擅长像波浪一样一波紧接一波地想出一个个点子、想法或者计划。对于他们来讲，如果他们的新创意能够取悦周围的看客，将会使他们使出浑身的解数，激发出更大的无与伦比的发明和创造。很多广告公司的天才创意人员来自于红色，也许正是他们那种不喜欢拘束和没有章法的驰骋想象，带来了一个又一个让我们目瞪口呆的构思。如果他们的性格中缺乏黄色的行动力和坚持作为足够的支撑，很多红色就只能停留在表层上，被蓝色所不齿。

对于现代企业而言，“创新”对企业发展的意义一直被强调，然而并非所有的企业都把它放在头一位，即使是同一行业的对头冤家，也有着迥然不同风格。

2005年，《周末画报》曾经刊载专文“用友和金蝶应用软件市场上演南北演义”，摘要如下：

一开始，金蝶落后了用友五年。五年时间，在瞬息万变的IT界已是一段不短的历史。凭着这五年的沉淀和积累，用友早已一枝独秀、万人瞩目，殊不料被金蝶一枪杆子差点挑下了马。金蝶凭什么？金蝶凭的正是它那不断创新、不断寻求跳跃式发展的精神。

尽管用友略显保守的风格和总是慢人一拍的决策屡屡为人诟病，但用友却一直保持着领先的地位，始终没有被金蝶取代，这又是为什么呢？用友赢在它的稳健从容，赢在它的深厚积累。用友从来都不是风头最劲的领路者，从来都不是技术和产品的创新者，但是一旦看准了，用友便会不惜代价地重拳出击。因此，王文京说，他的“稳健”只是表面的，他内心里其实是一个攻击性很强的人。

钢遇到了水，也是“抽刀断水水更流”。或许，正是这种“外柔内刚”让习惯于快刀斩乱麻的徐少春也深陷竞争而迟迟无法了断吧！

两个国内软件巨头之战其实就是红与蓝的大战，就是创新与稳健之战。从两人性格的角度来诠释：“南金蝶，北用友”的实质就是“红金蝶，蓝用友”。

◆ 金蝶因为红色舵主徐少春的性格特点，公司倡导激情文化，开会的时候老板带头穿牛仔，先唱歌滑冰打球，娱乐一番然后开会；用友公司因为蓝色舵主王文京的性格特点，公司倡导稳健文化，注重规则和程序，一直稳做国内财务软件老大，奉行稳中发展的原则。

◆ 金蝶倡导红色文化，故广告标语变化之迅速难以让人想象，常常几个月一变，有时连自己内部的管理人员也搞不清楚当季流行的标语是什么，后来又更换英文标志以体现自己的创新求变精神和国际化；用友是蓝色文化，很多年以来，“用友ERP”的广告牌从未变化，且一直是他们的得意之作。

◆ 金蝶的红色善于追求先锋性概念，善于把握市场机会，占了很多便宜，而蓝色的用友略显保守和稳重，吃了哑巴亏。在2004年科技部“863”项目的申报中，用友只请一位博士后作为申报人，而此人缺乏和专家打交道的经验。金蝶徐少春则亲批要“重点办”，结果用友落选“863”，金蝶中标提升了企业形象。

金蝶从无名小卒到与用友平起平坐之路，可以看到所有的核心关键全部与红色的创新和善于转变有关。我们已经知道在对待新事物上，红色倾向于开放，蓝色倾向于保守和审慎，他们是截然不同的，同样，金碟和用友也截然不同。

1996年，当人们还在DOS平台上时，金蝶就开始向Windows平台转移。事实上，连王文京都承认“用友财务软件在从DOS向Windows平台转移上慢了半步，从而给了难缠至今的对手金蝶异军突起的机会” 。1997年，金蝶开始涉足ERP领域，而用友却晚了金蝶半年时间。这对用友的市场又是一个大冲击。

股票上市，金蝶仍然走到了用友前面。如果在内地上市，金蝶无论如何都不是用友的对手，然而，善出奇招的金蝶到香港上市募集一个多亿；用友的股票虽在内地上市募集八个多亿，然而晚了金蝶两个多月。虽然用友募集的资金比金蝶多，但红色那时已经够用了。

我并非说红色单凭创新就完全可打遍天下，若果真如此，也不会迄今用友仍是市场占有率第一了。本段只强调红色性格在“创新”上的好处，如果你希望企业发展创新速度更快，那就请多多聘用红色。

● 商界顽童理查德·布兰森

从媒体对于英国维珍航空创办人理查德·布兰森的报道中摘取片断，再次一览这位典型的红＋黄性格是如何发挥自己的性格优势叱咤风云的。在本文中，我

当健康的红色处于肯定状态下，他们将一再对世界感到惊喜，因为人生充满了他们所未经历的太多事物。红色比其他性格更容易去改变，因为他们喜欢新主意、新思想、新事物，还因为他们在变化过程中得到无限的乐趣，他们受人欢迎而没有侵略性。由于这个世界是无穷的，所以他们能够一再地经历这种狂喜。

们重点一睹他的红色是如何发挥到极致的。

布兰森认为乐趣是自己从事商业的主要原因，也是维珍成功的秘密。乐趣让布兰森保持着创业的激情，全身心地投入工作，抓住一次次好的创意，不断地克服困难；乐趣也让布兰森能够坦然面对名誉和金钱；乐趣还让维珍一次次进入陌生的领域，并取得成功。

人类每一个“行为”的背后都有其“动机”驱使，这也正是本书一直强调“动机无法改变，行为可以训练”的原因。对于红色的布兰森来讲，他的成功并非来源于黄色的“成就”动机，而是因为他红色性格中“快乐”的动机，因为他的目的是找乐，而不是权力。同时，他尝试新领域并非因为想挑战，更大程度上是因为有趣好玩的心态，这正是红色的写照。

布兰森痛恨等级制度，他也重视员工的好点子，“维珍新娘”就是一位普通女员工的想法。在一次接受采访时，当被问到维珍成功的要素是什么时，他回答：“问题在于你拥有什么样的员工，如果你的员工很快乐，每天面带微笑，以工作为乐，他们就会有出色的表现。顾客自然也会喜欢和你的企业打交道。我花了很大力气去激励员工，每个月我都会亲自写信给他们。我们没有正式的董事会议，谁有什么想法都可以直接打电话或写信告诉我，得到我的认可。”在自己有了内克尔岛后，布兰森没有忘记员工们，他花200万美元买下了澳大利亚美克皮斯岛，作为维珍集团所有员工的生态旅游园，任何员工都可以免费前往度假。

创新者首先必须注重和强调创新，红色不仅关注自己的创新，同时对于他人的创新给予极高的评价和认可，从而刺激了组织内部更多的创意涌现。红色乐于激励并善于激励，在布兰森身上得到了绝佳的体现。相较那些只会拿金钱作为唯一激励方式的黄色来讲，亲笔写信给普通员工，这是重视等级制度的黄色很难做出来的。

作为维珍品牌真正唯一的代言人，布兰森那一头灰白的长发，永远浮现在脸上的笑容和勇于冒险、特立独行的性格，是对维珍品牌最好的诠释。布兰森每次破纪录的冒险其实都是他推广维珍品牌的行为，无论是汽艇和热气球上的广告，还是每次活动的命名，都使人们的眼球最终聚焦于维珍。一次次的冒险也符合“维珍”的品牌内涵：一种生活态度——自由自在，开放，叛逆。

“眼球经济”的始作俑者不知是何人，但“眼球经济”的佼佼者与红色脱不了干系。比如，你可以用身体写作，将自己卧室闺房那点秘事抖搂出来；把自己的裸照贴在网上，取个“裸体姐姐”、“贵妃妹妹”、“中国猛男”、“我睡故我在”之类的网名，使点击率每天上蹿。虽然蓝色对此类人大大地鄙夷和不屑，但只要别把清清爽爽的自己弄出点狐臭专往人堆扎，大没有必要在道德层面笔诛口伐。在眼球经济时代，炒作也是一种需要，这给好是红色乐意的。何况如果手法足够高超，肚内的确有料而非空麻袋背米，如布兰森这般，还是让人敬佩的。

另一个善于使用此招的，当属特朗普。在美国，特朗普是个声名赫赫的人物，他善于经营自己的品牌，通过创立真人秀电视节目，特朗普这个形象成了美国的一个偶像。他主持的电视节目《学徒》正在热播，观众多达4150万。他推出的500美元的新款服装是梅西百货中最畅销的商品，而他60美元的男士香水在马歇尔·菲尔德商店创下了销售纪录。同时，他还推出了最畅销的书籍、新颖的棋盘游戏和杂志，甚至还有一款12英寸大的娃娃玩具。尽管他极其张扬的个性并不讨人喜欢，但其所做所言还是产生了巨大的影响。

红色的天然优势

作为个体

- 高度乐观的积极心态。
- 喜欢自己，也容易接纳别人。
- 把生命当做值得享受的经验。
- 喜欢新鲜、变化和刺激。
- 经常开心，追求快乐。
- 情感丰富而外露。
- 天真有童心，富有趣味。
- 自由自在，不受拘束。
- 喜欢开玩笑和调侃。
- 别出心裁，与众不同。
- 表现力强。
- 容易得到人们的喜欢和欢迎。
- 生动活泼，好奇心强。

沟通特点

- 才思敏捷，善于表达。
- 喜欢通过肢体上的接触传达亲密情感。
- 容易与人攀谈。
- 发生冲突时，能直接表白。
- 人越多越亢奋。
- 演讲和舞台表演的高手。
- 乐于表达自己的看法。

作为朋友

- 真诚主动，热情洋溢。
- 喜欢交友，善于与陌生人互动。
- 擅长搞笑，是带来乐趣的伙伴。
- 容易原谅自己和别人，不记仇。
- 富有个人魅力。
- 乐于助人。
- 有错就认，很快道歉。
- 喜欢接受别人的肯定和不吝赞美。

对待工作和事业

- 工作主动，寻找新任务。
- 富有感染力，能够吸引他人参与。
- 激发团队的热情合作心和进取心，重视团队合作的感觉。
- 令人愉悦的工作伙伴。
- 打破沉闷工作环境的开心果。
- 常在紧张气氛下展现幽默与化解冲突的能力。
- 完成短期目标时，极富爆发力。
- 信任他人。
- 善于赞美和鼓励，是天生的激励者。
- 不喜欢太多的规定束缚，富有创意。
- 工作以活泼化、丰富化的方式进行。
- 善于作秀以增添企业形象。
- 积极，充满干劲。
- 反应快，闪电般开始。

红色的动机

快乐

第四章
蓝色优势

FPA性格色彩入门——跟乐嘉色眼识人

思想深邃 独立思考

原来哈利·波特属于这儿

“山不在高，有仙则名；水不在深，有龙则灵。”在蓝色的继续演绎之下，还有一句话接续为：“话不在多，有思则行。”正如“嘴巴”对于红色的作用一样，“大脑”对于蓝色有着同样的意义。王小波曾经说过：“我属于沉默的大多数。我选择沉默的主要原因之一：从话语中，你很少能学到人性，从沉默中却能。假如还想学得更多，那就要继续一声不吭。”

用人类的灵魂、智慧、精神、核心来形容蓝色毫不为过。因为蓝色在大脑上的高度发达，在天性上赋予了他们独立思考、不追随潮流、尊重自己的主见和思考问题上的深度。与此同时，思想上的力量有相当一部分与蓝色的悲观主义有莫大的关系。要知道，这个世界上伟大的悲剧作品，绝大多数是蓝色作家写出的。红色天性中对于悲剧力量的缺失和对于快乐的向往，使他们很难构建、想象并且有意去创作富有冲击力的悲剧作品。

王小波是个地道的悲观主义者，但是我们忽视了，悲观主义者除了让你产生悲哀的感觉外，也会让我们产生更多的力量感。王的人格是独立的，王的意志是独立的，加上个人对社会的良知和人文精神的关怀，决定了他通过自身知晓的力量，把这些社会的不正常现象形诸笔端进行反思与无声的抗议，我看到被别人称为“悲观主义者”的王小波，带给我们更多的是思考的力量。

蓝色的人喜欢不停地问为什么，故少时便有“十万个为什么”的绰号之称。他们喜欢钻研和发明，喜欢拆卸模型和玩具。童年时的蓝色与其他性格的孩子相比，就显现出与众不同的严肃和认真，即使是在襁褓里，蓝色在不哭不闹的时候，也总是眨着他们古灵精怪的小眼睛，似乎一直在思考着什么问题。蓝色正如德谟克利特所说：“宁可找到一个因果的解释，也不愿获得一个波斯王位。”北方用“小大人”来形容的孩子多半是蓝色，蓝色从小就有的一些思想让你不由不另眼相看。

《基督山伯爵》与《约翰·克里斯朵夫》里的名言验证了蓝色的这种与生俱来的特质，其一“开发人类智力的矿藏是少不了要由患难来促成的”，其二“悲伤使人格外敏锐”。这就是为什么蓝色性格在阅读悲剧作品时，更能得到他们灵魂的快乐，一种悲伤的“快乐”。

我的一位黄色学员分享了早先她对12岁蓝色女儿的恐惧，在那次研讨会后，她终于明白了多年来一直怀疑女儿有病的想法是多么可笑。2005年，“超级女声”在一场民众的盛宴中降下帷幕时，电视台采访了张靓颖的母亲，大体上就是张母在那里谈女儿如何艰辛，小小年纪还要抚养自己等，很多人为此欷歔不已。这位黄色的母亲不失时机地问自己的女儿做何感想。女儿回答：“张的妈妈在她那个年纪有抚养女儿的责任和义务，在张成年之前，最起码也要自己养自己，不能反靠未成年的女儿养。”又问：“如果我们母女处于相同的境遇，你又如何做？”女儿答：“也许我会养你，但也会因此瞧不起你，除非你有特殊原因。”母亲当场完全语塞。

就是这个蓝色的女儿，在两岁的时候，有一次，因为生女儿的气，这位黄色母亲大声呵斥她：“不要叫我妈妈。”女儿反问：“那我叫你什么？”也就是这个蓝色的女儿，有一次，打了她以后，既不哭也不服软，只是盯着她流着泪说出一句：“你不就是妈妈吗？”然后就再也没有下文了。这位母亲对蓝色女儿心里的不服和反抗完全有数，被她的这句话震慑了，因为她无法想象怎么会出自两岁的孩子之口。

现在，她明白了，不是小孩本身有问题，而是蓝色性格的原因。还需要再了解蓝色在童年时就显现出的天才和思考上的深度吗？建议你去观看两部片子。一部是讨论关于信念的圣诞影片《34街的奇迹》，六岁的蓝色女孩苏珊，无论她的黄色母亲如何解释，她都坚信圣诞老人一定存在的故事；另一部就是风靡世界的《哈利·波特》，三个小朋友当中，哈利·波特与女孩赫敏都是典型的蓝色。如果我们不能意识到他们天性中喜欢思考“这个世界为什么会这样？”的特点，我们也许会扼杀掉天才。

舞台上的很多高手也许出自红色，但真正的大师一级的人物是蓝色的！

在罗素还是5岁小屁孩的时候，他总在思考一个问题，假如他只能活70岁，那么他的生命就已过去了1/14，他觉得是个悲哀的问题。可以说，罗素是个极早就具有生命意识的超人。当然，他那时候的思想还局限在对生命长度的认识，没有涉及质量，但这已经很了不起了。

成年以后的蓝色，逐渐成长为我们这个世界上许多伟大的科学家、艺术家、哲学家、思想家、诗人……坦率地说，我认为这个世界上绝大多数天才出自蓝色，当然我们也不能否认很多疯子和蓝色有关，毕竟天才与疯子只有一线之差。

● 大众就是Shit

“独立思考”并不等同于“独立”，与真正具备独立性的黄色相比，蓝色更多的是保持思想上的独立、人格上的独立，而非情感上的独立。因为蓝色本身情感的高度丰富性和细腻，他们与红色一样，也是容易受到情感影响的人群。不过，在思想上的独立使他们保持了对这个世界应有的审视和怀疑，让他们对一切概念有怀疑的倾向。正如罗素先生所言：“须知参差多态，乃是幸福的本源。”大多数的参差多态，都是敏于独立思索的人创造出来的。这样看来，李银河在悼念王小波一文中用的题目是“浪漫骑士/行吟诗人/自由思想家”，我们从性格色彩的角度就很容易理解了。

> 独立思考并不等同于独立，与真正具备独立性的黄色相比，蓝色更多的是保持思想上的独立、人格上的独立、而非情感上的独立。

就像对于性格色彩和本书的态度一样，红色容易一开始就投入巨大的激情和信任，蓝色总是用那种清高的眼光和不足为奇的神情开始他们的探索之旅，他们不明白为什么这么复杂的人可以用四种色彩来予以概括。他们认为自己是最复杂的，也许要用七种色彩才能囊括；他们也不明白为什么是用红蓝黄绿而不是用其他色彩来描述。他们不愿意迷失于外人的赞誉，而更愿意自己来检视，但是有时因为他们的怀疑性过强，他们往往在人生中的许多判断和抉择中会因小失大。鉴于此，我建议，蓝色的朋友对待新生事物，可以多尝试“以开放的心态和胸怀来接纳，以审慎的眼光和思考来接受”。

席绢与琼瑶小说流行的时代，走在马路上，遍地女生都板着面孔，后来才搞明白，原来这两位描绘的女主人公，都是那种柔弱的不苟言笑的酷脸，最后都能遇见自己心目中的白马王子，于是普天下的红色少女都开始憧憬着同样的梦幻发生在自己身上。学生时代出去打群架，连怎么回事都不知道，就开始跟别人干上的，大多是红色的男生。他们的不理智和缺乏独立思考的能力，容易成为他人利用的标靶。根据我过去几年的经验，红色通常是最容易激情澎湃的人群，因为他们疏于在问题上的深度思考，当受到外界影响和其他诱惑的时候，他们渐渐会转移目标；而蓝色一旦经过思考和判断，开始内心认同，他们产生的持久力量是难以估量的。

也许从下面的报道中，你可以感觉到些什么。

被誉为“奥黛丽·赫本第二”的波特曼，12岁即在两千多名报名者中脱颖而出，成为《这个杀手不太冷》中玛蒂达的扮演者，并以超越年龄的艺术灵性塑造了吕克·贝松影片的经典人物。外表清新绝俗的娜塔丽·波特曼是一个相当睿智的女孩，她很早就宣称，自己会在智慧与美貌之间选择前者。

波特曼称，她是自己决定做什么以及不做什么，“我总是自行选择我要做的事。父母会给我一些意见与建议，但最终决定总是由我自己作”。她也承认，她不会接受出演可能让父母产生不安的影片。“因为，对我而言，让父母感到快乐与骄傲更加重要。如果冒犯他们，我会比失去某些愚蠢的影片中的角色更让自己生气。”

为了避免受到追星族的干扰，波特曼将她祖母的姓氏用做自己的艺名。她试图避免公开所上大学的名字的做法，并不太成功。尽管人人都知道她选择了哈佛，她自己还是拒绝说出它的名字。她为此辩解说：“我不想影迷来访。我听说当年波姬·小丝在普林斯顿时，每年有好几百人去探访。我不想也落得这种下场，因为我不愿意与陌生人交往。也许有人觉得我这样做不太礼貌，但我确实不需要这样的交往。”

波特曼是一位认真而敏感的女孩，一提起男朋友的话题还禁不住脸红。当她谈起临床心理学时，兴奋之情远大于表演话题，尽管她也知道她的知名度很快将妨碍她从事一份“正常”的职业。她说：“我从前做演员的经历将不利于我从事临床心理学的职业，但我仍然可以做这方面的研究工作。”

显然，红色因为自己对于潮流的狂热追求，在大量追星族中占有相当份额；而蓝色虽然听流行歌曲，但很少追星，更不盲目随流，他们认为“大众就是Shit”，如果追，他们只追自己小众的星，他们用自己的独立思考抗衡着从众效应。

成熟稳重 安全放心

给离家出走的孩子号号脉

回忆你自己周围所有的人，在没读本书之前，哪些人在你的心目中，是一想到“成熟稳重”就会跳入脑海的？

红色，因为他们的活泼及其追求快乐的天性，我们更可能用“童真”代替“成熟”以誉之；黄色，因为他们的快速执行力，我们更愿意用“果敢”代替“稳重”以称之；而绿色，由于其平和稳重、包容宽厚、善于化解纠纷，我们更愿意用“温和”来代替“成熟稳重”以赞之。

可担纲者，的确，非蓝色莫属。让我们再次尝试从另一个角度来思考蓝色的这一特征。你认为在四种性格中，哪种性格最有冒险倾向，哪种性格最不愿意冒险？也许从离家出走这个现象里，我们可以找到我们需要的答案。

我那绿色的兄弟是位中学的班主任，在我研究性格色彩以后，我开始追溯我俩成长的过程。一切记忆清晰地显示，我曾经在青少年时代若干次地离家出走，而我的兄弟从来没有过类似的案宗记录。怪不得，从小在我母亲的眼里，我永远是该打的对象，而兄弟的温顺和听话，让他从来不用担心大棒会落到他的屁股上。除此之外，我还要经常享受罚站的“乐趣”。

绿色因为天性中对于稳定和安全感的强烈需求，即便你赶他出去，他也不愿动弹，怎么会主动离家出走呢？相对而言，属于外向系统的红色和黄色更加容易

红色的孩子离家出走，过几天会自己溜回来；
黄色的孩子，多半是不会走回头路了。

离家出走。只不过红色出去以后，过几天没有东西吃自己会溜回来，他们的一切行为只不过是想让父母和他人紧张一下，借以换得更多的疼爱和关注而已，正所谓“色厉内荏”；而黄色一旦出去，多半是不会走回头路了，他们要用他们的行动表示，他已经长大，他不希望你们总是控制他的生活，他要做自己生活的主人，除非父母向他们低头，否则“撞了南墙也不回头”，他们的行动彰显了从小内心深处的独立和无所畏惧。

红色的孩子受到外界诱惑，很容易沦为问题青少年；而黄色的孩子则会显现出越来越强的叛逆心理，以至于产生仇恨心理，这不得不说是我们这个社会的悲剧。而这一切，父母理应承担起悲剧的责任。如果他们早些知道不同子女的性格色彩，知道不同的孩子有不同的需要，知道因材施教，那将避免很多成长的烦恼。

回到我们继续讨论的问题，我们可以得出结论，在四种性格中，红色和黄色同时都具备较强的冒险特质，只不过红色更多的是追求“刺激”，而黄色更多的是追求“挑战”。这也是为什么新生事物出来时，愿意第一个吃螃蟹的人总是红色或者黄色。然而真正面临危险时，无所畏惧、勇往直前的，当属黄色。

现在只剩下蓝色了，蓝色是否也存在离家出走的倾向呢?

从最终的结果来看，蓝色出走的并不多见，但这并不表示他们没有这样的想法。与绿色在任何环境下都要求自己生存的好心态相比，蓝色当处于周围遍布不理解自己同时又强硬的黄色家长时，内心充满了无助悲哀的情绪。然而蓝色是那么尊重道德规范和秩序，这让他们在面对痛苦的情况下，轻易不会出头抗争，宁可采取牺牲自己的方式来解决。

蓝色在未成年时代，在反抗无力的情况下， 会用沉默和自我封闭的方式来软性地战斗在“敌人”心脏；典型的蓝色在长时间的压抑下，会变得越来越羸弱抑郁；在极端情况下，甚至会用自己结束自己生命的方式来维护自尊。

采取极端方式的蓝色毕竟是少数的，回到我们的冒险问题。我们已经知道，红色和黄色是喜欢挑战和冒险的，他们的冲动和草率都有可能让他们栽跟头。这样，“成熟稳重”是很难与他们挂钩了，倒是“毛毛躁躁”的评价很有可能尾随而来。而绿色和蓝色虽然都属于不喜欢冒险的群体，但绿色过于的“不作为”是基于他们根本就不想变；蓝色是完美主义者，他们在骨子里面期待做得更好，可他们又是那样在乎安全感。如果你有充足的证据和事实证明这件事情是可以做的，他们确保无虞后还是会行动的。

红色喜欢刺激
蓝色喜欢安全
黄色喜欢挑战
绿色喜欢稳定

这种行事稳健的风格，在大多数企业的财务高层中是必需的。对于大量资金的投入和管理来讲，典型的黄色和红色都有可能导致“一着不慎，满盘皆输”的局面，当年史玉柱（黄色）投资珠海巨人大厦就是此类情况的代表。当蓝色处于这个位置时，我们可以想象他的谨慎，会让他在可控的基础上平稳发展。当然，蓝色的谨慎也注定了他很难有飞速发展。

七种不同的蓝色男人

蓝色因为说话少，自然想得就多；因为不苟言笑，自然就显得深沉；因为不率先发表意见，自然就有时间思考回应的方法。以社会的评价标准来看，似乎男性冠之以“成熟稳重”比较吃香。对于红色女性来讲，自己是活蹦乱跳的，总觉得自己是个长不大的小孩，再找个小孩（红色男性）那怎么办。红色的她们天真地以为找了成熟稳重的男人，吵架时就可以忍让自己了（自从读了这本书，才发现她们也有可能遭受蓝色的“另类折磨”）。言而总之，有一点，蓝色的沉默寡言和谨言慎行让人感觉成熟稳重，从而带来安全感，这是确定无疑的。

这种沉默寡言的蓝色味道，由于不同的气质幻化出以下多种类型的蓝色男人，不一而足：

- 睿智的蓝色，比如《肖申克的救赎》（另译名《刺激1995》莫名其妙但很有名）里的安迪（蓝+黄）；
- 强硬的蓝色，比如《教父》里的迈克尔·科里昂（黄+蓝）；
- 忧伤的蓝色，比如《日瓦戈医生》的日瓦戈（蓝色）；
- 羞涩的蓝色，比如《与狼共舞》中的邓巴中尉（蓝色）；
- 清高的蓝色，比如《傲慢与偏见》中的达西（蓝色）；
- 严肃的蓝色，比如《音乐之声》中的冯·特拉普上校（蓝+黄）；
- 优雅的蓝色，比如《海上钢琴师》中的“1900”（蓝色）……

即使教父是黄色性格为主，我们仍旧可以看到他的第二色性格对其本人造成的巨大影响。他们都有一种蓝色特有的力量感，一种跟沉默一同呈现的力量感。相比较善于辞令的红色，特别是饶舌的红色男人，至少看上去让人觉得好对付；至于那些红色的女性，抬杠抢白之类的活儿谁也不怵，但是，当蓝色男性的沉默来到这个红色女性的伶牙俐齿面前，很多红色女人就会方寸大乱。并不是说一定爱上他，而是——心虚，譬如遇见高仓健。

高仓健的魅力从何而来？在我看来，他的魅力在于沉默的力量。不要小看沉默，它实际上是男人的一块试金石。记得一个女作家说过这样一段话："男人一沉默，夜色就来临了，把女人裹在里面，女人对于夜色，既有着无法克服的畏惧，又有着令人神往的迷恋，再飞扬跋扈的女人，也会被夜色征服的。"这段话好多年前在一篇散文里看过，现在想想，完全是为高仓健"量身定做"的。张艺谋拍《千里走单骑》，本来为了适应他的表演风格，台词已经很少，可老高还嫌多，只好再大幅度删减。所以张艺谋评价："台词很少，甚至不靠台词，就能把戏演得动人，环顾当今世界影坛，只有高仓健一人。"

我一直在想，高仓健究竟凭什么打动了那么多观众的心，看过他作品的观众，无不像磁铁一样被他深深吸引，且历经数十年而不衰。这就是高仓健，一个靠沉默为武器征服大千世界的男子汉。不仅他扮演的角色是蓝色居多，生活当中的本人也是一个蓝色。

生活中的高仓健更是一个有血有肉的汉子，拿他人生唯一的婚姻来说，他对妻子的那份感情确实令人动容。高仓健曾拥有一段非常令人羡慕的婚姻。当时事业如日中天的他迎娶了歌星智美惠，谁知婚后过于忙碌的拍戏生活让两人聚少离多，也使婚姻生活走到了尽头，后双方协议离婚。不久，智美惠因为抑郁寡欢，染上了酗酒的恶习，不到四十岁就香消玉殒。对于智美惠的死，日本媒体普遍归罪于高仓健的冷漠和无情。没过多久，记者们就发现，每到智美惠的忌日，就有一个孤独的背影默默地站在她的墓前——从此以后，高仓健再也没有结过婚。二十年后，年近七旬的高仓健出演《铁道员》，在片中他扮演一位劳模。这位日本劳模年轻时由于过分专注于工作，忽略了对妻子的爱，导致妻子郁郁而终，晚年不由得怀念起死去的妻子来。在影片结尾，他唱了首深情的歌献给亡妻。人们发现，这首歌竟是高仓健已去世多年的前妻智美惠的成名曲《田纳西圆舞曲》。

当年，《千里走单骑》公演后，在媒体铺天盖地的宣传中有个细节，张艺谋说，“老爷子”（指高仓健）每到一家酒店下榻，都会首先请出早已过世的母亲的灵位，默默祈祷十分钟——可见，在高仓健那看似冷冰冰的外表下，始终藏有一颗滚烫的心。这种蓝色性格外冷内热，恰似“热水瓶”的特性，与红色性格外热内热的“汤婆子”（北方称“暖手炉”或“热宝”）形成了鲜明对比。

为何“高式”表演之风在中国电影界刮了二十年，群起效仿者无数，却少有领悟其真谛、得其精髓的？因为表演者大多并非蓝色性格，做自己非本色的事情，要想得心应手毕竟需要后天修炼，不像演绎本色的性格那么自然顺畅。由此可见，从演技来讲，高仓健这种“本色演员”与那些“性格演员”的功力相比，在我看来，还是略逊一筹的。

情感细腻 体贴入微

拜倒在蓝色“石榴裤”下

红色和蓝色是那样的迥然不同，在很多行为上背道而驰，彼此实在是难以忍受。然而我们面对的现实是，婚姻中红色寻找蓝色伴侣的概率，远超过与其他颜色的搭配。红色女性会被蓝色男性的稳重成熟吸引，红色男性也会因蓝色女性的体贴细腻而享受。然而排除这一要素，无论是红色男性还是女性，他们最终沉浸在幸福中，都与蓝色的“随风潜入夜，润物细无声”的情感传递方式脱不了干系。

通常情况下，红色究竟是如何拜倒在蓝色“石榴裤”下的呢？猫小姐是这样回忆她的恋爱史的：

第一次见他的同事，是圣诞节。到了吃饭的地方，他让我坐下，也不介绍我的身份、我的名字，坐下就吃，我很郁闷。后来他不停地给我夹菜，那顿饭我印象很深，我几乎没有自己夹过菜，也吃得很饱。在互相敬酒的时候，我们站起来，他就搂着我的腰。他用自己的方式把我介绍给了他的同事们……幸福。

有一天，我突然很喜欢“雪狼湖”的主题曲，我叫他给我刻盘CD。等我拿到CD的时候，发现他还刻了好几首小野丽莎的歌，都是我的最爱。每往下面一首，就意外一下，都是不经意地和他提过一次“我喜欢这首歌”，他就悄悄记下了。

他从不对我的胃（我有胃炎，经常会痛）嘘寒问暖，但是他知道桂圆是暖胃的，就五斤五斤地买、一粒一粒剥好，用个瓶子装起来，放在我的包里，也不用说，知道我这个馋猫会吃的。

以前的工作因为常应酬，偶尔要喝酒。我的酒量尚可，有两次请客户吃饭，喝了两瓶红酒，还摇摇晃晃地自己开车回家，路上连蹭了两辆出租车，都一直狂奔，不敢停下来。他知道后气得要命，就这样，他也没说什么，只是第二天他突然告诉我要去学车。我很感动，他晕车，坐上小车就难受，一直说我这辈子要给他做司机了。他为了我要去做很不喜欢的事情，呵呵……其实我一直没指望他去学车，我只是希望他说几句：“老婆啊，不要喝酒啊，如果迫不得已，少喝点，开车慢一点。”

这就是蓝色无声的力量！蓝色的感动之处在于，连你也不记得的事，他都会记得。如果蓝色关怀一个人，他就会试图去了解你、洞察你，为你做你需要的事情。他们是那么不屑于用语言表达内心的情感，更不要说轻易赞美了。

蓝色觉得说太容易了，远不足以表达内心强烈的情感，而实际行动的证明才是有意义的。

和蓝色聊天，节奏与思维不会像红色那么明快跳跃，蓝色会在娓娓道来中，让你原本浮躁的情绪不知不觉中安静下来。即使他的内心波动极大，情绪极度恶劣，你感受到的也依然是一个儒雅绅士脸上的一抹忧郁，一如往常的沉静。你的情绪会在这种沉静中慢慢稳定，平静如水。

就如同无论喝咖啡还是乌龙茶，同样能使人提神醒脑，但感受上的差异非常大。咖啡喝一杯足以使你兴奋一晚，精力充沛，这就如同与红色聊天，刺激而兴奋，不断有新的想法和点子出现，咖啡的威力在瞬间绽放；而乌龙茶，从清香入鼻到醇香隽永到甜意入口到幽香缭绕再到意犹未尽，每一次加水都会带来不同的口感，诱惑着你憧憬和想象下一次的味道，喝茶的整个过程，都是悠闲自得慢慢品味，可以谈天说地渐入佳境，品茶一小时后，你突然发现自己开始兴奋以至彻夜难眠。蓝色的人正如乌龙茶，他的魅力是在循序渐进中散发的，回味无穷。我们就在这样的回味中越来越依恋他们，安全感也由此而来。

与红色聊天，如同喝咖啡；与蓝色聊天，如同品乌龙茶。

● “甘爸爸”的无声父爱

朱自清的《背影》，自中学课堂后，那种意境一直浸淫在我的记忆中。当我有一个晚上从我的老父亲那里突然接受到同样的信号时，突然醒悟，两个蓝色的父亲在表达爱的情感上，用的是一样的方式。

难得一年回一次家，不像母亲总是会告诉我，是多么的想我们，生了两个儿子也不回来看她之类老生常谈的话，父亲总是不声不响地坐着。一天晚上，我在客厅工作，从晚上十点一直到夜里一点，父亲一直在旁边的沙发上看报纸，到了一点，他缓慢站起：“行，你做吧，我去睡觉了。”我这才意识到，父亲其实一直是在旁边等待和我说说话，又生怕打扰我。离开客厅前，父亲在门口对着电灯的开关面板画着什么，然后告诉我，这里的八个开关，铅笔在旁边画圈的两个是现在开着的，等下你直接关掉就行了（家里的开关并不统一，启动有的向上、有的向下，且开关本身没有任何标志）。我站到开关前面，那个晚上一直无法再继续工作。

从那时开始，我明白了沉默有时比语言的力量强大得多。蓝色的关怀不需要用语言，需要的只是实际行动。等看了甘地的孙子在印度大学歌颂甘地的儿子的演讲，我更加相深信蓝色的功力。

16岁时，我生活在乡下，这个村子距离城市20里，我总是期盼着能到城里去看场电影。有一天，父亲要我开车送他进城，他要开一天会。因为有机会进城了，我高兴得跳起来。由于要等父亲开完会一起回家，所以我一整天都要在城里待着。从家出来时，母亲给了我一张购物清单，父亲也给我安排了几件杂事，比如保养修理一下汽车。那天清晨，我把父亲送到开会地点后，他对我说：“下午5点来这里接我。”匆忙办完父母交给我所有的事，我就去电影院看电影了。我看的是两片连映，完全沉浸在大片中，以至于忘记了时间。我突然想起与父亲的约定，赶到时已经快6点了，父亲正在那儿等我。

他担心地问我："你怎么迟到了？"我骗他说："车还没有修理好，我只好在那里等着。"他早已给修车厂打过电话，他知道我撒了谎，对我说："一定是我对你的教育出了什么问题，使你没有足够的勇气告诉我真相。为了弄清楚我究竟错在哪里，我要步行回家，在这条18英里的路上仔细想一想。"

就这样，西装革履的他，沿着一条尘土飞扬、没有路灯的小路走回家。我不能让他一个人走，在接下来的五个半小时里，我一直开车跟在他后面。看着父亲的背影，我感慨万千，没想到我的一个愚蠢的谎言，给父亲带来了这么大的痛苦。

就在那个时候、那个地点，我发誓，今后坚决不再说谎。直到今天我还是会时常想起这件事，有时我还会暗自设想，如果父亲像一般人那样将我责打一顿，对我是否还会产生这样大的效果。我认为不会。如果是那样，我会忍受对我的惩罚，然后再次犯错。但是，这样的行为，力量是如此强大。

关于"甘爸爸"（这位老爸，也就是甘地爷爷的儿子，我们简称如斯）的性格，初始我曾犹豫过有没有可能是绿色？后来，与为数众多的绿色父亲级的人物交谈后，他们异口同声地对于"甘爸爸"的自虐甘拜下风。如果让绿色去做那么累的活，还是免了吧。确定甘爸爸是蓝色性格，必须回到甘爸爸有此行为的"动机"何在？

其一，追求完美。一定要为自己的错误找到答案，否则不会善罢甘休，情愿自虐，这样心理上才会好受。他并不在乎体力以及其他方面的付出，而是最在乎心灵上的感受。

其二，他想好好反省，反省自己的教育过程和对孩子的影响力在哪里出了问题，目的不是要探询孩子做了什么，而是想搞清楚他为什么会说谎。

其三，蓝色在自省自责中会出现自虐行为，加上蓝色的韧劲和执著，宁愿让自己痛苦；在这个过程中，同时也希望孩子去反省。

其四，蓝色认为行动的力量大于语言，借用这样的方式表达内心深处的情感。

蓝色认为——欣赏和爱一旦用语言来表达是多么的肤浅啊！因此他们更愿意以实际的行动来表达内心，蓝色的行动绝对代表他的真正想法。蓝色是不屑于迎合对方的意愿而说一句皆大欢喜的话的。在蓝色看来，一切都说出来，就什么意义都没有了。

一诺千金
忠诚情谊

一言既出，驷马难追

生命对于蓝色来说，就是一系列承诺，他们会毫无保留地把自己奉献给一个值得珍惜的情谊，肝胆相照，声气相求，恩德相结。由于他们在人际关系上注重深入，因而他们的友谊可以长达一生。当我每次在研讨会上，请学员思考自己的朋友圈中超过十年以上的朋友数目时，蓝色在这个问题上总是轻而易举地成为冠军。

蓝色是高度可靠的朋友，而且把口头上的任何诺言看做如同笔墨般的书面约定。他们本人把自己能够维持如此长久的关系引以为傲，这样的忠诚使蓝色比其他任何性格更能享受更丰富和深厚的情谊。一个红色的姑娘是这么描绘他蓝色的男友的：

有一次，我们说好看七点的电影，约好六点在旁边的麦当劳吃饭，他五点半下班就在那等我了。结果那天我和一个客户谈事，延误到七点才结束，七点半才赶到。按照我红人的思维，我想他一定帮我买了汉堡，进电影院等我了。等我到了地方，发现他还在麦当劳里坐着，一份报纸、一杯可乐枯坐了两小时，居然自己没吃饭。他振振有词：说好等你一起吃饭的。我倒了，蓝人啊，现在想起来，他真是蓝啊。

因为他们高度注重承诺和甘愿以生命来维护的态度，蓝色得以成为四种性格中最值得信任的人群。

东邪的忠诚与西毒的忠诚

在《射雕英雄传》中，东邪、西毒、南帝、北丐四大武林高手的性格，以北丐洪七公的红色（红色优势中已有阐述）最为明显，南帝一灯大师先前在段皇爷时性格是明显的蓝＋绿，出家以后，由于小说的需要，个性上逐渐趋向于绿色。

东邪黄药师（蓝色）与西毒欧阳峰（黄＋蓝）因为两人的严肃，使人们在蓝色和黄色性格的判断上常会左右摇摆。推理的方法有很多，比方说：

黄药师是典型的完美主义者，在武功的设计上也呈现了唯美的蓝色艺术性。“兰花拂穴手”、“桃华落英掌”、“玉箫剑法”，闻其名，想其形，自然美妙至极。在《射雕英雄传》中，有一段“桃华落英掌”的描述“她双臂挥动，四方八面都是掌影，或五虚一实，或八虚一实，直似桃林中狂风忽起、万花齐落，妙在手足飘逸，宛若翩翩起舞”。创造这种武功的人，绝对是个品位和生活方式都高雅不俗之人。

黄药师是个多领域贯通的了不起的艺术大师，桃花岛就是他最大的杰作。前文我曾经提过蓝色性格在艺术领域的相通性。除了“武术”专业外，黄药师琴棋书画，无一不精；奇门八卦，无所不通，上知天文，下晓地理。在桃花岛上，黄氏父女抚琴、吹箫、烹茶、观画、品诗、舞剑，“桃花影落飞神剑，碧海潮生按玉箫”，令人神往！

除以上两点欧阳峰无法企及外，最重要的一点是蓝色对人高度忠诚。这样看来，我们就不难理解《射雕英雄传》中黄药师在妻子去世之后，为何每日在坟前吹箫了，那种对亡妻的矢志不渝跃然纸上。而欧阳峰在儿子欧阳克死后，忍着内心的伤痛，继续踏上寻找《九阴真经》的征途。两者相比，黄色更加看重的是对事业的高度忠诚。

蓝色对人忠诚，黄色对事忠诚；
蓝色对人负责，黄色对事负责；
蓝色有“责任心”，黄色有“责任感”。

最简单的说法就是，这种忠诚让蓝色爱得深刻，并且全身心地把自己奉献给他们所爱的人，蓝色对待自己认准的情感一般是死心塌地的。这方面，茨威格所著《一个陌生女人的来信》堪属典范。徐静蕾饰演的蓝色女主人公是执著的，一份爱坚守了18年，却没有表白过一言半语，若不是孩子早夭，若不是她自己时日不多，这个秘密还会继续下去。

她把所有的爱转移到孩子身上，爱情重新焕发了力量。她又可以变得充满希望，那是最最甜蜜的负担，孩子，就是她的他，就是她延续着的爱情，她的一生几乎都是靠爱情延续的，这是这个女人最动人的地方。出卖自己的身体算什么，她的心灵还是忠于一个人，她只是为了生存，为了孩子，去投奔一个可以给她这一切安定的人，这就是徐静蕾的声音。

忠诚与负责是紧密相联的孪生兄弟，一个忠诚的人势必是负责任的。我的一个妹妹说：嫁人就要嫁林冲这样的。因为他懂得珍惜爱情，呵护妻子，对家庭负责，所谓“熬得住，把得牢，做得彻”。而林冲正是《水浒传》中典型的蓝色性格的代表。

林冲是一个可靠的丈夫，一个可靠的朋友，一个可靠的下属和同僚。他不会轻易动情，一旦选择了某位女子，他就会为其一生负责；他一旦成为你的朋友，你可对他托付一切，别人可以出卖他而他不会出卖别人；对上司对同僚，他会永远抱一种有距离的尊重，他会兢兢业业做好自己的分内工作，对这个集体负责，对自己上司负责，而不轻易涉及人事上的是是非非。林冲被刺配后，为了妻子的安全与幸福，对丈人说：“只是林冲放心不下，枉自两相耽误。”并写了份休书。什么是真正的爱情？这就是真正的爱情，牺牲自己，替对方考虑。张氏嫁夫如此，死而无憾。

相比之下，红色害怕随着责任而来的压力。与蓝色相比，红色的责任只是放在嘴巴上说说。从童年时就看出端倪，四岁的男孩亲了三岁的女孩一口，女孩对男孩说：“你亲了我，可要对我负责啊。”男孩成熟地拍了拍女孩的肩膀，笑着说：“你放心，我们又不是一两岁的小孩子了。”

计划周详 注重规则

蓝色做事的第二准则

大学时代的蓝色同学，会在寝室里挂上一张市区地图，每每节假日外出商量去某地，总是煞有其事地先制定若干路线，然后换算每条路线要换几次车方可到达，大概需要的时间以及可能不同公交的频率带来的等待时间，综合各项因素以后，得出当日的标准线路图，然后出发。只要走出房间，必定严格按照既定路线，绝不轻易改变。反之，看看那一群红色，“走，今天我们出去”，“出去嘛，总归就有车可以乘”，“怎么可能有万一？”对于红色而言，实在不行，可以换个其他地方玩。而这对于蓝色而言，他们实在很难想象这个世界上怎么会有这样无序的人存在呢？

“做任何事情首先制订好计划，然后严格地按照计划执行”，也许这是蓝色做事的原则中仅次于自身“要么不做，要做就做到最好”最高座右铭之后的第二准则。

当蓝色与红色一起工作

蓝色与红色共同去完成一件任务，蓝色内心总是暗暗欣赏红色的创意和层出不穷的新点子，而红色敏于说却拙于写。当需要把新主意深入挖掘和细部安排，同时富有逻辑和层次地贯穿下去的时候，红色不得不对蓝色有如计算机般精确的大脑暗暗叫绝。

按理说，他们应该享受彼此优势互补后珠联璧合的能量。然而，当蓝色开始动工并沉醉于具体步骤的制定时，红色犹如鬼魅一般钻了出来，闪着精灵的眼睛大声宣告：“兄弟，我又有个新想法，咱们看看好吗？”在红色如火如荼的热情进攻下，蓝色开始接受红色激情创意的再次洗礼。

红色爆发完自己的阐述，充满了无限快感，痛苦却降临到蓝色身上，因为起先他已实行的程序这下统统被推翻；更要命的是，稍息片刻，红色又来奉献他的下一个创意。这时，蓝色用低沉稳重的声音予以还击：“你为什么不把你的想法一次性地全部说出来，为什么每次都要分开来说？”“你知不知道，已经定下来的事情你变来变去的话，别人是没办法做的？”

当蓝色被红色的反复无常彻底激怒后，他们最终总有办法说服红色。因为蓝色是坚持的，而红色在内心深处是不够坚持的。

不过，话说回来，以上的情况对于家庭夫妻关系、社交场合的平等关系、工作中的平级关系完全适用。然而，当双方实力并非均衡的情况下，天平就会倾斜。所以，当一个蓝色的下属面对一个红色的老板，蓝色的供应商面对一个红色的大客户，他通常会被折腾得够戗；反之，如果是一个蓝色老板面对红色下属，蓝色买家面对红色卖家，红色就会像孙猴子被佛祖压在五行山下一样不能动弹。

红色喜欢变化中新奇的、不确定的快乐，而蓝色喜欢计划中程序稳定的安全感。

当蓝色与黄色一起工作

蓝色与黄色共同去完成一件任务，情况和局面就会完全不同。蓝色和黄色都是以“事”为中心，他们彼此欣赏的一个共识就是——“一定要把活干好”。只不过在这个共同的声音下，隐藏着两种不同的含义。蓝色内心对自己说的话是“一定要做到最完美”，黄色内心却在说“一定要做到最有效率”。在开始合作和相处的前期阶段，他们共同的声音产生了足够的和谐，他们都认为按照一个计划去实现目标是正确的。好的，开始行动吧！

然而开始没多久，黄色因为对速度的关注，突然发现有一条更近的路可以到达目的地，便毫不迟疑地用他们惯常的命令式的口吻，要求蓝色如此这般。蓝色岂是一只软柿子，这时蓝色坚持的本性开始充分体现；而黄色总认为自己的观点是对的，他们要求蓝色和自己必须一样思维的强硬做法，让蓝色变得非常反感和抵触。在一场硬对硬的碰撞中，双方即使充满了血水泪水与汗水，也不肯松口。这一切源于他们都是坚持的。

这也就难怪当红色的变化无常和黄色的不讲规则，遇见蓝色的强计划性时会发生如此巨大的冲突。你需要意识到的一个事实是：这个世界上，很多事情“欲速则不达”。对于蓝色而言，他们的一生是不会犯这样的错误的。

以抓老鼠为例，四种性格的反应分别是：
黄色：用什么猫捉不重要，捉到老鼠最重要。
蓝色：捉到老鼠很重要，用什么猫捉和怎么捉的同样重要。
红色：捉老鼠并不重要，捉老鼠好不好玩最重要。
绿色：你们嫌不嫌烦啊，老鼠不去管它，放在那儿不是蛮好的吗？

我们不能否认，和红色一起外出旅游是充满欢乐和无限惊奇的，但是当你体会过那种随心所欲的无序和混乱场面时，你就会知道蓝色是多么珍贵的朋友。蓝色做任何事情都希望善始善终，不喜欢突如其来或者出人意料的结局的特点，让我们大多数人早在漫长假期到来之前的一个月，就可以欣赏若干旅游路线图，其中清晰地标明每条路线的总时间、交通工具的利用、每天旅游的具体景点、突发事件后的备选方案、总预算。而这一切是其他性格的人一想起来，头皮就会发麻的。

我经常建议一群欲游山玩水的伙伴，如果团队成员中须找一人统一管理费用，最佳的财务总管非蓝色莫属。假设你被红色自告奋勇的大眼睛蒙蔽，或者你们这群人通通是红色，结果矬子里拔将军，那就走着瞧吧！不出三日，定让尔等有去无回！红色哥俩儿好啊，一群红人见到什么都亢奋，用钱无度，全凭兴趣所至，天天不醉不休，不到三日囊中羞涩，面面相觑。设若当初找了蓝色，出行前必约法三章，真正用起钱来锱铢必较，寸金不让。你若逼他花钱，一句话："今天预算没有这个"，把你顶回去，初时心里恨得牙根痒痒，颇为不爽；最后打道回府时，才发现此行衣食无忧，尚有盈余，皆大欢喜。

这也就难怪，大多数组织里的财务人员以蓝色居多，这不仅与仔细、责任和数字感有关，更重要的是，蓝色似乎天生就有未雨绸缪的意识。

蓝色做事，就像雨果所言："一个人每天早上计划一天的生活，并按照计划去做，他就好像被一条线所牵引，能够度过最忙乱的一天。反之，如果全然没有计划，凡事只能靠随机应变，混乱必然免不了。"

● 所有标签一致对外

对于蓝色来讲，规则一旦制定，所有的人都必须严格遵守。蓝色通常接受法律和秩序的权威性，与此同时，他们也欣赏他人对高格调和高条理性的追求。

想起一对七岁的黄色和蓝色的双胞胎兄弟，在乡下的房间里和一群小孩吃完甘蔗，地下留了一大堆皮。这时，黄色哥哥直接在上面又蹦又跳，非常幸福地享受着践踏脚底这些垃圾的兴奋感；而蓝色弟弟走过时，挽起裤脚管，踮着脚，小心翼翼地、皱着眉头蹑手蹑脚地走过去。他那个黄色小哥不停地在旁边催促他："踩下去啊！你踩下去啊！"伴随着震耳欲聋的鼓励，他仍旧保持自己的步伐移到门边，然后停下来松了一口气，急忙观察自己的脚底，并找了块干净地儿不停地搓着他的小鞋板。真是感叹啊！同父同母、同精同血，却制造出如此天差地别的兄弟！

蓝色喜欢将东西摆放得整整齐齐，世界松散的一面令他们感到沮丧，并有强烈的意愿要去调整，将这些无序变成有序，这样他们才能感受到些许的满足感。这也许就是蓝色那么喜爱收拾东西的原因，在将不规则的形式变成规则有序的过程中，他们感觉到这个世界是需要他们的，而他们也感觉自己似乎成了影响世界的一份子，即使那是微不足道的。

在一个蓝色掌权的家庭里，家里的规则是非常讲究的，比之刘姥姥进大观园的头晕目眩也许有过之而无不及。这位蓝色规定：家里的筷子是分层次和部落排列的，银色金属的筷子专供客人使用，红木的筷子专供长辈使用，只有竹制的筷子才是平时一家人吃饭所用，如果用错，那可是天大的事情；参观厨房间，你永远可以看见有五块抹布列队整齐，专事玻璃、瓷砖、灶台用品、厨房家电、手五大领域，各司其职；卫生间里面，洗发水、护发素、沐浴露、润肤露一字排开，更绝的是——标签一致对外，如果有一个标签朝里，蓝色会不厌其烦地半夜爬起来纠正，检查确认完毕后才睡得踏实。

这位蓝色的规则性让人目瞪口呆，谈及她的母亲，她只说了一句“和母亲比，我只是小巫见大巫”。

母亲的房间简直就像个样板间，所有的物品都放在属于自己的位置上，哪怕是一本书、一瓶五毫升的香水。我小时候在家，经常会听到这样的对话：

爸爸：老婆，我的裤子呢？

妈妈：哪条裤子，是西裤还是休闲裤？

爸爸：休闲裤，蓝色的那条。

妈妈：你有三条蓝色的休闲裤，一条是4月份买的深蓝的，一条是去年买的藏蓝的，一条是你女儿刚刚给你买的正蓝的，你要哪条？

爸爸：那么麻烦啊，随便了，就那条深蓝的吧。

妈妈：哦，那你去我们的卧室里面，在左边第二个柜子，第三层，从右边数第一条就是了。

爸爸：……

还有一次，我去妈妈的房间找一本书，而且还特意记住了书的位置，看完后就放回了原位。哪承想，晚上妈妈就问我，你是否动了那本书。“是啊”，我答道，“你是怎么知道的，我可是放回原位了啊。”她的经典回答：“我知道你放回去了，但是书的倾斜角度偏了一厘米。”

从我自己来讲，我那蓝色的父亲对整洁的喜爱，是我在自己逐渐成长的过程中慢慢体会到的。我的很多同事一直惊诧于，为何红＋黄的我会在资料整理和家庭布置上，对于秩序和整洁有如此高的要求，现在想来，父母的影响很大。父亲本来就是个蓝色，母亲虽说是个红＋黄，然而童年的贫穷和受她蓝色兄长（带大）的影响，在生活上也变得出奇的节俭和高标准，我称它为“蓝色标准”。在两个富有高度蓝色行为的人的影响下，我自己也很难容忍那些生活无序的做法了。

蓝色老爸喜欢旅游并收集地图，从上山下乡开始，几十年下来也有数百张，被他视同宝贝一样珍藏在一个铁盒里。在我的青少年时代，一次一群同学说要去湖南衡山玩，向他借地图。父亲拿出来，叮嘱务必保管好。我一边答应，一边迫不及待地拿着和同学去炫耀手中的宝贝。

两小时后回家，父亲的第一句话就是：“地图呢？”我从口袋里掏出来扔在茶几上，只顾自个儿客厅吃饭去了。等再进房间，发现父亲正埋头用酒精棉球擦拭着地图。过了一阵，挤出一句话“我留了三十年的东西都还是新的，你拿出去两小时就弄成这个样子，你以后不要再向我借东西了，我不会借给你的”。

父亲虽说没有老泪纵横，但直到现在，我就是闭上眼睛那凄凉的面孔也能浮现出来。为了这事，父亲大半个月没管理我。当时的我除了恐惧和沮丧外，只是认为，犯得着为张地图那么大惊小怪吗？

感谢上苍，让我有机会理解并洞察人与人在性格上的巨大差异。现在，我知道，我当时红色不以为然的行为深深伤害了蓝色的父亲，因为对于一个性格来说无所谓的事情，对于另外一个性格正是最有所谓的。如果你期望别人尊重你的行为习惯，你同样也要如此。

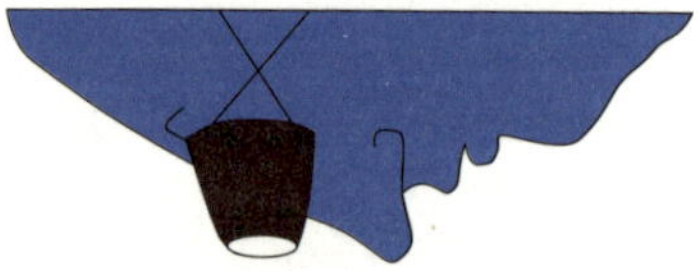

讲究精确 迷恋细节

精确是怎样练成的

从小，我的语文和历史成绩总是远胜数学和物理，无论如何用功，阅读公式后快感的呐喊始终不如沉浸在人物世界的想象中那般自然，这让我着实不解。后来观察了很多大学的文理科，总是感觉文科专业和理科专业的学生气质大大的不同。研究性格以后，蓦然回首，恍然大悟。理科对精确严谨和逻辑推理中的滴水不漏要求极高，由此可见，数学是一门蓝色的学问；而文科更重在抽象思维，重在想象，重在创造，这更加吻合红色的性格。

看来红色容易学好文科、蓝色容易学好理科是有深刻的性格背景支撑的，当然并非红色不能学好理科，蓝色不能学好文科，只是从天性的喜好和适应程度来讲，各有强项。关于蓝色在天性中的严谨和精确性，有就读于幼儿园的佐思先生为证。佐思先生的红色母亲在研讨会后，终于明白了她的蓝色儿子是怎么回事。

儿子18个月大时被送幼儿园，可他并不突出，很容易就被忽视，因为他几乎从来不主动举手回答问题，如果老师叫到他，声音总是很小。老师还反映，大家一起玩时，他更喜欢自己在玩具堆里找玩具。那时有几件事我觉得很有意思，当时却是我这个红色妈妈难以理解的。

1．儿子刚会画直线时，尤其喜欢画格子，他会不厌其烦地将一张纸画满。类似的游戏比如排卡片，要排得一丝不苟，非常整齐。现在仍然保留的游戏还是画格子，不过是涂色的、更整齐的。新发展的游戏有排珠子，他用不同的颜色排列规则图案。

2．幼儿园有不成文的约定，如果谁过生日，家长就要买蛋糕送到幼儿园。记得那是三岁生日，一个月之前大家就开始讨论。他很兴奋，关于谁买、谁送、什么时间、要有漂亮花结等细节都毫不含糊，之后他会不间断地提醒我们。儿子似乎不会忘记我们对他的任何一个承诺。

3．那时儿子有套书，讲过许多遍，每次我都会读得非常仔细，因为哪怕我少读一个字，都可能会被儿子打断，纠正漏了哪个字没有念。

的确，对于红色来说，真是要小心，因为一高兴大口一张给了个承诺，对于蓝色那样一言既出、驷马难追的人来说，怎么会轻易放过？也许这位红色母亲在公司里做事也没这么仔细，但就是这样，也会被这个蓝色儿子影响得说话越来越精细。每个人的个性，就这样被周围亲近或者重要的人潜移默化地塑造了。

蓝色喜欢准确，这强烈地受到他们完美主义的驱动。对于蓝色来说，任何值得做的事情都必须做到最好。他们对于标点符号的错误使用和页眉页脚是否对齐，能够轻而易举地发现问题所在，并不厌其烦地改正；儿时的蓝色可能与你在宾馆度假时，会强烈地要求和你互换一只拖鞋，因为他发现，两双同样是白色的拖鞋，鞋面却有不一样的花纹。在大部分时间里，他们的所作所为基本上是正确的，这是他们的生活准则。正因为如此，他们绝对不能接受那些不精确的人，并力图将错误纠正为标准答案。

在成都的一次研讨会上，我遇见一个小伙子，自我介绍正在部队服役，借放假的机会赶来参加培训。之后，我不断在课堂上宣称他是“陆军战士”来代替“部队服役”。没想到，他立即举手表示，他是“潜艇兵”不是“陆军”。当我再次口误的时候，他更加严肃和不爽地注视着我，重复声明。当时，我拿此作为一个极好的案例，用来说明调整我们的行为方式及用词是多么重要。

有趣的是，这个小伙子的性格是蓝+黄，而并非典型的蓝色。因为典型蓝色含蓄的特点，会宁愿在下课后向你提出问题，以代替课堂中公开质疑。因为有了性格中的第二色黄色，小伙子才会公开进行这样的纠正。

对你来说无关痛痒的词语，对其他人来说并非如此。学会理解并尊重他人的思想和他人的感受，学会理解别人，是我们一生的功课。

作为中国近代史上有名的人物，曾国藩是典型的蓝+黄性格。他以中人之资，成就非凡之功。知难为而为之，禀坚忍之性，修身齐家，终于成为一代名臣。史上记载，他有次去视察湘军新造好的战船，问船有多长，答曰120尺。结果他从船头走到船尾，怒曰：明明是135尺，为何虚报？原来曾一生严格自控，每日踱步修行，早已训练到每步路的标准尺寸都是3尺，绝不会有一丝偏差，而刚才恰好行走了45步，故对于下属这种极不精确的做法表示深恶痛绝。

自律精确到这份儿上，连皮尺也自叹不如。

● 你以为烹饪只是为了吃吗

《细节决定成败》这本书的出版，据说让企业经营管理者们对于细节问题的关注起到了一定的作用。在细节关注的层面上，德国和日本这两个国家当属楷模，因为他们对于细节的关注，使这两个民族的产品在品质上傲视群雄。

网上曾经流行探讨关于上海两条地铁的对比，在那个幻灯片中，将德国人设计一号线的精妙和国人设计二号线的先天不足进行了深入的探讨。从楼梯的扶手、自动扶梯的速度、人流转换的接口、地铁门的开启的单双层设置、停站的具体位置定点和上方标志的关系，进行了深入细致的阐述。最终对于德国人那种对细节的无限关注给予了高度的评价。

曾经在日本公司工作过的建强，对日本公司严谨的作风留下的烙印得出了如下结论。

八十年代末，在日本公司工作期间，我经常主持展览会，很多机器零部件需要报关，然后在很短时间内安装起来。那些琐碎的螺丝、螺帽及配件不能多也不能少，日本人管理井井有条。他们把那些配件放在塑料袋中，打上编号，再在塑料袋上打金属孔，就像鞋孔，用绳子穿上，提取、携带都很方便，又不会损坏塑料袋而使配件外漏。据说，在日本这也是一项小小的专利发明，可见日本社会严谨的工作作风。我自己本人是典型的黄色性格，天性当中缺乏严谨和仔细，但是日本公司工作的经历，训练我做事也具有了高度完美主义和仔细的特点，也就是现在有了很多蓝色的行为吧。

海南某房产销售公司的总经理永海，是建强的同学，这次研讨班上，也分享了一个他所见的超级蓝色购房者是如何买房的。

一次带上海客户到三亚购房，其中有个李先生，他蓝的程度超越了过去几年我所见的任何人。

首日考察时，李先生对每个楼盘都会详细了解，以至于在每个地点总是最后出来，所有人都在车上等他。经过一天，晚上回到这次考察的重点——一家五星级产权酒店，客户们都到酒店去泡温泉，唯有这位李先生没去。他要我们的销售陪他去看房间，每区每层每间看。事实上，每间客房毫无差别，而且晚上也看不出海景的效果如何。即使如此，他还是坚持让销售陪他到晚上11点多，最后还要了购房合同拿回去研究。

第二天一早，所有客户在早餐后纷纷去看客房，选择各自喜欢的房间，大约一小时后，这些客户回来签合同。快到中午时，大部分客户都已办好所有手续，唯有这位李先生刚回来，原来他把昨晚看过的房间又看了一遍。午饭后，签好合同的客户都去三亚当地买特产。而李先生拿出自己的手提电脑和足有一厘米厚的资料（那一大摞资料是从网上打印下来的《购房须知》），同时还有昨晚研究合同时列出的两页问题，要求销售人员对照合同一条一条解释给他听。在解释中，他不时在电脑上查资料，包括契税、维修基金之类的项目，他都一一在网上查看三亚的相关规定。

幸亏销售人员敬业，同时他给销售人员的感觉是真的想买房的客户，否则真会以为是来捣乱的，几年下来从来没遇见过这么仔细小心的人。正要签字时，李先生把合同的页码数了一遍，发现合同里面写的页数是19页，而合同包括封面封底在内是21页，于是要求务必修改该条款。销售人员跟他解释，这是国土局统一的购房合同，但他坚持务必修改。

因为蓝色的谨慎和思维全面，因为蓝色的关注细节和对于准确无误的苛求，很容易成为让人感觉最麻烦的人。但是不得不承认，因为不会出错，这种“麻烦”带给我们对于结果最大限度的安全感。也正是因为这种不厌其烦的精神，他们将所有自己正在做的事情做到力所能及的巅峰状态。一个绿色的女儿是这样评价蓝色老爸的：

老爸很喜欢烹饪，他喜欢的不仅仅是每日为了果腹而做菜，而是把它当成闲暇时自娱自乐的一个节目。说自娱自乐也不准确，因为老爸对烹饪每个细节的关注，是需要让观众学习和了解的，而烹饪的结果也是需要观众认可的。你知道素鸭的做法吗？要把豆皮用调好的腌料腌好，还要捆扎成型，老爸操作时的专注、享受，当成艺术在经营和投入的那种感觉，让人瞩目。我想起自己，虽然也有几道拿手菜，但每次心里都在嘀咕，做菜的每道程序真麻烦，不知道有没有办法简化，而不是想怎么能做得更好吃。以我这样的心态，做菜的水平可想而知，提高实在是很有限。

让我们再来看看商业机构中蓝色因为关注细节，可以起到的至关重要的作用。在许多组织的管理里，以蓝色为代表的理智主义者都占据着主导地位。他们希望企业的运作清晰可见，控制有方，不喜欢让人感到模糊困惑。规则、条例和政策是他们的思想指导，他们关注的焦点是细节，不给偶然情况留下什么空间。在追求具体数据和事实真相的过程中，他们似乎只对客观量化的东西感兴趣，所以有时难免会给人冷漠的感觉。

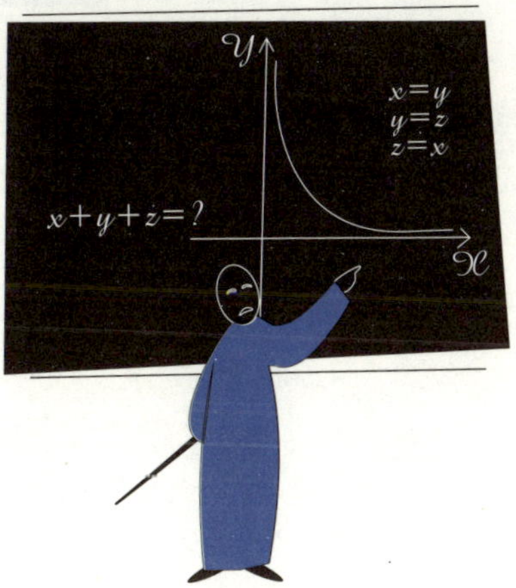

考虑全面 善于分析

● 谁能成为理财高手

外面有很多关于理财的书，其实在我看来，只有一句话的秘诀。按照成功学的理论，如果你想成功，你就要多和成功的人在一起；如果你想有钱，你就要多和有钱人在一起。照此推断，如果你想学会理财，就要多和会理财的人在一起。

以理财而言，红色当之无愧应该推选为最会花钱的人；黄色成为最会赚钱的人，在后文中我将详细阐述黄色为了赚钱是如何不要命的故事；而蓝色对于所有购物优惠券的良好保存，对于每笔账务事无巨细地记录，对于小数点后两位都有的敏感性，这些与生俱来的本领让他们天性成为省钱的高手。

这里我不用“理财高手”，而用“省钱高手”，那是因为个人甚至企业的财务实力，不仅仅取决于节省的本事，但是我们已经可以看到蓝色在金钱上的规划不像红色和黄色那样急功近利，不把所有的鸡蛋放在一个篮子里的风险防范意识，这些不需要传授就已经具备了。

蓝色是最有潜力成为理财高手的人。

必须补充的是，在四种性格当中，黄色由于他们的洞察力、前瞻性以及判断力，在投资上很有自己的心得和大收获，整体上蓝+黄或者黄+蓝的实力也相当可观。倒是有的时候，蓝色典型的理小钱很擅长，大资金上因为胆魄不够，有些人不敢下手，会失去一些机会。这些关于蓝色过当的问题，我们放在后面的章节分解。

一个训练出蓝色行为的人和一个天性性格是蓝色的人，他们是有着细腻差别的。红色再怎么训练，一回到生活状态中，就很难有蓝色这种思维缜密的表现。

多年前，外地好友到上海出差一天，言语中暗示让我作陪新天地，以实现一睹上海滩小资世界的梦想。因非我平日的活动地盘，紧急电话向红色友人二胖求助，请其推荐合适的进餐处。大呼小叫地斥责完我老土之后，推荐“入地轩”，问其如何，只是回答非常好。“是否去过？”“没有。”“没去过，为何推荐我去？”“我朋友去过，听说很好，没错的。”如此对话之后，欣然前往，用餐完毕，发誓此生不再问二胖任何问题。

后来类似的事情，我学乖了，寻找了一个蓝色。蓝色听完后反应如下：“你朋友吃不吃辣？”“不吃啊，那你们想吃什么菜系？”“喜欢热闹一点的地儿还是清静一些的环境？”“热闹一点啊，那要不要乐队伴奏啊？”“你的预算是多少？”问的时候让你觉得有点麻烦，问好之后，给你两个地方，并且帮你分析出彼此特点和差别，供你选择。最终让你舒心称心放心省心，而不是像二胖给你的答案让你最终钻入地狱。

蓝色性格的优势，如果发挥得好，就像围棋高手，每下一个子儿以前，都要先设想一二十“步”以后的情况。精确地说，决定他们那一盘棋胜负的，并不是面前那一个棋盘，而是他们脑中另外那一个棋盘，那一个肉眼看不见的小棋盘。这种考虑问题的缜密，使我们防患于未然，将所有可能遇见的问题在还没有发生之前，就悉数避免。万一还有若干没办法控制的，蓝色也事先想好了备选方案。

开枪打死一只鸟引发的分析风暴

蓝色的人适合做律师，相对应的，律师从业者中的确有不少是蓝色。除了蓝色的责任心、善于理解他人和细腻的原因外，更重要的是他们周密的逻辑和无懈可击的推理分析，往往在辩论的时候坚持原则，而不仅仅是以势压人。

有时你会被蓝色的问题气得七窍冒烟，但冷静下来想想，内心里充满了赞叹。在你看来不值一提的事，于他们是那样的举重若轻，也许正是这样严谨和不容出错的精神，才能达到至臻完美的境界。

我曾与一位百事可乐管理质量控制的学员保持联系，在某次的E-mail当中，我在结尾顺口问了句：“最近有什么趣事和我分享吗？”很快，我收到了他的回复：“乐老师，请你给出‘趣事’的定义。每个人对于趣事的认识会有根本的不同。没听过那句话吗？人与人的区别有时比人与猿的差别还大。当然，这并不是说做猿不好。”

当场无语，晕！没想到更晕的事情还在后面。隔天，我看到一个笑话。

某日，老师在课堂上想看看一学生智商有没有问题，问他：

“树上有十只鸟，开枪打死一只，还剩几只？”

他反问：“是无声手枪吗？”

“不是。”

“枪声有多大？”

“80分贝～100分贝。”

“那就是说，会震得耳朵疼？”

“是。”

“在这个城市里打鸟犯不犯法？”

“不犯。”

“您确定那只鸟真的被打死了？”

“确定。”老师已经不耐烦了，“拜托，你告诉我还剩几只就行了，OK？”

“OK，树上的鸟里有没有聋子？”

“没有。”

“有没有关在笼子里的？”

“没有。”

“边上还有没有其他树，树上还有没有其他鸟？”

“没有。”

“有没有残疾的或饿得飞不动的鸟？”

“没有。”

“算不算怀孕肚子里的小鸟？”

“不算。”

“打鸟的人眼有没有花？保证是十只？”

“没有花，就十只。”

老师已经满脑门是汗，且下课铃已响。但他继续问：“有没有傻的，不怕死的？”

“都怕死。”

“会不会一枪打死两只？”

“不会。

“所有的鸟都可以自由活动吗？”

“完全可以。”

“如果您的回答没有骗人，”学生满怀信心地说，“打死的鸟要是挂在树上没掉下来，那么就剩一只，如果掉下来，就一只不剩。”

当黄色力图用最简捷的方法解决最复杂的问题时，蓝色也许正在用最复杂的方法诠释简单的问题以确保周详和严谨。而正因为如此，他们经常运用现有的一个观点并使它发展，他们具有发明家的思想和本领。因此，黄色是把复杂问题简单化，蓝色把简单问题复杂化。

为了让这个令人肃然起敬的蓝色学生的光辉事迹能够在性格色彩的道路上发扬光大，我郑重地将这个不知道是真是假的故事摆放到我们的论坛上。之后，我目睹了不同性格对此主题的评论，捧腹之余，我坚信“所遇之人，必有红蓝黄绿，无论巧妙不同，各有规律其中”。

从BBS上截取了几个有代表性的对这个笑话的回复点评，没有丝毫的加工。从各人的语气、使用的标点符号和文字上，各位自己感受红蓝黄绿的奥妙和变化吧。

红色1号：酷毙了，COOL！！！！！！！！！！！！！！！！！！！！！超级（　　）颜色！！！！！！

红色2号：哈哈，看来以后撒谎啊什么的事情也要看清楚对象才能再实施啊……

绿色1号：如果是我，可能会拒绝回答这个问题。一是觉得问这问题的人无聊，二是怕别人觉得我回答这个问题无聊。可是我又担心不回答好像有点不给他面子，其实没有这个意思了。所以作为绿色的人，会觉得红色人大惊小怪；红色人可能会觉得绿色人无趣。

绿色2号：艺术是允许夸张的，而且流传千古的发人深思的耳熟能详的典故都是因为夸张的巧妙而合理。这使我们更深刻地认识典型人物的典型特点。我以为，这个故事很形象地让典型的蓝人跃然网上。另外，好像鸟的肚子里是不会怀孕的，应该改为：鸟巢里蛋壳里的鸟。否则让人家说你是优势过当，或是红色玩了一把蓝色的深沉。先声明我不是蓝色。

黄色：这个问题纯粹是无聊的人编的。

蓝色：楼上的朋友恐怕不是蓝色的人。其实，对蓝色的人来说，这个故事并不无聊，只是稍微艺术地夸张了一点而已。如果这个问题在现实生活中拿来问我，我不至于反问你15个问题，但我在回答之前至少会问你5个的。

黄色的人缺乏幽默感，同时干脆不会屑于去幽他一默；红色的人是为了快乐而快乐的人，哪怕在无聊中制造快乐，也认为是一件功德无量的事，就连用省略号都是那么的夸张；绿色的人处处配合，怕伤害别人，可谁也不能低估他们骨子里流露出来的那种你笑我不笑的冷幽默；唯独，蓝色的人过分重视逻辑性与关联性，至少从最后一位蓝色的回应中，你可以感受到蓝色具备的这种把任何一个笑话都可以进行深刻的命理分析的本领，这让我们不得不慨叹造物主的精妙。

执著有恒 坚持到底

便秘者，少蓝色乎

蓝色之所以容易成为四种人当中最值得信任的人，从各个角度已经讲过很多原因，从另一个视点来看，也因为他们一贯脚踏实地的作风和可以预测到的天性，这种安全感是其他三种性格很难在天性中营造的。在安全感得到保障的前提下，蓝色只要得到适当的支持，就可以完全发挥出内心深处的才智。问题是“可以预测到的天性”如何定义？本人宁愿把他定义为：规律。

蓝色可堪信任的另一个重要原因是，他们一贯脚踏实地的作风和可以预测到的天性，也就是做事情的规律性。

前面提到的那对踩甘蔗皮的双胞胎给我的印象太深，所以我一直期待能对他们多做一些观察。在我的恳请下，跟踪了一天那对双胞胎的生活。

兄弟中的黄色哥哥汤小宝，蓝色弟弟汤小贝，两人共同酷爱奥特曼。黄色小宝拥有不下15个式样的玩具版本，并且仍旧不停地疯狂增加，见人便绞尽脑汁说服你直到给他购买为止；蓝色小贝只有一个模型“宇宙英雄”，其他一概不喜欢，最重要的是每天同一时间、同一场地跳到当中怀抱模型仰天长啸：“我是宇宙英雄奥特曼”，据说180天如一日，未曾改变，而黄色小宝从来不屑于此。

常见小贝一人于空旷处原地跳高，并口中富有韵律地反复轻呼：“多做运动，多大便；多做运动，多大便；多做运动，多大便……”原来小贝谨记母亲的教诲，每日必定按时通便，不通顺时必原地弹跳，加速体内肠道蠕动以达效果，至此，口中真言方知奥妙。

通过对汤小贝小朋友行为的观察，我对蓝色的童年有了进一步的了解。当然，我不是想说明蓝色的童年都是那样度过的，但至少什么叫有规律的生活，我似乎一下有了开窍的感觉。有人质疑，难道绿色没有规律吗？须知绿色“规律”的关键在于不变化，而蓝色“规律”的关键是坚持，似原地起跳促进肠道蠕动这种事，绿色才懒得做呢。

所以我有时在想，我们是不是可以大胆推断：在所有便秘和痔疮患者中，蓝色的比例相对较少。如果这个推断是成立的，那性格色彩对于人类医学和身体健康的贡献岂不巨大？后面，我还将向各位证明心脏病、高血压、抑郁症、过劳死等生理和心理疾病与人类性格色彩的关系。这里我们可以尝试联想，比如暴饮暴食者，相对容易出现在自控力比较弱的红色而鲜少蓝色。遗憾的是，关于便秘的性格定律还没有小心求证过，只能在此聊做笑谈，仅供参考罢了。

● 如果琼瑶和曾国藩生在同一个时代

多年以前，被屎克郎感动。它推着一个小小的泥团上山坡，先用前腿来推，然后又用后腿，接着改用边腿。泥团一点点向上滚，快到上面时忽然滚回原地，屎克郎则紧攀在泥团上翻滚下坡。它又从头做起，重新推着泥团上坡，结果仍是失败。它一次次地尝试，但是一次次地失败。这种恒心和毅力让我再次想到蓝色的执著和坚持。

蓝色对于自己内心有兴趣的事物所表现出来的巨大狂热，通常不像红色那样，以张牙舞爪的姿态显示给世人，但他们势必会化狂热为专注。这种专注，不仅是那种一根筋坚持到底的精神，更有那种一旦投入，身上散发的与生俱来的痴迷、脸上弥漫的如入魔道的迷离和执著。平鑫涛在自传中对琼瑶这样写道：

贫穷，是她早年写作的一种动力，但蕴藏在内心的狂热，一旦引爆，就无法遏止。25岁那年冬天，开始写《窗外》，五月初脱稿。这其间，初学步的儿子十分磨人，丈夫嗜赌，常把微薄的薪水输掉，夫妇间时起干戈，使她心力交瘁，但还是在强烈的意志下，完成了第一部长篇小说。她的勤奋，与专注的投入，不是外人所能想象的。如果有一天我发现她在书桌前发呆，最好别去打扰，也许从这天起，进入“六亲不认”的时期——她在新作开始撰写期间，婉拒一切访客，包括至亲好友。

与那些激情恣意爆发、灵感到处流窜，有则闭门谢客发愤猛攻、无则卧床休息痛苦不堪的红色作家相比，蓝色严格地给自己规定每日的写作时间，你真的不能不佩服这些写作习惯如此规律而且坚持不懈的作家。

如果说红色作家的写作习惯，更像一只从非洲飘来的随时准备发情的雄狮；那蓝色作家的写作习惯，就更像一匹来自西伯利亚的孤独静守着的野狼。

曾国藩（蓝＋黄），堪称中国近代史上“立德、立功、立言”集大成的典范。排除他所处的历史时期的特殊历史地位，排除历史功过，以个人性格来看，曾氏对朝廷肝胆涂地忠昭日月，对朋友诚实守信义薄云天，对家人老老幼幼孝感阴阳，做人力奉圣贤，做事克勤克俭，将蓝色性格的优势发挥得淋漓尽致。令人敬佩的是，他为后世留下无数精美散文，其中包括1400多封家书和200多万字的日记，直到临终前一天才搁笔。是什么原因能让他在夜深人静、灯火阑珊的军营中车轿里城墙边战船上完成这1500万字的文字？翻开《曾国藩日记》和《曾国藩家书》，在不同的年代至少有十篇，从不同角度特别提到关于“有恒”的问题，这足以解释“西伯利亚野狼式”写作习惯的真正意义。

《曾国藩日记》

·查数，久不写账，遂茫不清晰，每查一次，劳神旷功。凡事之须逐日检点者，一日姑待，后来补救则难矣！况进德修业之事乎？

·《易》六十四卦，三百八十四爻，一言以蔽之，曰不恒其德，或承之羞。读之不觉愧汗。

·余病根在无恒，故家内琐事，今日立条例，明日仍散漫，下人无常规可循，将来莅众，必不能信，做事必不能成。

《曾国藩家书》

·近年在军中阅书，稍觉有恒，然已晚矣。故望尔等于少壮时，即从有恒二字痛下工夫。——谕纪泽

·余生平坐无恒之弊，万事无成，德无成，业无成，已可深耻矣。……尔欲稍有至就，须从有恒二字下手。——谕纪泽

·人生惟有常是第一美德。——谕纪泽

·凡事皆贵专。求师不专，则受益也不入；求友不专，则博爱而不亲。——致澄弟沅弟季弟

·行百里者半九十里，誉望一损，远近滋疑。弟目下名望正隆，务宜力持不懈，有始有卒。——致沅弟

·凡人为一事，以专而精，以纷而散。荀子称耳不两听而聪，目不两视而明。——致沅弟

·凡人做一事……不可见异思迁，做这样想那样，坐这山望那山。人而无恒，终身一无所成。——致沅弟

假若琼瑶阿姨和曾国藩生在同一个时代，从这一角度，或许文正公可收下琼瑶这个学生。不说“立德”“立功”，以“立言”而论，至少在写作精神上，琼瑶深得曾氏精髓。为何蓝色可以做到一直坚持，少见放弃?

首先，蓝色不像红色是乐观的自恋主义者，因为红色天性不愿意回顾过去的失败，而把眼光放在未来的快乐上。红色很难正视自己的负面，从过去和现在吸取人生的教训，所以要求红色先苦后乐是非常困难的；对于蓝色而言，先苦后甜是天经地义的事情。

红色要大快乐，但是小快乐一个也不能少；
蓝色如果有大快乐，小快乐宁可一个都不要。

另一方面，红色认为人生是“快乐”的生活哲学，因而害怕苦累，为了确保有足够的快乐体验，会制定很多计划，却很难坚持做下去；而蓝色认为人生是“严肃”的生活哲学，人生来就应该体验苦难和坎坷，必须“以专而精”，完成一事才可另起一事。居里夫人在《我的信念》一文中对此作了最好的注解：“生活对于任

何一个男女都非易事，我们必须有坚韧不拔的精神，最要紧的，无论付出任何代价，都要把这件事情完成，当事情结束的时候，你要能够问心无愧地说：‘我已经尽我所能了。’有一年的春天里，我因病被迫在家里休息数周。我注视着我的女儿们所养的蚕结着茧子，这是我感兴趣的。望着这些蚕固执地工作着，我感到我和它们非常相似，像它们一样，我总是耐心地集中于一个目标。我之所以如此，或许是因为有某种力量在鞭策着我——正如蚕被鞭策着去结它的茧子一般。”

蓝色的天然优势

以个体而言

- 严肃的生活哲学。
- 思想深邃，独立思考而不盲目从众。
- 沉默寡言，老成持重。
- 注重承诺，可靠安全。
- 谨慎而深藏不露。
- 坚守原则，责任心强。
- 遵守规则，生活井井有条。
- 深沉有目标的理想主义。
- 敏感细腻。
- 高标准，追求完美。
- 谦和稳健。
- 善于分析，富有条理。
- 待人忠诚，富有自我牺牲精神。
- 深思熟虑，三思而后行。
- 坚忍执著。

沟通特点

- 享受敏感而有深度的交流。
- 设身处地地体会他人。
- 能记住谈话时共鸣的感情和思想。
- 喜欢小群体的碰撞和互动。
- 关注谈话的细节。

作为朋友

- 默默地为他人付出以表示关切和爱。
- 谨守分寸。
- 对友谊忠诚不渝。
- 真诚关怀朋友的境遇，善于体贴他人。
- 能够记得特殊的日子。
- 遇到难关时，极力给予鼓舞安慰。
- 很少向他人表达内心的看法。
- 除非必要，否则很少谈及个人隐私。
- 经常扮演问题解决分析的角色。

对待工作和事业

- 强调制度、程序、规范、细节和流程。
- 做事之前首先计划，且严格按照计划去执行。
- 喜欢探究及根据事实行事。
- 先评估风险、障碍及状况，尽量排除不可预测的状态。
- 喜欢一切事情都按照预期发展。
- 尽忠职守，追求卓越。
- 高度自律。
- 根据事实执行所有工作上应有的流程。
- 喜欢用表格、数字的管理来验证效果。
- 注重承诺。
- 一丝不苟地执行工作。

蓝色的动机

完美

第五章
黄色优势

目标导向永无止境

● 一个MDRT会员的演讲

若上天有命，让你摊上一个黄色的子女，恐怕你的荷包从此得大大出血。黄色的孩子在童年时代就懂得，如何在大庭广众之下，运用各种手段以达到购买玩具的目的，他们可不像红色那样容易放弃。就算你狠下心来，没让他此刻得逞，可他们回到家里懂得曲线救国，最终将家里的阿爷阿娘搞定，还没等你反应过来，他们的玩具已经搞到手了。

以目标和结果为导向，不达目标，誓不罢休，是黄色一直就知道的。

在黄色朝自己目标前进的过程中，若是有谁敢于表示丝毫怀疑或者不信任，对黄色的能力不啻于莫大的侮辱和挑战。由此引发的结果是，黄色将在心中埋下一颗暗暗发狠的种子，这颗种子在黄色心中不断孕育，直到目标达成的那一天。

在保险行业的MDRT（百万圆桌会议）顶尖会员演讲中，有人提到自己能做到今天的成就，得益于两件事情：首先是他的母亲和周围朋友的打击，当他决定加入保险行业时，他的母亲和周围的朋友都极力反对；其次，就是他曾经最爱的女友在两人苦恋数年后，投入了一个阔少的怀抱。他之所以咬牙做到现在，唯一的动力就是，有一天他要向母亲证明“我是对的，你们是错的”；让女友知道“你离开我是你一生最错误的选择”。他毫不掩饰地表示，他最大的梦想，就是让那些认为他不能成功的人对他的预言永远都实现不了。

黄色一旦长大成人，他们与生俱来的动物凶猛和那种执著的原始野性，自然而然地就转化为对目标近乎疯狂的坚定，所谓的“不成功，便成仁”，并不是健康的黄色会寻求的人生轨迹。的确，他们会为了实现目标想尽办法并不遗余力，不停地唱诵着英特尔总裁格鲁夫“只有偏执狂才能生存”的口号前进。一旦目标不能实现，他们就会立即调整方向，从另外的角度对目标发起进攻，而非愚蠢得犹如堂吉诃德般冲向大风车，也不会像茨威格或屈原那样以死铭志。塞林格在《麦田守望者》里说："一个不成熟的男子的标志是他愿意为某种事业英勇地死去，一个成熟的男子的标志是他愿意为某种事业卑贱地活着。"这正是他们内心最真实的写照。

信念的坚持，至少也是生命延续的理由。虽然黄色和蓝色都是坚持的，但在坚持信念的同时不受任何外界的干扰而导致情绪波动上，黄色比蓝色天性要优越得多。

对目标和结果的关注，导致黄色的思维模式有时非常简单，简单到只有一句话："如果我没有达成我的目标和我要的结果，所有的努力再多也是无用的。"正因为如此，他们的眼睛里永远不会计较自己的付出有多少，因为付出1还是100的意义是一样的。如果没有达到目标，一样都等于零。这与蓝色略有不同，蓝色的确不吝啬付出，然而在付出的过程中，假设蓝色最终没有达到自己的目标，会因为自己在行走的艰难过程中体验的感觉，最终只能用悲情自慰；对于黄色，只不过是一个充斥波波情调的小资在那里瞎扯淡地调侃情操而已，黄色会认为"做到了是龙，做不到是熊"。

● 吾生有涯而目标无涯

全球收视率顶尖的电视系列片《幸存者》的传奇制作人马克伯耐特，在他的自传体小说《挑战——如何在生命游戏中生存和发展》的封面上，写了迈向成功的七个要素：只重结果；勇于面对失败；明智选择合作伙伴；毅力中见品格；无论对错，速决定；设置可达到的目标；努力向上，超越，再继续向前。七个要点剑锋直指黄色。按照法国总统戴高乐的说法是："唯有伟大的人才能成就伟大的事，他们之所以伟大，是因为决心要做出伟大的事。"

黄色似乎少有知足的时候，他们总是给自己定下一个又一个目标去达成。成大事的黄色，不能容忍平淡无奇的生活状态，渴望体验斗争的乐趣。

这种"置之死地而后生，知其不可而为之"的意志与气概，是很多黄色有大成就者的最大共同点。他们能够知难而上，以弱抗强，由弱转强，扶弱制强，创造奇迹，赢得永久的辉煌。

无论是在我当年从事雅芳与安利的直销行业，还是后来从事保险代理人，每个月在公司都有巨大的压力指标等待完成。回忆当时，假设红色和黄色两种性格的销售人员都提前五天完成了当月的销售目标，他们分别会有什么样的反应呢？大体上，红色那位兴高采烈，邀上一群狐朋狗友大开庆功宴，下月到了再来重新干过；而每次黄色虽已完成目标依旧埋首苦干，如果发现同僚中有人超过他的业绩，不会善罢甘休，定要弄个冠军才会暂停。

进攻就是最好的防守

国美的黄光裕认为："从事商业活动，危机感无处不在，但我并不害怕。我考虑的就是积极地去工作，一刻都不能停，稍有疏忽，可能就会被对手打败。"这种感觉与《兄弟连》里的台词描述得颇类似："我们是伞兵，生来就被包围。"

和这两位企业家同样的黄色同人们，经常发表此番"我每天的心情都是如履薄冰，如临深渊"的高论。如果说思危的根源正是不安全感，那我们应该如何来理解犹如superman和superwoman的黄色，怎么也会有不安全感呢？

以安全感而言，红色每日沉浸在"今朝有酒今朝醉，明日再担明日忧"的快乐和幸福中。就算有时会忐忑不安，很快就会被生命中的嬉戏和突如其来的喜悦冲淡；而绿色守着自己的一亩三分地，以老婆孩子热炕头的心态享受着恬适的生命，因为本身需求无多，对于环境的适应能力自然容易随遇而安；从理论上讲，蓝色才是四种性格色彩中最缺少安全感的人群，那是来自于他们的过度敏感和杞人忧天的倾向，他们总是担心会有未曾预测到的意外发生，即便做好了所有的防范工作和战前准备，也难以掩饰心中莫名的担忧，因而推动自己不停地进步。

来看看黄色吧，为了强化自己的竞争力，保证自己所拥有的一切永远独占鳌头和傲视群雄，他们会付诸行动来继续巩固和加强。黄色认为，安全就是不断地占领和蚕食敌人的地盘，这正好应验了现代足球理论中一个精髓的方针："进攻就是最好的防守。"对于蓝色来讲，最好的安全就是不断地修筑防御工事。鉴于此，当蓝色仍旧暗自嗟叹并停留于思想的恐惧或未雨绸缪时，黄色已经拔脚冲了出去。黄色为了得到自己定义的这种安全保证，有时会自己制造出一些假想敌。正是在这样一种“居安思危，不进则退”的推动中，黄色取得的成就越来越大。

红色：今朝有酒今朝醉，明日再担明日忧。
蓝色：天下本无事，庸人自扰之。
黄色：居安思危，不进则退。
绿色：无论风吹雨打，我自岿然不动。

求胜欲望战胜对方

就是当汉奸，也必须是一把手

“以和为贵”、“和气生财”对所有性格来讲，只有绿色是无须学习就可明白其三昧真义；那“胜者为王败者寇”就是专为黄色量身定做而制的。黄色似乎无须任何指点，天性中就具备识别强弱的能力，与此同时，他们以此为自己人生的座右铭，并乐此不疲地每日教诲自己“强者生存，弱者淘汰”。

美国肯尼迪家族世代流传的信念是：“不能甘居第二。”这种强烈的思想烙印使这个家族的成员活跃于美国上层，并产生了多位政治家，包括第35任总统约翰·肯尼迪。有趣的是，陈公博也曾在他的回忆录中说，当他劝汪精卫拖老蒋一道投日时，汪夫人陈璧君（黄色）曾斥责他道：“难道汪主席当汉奸也只能做第二把手吗？”

当汉奸也必须做第一把手，这黄色的魄力不由得让人敬佩不已。由此可知，“宁做鸡头，不做凤尾”的说法绝非空穴来风。总而言之，言而总之，对于黄色来讲，若能成为第一和领头者，的确是人生的一件快事。这可不像红色，领不领头不重要，有没有快乐最重要。

我观察过许多黄色孩童，发现他们更乐意和比他们年长的大小孩一起玩耍，而胜过与同龄小孩玩；假设与同龄人在一起，势必要成为“孩子王”，率领这支队伍与另一支队伍开始激烈的“厮杀”。

巴基斯坦前总统穆沙拉夫的母亲相信自己的儿子是个天生的领袖，因为“他还是个孩子的时候，他的小朋友们就总是等着他来决定玩什么”。

阿拉法特不到五岁时，母亲就去世了，他是由姐姐带大的。小时候的阿拉法特是个孩子王，十岁左右就显示出了不受任何人控制的独立精神和超乎常人的组织能力。阿拉法特喜欢组织邻居家的孩子们玩耍，“训练他们行军，谁不听从命令就用棍子管教谁”。

当发现领导同龄的一群小小孩没有太大的成就感时，黄色小孩便趋向于寻找大小孩，这样做可以使他们学到更多的东西，或者进一步期待在大小孩中寻求自己的霸主地位并验证价值，而他们自己并没有注意到潜意识里这样的感觉。

这就像黄色女生逛街不喜和女生而宁可和男生一起，原因恐怕也正在此。也许黄色女性在很小的时候便意识到，这个社会毕竟是男权社会，既然没有办法在一开始就施展自己的抱负，于是先通过与男性的接触，磨炼自己的战斗力并伺机取得机会，这样导致黄色女性总体上的闺中密友并不多。当然，她们也是最深谙“男人通过征服世界而征服女人，女人通过征服男人而征服世界”之道的，要么属于征服功成名就的男人，诸如邓文迪搞定默多克这类事儿；要么属于早期投资潜力股开始培养，好比希拉里摆平克林顿。

希拉里还是个学龄前儿童时，曾挥拳打了小区里一个无赖的脸，然后冲回家报告“我现在可以和男孩子一起玩了”。她没有辜负老妈给她起的名字：“希拉里”意为力气，既可用于男子名，又可用做女子名。数年后，希拉里成了一名参议员，与“老男人们”一起共事了。而“和男孩子一起玩”逐渐成了她一生的迷恋。从与克林顿的结合，以及自己的政治生涯，希拉里都能与重要的政治人物“玩”。进入参议院后，她的工作方式是与过道两边的人都建立同盟，展现出超人的政治才智。

在非洲草原上，常年生活着一到两头流浪的雄狮子，漫无目的地游走在别人领地的周围。它们不属于任何狮群，随时寻找偷袭的机会。它们一旦听出狮王年老色衰，便会发动出其不意的进攻。胜利后，会毫不犹豫地杀死狮群所有的幼崽，并占有老狮王留下的“妻妾”；一旦战斗失利，它们就会被咬死或者离开。在丛林法则中，它们不相信道德和眼泪，只相信实力。但丛林法则也是法则，所谓“盗亦有道”，它的核心原理就是“弱肉强食”，说好听点就是“优胜劣汰”。它的残酷性在于，抢不到手固然性命难保，抢到手如不枕戈待旦、奋发图强，迟早会身死国灭、祸及子孙的。“落后就要挨打”这个粗浅的常识，看来黄色早就知道了。

黄色自己的心理暗示正是，成为生活的强者，与此同时，他们也尊重强者，他们认为与强者的相处可以使自己变得更强！通过与成功者相处，自己可以更快地找到成功的捷径。

嗅取帝王和领袖诗句中的黄色味道

在人类的文明进程中，蓝色在思想史上稳坐头把交椅的位置，而抛弃以笔诛伐的篇章。若论帝王将相以及对于历史推进的作用，非黄色莫属。在大多数政治领袖身上，我们都可以嗅到黄色的味道。中国改朝换代的帝王和领袖中历来不乏文治武功之辈。我们尝试通过他们所作的诗词，窥一文而知全人，看看他们的共通性。

·西楚霸王项羽《垓下歌》：力拔山兮气盖世，时不利兮骓不逝。骓不逝兮可奈何，虞兮虞兮奈若何！

·汉高祖刘邦《大风歌》：大风起兮云飞扬，威加海内兮归故乡，安得猛士兮守四方？

·魏武帝曹操《观沧海》：东临碣石，以观沧海。水何澹澹，山岛竦峙。树木丛生，百草丰茂。秋风萧瑟，洪波涌起。日月之行，若出其中；星汉灿烂，若出其里。幸甚至哉，歌以咏志。

·隋炀帝杨广《饮马长城窟行》：借问长城侯，单于入朝谒。浊气静天山，晨光照高阙。释兵仍振旅，要荒事万举。饮至告言旋，功归清庙前。

·唐太宗李世民《句》：雪耻酬百王，除凶报千古。昔乘匹马去，今驱万乘来。

·大周女皇武则天《曳鼎歌》：天下光宅，海内雍熙。上玄降鉴，方建隆基。

·宋太祖赵匡胤《初日诗》：欲出未出光辣达，千山万山如火发。须臾走向天上来，赶却残星赶却月。

·金海陵王完颜亮《临安山水》：万里车书盍混同，江南岂有别疆封？提兵百万西湖上，立马吴山第一峰！

·明太祖朱元璋《咏日》：东头日出光始出，逐尽残星并残月。骞然一转飞中天，万国山河皆照着。

就连北洋军阀的老祖宗，只做了三个月帝王梦的袁世凯，居然也写出不少雄性勃发的诗来。比如《登楼》：“楼小能容膝，檐高老树齐。开轩平北斗，翻觉太行低。”在自家小楼上开个窗户，就跟北斗摆平了；睡觉翻个身，都嫌远处的太行山低。牛！

据《大明英烈传》记载，朱元璋做和尚时，一日，寺僧关了山门，朱元璋无法入内睡觉，露宿在外，当场口占一绝：“天为罗帐地为毡，日月星辰伴我眠。夜间不敢长伸足，恐怕踏破海底天。”似我等山野村民，若是如此，兴许只会在门口念叨着“天灵灵，地灵灵，土地老爷快显灵。若有一床棉被盖，给你叩首到天明”。

以历代知名开国君王来看，除了周文王姬昌、唐高祖李渊外，其余开国者都不是黄色。就这两位能够最终成事的，也是靠着各自的儿子姬发、李世民在后面的推动，而这两位恰好都是黄色。

由此可见，世面上随处可见的“成功学”书籍中，总是诲人不倦地指示人们“要想成功首先要会做梦，做大梦，做千秋大梦”，以“梦想”激励人们。孰不知，自古英雄出少年，举凡成功人士，有多少人是因为阅读“成功学”而一举成名的？至少打天下之王者风范，绝非后天锻造而成。

想起南唐后主李煜降宋以后，太祖赵匡胤赐宴群臣，席间问李煜，最得意的诗是哪首。红色的李煜想了想，傻乎乎地背诵自己《咏扇》诗中的一联：“揖让月在手，动摇风满怀。”而怀抱超级美人李师师的、也是红色的宋徽宗赵佶，翻来覆去的则是：“玉京曾忆昔繁华。万里帝王家。琼林玉殿，朝喧弦管，暮列笙琶。”这两位治国能耐不行，难怪会被人家欺负，最终国破家亡。但南唐后主以词作传世，宋徽宗则以独创的“瘦金体”书法名闻江湖也是不争的事实。

从历代黄色的开国帝王和领袖中，我们可以发现，他们普遍最喜欢用的词，常有“日月、天地、风云、山河湖海”等；描述数量，动辄千、万，口气巨大，使人觉得有恢弘气魄、主宰尘世之感。

斗天斗地 敢说敢做

从人生打架定律到黑帮老大人选

多年前我从业销售时，曾经读过类似《推销如高手，生活似国王》这样的书籍，书的内容不记得了，然而书名一直印在脑中不能抹去。此处套用一下，所谓“色眼识人到高手，人间百态皆可明”。何出此言？盖因性格色彩不仅可解释工作中上下左右的关系，包括结婚离婚、恋爱分手等每日发生的爱恨情仇，更可诠释子女教育中令家长苦恼的种种麻烦，诸如什么性格的孩子会离家出走？什么性格的学生会在学校打架？发生早恋的可能性最大的性格是什么？设若我们了解了他们的动机和行为表现，很多问题便可迎刃而解。

小学时，外班男生调戏本班女生。乐嘉同学奋勇向前，英雄救美，每逢此时，小胖总在身后“东风吹，战鼓擂”，并信誓旦旦，定将上阵亲兄弟，与我同抗外侮，然而每每动起真刀真枪来，小胖早已逃之夭夭；不像大胖，正式开打前话语不多，真正好戏上演时，袖子一挽，立马就上。盖因小胖是红色，大胖是黄色。

> 人生打架重要定律：拉拉队的人选要抓红人助阵，打架的同僚还是黄色比较妥当。

关于黄色的胆识，我在后面将详细论述。在打架的勇猛上，我算是彻底领教了黄色的无畏。要知道，那次是在对方与我们整体战斗力呈现2：1的状态下发生的。我在北方长大时，流传着“狠的怕愣的，愣的怕不要命的”的说法，恐怕这不要命的就是指黄色性格。黄色胆大，敢说敢做，舍得一切，甚至玩命。无知者无畏，按照农村的说法就是“初生牛犊不怕虎”，不是因为虎不食牛犊，而是因为犊未见过虎，所以不知厉害。蓝色的有知者，因为对权威的敬畏，被经验束缚，胆子越来越小，做事情越来越谨慎，失败的概率小了，成功的机遇也小了。

现在看来，街头古惑仔之类的头头脑脑，大多以黄色居多。你想，动刀抡枪的，有谁不是自己在血海肉搏中跌打滚爬出来的？没几分搏命精神和身先士卒的勇气，怎么在你的兄弟面前扬威立万？来看黑道电影中的巅峰之作《教父》：马龙·白兰度扮演的维托·科利昂（黄+蓝），和他儿子艾尔·帕西诺扮演的迈克尔（黄+蓝），一度成为黑道大佬们学习的楷模。从性格角度分析，即使大哥桑尼（红＋黄）不被枪杀，毫无疑问，最终教父让迈克尔接班也是明智的选择。两者相比，他的黄色比大哥的红色更适合领导这个庞大的家族。

由小时的打架，我们可以进一步地窥探子女教育的入门之术，比如，所谓的叛逆和离家出走。常被问到，什么样的小孩容易离家出走？其实如果你洞察了所有性格色彩内在的核心动机，答案就不言自明。

绿色因为追求稳定的天性和动机，在所有人中最具乖乖女相，与你行走在外，始终抓住衣角形影不离半步。即使一人在家独玩，也可享受自娱自乐的悠闲，所谓“赶他出去也不出去”。

蓝色轻易不离家出走，在上章蓝色的“成熟稳重”中已重点分析，蓝色太看重道德感以及他人如何看待自己，故总是迟疑犹豫，有心无力，实在逼迫得紧了，就以死了断，更有大多数蓝色能忍受内心的煎熬。

典型的红色受不得委屈和压抑，稍有如此，便使性子，发作出来。这时，红色内心期待周围众人能哄几下便可好转，若总是无此待遇，便号啕大哭惊天动地，并信誓旦旦必将离家出走，此等做法与跳楼有些相似。蓝色跳楼前从不说自己要做甚，总是待死后你才发现遗书一封；而红色却巴不得路人皆知他将以死明志，结果狂呼数次，却始终抓住窗帘，有声无跳，若果真没了，放心，不出三天，红人自行归来，原来，吓吓长辈便是他的目的。若是红+黄的孩子，或者在外面受到什么诱惑，就保不准会有什么事发生了。

女在外，父命有所不从

黄色没有上面三个好弄，以黄色性格的叛逆，一旦出走，绝不回头。如果你不能理解黄色在天性中的这种反叛意识，也许身为父母的你将会付出代价。

一位黄色的母亲对她黄色女儿谈的对象极为不满，定要拆散，列举了诸般不适合之处。黄色女儿誓死不从，继续我行我素，一个月相处后果真发现并不合适，然而在黄色母亲巨大压力下，不退反进，稍后成婚。原来黄色是通过成婚的方式来表达内心深处对于自己掌握命运的强烈欲望。对于他人对自己的指手画脚，黄色异常愤怒。她半年后离婚，这下黄色母亲开始重提“不听老人言，吃亏在眼前”的古训。黄色女儿只有一句回应：“离婚没什么不好，只不过是人生的经历而已。”

黄色的刚烈由此可见，又想起王宝钏小姐的事迹。

王宝钏为相府千金，抛绣球选婿，砸中了家徒四壁的薛平贵。父亲不允，意图悔婚。而王宝钏认定为天意，与父亲三击掌，断了所有情分。王小姐以相府宦门之女，跟薛平贵搬入寒窑冷洞之中，直到薛氏“投军别窑”，仍旧至死不变。在老娘来看她的《母女会》片段中，她恩怨分明地唱道：“倘若老娘百年后，儿就是披麻戴孝的人。倘若是爹爹身亡故，女儿不去哭半声。非是女儿不孝顺，他把儿夫不当人，宝钏心志早已定，贫困至死也不回相府的门！”

净身出户，这需要什么样的勇气呢？只有王宝钏这种执著坚定的个性，才有毅力死守十八年。这种为了恋爱和婚姻自由而吃尽千辛万苦，不惜与老子决裂的勇气，实在是胡适（红色）先生需要羞愧的。来看看胡适，你即刻便可以看到两种性格色彩在行为上的巨大差别。

胡适跟表妹游山玩水，培养了感情。人家与丈夫离了婚，而胡适却躲了。是顾忌道德还是顾忌家庭？我们只知道胡适“不禁黯然神伤”了。再看，胡适出国前就由母亲包办了婚姻，而他也不敢违逆母亲的意志。胡适对友人透露：“吾就此婚事，全为吾母起见，故从不曾挑剔为难。今既婚矣，吾力求迁就，以博吾母欢心。”留学期间，胡适爱上了韦莲司，在日记中称赞：“女士见地之高，诚非寻常女子所可望其肩背。余所见女子多矣，其真能具思想、识力、魄力、热诚于一身者唯一人耳。”即使这样投入地爱，最后他还是和没有思想交流的江冬秀过了一生，我们不难想象胡适精神的苦闷。

这就是胡适的婚姻，当他拼命向大众宣扬新文化时，自己却守着一份旧式婚姻，白头终老。你很难想象这是那个发表“没有爱情的夫妇关系都不是正当的夫妇关系，只可说是异性的强迫同居”的惊世骇俗言论的胡适，那个写剧本《终身大事》反抗包办婚姻的胡适！当然，胡先生也许会拿“百善孝为先”来无奈地应答后人对他在婚姻失败一事上的品评。

敢在老娘面前耍流氓

十年前，上海的《新民晚报》上登了一个听起来有如杜撰但确有其事的笑话。话说某男有露阴癖，在公交车上趁旁边女性众多的那会儿，开始展露那自以为优雅的高贵器官。众女子看到后纷纷花容失色、两股战战，夺路而逃。众人中有一大嫂面不改色心不跳地冲上前去，一把抓住某男那话儿，厉声而斥："敢在老娘面前耍流氓！"当即，轮到某男开始手护阴囊、面色发白，迅即消失，大概怎么都没想到天下还有此等勇猛的妇人。

女子篮球史上最能赢的教练，同时四次荣获全美最佳教练的萨米特（黄色）一直以来，秉持着这样的信条"你既然坐在了那张最大的椅子上，你就必须作出坚决的、不受人欢迎的决定……你既然是领导者，就必须负责任"。有一次，萨米特怀孕时开车回家，路上堵车很严重。这时，一个文了文身的胖男人试图利用空隙超她的车。她一下子把车别到男人的汽车前面，迫使他倒回后面去。男子大怒，朝他做了一个下流手势并骂了句脏话。她立即拉门下车，挺着肚子径直走到他的车前，伸手戳着他的胸膛，严厉地告诉他："如果你再来刚才那个姿势，我就把你的车废了。"那时，我突然明白，原来"巾帼不让须眉"是这么来的。

以上两者尚不能完全称为勇敢，但勇气实在令人钦佩。勇气里最崇高的，并不是由"发达的肌肉"散发出的，匹夫之勇的"勇"充其量只能算是黄色过当的莽撞。希伯来英雄参孙赤手空拳杀死一头狮子，固然比多带着一根哨棒的武松出色；不过，这种事情对他那巨人型的躯体来讲，实在算不了什么。如果壮汉打老虎是值得歌颂的，那么侏儒打老鼠也一样值得歌颂。真正的勇敢到底是什么？

在男人此生最应该看的十部电影中，《勇敢的心》名列前茅。"战斗，你可能会死；逃跑，却是苟且偷生，年复一年，直到寿终正寝。你们！愿不愿意用这么多苟活的日子去换一个机会，仅有的一个机会！那就是回到战场，告诉敌人，他们也许能夺走我们的生命，但是，他们永远夺不走我们的自由！"也许英雄并不是无所不能的神明，但英雄一定是无所畏惧的勇士。从下面巴顿将军战前动员令的演讲词摘要中，你能感觉到"勇敢"的意义。

弟兄们：

……当今天在座的各位都还是孩子的时候，大家就崇拜弹球冠军、短跑健将、拳击好手和职业球员。美国人热爱胜利者。美国人对失败者从不宽恕。美国人蔑视懦夫。美国人既然参赛，就要赢。我对那种输了还笑的人嗤之以鼻。正因如此，美国人迄今尚未打输过一场战争，将来也不会输。一个真正的美国人，连失败的念头都会恨之入骨。

你们不会全部牺牲。每次主要战斗下来，你们当中只可能牺牲百分之二。不要怕死。每个人终究都会死。没错，第一次上战场，每个人都会胆怯。如果有人说他不害怕，那是撒谎。有的人胆小，但这并不妨碍他们像勇士一样战斗，因为，如果其他同样胆怯的战友在那儿奋勇作战，而他们袖手旁观的话，他们将无地自容。真正的英雄，是即使胆怯、也照样勇敢作战的男子汉。有的战士在火线上不到一分钟，便会克服恐惧。有的要一小时。还有的，大概要几天工夫。但是，真正的男子汉，不会让对死亡的恐惧战胜荣誉感、责任感和雄风。战斗是不甘居人下的男子汉最能表现自己胆量的竞争。战斗会逼出伟大，剔除渺小。

在我们研讨会的学员中，有一位曾经指挥过无数战役的74岁的老将军，在分享军人的性格时提到，“英雄主义”、“军令如山”、“绝对服从”这些所有的教导，都在不停地强化军人们的黄色特质。即便不是黄色，从军几年训练下来，也都必须被训练出黄色的行为。日久天长，女兵个个出落得像花木兰，男兵则有那么一点《高山下的花环》里排长靳开来的味道了。

勇气在上面所彰显的，更多的是对抗外侮强敌和压力恐惧下的反应；而另一个层面，又将看到黄色对待生活的勇气。在后面关于蓝色的章节中，我们发现在面临生活的重大打击和压力下，很多蓝色会选择以死代替活，来了断或表示内心的愤怒和抗争。有时，死并不需要勇气，而活下去则需要更多的勇气。在这点上，黄色表现出了前所未有的坚强和勇敢。

尼采在《查拉图斯特拉如是说》里这样解释：“我告诉你们什么是超人。人是要超越自身的某种东西。……我的兄弟们！别信那些传说来世希望的人！”这个自懂事起就被病魔蹂躏的伟大天才，这个孤独一生的伟大灵魂，假如他不能赋予生存以意义，那他实在没有理由在这个世界存活下去。想想看吧，一个人五岁起就开始患上眼疾，一度看不到三步以外的东西；一个人五岁起就开始头痛，以至整夜无法入睡，这样的人生究竟还有什么值得留恋的？这个最后终于疯狂的超人曾这样说：“昨天，新年里的头一天，我展望未来不寒而栗。生活是可怕而有风险的——我羡慕所有那些可以平静安详死去的人。可是我依然决定活下去，否则我这一生将碌碌无为。”

坚定自信 毫不动摇

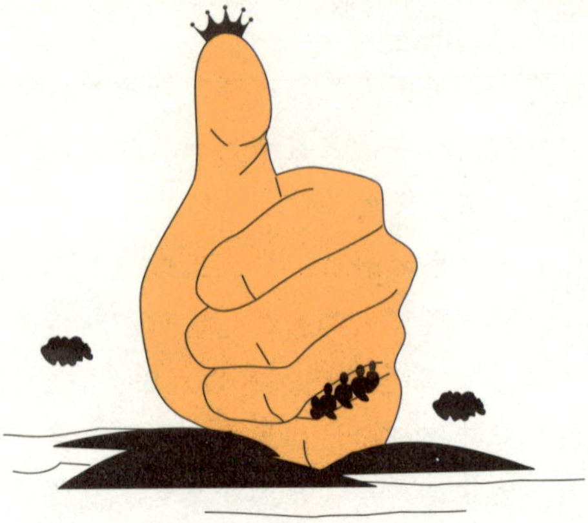

政坛人物毫不动摇的普遍性

以前面帝王和领袖的诗句中，各位感受的是黄色君临天下般的远大梦想和目标。以下这组当代和现代的政治人物，个个指向黄色的坚定自信。

丘吉尔的生命力非常顽强，又极其自信。这种坚定刚强，让悲观与消沉的情绪丝毫侵蚀不了他。在每天二十四小时的生活里，他未有一分钟被消极占据，他永远是一个精神抖擞、意气风发的人。他自己说："若不是因为我将来有当首相的希望，我早就不搞政治了。"就靠这种不信邪的劲儿，他在六十六岁时当了首相，七十七岁时又当了首相。在战争中，坚决；在失败中，不屈。

小布什在1978年竞选众议员失败，他的父亲老布什在1964年第一次竞选参议员时失败，他的爷爷也曾在第一次竞选参议员时失败。但布什家族的这些人并没有因为第一次的失败而灰心，而是积极地投身于更加激烈的政治角逐中。小布什继承了家族这种传统的政治素质，同时也养成了坚忍不拔、执著顽强的性格。这一性格显示在对伊战争中，就是坚持自己的主张，置天下反战的呼声于不顾，必要时抛开联合国，也要对伊开战。美国《纽约时报》这样撰文评价布什："布什是一个言出必行的人，他做事情往往只注重目标和达成目标的有限手段，很少考虑他人的感受。这使得布什可以成为一名杰出的执行者，但并不是一名伟大的政治家。"

拉姆斯菲尔德，这位号称比军人还强硬的文官，包括他的妻子都认为他本质上就是名摔跤手：极富对抗性，特别喜欢一对一的搏斗，且极端相信自己赢得比赛的能力。他带着一股要施展长期压抑的政治抱负的冲劲，七十岁成为最年长的国防部长，每天早晨六点半开始工作，一干就是十二小时。此后，他促成了阿富汗战争和伊拉克战争。而他最爱引用的是丘吉尔在二战期间讲过的一句话："胜利不是最后的结局，失败也不是最后的宿命，重要的是勇气。"

赖斯性格沉静，不喜张扬，受人尊敬，但同时又无比坚定，这正是布什想要的风格。助手们常称赖斯是“斗士公主”，她骄傲、高雅，在任何时候都镇定自若。在美国诸多官员和访问华盛顿的外国政要眼里，赖斯才是真正的铁腕人物。

萨达姆·侯赛因自诩为“阿拉伯的利剑”，他曾经说过：“当我在监狱时，我读了海明威所有的小说。我尤其喜欢《老人与海》。”像那位倔犟的老渔夫一样，六十五岁的萨达姆抱着这样一个坚定的信念，“一定要做一件让你们所有人大吃一惊的事”。美国中东问题专家斯特恩说：“人们常常有一种错觉，以为萨达姆是一个疯狂的、失去理智的人，实际上他是一个相当冷峻、讲究策略、手腕高明的政治家。他信奉德国前首相俾斯麦的政治哲学：决定历史命运的不是议会的投票箱，而是铁和血。”

普京刚上任的时候曾推行了一系列政策，包括应对别斯兰人质事件。虽然报纸道貌岸然地谴责了冷血所付出的人民生命的代价，但是字里行间透露的信息是：沙皇式的人物，真是酷毙了！他被描述成一个超级教父形象：“铁腕，声色俱不动，不妥协，谈笑间，樯橹灰飞烟灭。”在处理重大事件时，普京处处显示出惊人的决断力和超常的理智，这使得他获得了绝大多数的民意支持。

撒切尔作为英国政治史上的铁娘子，许多政策都有强硬的色彩，她给人的印象是泰然且有非常强的自制力。：“一个人如果总是在迎合别人，不要别人的批评，那么，他在这个世界上必将一事无成。”这是铁娘子形象的真实内容。她从来没有公开承认过自己的错误，即使她后半生的主张与前半生相矛盾，她也不作任何解释。

斯大林、赫鲁晓夫、卢武炫、沙龙，不一而足……以上众人，无论国人喜恶如何，从性格角度，我们必须承认，他们具备坚定自信与毫不动摇的素质。从政者中，黄色占的比例是相当大的。

● 我无法忍受我不是上帝

以色列人的辉煌大半缘自他们的信念。“草必枯干，花必凋残，因为耶和华的气吹在其上；百姓诚然是草。草必枯干，花必凋残；唯有我们上帝的话，必永远立定！”（《旧约·以赛亚书》第40章）《旧约》的最大特点是“信念”。这句话就是无比坚定的信念，既是相信上帝，又是相信作为上帝选民的自己。

黄色内心深处的相信，不仅是对信念的坚定，更多的是对自己的信心。按照软银国际总裁孙正义的说法——“最初所拥有的只是梦想和毫无根据的自信而已，但是所有的一切都从这里开始”。而自信的要义是，当你什么都没有，也没有任何征兆显示你将成功的时候，你就能够坚信一切即将到来。古往今来成大事者，莫不需要此种特质。市面上关于成功者和企业家的书籍已经太多，几乎所有企管人物或者成功人物的传记中，随处可见他们坚持那些他人认为不可能的目标，直至成功的案例。红色的梦想再多，如果没有这种信念，也只是漫天飘逸的肥皂泡而已；蓝色的蓝图再详尽和完整，如果没有这种信念，也只是海市蜃楼的美丽幻影罢了。

哲学家叔本华一向以狂著称，但最不买账的就是他的母亲。其母倒也不是凡角，而是19世纪末期德国文坛十分走红的女作家。她从来不相信儿子会成为名人，主要是因为她不相信一家会出两个天才。两个人最终彻底决裂，叔本华愤而搬出了母亲的家。临走前，他对母亲说道：“你在历史上将因我而被人记住。”狂言后来果真变成现实。叔本华的私家弟子尼采继承了乃师的这种狂劲。在论证“上帝死了”时，尼采说：“世界上没有上帝——如果有，我无法忍受我不是上帝。”狂中带有几分周星驰式的无厘头味道。

国学大师章太炎一生孤鲠，半世佯狂，持论偏激，行为怪诞，不愧为“民国之祢衡”。他自称“章神经”，颇有自知之明。早年在日本，东京警视厅让他填写一份户口调查表，本是例行公事。章太炎十分不满，所填各项为：“职业——圣人；出身——私生子；年龄——万寿无疆。”这与另一位洋傲哥的表现有异曲同工之妙。那人是谁？是英国文学家王尔德，此公赴美演讲时，海关检查员问他有什么东西需要报关，他说：“除了天才，别无他物！”真是神气非凡。

在我个人看来，张爱玲的行事行文倒是大有王尔德之风。王尔德素以智力上的优势为傲，张爱玲也是“不聪明的人她就不喜”（胡兰成语）；两人都喜欢奇装异服地招摇于人前，在擅长自我包装方面堪称合璧。

在追逐爱情的过程中，黄色虽不浪漫也没什么情调，但是骨子里狂妄所散发的那种自信足以征服他的对象。

1927年的一天，毕加索在巴黎地铁站的人群中，发现了一个天蓝色眼睛、浅黄色头发的女学生。他上前一把抓住她的胳膊，肆无忌惮地说：“我是毕加索，我和你将在一起做一番伟大的事业。”经过六个月的交往，少女终于向毕加索“投降”了。或许口气越大，就越能征服女性。英国作家劳伦斯这样对有夫之妇弗丽达说：“我将会改变这个世界未来一千年的历史进程。”而他的“勾引”计划同样得逞了。

我在此不想评价任何结果和是非，只是想一起来体验一下自信能够产生的力量。无论你称之为狂妄也好、狂傲也好，不得不承认，在他们这里“信念无敌，狂傲有理”。

黄色对于目标的执著，让他们认定逆境是一个伟大的教师。他们笃信那些一生都走平坦大道的人是培养不出力量的。黄色性格通过逆着潮流而不是顺着潮流游泳，来培养自己的力量。也许这就是所谓的越挫越勇。

控制情绪 抗压力强

黄色，不相信眼泪

曾国藩有一句名言：“打落牙齿和血吞。”西方也有一句名谚：“藏起受伤的手指。”两者大意相同，都是说在遭遇挫折时，要暗吞苦水，尽量不要显示于人前。这正是黄色的一种处世态度和做人谋略。

1936年，国民党五中全会期间，汪精卫遭刺杀，身中三枪，幸而未死。当时，汪夫人陈璧君听说后赶到现场。汪身受重伤，浑身是血，跟陈说：“我完了，我完了！”陈大骂汪精卫：“你刚强点好不好，你硬一点好不好，干革命的，还不早晚就有这一天，早晚会有这个结果！”由此我们可以推断，汪精卫成事至少有一半是靠他那黄色的太太在后面撑腰。

控制情绪外露到底能有什么好处呢？它的好处很多，比如，可以掩盖自己的软弱，以免自身形象受损；可以隐藏自己的实力，以免对自己寄予厚望的人失望而去；可以显示自己的强大，以免引来落井下石者。我观察了很多黄色的孩子，小时候即使被父母打了或者在外面受了什么委屈，也很少哭，你认为是被父母教导的吗？也许其他性格的少儿需要知道“莫斯科不相信眼泪”，但黄色性格从小就认为眼泪只代表软弱，生活只相信实力。黄色深明此理，不论遭遇任何挫折，宁可暗咽苦水，也绝不向人痛哭流泪。

以销售人员的心理素质为例，黄色虽然不具备红色与生俱来的那种热情揽得众客归，也不如蓝色坚忍持久，但黄色具备的“大雪压青松，青松挺且直”的强大心理素质，让人好生羡慕。当红色与蓝色面对客户的拒绝时，红色可能会情绪化而导致放弃，蓝色可能多看了几次脸色就因过分自尊而导致愤世嫉俗、怀疑生命的本质因而无法行动。当他们已经蔫了的时候，黄色似乎还没有痛苦的感受，即便碰了灰、撞了门、贴了冷屁股，也丝毫不会影响他们的工作情绪和目标，这是什么原因？王朔曾经在接受电视采访时表示，对于内心痛苦的情绪发泄，他有自己的操作方法。

记者：别以为谁骂得凶谁就厉害了，除了骗稿费，现在你还会玩什么别的花样？

王朔：骂人是我自个儿的事。现在大家都可以自由发言，我为什么不能？我不看别人的眼色，我想怎么干就怎么干，别人管不着。我不依靠谁，我喜欢做什么就做什么。我就是一条叫的狗！

记者：为什么还在出书？不会干点别的吗？

王朔：出书赚钱，很正常。我想什么时候出书就什么时候出书，我自己都管不着我自己。

记者：你和最好的女朋友都说什么？心里难受的时候找谁发泄？

王朔：不发泄，自我消化。我原来是跟她说的，后来发现说了也没用，不解决问题，并且说了很不安全，所以现在习惯了不发泄。

说黄色没有“痛苦”的感觉是不公平的，“自我消化”就是黄色可以采取的招数之一。黄色咀嚼和反刍痛苦的能力强，是因为在你看来痛苦的事情，他们甚至不觉得痛。显然上天赋予黄色的敏感和细腻少得可怜，而正由于这种特性的缺失，造成了黄色的开拓和坚定。他们对于痛苦的不在乎，或者说他们能够迅速地从痛苦中恢复的能力，使他们能够更多地集中精力于如何去做成下一步，而非总在过去的阴影和失败中沉迷堕落。《人物周刊》有一段对李敖的采访：

人物周刊：您感到过痛苦吗？您的个人痛苦怎么办？

李敖：应该可以用自己的哲学把它化解。任何痛苦的感觉，在我看来都叫负面的情绪，好比说悲哀啊、生气啊、愤怒啊、沮丧啊，所有的负面情绪，在人生里都是可以从技术上把它消灭，或者减少的。

人物周刊：但是我很想知道，您先后两次坐牢，漫长的一两千个日子是怎么过来的，没有痛苦吗？您是怎么消解的？

李敖：这就是自己的磨炼。很多人磨炼不过去，头发全白的，得了精神病的，很多。敌人有两个：一个是环境，另一个就是你自己。不可以自己跟自己过不去，这个敌人要消灭，这一点我做得很成功。我可以把自己控制得很好，我就没有多愁善感，比如说落日，（当然）我在牢里时是看不到的，现在我老了，坐在我的书房里，整天看到落日。我不会像林黛玉那样，发现花落了，就一边葬花一边哭，“试看春残花渐落，便是红颜老死时”！我没有这样子，花是花，我是我，落日是落日，我是我。你把它区别开，沮丧啊、痛苦啊、伤感啊，这都是错误的情绪，我们要把它正面化。

人物周刊：那说明您智商太高，可以改变自己的命运。也有人认为人生是宿命的，无法更改的……

李敖：（打断）我不相信！我认为努力和不努力不一样，挣扎和不挣扎不一样，当然（努力了）可能更坏。我相信有为主义——这件事做了跟不做是不一样的。

显然，李敖先生并不了解性格色彩的基本法则：蓝色的林妹妹边葬花边流泪，只是因为蓝色容易触景生情，小姑娘家又寄人篱下，因此有感而哭，这只是蓝色表达情绪的一种方式，未见得就是“错误的情绪”。对性格中有大量黄色的李敖而言，内心深处自然是很难理解和认同的。你可以说遇见困难要积极思维，但是流泪未必一定是有问题的。而在后句话中，我们清楚地看到了黄色的“有为主义”，显然，黄色坚信行动可以改变一切。《和平年代》里说：“当幻想和现实面对时，总是很痛苦的。要么你被痛苦击倒，要么你把痛苦踩在脚下。”

黄色告诉我们：“受苦的人没有悲观的权利，远征的人没有流泪的资格。”

“皮厚”——人言可畏的免疫宝

来看看王小波对自己的评价：“我自己像20世纪初的爪哇土著人，此种人生来勇敢，不畏惧战争；但是更重视清洁。换言之，生死和清洁两个领域里，他们更看重后者；因为这个缘故，他们敢于面对枪林弹雨猛冲，却不敢朝着秽物冲杀。荷兰殖民军和他们作战时，就把屎橛子劈面掷去，使他们望风而逃。当我和别人讨论文化问题时，我以为自己的审美情趣、文化修养在经受挑战，这方面的反对意见就如飞来的子弹，不能使我惧怕；而道德方面的非难就如飞来的粪便那样使我胆寒。”

如果说蓝色是四种性格里脸皮最薄的人，那黄色就是脸皮最厚的人。蓝色在这些外人的评述中很容易有精神上的问题，于是在外人的指指点点中开始坐不住，因此蓝色只能用“士可杀，不可辱”作为自己有朝一日忍受不了道德非难的退路。他们对于韩信能够忍受胯下之辱的做法，打心眼里钦佩，然而轮到他们自己，是做不出来的。

而黄色“皮厚”的好处是，感受疼痛域限值极高。当感受到五分疼痛，蓝色觉得自己已经无力承受的时候，黄色还只是觉得有人在隔靴搔痒。所以黄色可以轻易抛弃王小波遭遇的苦恼，做到“走自己的路，让别人去说吧”，而蓝色是很在乎别人评价的，任何一点风吹雨打，都会使蓝色冥思苦想。而那时黄色在暗示自己：“你们怎么评价我，对我来讲就是个屁！我的成就与你们的评价毫不相干，重要的是，我做出一些什么来证明！”所以黄色，恭喜你，“皮厚”是人言可畏的免疫宝啊！

艾伦·纽哈斯，国际传媒巨鳄，《今日美国》的创始人，退休后写了一本自传《一个狗娘养的自白》。在书中，作者说自己当时为了竞选学生领袖，定下很多计谋干掉对手，并且他毫不在乎把这样的事拿出来炫耀。敢于说别人说不出口的实话，需要“不害臊”，这是成功者重要的心理素质。这里的“不害臊”正是我们这里强调的不在乎他人的评价。

红色在内心深处希望得到别人的认同和赞赏，没有认同就无法生存；蓝色对于外界变化的高度敏感，导致了他们患得患失、多愁善感；而绿色更是活在照顾周围的人际感受中，生怕自己所做的事情让别人不高兴，有严重地为了别人而活着的倾向；唯独黄色是四种性格中最不受情感所累的人群，他们不会缩手缩脚，他们并不理会什么人言可畏，他们能够真正全神贯注于自己的想法。他们的我行我素和对外人评价的置若罔闻，此时此刻反而成为他们的有利条件。

相比之下，黄色的武则天做得更绝，她的陵前立的是一块“无字碑”，也许她有意在身后留下一片空白，任由褒贬，随人评说。事实上，在我看来，她根本不在乎你们这群俗人说些什么。

现在，你选择继续开车还是撞死女孩

学驾驶的时候，我那黄色的师傅曾严肃地对我说：如果有一只猫跑到你的车前，一定要狠下心来把它轧死。不可为了救一只动物而调整方向盘，以至危及自己或其他乘客的安全。对于心怀悲天悯人和喜爱动物的人来讲，这实在是非常残忍的。你尝试过这位师傅的建议吗？但是你必须承认，黄色是在让我相信他恪守的一条准则——永远区分什么对你是最重要的。事实上，以结果而论，黄色提供的这条建议绝对是真知灼见。很多人在面临情感和理智挑战的关键时刻，经常会让情感战胜理智，从而产生不可挽回的后果。

现在，让我来问你一个问题。假如你是一个士兵，驾车在崎岖山路上去执行任务，左侧是峭壁右侧是深渊，正要转弯时，一个美丽的小女孩突然跑到路中间。这时，你有三种选择：一、继续开车但是会撞死女孩；二、打方向盘但是你会掉下悬崖；三、急刹车但是车会打滑，结果两人一起死。问：如果你只能选一种，你如何选择？有很多人会选择二，即使错误是女孩的。

然而，在同样的情境下，假设你的车上还有十名其他战士，你会如何选择呢？再假设车上的确只有你一个人，可是你身上携带着牵涉整个军队是否战斗胜利的情报，这时你会如何选择？你越被问题的答案困扰和抉择的痛苦纠缠，你受到情感影响和道德影响的可能性就会越大。

战场上有种治疗类选法（根据紧迫和救活率来选择优先治疗对象的方法）更能说明问题，战地医院的医生必须在伤员中进行挑选，哪些须立即手术以挽救生命，哪些稍后治疗可以康复，哪些无法挽救只能死亡。这些选择不能出错，如果他不愿意或者不能作出判断并承担责任，他就是在推卸责任。在选择医生的时候，我曾经提到，蓝色的医生是人们心中的偶像。但是，在战地这样的特殊环境下，黄色显得那么重要。

黄色具备的这种克制情感流露的能力，可以让他们能够头脑清晰、不失去理智地判别和抓住重要的事物，这在成就某些大事的过程中尤其需要。有太多的历史证明了意气用事造成的千古恨。电影《教父》里，老爸有一句经典的台词"keep your friends close, keep your enemies closer"（和你的朋友保持亲近，但要和你的敌人更亲密）。黄色可以为了报仇卧薪尝胆，克制自己的痛苦情感，并通过这种做法使敌人放松警惕，伺机行动。从前一直不能理解，勾践怎么会把自己喜欢的女人献给吴王，其实对于黄色来讲，舍不得孩子套不住狼，他们永远知道最重要的是什么，为了目标的达成可以忍受一切痛苦和折磨。中国历史上最大的商人当以吕不韦为冠，吕氏在公子异人流落时，投入重金，扶持其成为秦庄襄王，最终的回报是国相之位。经营整个国家的生意，吕丞相事先投入的当然也不小。

《英雄》里最后有一个镜头，荆轲在关键时刻放了秦王嬴政一条生路，最后秦王在挣扎的痛苦中仍旧挥手下令射杀了荆轲。我们可以尝试进入秦王的思维，情感上他想放掉荆轲，然而从原则上和整个国家统一大业的角度来看，一旦放掉，军令皆无，威严何来？在要完成的事业和内心的情感中，秦王即使背负天下痛骂的恶名，还是痛苦地选择了前者。他并非不知道当中的关系，只是黄色的他能够将工作与情感截然分开，情感归情感，工作归工作，两不影响。后人自当痛骂秦王冷血无情，好在黄色知道自己做的是什么，黄色这种不受情感干扰的能力在推进事业的过程中尤其重要。

19世纪伟大的战略家、统一德国的领袖人物俾斯麦首相有言，"切不可为了感情而结盟，因为我方所作的牺牲将被对方视为一种完成高尚目标所应当付出的代价"。的确，建立在交易基础上的友谊比建立在友谊基础上的交易更为可靠。这也正好从另一个侧面验证了，为什么出色的政坛人物和那些卓越的商业精英大多数是黄色性格。

黄色不受情感干扰的能力，在推进事业的过程中尤其重要。

坦率直接 实用主义

谁最不喜欢使用MSN和手机短信

问：最不喜欢发短信和用MSN的性格色彩是什么？为什么？答：黄色。一、浪费时间；二、太麻烦。

很多时候觉得黄色没什么情调和情趣，所谓“不解风情”。你还别说，有时仔细想想，的确是，自从有了这两样东西，人们原本无比简单的沟通开始变得复杂起来。尤其是在工作上，同一屋檐下的同事相距五米之遥，明明两句话可以搞定的事情，偏要用这种现代化的工具你来我去，弄了半天，效率极为低下。观察我周围见到的商业大贾和成功人士，似乎绝大多数并不喜欢这两样东西，也许道理就在其中。对于大多数黄色性格来讲，用最快的方法把问题搞清楚并解决掉，才是最重要的。

在白宫，赖斯说的话就代表布什。在布什政府的官员中，早上第一个见到布什，以及晚上最后离开布什的人常常是赖斯。小布什也毫不掩饰自己在外交和国家安全事务上对赖斯的依赖，并称同她在一起感到开心和放松，问她一些在专业人士看来是小儿科的国际问题也用不着不好意思。赖斯能够将复杂的国际问题和对外政策，用小布什能够听懂的方式三言两语讲清楚，她擅长将复杂的问题简单化。

所以，赖斯顶替鲍威尔做国务卿，除了老鲍的鸽派风格不符合布什、切尼、拉姆斯菲尔德、沃尔福威茨这四个黄色性格的鹰派风格外，赖斯能够将复杂问题简单化的本领也是她具备的一项高超技能。所谓透过现象看本质，黄色总是擅长一下子抓到重点，这深受大脑智商并不高但很有西部牛仔风格的布什喜爱。

在我看来，MSN也好，手机短信也好，蓝色似乎最喜欢这样的宝贝，这种过程的感觉很有唯美的味道。应用在情感恋爱中，道理如出一辙。

蓝色的人一直一相情愿地以为，自己的心思别人应该能了解，所谓的默契、所谓的心照不宣、所谓的一点就通、所谓的……后来头破血流，才发现周星驰的名言真是有理：“你要，你就说；你不说，我怎么知道？”对呀，人和人的想法千差万别，更不要说那些微妙的感受了，怎么能要求别人与我保持同步呢？当你与蓝色相处感到非常疲倦时，换个黄色试试，逐渐发现，黄色的坦率和直接会让人感觉非常轻松。从前觉得坦率至少不那么褒义，起码有三条“罪证”：不懂得变通，不懂得含蓄，不懂得体谅别人的感受。现在突然发现，坦率可以让你不用费任何力气和脑细胞地去揣测对方的真实意图。

对于大多数绿色的人来讲，“言不由衷”这四个字经常在他们的行为中出现，甚至已经成了习惯。用不在乎掩饰在乎，用微笑掩饰失望，用平淡掩饰情绪。两个绿色的人一起相约逛街，都很在乎彼此的感受，因此都从自己以为的对方需求的角度出发，从而提出一些建议。比如，一个绿色会以为对方希望先坐下来吃点东西，即使并不饿也会提出这样的提议。而另一个绿色事实上可能并不饿，但是以为提出建议的人希望吃东西，因此欣然表示同意。

蓝色会掩饰自己的内心，不让人窥破。而绿色会违心地做一些事或说一些话，让场面上过得去（他们实在不愿意面对和处理冲突），哪怕只是做些假象。红色因为希望别人喜欢自己，总是会更趋利避害一些。如果说红色和黄色都属于说话直接的，两者相比，黄色也许更甚。

红色说话更多地是为了大家都能开心，如果红色觉得说出来对方可能会不开心，达不到他希望达成的效果，就会表示缄默；而黄色说话更多地只是为了表达想传达的信息，从这个意义上而言，黄色是最富有效率和最不拖泥带水的。

● 两点间直线最短

两点间直线的距离最短。在理解了黄色性格以后，才发现几何的这一基本原理居然是那样的英明，富有前瞻性。

一个丫头因为从未品尝过辣椒酱的滋味，故大声吵闹着要吃。家人百般劝阻，唯有黄色母亲拿起筷子蘸了辣酱后说：“姑娘，来试试吧。”此后，女孩不敢再吃，见母如见虎。

年少时看《洛克菲勒传》，有一个情节觉得实在匪夷所思。相传老洛先生启蒙他孙子的商业智慧时，这位石油大王让小孙子沿着扶梯爬上天花板，并声言有重奖。待到小朋友即将爬上去，他猛地抽掉梯子，让小儿从半空跌落。待小洛哭毕，老洛语重心长道："不要轻易相信任何人，包括你的爷爷。"那时还以为有钱人是否钱多了所以心理变态，现在才发现是自己孤陋寡闻，原来那是人家黄色性格的独门教育方式，让小孩避免痛的最好方法就是——首先明白什么感觉是痛。

黄色小哥训练妹妹练习电脑打字的方法是，直接扔给妹妹一张报纸，命令她从头到尾打一遍，并告诉她：有问题不要问，自己解决，全部打完，问题就解决了。这样一可训练能力，二可避免小妹浪费时间去看动画片。就是这位小哥，当他离开湖南老家到深圳创业时，临行前家中泣声一片，唯超黄色父亲只扔下一句话："没事不要总打电话回家，一定要学会独立，干一番事业！"而此位老爹当时为了教育兄妹二人，在经济尚可的情况下，直接请了五个私人家教。

黄色男士在与绿色女友谈了若干年恋爱后，准备结束这种没有婚姻的形式。你以为黄色会用多浪漫的方式来表示他们的海誓山盟吗？现在已经是他的绿色妻子告诉我说，当年他们所有求婚的对话只有两句。某个慵懒的早晨，黄色醒来以后说："哎，胖子，我们什么时候去登记啊？"绿色更绝："你定好了。"于是对话over，酷！

对手是绿色当然容易搞定，来看另一个黄色男士如何搞定一个蓝色女孩。黄色没有任何多余的浪漫动作，只是千方百计打探到女孩喜欢巧克力和百合花。于是从那天起，周一到周五，每天就巧克力和百合花交互式地用快递狂轰滥炸，直到女方的办公室在整整365天内，全部被这两样东西包围和充斥。

黄色的粗犷风格现在好处来了，黄色不喜欢玩深沉，谈恋爱是为了什么？是为了结婚生子，传宗接代，安家立业，稳定后方，所以自打一开始黄色的目标就明确，逮到机会，就直奔主题。首先黄色开宗明义，上来就直奔主题，表明我想干什么。当然黄色也不是像那个可怜的红色阿Q那样，用"吴妈，我想和你睡觉"，这样很有创意的开场本来无可厚非，只可惜阿Q先生性格中没什么黄色，给人家一吓，结果尿了裤子，觉没睡成反而被暴打一顿，成为人家的笑柄。这个世界就是这样，你最后和吴妈睡觉睡成了，你就是英雄；没睡成，你就是傻X；这又符合了黄色性格"胜者为王败者寇"的丛林法则。

回到黄色的直接，黄色知道自己要干什么，上来就和你说："我就是为了和你睡觉而来的，而且不是为了睡一觉，是为了睡一辈子的觉！"但是你说："我已经有男朋友了啊。"黄色会说："只要没结婚，大家都是竞争上岗。"为了自己的幸福，黄色开始了自己的争取之旅。其实就算女孩跟他说"我已经结婚了"，那又算个屁，结了也是可以离的。在黄色眼里，幸福是要靠自己去争取的，形式的东西统统滚蛋。

人们很少从典型黄色的脸上看到温柔的表情，他们往往给人让人畏惧的印象。他们觉得别人都很脆弱，容易上当受骗。有时，你甚至会觉得黄色的直接，简单得可爱！因为黄色性格的单筋思维，他实在不知道如何来表达内心深处的情感。一位黄色男士告诉他的未婚妻，结婚的时候要送给你一枚更大的钻戒，原因是他老爸当时送给他老妈一枚很大的结婚戒指，他认为送枚更大的钻石就是代表更多的爱和情感。

即使对自己喜欢的人，黄色也不是通过柔和的语言来传达，而是以行动保护对方来表达自己的情感。他们认为支撑爱情的是责任，爱情就是保护对方，给对方提供安全，其他都是没有实际意义的。

快速决断 敢冒风险

黄色商人的阿拉斯加嗅觉

好机会只是在事后才被证明是好机会。当它刚刚来临时，谁也看不清它的面目是和善还是狰狞。而黄色能在情况不明时，专注于其中的利益，勇于决断，所以他们会抓住机会。

在1876年之前，美国的阿拉斯加，尚属俄国所有。俄国在与土耳其交战中失败，发生财政危机，急于将这片“没用的冻土”卖给美国。当时美国的南北战争正打得如火如荼，经济状况也不好，一再表示对这块土地不感兴趣。有一天，俄国驻美大使深夜求见当时的美国国务卿西沃德，表示如果美国愿意接受阿拉斯加，只需支付720万美元，这意味着每平方公里的地价只有4.8美元。西沃德知道再也找不到这么便宜的买卖了，在未请示总统和未经国会同意的情况下，擅自做主，成交了这笔生意。后来，他的越权行为遭到国内舆论的强烈抨击。四年后，阿拉斯加发现了金矿；接着，这里不断发现的丰富资源给美国人带来一个又一个惊喜，人们开始意识到西沃德做了一笔多么聪明的交易。而现在，这块占全美领土六分之一的土地已珍贵得不能再出售了。

抓机会跟古董交易相似，只有当大家都不清楚它的价格时，你才可能以极小的代价得手，但是也可能买错。一旦它的价值被大家公认，固然没有买错的风险，但也不会有意外的收获。黄色深明此理，所以他们敢在机会来临时当机立断。

来看看官渡之战中，曹操是怎么扭转局面的。

袁绍的谋臣许攸献上劫粮之计，这时“左右疑之”，曹操却敢于一搏，亲自前往。乍看去，曹操把全军成败系于来投的敌将，实为孤注一掷，与赌徒无异，但按照《三国志》的记载，如果考虑到当时的情况，我们就可以理解他了：“公与绍相拒连月，虽比战斩将，众少粮尽，士卒疲乏。”可见若不用许攸之计，等于坐而待毙，与其这样，倒不如赌上一把，尚有取胜的机会。从这件事情中，足见曹操当机立断决策之明，比之优柔寡断的袁绍，高下立分。

在曹丞相归天的1700多年后，某夜我梦游天国，对当年他为何能如此不怕风险、快速决断一事做了采访。按照曹的说法：“虽说快速，但是确实经过了非常仔细的思考。后辈拿破仑总结得很好——三分之二的决策过程是基于分析和情报，另外三分之一永远是闪现在黑暗中的灵光。”这种灵光有时的确需要敢于承担责任的勇气。

长白山生死时速历险记

北京某大公司十年庆，组织公司近两百号人到长白山旅游。游毕，原定清晨五点从山中出发赶往机场，搭乘中午航班回京。老总为不让大家太辛苦，故建议八点出发。行进半途，出大事了！原来几日前当地山洪暴发，政府大坝泄洪淹了小学，死了部分贫苦人家的学生。由于地方政府应对不力，同时有官员在群众情绪激动时，发表了某些刺耳的言论，引起村民和死亡学生家长在当天早上封路抗议。于是交通瘫痪，七辆大巴被困路中间，动弹不得。

这时，众人七嘴八舌开始献计献策。有人说全部人马拎上行李步行绕路而过，同时让旅行社派车再来接（根本不现实，没有可行性）；有人说原地等待（原地等死的最大问题是万一疏通不顺，无法赶上飞机）；更有人抱怨若早上五点出来岂不没事，还不如现在原路返回多逗留一日（公司事务繁多，当日全体必须回京，不可耽搁）。在一片讨论声中，老总下车从过往村民处打探到，有一条山间小路也许可绕道而行。于是对话如下："确认吗？你以前走过吗？三小时够吗？如果你确认，不要说两百，带到了我给你三百，还包你来回。"

全部确认后，老总当即决定坐上小面包车带头，指挥全部人员走这条前途未卜的乡间小道。上车前，村民提及有某路段限高，老总立即设法联系市政将桥拱下的铁架先锯掉，回头再补偿；与此同时，设法找到警方关系，在转到大马路时请警车开道，以保证到机场路途顺畅；最后将原定餐厅的中餐取消，改为外卖送到机场。在最后一刻前抵达机场，一行人按原定计划返京。

付出的代价是三百元小费和将角钢架修补好，这部分费用刚好可以与省掉的中餐扯平；原定返途中的两个景点没去成，取而代之的是回程体验了美国大片《生死时速》的感觉。最终目标达成，胜利完成任务，如果当初不这么走，还不定会出现什么状况。

对黄色来讲，工作能力是他们的财富和责任。从商业的角度来看，追求进步和成功使黄色的人成为成功路上的王者，他们比其他性格更容易迅速取得胜利。红色需要黄色督促他们，并且随时把有可能偏离轨道的目标拉回来；蓝色需要黄色给予一定的强迫，以促使他们勇于行动而非止于思考；绿色需要黄色帮他们订立目标，并且推动他们完成。这些成功的驱动程序里都已经预先在黄色的内存中安装好了，只需黄色自己的开机程序，一切就都可以完成。

抓大放小 高效行动

出名要趁早，并购要速决

健康的黄色在商业领域里发挥得好，敢于为未来做"长线投资"，所以他们容易赢得未来。在处

黄色作决定不费力，归根结底，完全是因为他永远知道，什么才是最重要的。他们能够抓大放小，永远关注结果！结果！！结果！！！

理和判断问题时，黄色抓大放小的特质，让他们能够舍弃眼前以求长远。

微软创业初期，IBM有意合作开发软件。合作前，IBM要求盖茨在一份保密协议上签字。协议规定：与这次合作有关的一切内容都必须严格保密，如发生泄密，由微软负完全责任。但IBM对微软的任何秘密都不感兴趣，因此不负任何保密责任。在常人看来，这是一份完全不平等的条约，但盖茨毫不犹豫地签了字。因为他知道，跟强大的IBM合作，意味着当时弱小的微软得到了一个大展宏图的机会，其价值远远超过所谓的公平合理。正是这次合作，为微软的霸主地位奠定了基础。

为何外人感觉黄色在作类似决定的时候并不费力，这是因为，红色在思考问题时，容易受到太多外在信息的干扰和诱惑，当太多的信息统一集中在面前时，他们无所适从；而蓝色最大的麻烦在于他们的较真，蓝色会因为鞋上有灰而万分痛苦，一定要全部擦掉才能穿鞋出门；而黄色心里也许会痛恨鞋上的灰，但他知道今天最重要的是出门见一个人，灰可以想办法在路上擦，如果人见不到，一切作为全是白搭。事实上，当红色为穿哪双鞋的选择而焦灼，绿色在为是否应该出门而思索，蓝色正在擦灰的时候，黄色已经走在了路上。黄光裕的行为就是最好的写照。

国美电器的黄光裕在论述自己的工作作风时强调：我对自己的要求比较高，也比较严。我做事的习惯是，方向一旦明确，一般有三成把握，我就敢去做。我要求速度，尽快实施。我不会花三个月来谋划，把规划书的标点符号都改清楚。我是边实施边修正，但在重要的事情上想让我放弃是非常难的。

从前看到张爱玲说：“出名要早呀！来得太晚的话，快乐也不那么痛快。”总觉得她有点急功近利，岂不闻“少年得志者，人生多悲凉”的古训。突然明白，原来黄色只想说明一个意思：办事要争取时间。

功成名就之人将打高尔夫视为象征，王永庆也不例外。他早年对此道乐此不疲，但是由于时间宝贵，性子又急，每次等不到黎明即起，并派人用大手电筒照明，完成了这种本该悠闲的活动。当球迷们来到球场时，发现他早已打完，准备上班去也。

身为犹太后裔的埃利森，似乎秉承了犹太商人的精明与胆识。他对收购痴迷有加，而几次成功的收购使业界为甲骨文叫好。以收购仁科软件为例，这笔交易使甲骨文停滞近两年的股票一天之内上涨了6%。当有媒体问到成功收购的秘诀时，埃利森回答道：速度是成功的不二法宝。看来，对帆船运动情有独钟的埃利森，将追求速度的运动宗旨贯穿到自己的事业征程中。也正因为如此，甲骨文一贯奉行的收购要诀是：以驾帆船的速度并购、并购，速战速决。

读懂盖茨十一条人生箴言的所有奥秘

在比尔·盖茨写给大学毕业生的书里，有一张单子上，列有十一项学生没能在学校里学到的事情。盖茨在书中谈到，让你感觉良好的政治上正确的教导培养出一代不知现实为何物的年轻人，这种教育只能导致他们成为现实世界中的失败者。对于即将走入社会的学生，他提出自己的十一条箴言作参考，这十一项分别是：

· 生活是不公平的，要去适应它。（不要去抱怨生命中的不公平和遭遇的不幸，要用行动去改造。这里的适应是主动的“改造”，并非单纯被动的适应。同时告诫人们要学会接受现实，所谓“改变不能接受的，接受不能改变的”）

· 这世界并不会在意你的自尊。这世界指望你在自我感觉良好之前先要有所成就。（对于蓝色，这可真是当头一阵棒喝，面子值多少钱一斤，撕下来扔在地上踩一踩，没有成就一切都是空谈，所以要学会控制自己的情绪而去行动）

· 高中刚毕业的你不会一年挣四万美元。你不会成为一家公司的副总裁，并拥有一部装有电话的汽车，直到你将此职位和汽车电话都挣到手。（不要奢望一步登天，但是面包会有的，一切都会有的，这些东西只要你去做、去行动，迟早都是你的）

· 如果你认为你的老师严厉，等你有了老板再这样想。老板可是没有任期限制的。（在你有任何的不满之前，先要做你应该做的，而不只是做你喜欢做的事情。大器早成和晚成都是器，关键是你要成为“器”，五“子”登科是要做出来的，行动）

· 烙牛肉饼并不有损于你的尊严。你的祖父母对烙牛肉饼可有不同的定义，他们称它为机遇。（想当年电视连续剧《破烂王》风靡全国，捡破烂亦可成为亿万富翁，遑论出身。“不管白猫黑猫抓住老鼠就是好猫”，“条条大路通罗马”，“英雄不问出处”。国人早有无数精辟的用语阐述，盖茨这么直白没有文采的话，都是一个意思：做什么都是做，只有最后做成最重要。现在就行动吧。）

·在你出生之前，你的父母并不像他们现在这样乏味。他们变成今天这个样子，是因为这些年来一直在为你付账单，给你洗衣服，听你大谈你是如何的酷。所以，如果你想消灭你父母那一辈中的寄生虫来拯救雨林的话，还是先去清除你房间衣柜里的虫子吧。（“千里之行，始于足下”；“治大国若烹小鲜”，“不积跬步无以成千里”。先从小事开始，马上行动）

·生活不分学期。你并没有暑假可以休息，也没有几位雇主乐于帮你发现自我。自己找时间做吧。（耻于休息，勤于工作。不停地做、做、做，在行动中发现和寻求自我表现的价值和机会）

·电视并不是真实的生活。在现实生活中，人们实际上得离开咖啡屋去干自己的工作。（不要在一些无聊的不产生任何价值的事物上浪费时间，同时切记，电视中营造的虚幻影像将误导你只是停留在幻想上，并且腐蚀你的意志，所以立即行动，去做你该做的事情）

·如果你陷入困境，那不是你父母的过错，所以不要尖声抱怨我们的错误，要从中吸取教训。（聪明人不是不摔跟头的人，而是不在同一个坑里连续两次摔落的人。如果抱怨本身不能解决任何问题，那就请去寻找解决问题的方法，去找吧）

·你的学校也许已经不再分优等生和劣等生，但生活仍在做出类似的区分。在某些学校已经取消了不及格分数；只要你想找到正确答案，学校就会给你无数的机会。这和现实生活中的任何事情没有一点相似之处。（“胜者为王败者寇”。生活的残酷性在于，人们并不看你付出了多少，从而让你得到更多的机会，人们通常关注的只是最后你得到了些什么。所以，努力让自己成为优等生，努力成为优等生的方法就是首先想成为一个优等生，其次去做些事情让自己成为优等生）

·善待乏味的人。有可能到头来你会为一个乏味的人工作。（按照四种性格色彩的分析，黄色和绿色更容易成为传统意义上乏味的人，绿色的乏味多是由于他们的一成不变带来的枯燥感，而黄色的乏味大多是由于他们对于工作的疯狂使他们成为最没有情趣和情调的人，而黄色本身并不觉得自己乏味，因为他们享受工作的快感。按照前后文的理解，我更倾向于认为，本句中“乏味的人”更指向

黄色，因此，此话我们可以理解为——善待黄色的人，有可能最后你为一个黄色在工作，哈哈）

这十一项法则，居然有八条直接和行动力有关，从多个角度号召人们“坐而言，不如起而行”，另外三条虽然没有直接和行动搭上边，但与黄色完全吻合，并间接与行动有莫大的关系。据此注解，盖茨对于所有大学生人生之路的建议就是：大家在个性上都要做黄色！他不会希望全世界所有人都和他一样吧？

只要有什么新想法，立刻就会付诸实行。这样的行动力是黄色的能量所赐，同时也起到了消除忧郁的作用。他们的日程表总是排得满满的，工作以外的时间，会被旅行、运动等活动填满。什么也不做的空闲时间，对他们来说，不仅非常不健全，而且还是一种恐怖。

黄色的天然优势

以个体而言

- 不达目标誓不罢休。
- 不停地给自己设定目标以推动前进。
- 把生命当成竞赛。
- 行动迅速，活力充沛。
- 意志坚强。
- 自信、不情绪化，而且非常有活力。
- 坦率，直截了当，一针见血。
- 强烈的进取心，居安思危，不退则进。
- 独立性强。
- 有强烈求胜的欲望。
- 不畏强权，勇敢，并敢于冒险。
- 不易气馁，不在乎外界的评价，坚持自己选择的道路和方向。
- 危难时刻挺身而出。
- 讲究速度和效率。
- 敢于接受挑战并渴望成功、胜利。

沟通特点

- 以务实的方式主导会谈。
- 喜欢主导整个事情进行的方式。
- 能够直接抓住问题的本质。
- 说话用字简明扼要，不喜欢拐弯抹角。
- 不受情绪的干扰和控制。

作为朋友

- 给予解决问题的方法，而非纠缠过去。
- 迅速提出忠告和方向。
- 直言不讳地提出建议。

对待工作和事业

- 动作干净利落、讲求效率。
- 能够承受长期高强度的压力。
- 强烈的目标趋向，善于设定目标。
- 高瞻远瞩，有全局观念。
- 善于委派工作。
- 坚持不懈，促成活动。
- 行事作风明快。
- 天生的领导者，富有组织能力。
- 竞争越强，精力越旺，越挫越勇。
- 寻求实际的解决方法。
- 以结果和完成任务为导向，并且高效率。
- 当机立断，善于快速决策并处理所遇到的一切问题。
- 富有责任感。

黄色的动机

成就

第六章
绿色优势

FPA性格色彩入门——跟乐嘉色眼识人

中庸之道 稳定低调

中国的传统文化号称五千年灿烂辉煌，实际上是一种十足的绿色文化。中国文化历来受儒家影响，根深蒂固，传承下来，奉行中庸之道仍是祖宗之训，深入民心。先来分析一下先秦百家争鸣时各学说的性格色彩。

先秦百家的绿色文化

墨家墨子主张“兼爱”和“非攻”，他被称为中国最早的和平主义者，这种特质明显属于绿色性格的范畴。可惜墨家思想同时有浓厚的实用主义倾向，他们以当时社会的有用无用、有利无利为唯一标准，反对一切无用的理想主义治世观，对儒家多有抨击。他们用这种实用主义来抨击他人就太不明智了，活该被早早地挤出了主流文化。

法家韩非子绝对是中国专制主义的鼻祖。他们主张积极进取，大搞权谋，此文化也属于黄色，结果自己多半死于非命，学说也多遭后人诟病。

兵家韬略中勤懒参半，最得人青睐的则是“上兵伐谋”、“不战而屈人之兵”、“以逸待劳”等策略。所以中国在思想启蒙不久，所有鼓吹黄色特点的思想几乎全军覆没，就难怪以后绿色文化会发扬光大了。

儒家的绿色文化

孔夫子精通“六艺”，年轻时是个官迷，壮年时周游了列国。他本人是个大红色，但他的学说是：提倡学累了去当官，官做腻了再学（“学而优则仕，仕而优则学”），没让人边工作同时又上夜校进修，大概是怕累坏了。他主张“礼乐”治国，让老百姓听听歌，让贵族们演演“礼数”，像小孩过家家一样，天下就太平了，真是轻松。“仁者爱人”、“和为贵”、“忠恕”、“己所不欲，勿施于人”、“君子和而不同”、“矜而不争”，所有的一切全都是围绕着“绿色”的性格特点。

孟子提出“仁政”，称“人皆可以为尧舜”。孟子也有非暴力思想，他说，“善战者服上刑”，他反对战争的原因是“争地以战，杀人盈野，争城以战，杀人盈城”，倒霉的总是人民。这种非暴力思想，和印度圣雄发起的非暴力不合作运动颇有相通之处。

最绝的还是荀子的“吾日三省吾身”。你想，一“省”还不得个把钟头？三省过后，这半天就打发了。这一招到了宋明的大儒那里，进一步发扬成“半日读书，半日静坐”，要把一天全部打发掉！

道家的绿色文化

在中国文化中，道家是与孔夫子的儒家相辅相成的。其祖师老子主张“无为而治”，那就是什么也不干！而在《道德经》中，老子更把“水”作为道家文化非常重要的一个载体，将水的绿色文化发扬到了巅峰状态。

《老子》第八章曰：上善若水。水的不争在于它的柔弱本性。无论高处有什么样的无限风光，它都淡淡而过，顺其自然地向下游而去。涓涓细流不恋仙境，义无反顾地奔向大江的怀抱；蒙蒙细雨静静地滋润干涸的土地。它帮助万物，却从不与万物争名夺利。水最大的道在于，以柔克刚，以退为进，用不争达到争的目的。蒙蒙细雨会变成狂风暴雨，涓涓细流会变成滔滔洪水，滴水可以穿石，水能载舟亦能覆舟。

道家的庄子提倡宽容、多元化、反异化、反暴力的思想——他提出“宽容于物”、“兼怀万物”、“天地与我并生，万物与我合一”；“物物而不物于物”，控制外物而不被外物所控制；破除“成心”，结束“日与心斗”。

由此来看，绿色那些大事小事与事无争、超然度外的人，一般被视为软弱的、呆傻的、平庸的人。其实不然，与世无争的人不会轻易被名利左右和金钱诱惑。在一段时间里，他们也许一无所获，但他们最终会得到道德和良心的丰盈，还会拥有平淡从容的生活状态。

佛家的绿色文化

中国的士大夫大概还嫌儒家懒得不够，多数还要学学道家，以至被称为“外儒内道”，即里外一起绿。对中国文化有重要影响的还有佛教，佛教以其戒、定、慧三学阐述苦、集、灭、道四谛说，宣扬慈悲理论。这样三教共勉、三位一体，清一色的绿色文化就成了中国的主流，从此发扬光大起来。

绿色文化的精华说起来就是一种追求和谐的文化、不讲究过度的文化，点到为止的文化、得饶人处且饶人的文化，留得青山在不怕没柴烧的文化、强调平衡的文化。

懒人有懒福

绿色爱静不爱动，在做人做事上就成了一种恒持的定力。不像蓝色进入一个陌生场合，会找个角落站着，冷言旁观周遭的“敌情”。可爱的绿色始终奉行“能坐着绝不站着，能躺着绝不坐着”的原则，不放过每一个可以松弛一把的机会。

绿色坐下来就不爱四处走动，绿色遇事以不变应万变，在失去了许多机会的同时也少犯了不少错误，还用不着费劲去改正错误。公司不景气，绿色也懒得跳槽，大有同老板共存亡之意，能博得一个忠诚的名声，也少了许多颠沛。

现任香港一家保险业内翘楚公司的最高主管Bill，超级绿人，大学工程专业毕业后进入了通信行业，没几年公司变革被裁员，当年懵懂之际也无其他机会，就进入了保险业。一年以后，保险公司内乱，群雄揭竿。他的直属主管联合其他一些中坚，跳槽到另一同行公司，临走前打算带他走，Bill最终没去。与我访谈的过程中，他透露没去的原因是：其一，刚到新公司才熟悉，又要变化太麻烦；其二，不清楚那边公司情况如何，至少现在的情况还算不坏，那就先留下来再说。在绿色怕麻烦喜欢稳定的动机下，他成了公司当时为数不多的坚守岗位的员工。因为核心力量缺失，黄色大老板只能起用入行资历不深的忠诚的Bill。若干年后，当年跳出去那些人的公司倒闭，而原来准备带他离开的那个上司，重新回到这家公司，做了Bill不知道多少级以下的部下了。

“天上掉馅饼”的前提是，Bill本人也付出了非常辛苦的努力。他告诉我的当时不跳槽的两个理由，的确让我在理解绿色“追求平稳不喜欢变化”的动机上迈进了一大步。以这个角度而言，四种性格中，显然最不容易有跳槽倾向的性格是绿色。绿色的稳定性对于大多数需要平衡的机构组织来讲，显得是那样的弥足珍贵。

绿色是典型的温和的人，就像水是他们的吉祥物一样。他们无孔不入地流过、绕过生命的险阻，而不是一定要铲除路上的障碍；绿色和善的天性充满了温柔的吸引力，他们对所遇之人几乎都保持着仁慈和柔软。在所有的性格中，他们宁静愉悦的气质，使他们成为容纳他们的任何家庭、企业、组织的一笔财富。

婚姻稳定的性格规律

从生活的角度来看，家有绿色，人生之福。绿色自从结了婚有了配偶后，就懒得去找情人，自然是一心一意。婚姻当中，红蓝黄三种人寻找绿色做配偶各有各的原因，然而有一个共同原因是千古不变的，那就是——绿色天性中具备一种平缓情绪的功能。无论你在外面受了多大的委屈和折腾，只要见了绿色那张和颜悦色平静的面孔，再暴的脾气和再大的嗓门很快就会化作乌有，他们是绝佳的情感缓冲器和摩擦稳定剂。

在日益频繁的婚外恋现象中，当红色厌倦了婚姻的平淡希望寻找激情和变化，当蓝色在思想默契和情感上的高度需求始终得不到满足，当黄色发现在数次大战后仍旧无法拥有绝对掌控权时，他们都有可能去寻找婚外的感觉；相对而言，绿色最为稳定。绿色贴近自然，对各种花样翻新多作壁上观，不轻易凑热闹，刺激绿色的神经非常困难。他们对什么明星绯闻、超女八卦、飞短流长，通通一笑置之，因为容易满足，本身需求无多，所以不容易受到外界环境的诱惑。

香港乐坛擅长演绎痴情恋歌的男歌手许志安，虽然知名度甚高，但平时并没有什么与人争风吃醋的是非出现。很少看到关于他的负面消息，入行十多年，亲密伴侣传来传去只有一个，然后就是一两件不了了之的所谓绯闻，这显示了他不爱高调宣传自我的个性。前几年，他有一首大热歌曲《烂泥》，说的是一个男人愿意死心塌地守护爱人的心声。许志安自言反映了他的爱情观，这正是绿色甘心忘记自己、顺从伴侣的特性。

一个女人嫁个绿色的老公，假使绿色发挥优势，往往是嗔而不恶、怜而不弃的。一个男人拥有绿妻，那更是前生修来的福分。一对绿色，家里卫生环境也许糟糕一点，生活毫无激情，但也各得其所，相安无事。若是两个黄色或者蓝色，则往往会是“1+1=0”。你要忙东，他要忙西，劲儿使不到一块儿先不说，甚至相互指责，谁也不服谁，只好劳燕分飞。有绿色的家庭往往要比其他性格的家庭离婚率低，的确是一条颠扑不破的真理，故夫妻双方只要一方是绿色，婚姻的稳定度就相对要高。

若是女性，绿色的一生，颇像苏东坡的诗句“事如春梦了无痕”的感觉。绿色女子也许并非世间最美丽的女人，但做人恬淡纯真，胸怀旷达。我们仿佛看到中国处世哲学的精华，在她们身上熠熠闪耀着光芒。若你认她是朋友之妻，可以出入其家，可以不邀自来和她夫妇吃饭。或者当她与丈夫聊天之时，你打起了瞌睡，她会拿一条毛毯把你的腿脚盖上。她在这个世界上并没有留下什么特殊的建树，只是欣赏宇宙间的良辰美景、山林泉石，同几位知己心过着恬淡自适的生活，虽常受坎坷之愁，但仍不改其乐。

如果说，红色给我们激情和快乐，蓝色给我们稳重和信任，而黄色给我们勇气和坚定。无论是谁，当和绿色相处的时候，感受到的是轻松、自然，没有压力。

乐天知命 与世无争

几本书，几场梦和一个女人

亨利·米勒在《北回归线》中写道：“我对生活的全部要求不外乎是几本书、几场梦和几个女人。”而村上春树则说：“我的梦是拥有双胞胎女朋友，带上双胞胎姐妹一起去参加晚会，左一个，右一个，多么石破天惊。”如果说米勒的梦是一个爱情亡命徒的真实告白，那村上就是狡猾的，用顽皮讲了一个永远的红色的白日梦。

其实，在我等红色看来，村上的白日梦也忒小了些，根本就算不上是什么正点的红色，带上双胞胎姐妹又算得了什么？我的梦是：“左手拉着Twins，右手提着S.H.E；跟班林志玲、秘书小S、司机安吉丽娜·朱莉；李嘉欣坐在车顶长做雕塑状不起；在十二女子乐坊敲锣打鼓的伴奏下，缓缓穿过洪秀全的天京行宫，到八大胡同坐定；品着大长今做的小菜，与妲己侃侃大山，和女娲摆摆龙门阵；同褒姒娘娘探讨探讨烽火戏诸侯的历史，再用虚拟网络空间回到古希腊，让她和木马屠城的海伦王后一比高下；谈累了就同莎拉波娃打打球，特别指定要库尔尼科娃做球童；回到卧室，发现妮可·基德曼和凯瑟琳·琼斯玉体横陈；心情好的时候就帮西施、昭君、貂婵、玉环她们做做心理咨询，心情不好的时候让秦淮四艳来个全身指压，请妙玉做个精神按摩；主要工作是带着‘超女’全国巡回义演赈灾，终身辅助身份是世界小姐的首席评委。”

对于绿色来说，亨利·米勒上面早已道出了他们的心声，唯独把“几个女人”变为“一个女人”就可以了，因为周旋于几个女人之间，会让绿色感到无比麻烦。

绿色也许是四种性格中最为平淡不会做梦的类型，他们常用下面的哲理安慰自己。

有一个穷汉在海滩上晒太阳，有人劝他：“你该做点什么啊。”问：“做什么呢？”答：“比如说，可以弄条船去打鱼呀。”问：“打鱼干什么？”答：“挣钱啊。”问：“挣钱干什么？”对方耐心地开导他：“你有了钱，可以买再大一点的船，可以捕捉更多的鱼，挣更多的钱，这不比你现在穷好？”穷汉又问：“挣了钱最后干什么？”答：“你有了钱，可以过上悠闲的生活，享受这海滩上的阳光。”最后穷汉说：“得了吧，折腾了我一大圈，最后不还是晒太阳吗？我现在就已经做到了。”

对于绿色来讲，他们认为这个故事并不是教人不思进取，晒着太阳饿死。要认识到，人有时忙忙碌碌，但并不知道自己真正需要什么。直到忙到都不知道要忙些什么的时候，才发觉在忙碌中早已失去了自我。等下决心找回自我的时候，才发现自己所需要的正是多年前因为忙碌而不得不舍弃的东西。为了避免这样的尴尬，你不妨学学那位穷汉，决定做什么之前，先以绿色的心态问一下，“这件事值得我去忙碌吗”？绿色，也许就是你自我的守护神。

绿色，最优秀的是能够将生命的危机摆在适当的透视下，知足又没有脾气，他们对生命提出的要求不多，他们经常能不吝啬付出，带着温柔的肯定，能体验到这种心灵开放的拥抱是极其幸福的。

阿甘——八百年后的郭靖

让汤姆·汉克斯扮演阿甘，实在是个明智的选择。集中汤姆·汉克斯的口碑，总是那样的不动声色、儒雅、敬业、认真，像普通人一样，他总是在最值得善良的地方发出光来，闪烁出音乐一般的光芒。更重要的是，他的风格是低调的，从来不带任何绯闻和愿意去炫耀一些什么。所有以上描述的特质，无一例外地与绿色惊人的吻合。

绿色的行为，经常让人认为傻、笨、容易被骗、该争取的不争取，是否果真如此呢？我们把《阿甘正传》中的阿甘和《射雕英雄传》中的郭靖对比一下，来观察一下他们的共通点。

阿甘，人称“八百年后的郭靖”，仁慈、健康、平衡、宽恕和智慧，他身上有这个世界上每个人都需要的东西。

·阿甘同学入伍后，被问到参军的目的。他毫不犹豫地喊到，自己来到军队就是为了服从上级命令。这答案是智商为75的阿甘同学的真实心声。有点心计的人，恐怕需要绞尽脑汁才能想到这个答案才是拍马屁的上上之选。于是，阿甘被热泪盈眶的上级认为是个天才，是最优秀的士兵。

·战场上，阿甘同学毫无主见，人行则行，人止则止，被通知要逃跑时，就拿出豹的速度把同伴远远地丢在后边。他后来救人的逻辑更简单：战友落在后边，作为朋友，自己当然必须回头找他。寻找途中偶遇伤员，就顺手牵羊地救上一救，这个非常自然。于是，阿甘同学成了战斗英雄。

·养伤期间，阿甘同学练习乒乓球的方法简单得惊人，他只须牢记“眼睛不离开球”，然后心无旁骛地把球回击过网即可。于是，他很快成了优秀的球员。

·退伍后，阿甘同学仅为了一个随口的诺言，就开始冒冒失失地买船捕虾，阴差阳错，靠着运气以及一根筋到底不知回头的韧性成功了。于是，他一举成为富翁。

郭靖，有人把他的人生称为“阿甘闯天下”。无论如何，他成为第一大侠和娶了黄蓉是不争的事实。

·郭靖同学在草原上长大，四岁了还不会讲话，然而最后精通汉蒙两种语言，被封为金刀驸马，最后更成为金庸笔下的第一大侠。

·郭靖同学厚道仁义，很多事他虽明知道吃亏，但为了别人，还是愿意做。特别表现在对杨康，他知道这是个什么人，但因为兄弟情，必须帮他。

·郭靖同学跟六个师父学习武功，怕师父着急，越急越学不好；和老顽童、马钰学时，不当回事，反而学得最好。六怪都是江南的精明人，和憨厚的郭靖不是一路人。郭靖同学武功的高超程度，最终到《倚天屠龙记》中借张无忌口说明得很清楚：“我太师父言道，武学钻研到后来，未必聪明颖悟的便一定能学到最高境界。据说郭靖大侠资质便十分鲁钝，可是他武功修为震古烁今，太师父说，他自己或者尚未能达到郭大侠当年的功力。”

·因为厚道，郭母死前对郭靖说：“人生百年，转眼即过，生死又有什么大不了的？只要一生行事无愧于心，也就不枉了在这人世走一遭。若是别人负了我们，也不必念他过恶。你记着我的话罢！”于是郭靖同学的三个仇人，他一个都没杀。在他的心目中：段天德就是乱打人的小人；欧阳锋不能当坏蛋看；完颜洪烈以他的帝王身份，所作所为情有可原。

·当成吉思汗意欲取中原时，郭靖同学对成吉思汗说“死后能占多少地”时，就比他聪明了。不管做什么工作，最后是要一个做人的结果，就像郭靖最后悟出了做人的道理，郭靖绝不仅仅因为淳朴才悟到的。

从阿甘与郭靖的行为中，我们可以看到典型的绿色性格的优势显现：

善良（天真的、本能的与人为善），守信（一根筋），做事时全神贯注、一丝不苟并锲而不舍（没有高智商，所以没有能力想得更深、更广、更全面），重视人与人之间的爱（心灵始终生活在妈妈慈爱的叮咛和教导之中）。两个绿色性格的楷模始终遵守这些基本的简单规则，对于更复杂的人生道理，他们没有能力去领悟。善有善报恶有恶报的规律，让他们生活得成功和幸福，也就顺理成章了。还是《手机》中的严守一说得好：“做人要厚道啊！”

● 机灵人、聪明人、精明人与明白人

我曾在进阶研讨会上，对完成基础研讨会的学员提出如下问题：“大智若愚、大智若智、大愚若智、大愚若愚这四个现象，分别如何对应四种性格？”全部阐述透四种现象，首先需要相当的篇幅，其次需要你对“智”和“愚”有不带好坏色彩的客观认知。假设“智”在此处更多地象征“智慧”而非“聪明”，我尝试用四部古典名著中的四个人物来诠释绿色性格的“大智若愚”。

机灵人（红色）：脑瓜灵嘴也灵，能说会道，人前显人后白，假设是个喜欢占便宜的红色，一般自我感觉良好，时有才高八斗、怀才不遇的冲动，容易患得患失，情绪波动大。典型代表：《西游记》中取经路上那位爱闹腾、好耍小聪明的八戒先生。

聪明人（蓝色）：思维缜密，天才多出自此。才华不外露，锋芒倾向内敛；

重长远，不争一时先后长短；善于控制但不善于调节自己，心胸不广同时拘泥于形式，过于执著对错，缺少豁达。典型代表：《三国演义》中聪明反被聪明误的周瑜先生，遇见更蓝性格的天才诸葛亮，一步三计，算计太多，最后把自己给气死了。

精明人（黄色）：精细打算，不肯吃亏，对于利益把握准确无误，有一万个心眼。精明人往往才华外露，锋芒毕显，好斗，他们是生活中活跃的一群。典型代表：《红楼梦》里机关算尽、出尽风头的凤姐女士。

明白人（绿色）：大智若愚，善于藏拙，返璞归真，真人不露相。明白人可以独善其身，世事洞明，淡泊明志，进退自如，荣辱不惊，生死泰然，心静如水。典型代表：《水浒传》中功成身退，唯一没去打方腊的入云龙公孙胜先生，梁山的第一明白人。

老子说："知人者智，自知者明。""明白"是人生的最高境界，许多英雄人物、天才巨星终其一生也难企及。机灵人、聪明人、精明人始终离明白人差一步之遥。让我们再来看看在人生道路上，四种性格追寻智慧中常见的状态。

红色，因心思过于灵敏，心中千头万绪，因而样样难以精通，反而不及愚钝之人专心致志，专于一门；蓝色，虽不满足于自己的才智而持续向更高层次追求，但因为看待人生过于执著，无法"放下"；黄色，往往对自己抱有过多的自信，对那些才智逊于自己的人，潜意识里有一种居高临下的态度，这就让他们忽略了愚人的灵光一闪，殊不知这种"灵光一闪"往往是智者百思而求的答案；而绿色，真正对大智慧矢志不渝的，常常正是这些"我自知我愚"的好学之士。

毕生无火 巧卸冲突

"三不"政策与自动屏蔽功能

"不反抗、不吱声、不回应"，我把它称为绿色的三不政策。

绿色的老孟，娶了一个红+黄的太太。成婚35年，太太一直恪尽妇道，这些年来，老孟从未做过任何一件家务事，甚至毫不夸张地说，连碗也没碰过一次，太太可算得上把这位孟老公伺候得周体舒畅。然而就是这样，两头的亲戚从来都评价说，小孟他妈前世修来的福分，找到一个好老公；却从未有人说是老孟命好，找了一个好媳妇。这引起了我极大的好奇。一个男人35年不问家中大小事务，享尽大老爷们之福，还落得好名声，这种美事一定要弄个水落石出。

清查半天，方知原委。原来红+黄的太太时常为一些小事有一些火暴脾气，结婚几十年来，脾气一直维持在更年期的水准，每次暴发时犹如洪水猛兽，天崩地裂，有河东狮吼的风范。这在外人看来，芝麻大的事情就这样频繁地给老公脸色看，让对方下不了台，是绝对不可理喻和难以接受的，而老孟同志居然这些年能忍辱负重下来，真不容易。外人看不见的是家里孟夫人的辛苦操劳，偏偏盯准了老孟抵抗山洪暴发的能力，这正应验了“好事不出门，坏事传千里”。这要是让孟夫人看见了，恐怕是有泪无处流。

有趣的是，像老孟这样的绿色，对这些在你看来也许无法忍受的狂风暴雨却消化得很好。就这样，一辈子福也享了，好名声也有了，悠哉乐哉。

仔细想来，婚姻当中，黄女绿男的比例相当不少，这种搭配的状态相对容易出现“母老虎”一方独霸的家庭格局。黄色的“母老虎”们有时会大声训斥绿色的男人，通常情况下，绿色扮演着低头认罪、接受改造的角色。然而，因为绿色长期奉行“不反抗、不吱声、不回应”的三不政策，有时反而让黄色拂袖而去；这时，绿色急忙恳请黄色继续施法，而黄色那时气得连骂的欲望都没有了。总之，不管怎样，绿色就是有这个能耐，很少发火，也不会被你激怒。他们甚至认为，被别人激怒是件很累的事情，犯得着吗？

学员飞瑛，单位里的中坚力量，正当英姿飒爽之年，能力突出，工作上呼风唤雨，却为了和老公的关系头痛得要命。飞瑛家庭中的对话时常与上面老孟家的如出一辙，但是因为他们的经济地位不像上面那样孟太依附于老孟，两人完全平等。对于绿色老公的懒惰，飞瑛经常忍无可忍，时常出现的一幕是：

冲到房间将绿色老公的懒惰臭骂一通以后，绿色低头不语，黄色继续不停地攻击，发现绿色连口也不还，索然无味，扭头便走进卧室，搬了铺盖准备睡客厅。绿色老公紧急附和：“你不要走啊，要走我走，要骂什么你尽管骂。”飞瑛气愤：“和你这种人有什么好说的，骂你连个反应都没有。”

黄色无论如何都难以想通：这个世界上怎么就能有这样没有骨气的人呢？为

什么骂了却毫无反应呢？以黄色的逻辑来讲，遇见另外一个对手，管你是谁，终究有得一拼，士可杀不可辱，而绿色的无动于衷，让黄色感受到了生平从未有过的“一拳打在棉花上”的郁闷和无助。

受飞瑛所托，肩负了解并“改造”她老公的企图，在她绿色老公来参加我们的研讨会时，我与这位受到班上同学广泛喜爱的绿色老公交流“被骂了，你为什么不生气”。他的回答让人惊呼绝妙之处：“生气多累啊，为什么要生气啊？多大的事，值得生气吗？以前她骂我还听听，后来发现每次说的东西都差不多，大概听多了，我自己也不知道怎么回事，只要她嗓门一大，我就突然一下子什么都听不见了，只要她停下来，我又恢复听觉了。”

原来绿色具备超级强大的“自动屏蔽”功能，此功能的实现，首先需要具备在倾听的系统上，安装“选择性倾听”的驱动程序。当交际对象发出强大的进攻或引发冲突的信号时，绿色开始自动运行驱动程序。对于对方面目狰狞、咬牙切齿时发送的信息，绿色性格将启动耳膜保护，一概作为垃圾处理；对于对方心平气和、慢条斯理时发送的信息，绿色又回归到正常对话状态。

红色具备“选择性遗忘”能力，他们可以选择性地忘记那些痛苦的记忆，从而在自己的头脑记忆体中一直保存美好与快乐；绿色具备“选择性倾听”能力，将很多其他性格无法忍受的冲突回避了，只选择听使自己心情舒畅的。两者的确有异曲同工之妙。

平息一场禽流感时期的吃鸡风波

绿色大侠们的这种“选择性失聪”的功夫，红黄蓝三种人恐怕一辈子都很难修行出来。就算红蓝黄三种性格在后天经过苦心修炼，终于练就了这样的法门，是否就可以避免和他人的争斗？从本质上来讲，绿色不仅在外在的器官上避免了争斗，在内心里，他们从来没有争斗的意识。

想起钱钟书先生的往事，“四人帮”横行的时候，忽然大发慈悲通知学部要钱先生去参加国宴。办公室派人通知钱先生。钱先生说：“哈！我不去，我很忙，我不去，哈！”“这是江青同志点名要你去的！”“哈！我不去，我很忙，我不去，哈！”“那么，我可不可以说你身体不好，起不来？”“不！不！不！

我身体很好，你看，身体很好！哈！我很忙，我不去，哈！”钱先生没有出门。在他的世界里，没有打架这个词……

你是否感觉到钱先生拒绝时用的手法，简单来讲就是两个法则：微笑＋重复，所谓“礼多人不怪”。反正，不管你怎么说，我就是不去，但是我也不和你硬来。若是黄色，恐怕这场对话只有两个回合就完事了。第一回合：“不去。”第二回合：“不是和你说过了吗，你没听见啊！不去！”假若还有第三回合，那就索性直接变成：“你他妈的耳朵聋了，听不懂中国话啊？再问，你找抽啊？”

黄永玉曾经撰文：提到钱先生有一个几乎像儿子似的学生，“文革”时忽然翻了脸，揭发、斗争，甚至霸占了他的居室，任意使用他的书籍材料……提起这件事时，他浅浅地笑了一笑：“过去了！过去了！人人身上都长过痘子。”“那可比痘子毒多了！”我说，“其实，现在我可以去打他一顿！”这么一说，他睁大眼睛从眼镜框上看着我。看起来，这方面我们是两个世界的人；他那个世界没有打架这个词，他不懂现实生活中拳头的作用。

说到底，绿色并不仅仅是在“选择性倾听”和“礼貌性回复”上表现出不冲突，在内心深处，绿色正如钱先生这样，要文斗不要武斗。准确地说，最好连斗也不要斗，在一片祥和万事宁静的和谐环境中，寻求轻松。有时候想想，明明很轻松的事情被黄色一弄反而收拾不了，看看人家绿色性格是怎么漂亮地化解的。

我儿子是典型的蓝＋黄，相处时，我只有用说服来正确地引导他才有用。最近禽流感，有一天我儿子一定要吃肯德基，闹得不可开交，甚至砸东西，而我黄色的妈妈就不给他买。两人大吵，我妈也气得心脏病发作，我看着他们两人世界大战。最后到我解决的时候，我只是告诉孩子现在鸡生病了，鸡妈妈带它去看病了。结果孩子忽然不哭了，反而问，那小鸡多可怜呀。这时候，我把他的思想引导到另一个话题上就过去了，而我那黄色的妈妈吃了好几天药才好。

这样看来，黄色罹患心脏病的概率应该大大高于其他性格。为了一顿简单的争吵，让自己心脏病发作，这么不划算的辛苦买卖，绿色打死也不会做。黄色这种喜欢争斗的天性，我在前文已经详细阐明，有时斗来斗去，反而成了竹篮打水一场空，可惜他们自己还沉浸在斗争的快感中。

有一次，我在路上拦出租，一前一后来了两辆。后头的那辆想抢生意，不管三七二十一就从外道猛超，结果“哐当”撞到前面了。前头那辆车本来按着规矩开得好好的，没想到祸从天降，这个郁闷啊，下来就和那人理论。结果，后面超车的反倒恶人先告状，倒打一耙，于是两人干上了。我一看不对，又要赶时间，这时第三辆车刚好来到身旁，赶紧上车走人。

用这次经历来描述我对绿色的感受，作为本段的结尾。前头那辆车，我看了看，估计是蓝色的司机，我们可以叫做“螳螂捕蝉，黄雀在后”；后头那个，很明显颇有黄色风范，正所谓“人为财死，鸟为食亡”；而我当时以“我不杀伯仁，伯仁因我而死”的心态匆匆离去；唯独第三辆车，才真正是“鹬蚌相争，渔翁得利”。绿色的精髓，绿啊！

绿色是自得而悦人的个体，能够接纳生活中的任何人。他们能够契合所有不同颜色的性格，而不用担心行为差异上的南辕北辙；他们和善的天性及圆滑的手腕，为自己赢得许多忠诚的友谊。

镇定自若 处事不惊

理发店的血案

在不知哪个旮旯的博客上，偶然看到下面一则日志：

上午的时候和妹妹聊了聊，父亲不支持这份工作。她很郁闷，弄得我也很郁闷，本来以为做了件好事，现在我开始怀疑自己了。回来看到她，郁闷的心情好多了，她劝慰我：“不要让别人轻易左右了你的心情。”明白她的意思，可性格使然，没办法啊。试问世间又有几人能够做到超然物外，不以物喜、不以己悲呢？

事情的来龙去脉，所有的原委都不知道，从情绪化来看，粗略猜测写博客的这位，红色性格不少。只是他提到的疑问，可以肯定答复，能做到者为数不少，“不以物喜、不以己悲”正是绿色性格的一个明显特点。按照禅诗“春有百花秋有月，夏有凉风冬有雪，若无闲事挂心头，便是人间好时节”的标准，绿色正是这样常无闲事、心如止水的高手。绿色在面对压力和突发事件的时候，能表现出非同寻常的镇静和处变不惊的能力，他们不会像红色那样陷入无助的呐喊，也不会像蓝色那样在痛苦和沉思中反省和自责，当然黄色的抓狂状态更与他们无缘。

当他们和你聚会的时候，即使他们有重要的事情，因为怕扫大家的兴，也绝对不会先行告退。如果他们和你说“不好意思，我先走一步，家里出了一点事情”，那么，这所谓的一点事情必是天大的事情。一打听，原来是家里着火了。你不能不敬佩的是，绿色在描述自家着火时的悠闲和那份笃定，让你觉得不是他们家着火，似乎是别家的事情。

我一个绿色的哥们儿宁心，37岁，相识十年，至少我从未见过他有任何激动的表现，说话从来都是那种慢悠悠的语速、笃定的嘴角和恒定的调性。总之，别指望他向你通报今日股指上涨或者跌落100点的频率有何差异，“激动”这两个字在他的字典中是没有的。是不会激动吗？我对他能够长期保持“任你风吹雨打，我自岿然不动”的平稳情绪状态，表现出极大的敬佩之情。我总是力图从他个人成长的经历中挖掘出一些事件，以证明是外力和训练导致了他这种特点的形成。结果，意外地发现一段奇妙的历史，同时让我再次深刻认识到，绿色那种镇定自若完全来自于天性中的平静。

请先想象一下，当你目睹有人在你面前暴毙时，你的反应是什么？恐慌？无语？紧张？……80年代后期，当时19岁的宁心就经历了这样一种真实的体验和感觉。

宁心与黄色友人A合开的发廊，初期常受到地痞骚扰，于是A在店里备了两把菜刀自卫，时间长了反而和混混成了朋友，“武器”并未用上。那时，有个红色女孩因为迷恋上A的手艺，隔三差五地就会找到这玩儿。没过多久，事情传到了女孩的男友B那里，并时常搞出些不愉快。某晚，B又带着他的朋友来到发廊寻事，坐在店内，许是口里不干不净地说了几句。这次还没等他反应过来，已经窝气很久的A一把将B揪下椅背，迎面朝脑袋狠狠一砖，当场拍得B神志不清，上来几人拳打脚踢后，不知是谁一刀刺进B的肋骨。动手的几个立即逃之夭夭，B从血泊中挣扎到门口时，眼睛眨了几下后，一命呜呼。

半分钟，一切来去迅猛。宁心在旁边目睹了全过程，还没等他去劝阻，送命者已经倒下，凶手已经逃亡。就在那时，宁心超级平静，没有发出任何声音，脑子里的第一反应居然是，两把菜刀还放在里间，等会警察来查案，万一看到说不定会说不清，便先去把它们藏了起来。

110很快就来了……宁心再次接受了考验。因为凶手全部跑掉，无人能证明现场的宁心不是凶手。宁心开始了完全与外界隔绝的禁闭审查。29天以后，当时的四个犯案者回来自首，宁心终于重获自由。宁心的牢监体验如同港产影视片的翻版，既经历了开始时被牢友的暴打，也目睹了狱友被牢头逼迫吃屎喝尿的景。

当我问到那段经历对他有何影响时，他告诉我说，最大的感受是——看过和经历了这些事情以后，他比以前更加平静了，在这个世界上似乎没有什么更难的事情，一切总会过去。而每每讲起当年那段生活，我问他每天有度日如年的感觉吗？答案是：没有，好像只过了一天，因为每天过得都是一样的。那时他最大的梦想就是："怎么弄到一根烟抽，然后每天想象着可以出去后有红烧肉吃"。

我一直佩服两件事情：其一，一个19岁的孩子，在目睹当时血溅满地后，居然会首先想到藏起菜刀，表现出的冷静和平稳让我暗暗叫绝。其二，在那29天禁闭中，难道他不感到委屈和恐惧吗？他唯一的回答是："恐惧有用吗？既然我也想不出什么招，什么都不能做，自寻烦恼是多痛苦的事情啊，问题总会解决的。"绿色想的居然不是如何得到自由，而是对香烟的美好憧憬和红烧肉。

那一刻，我突然明白了，在无数次的培训中，绿色群体昭示的那种"宁可居无竹，不可食无肉"的心态是完全存在的。对于不是绿色的人来讲，也许需要毕生的修炼才能达到这样的境界。现在我们把它称为绿色典型的"车到山前必有路，有路必有我出处"的心态。

"杀人"游戏中的最佳"杀手"与最烂"杀手"

最近几年，坊间流行一种称为"杀人"的推理游戏，后来据此还衍生了影片《天黑请闭眼》。举凡参与者，首先通过抽签决定分属法官、杀手还是平民的角色，之后群体论战，通过推理和辩驳找出当中的杀手，而少数杀手也要通过种种手段保护自己。排除游戏技巧的熟练程度，在"杀人"游戏中，到底什么样性格的人做"杀手"，才是真正立于不败之地的高手呢？让我们来回忆一下自己的表现。

红色抽到"杀手"牌时，因为容易激动和兴奋，面上立即喜形于色、激动难捺，坐立不安状立马显现无疑，还没开始，便被发现。稍微好些的，"杀人"过程中，得抽到做一次"杀手"的签，被快乐冲昏了头脑，心跳开始加快，杀人的时候手指动作紧张，集体讨论时，很容易露出马脚。或者不敢与他人对视，或者为表现无辜而过分对视；刚才还口若悬河，现在说话突然减少，或者前言不搭后语，逻辑混乱；当有人指认自己时，面色迅速泛红，心跳加快，不能用合理的逻辑来反驳。还没等自己反应过来，已经被众人发现，迅速败下阵去。

蓝色“杀手”向来不露声色，蓝色将情感控制在内心而非脸上的特点刚好帮了大忙。加之老谋深算、思维缜密，杀人有章有法，恰好游戏中经常需要通过高度的逻辑推理来说服众人，故蓝色在正反逻辑、顺逆向推导、排除法、反证法等技巧的运用上似乎完全是其天性，他们是富有计谋的杀手。

黄色在杀手游戏中的最强项在于他们的直觉和判断力的准确。这往往使他们不像蓝色那样可以通过蛛丝马迹推理出来，却可以每每一点一个准，让杀手胆战心惊。

然而蓝色与黄色共同的麻烦在于，因为他们的强大，不管你是或不是，民众通常习惯于先斩之而后快，早早干掉以除后患。总之，精明强干者在“杀人”游戏中似乎都不得善终。

唯独绿色，大多数人认为绿色没有进攻性，几乎每次都可以留到最后，因为他在这个临时的社会里没有什么作用，大家容易忽略对他们的关注。事实恰恰是，绿色稳定的心态和素质让他们拿到“杀手”身份时，自始至终都能保持心如止水的风范。对他们而言，是或不是“杀手”都无所谓，一切不过是游戏罢了。绿色天性中的很难投入和旁观者心态在这里反而衍生出一种平静，一种本来就是恒定的状态。他们那样自然地保持杀手本色，直到最后，而赢得战斗。

小小的一个“杀人”游戏，包含数不尽的人间百态。如果说克格勃、中情局、摩萨德、军情五处真正的间谍特工，都有蓝色和黄色的诸多特质，那么在虚幻的“杀人”游戏中，除了能力外，更需要的是那种悠闲的气质，这刚好让绿色占了便宜。下回你再玩这个游戏时，要注意那些厉害的绿色哦。

天性宽容 耐心柔和

你走你的阳关道，我走我的独木桥

“将军额上能跑马，宰相肚里能掌船！”绿色能成为马场和船码头，因为他们的内心具备了两个条件：首先，不干涉。不干涉他人自由，知道每个人都是独立的个体。其次，原谅。尤其是对于那些曾经伤害过自己的人给予原谅。先来看“不干涉”的意义何在。

“不干涉”在企业管理中，代表了每个人都可发挥自己的积极主动性，而不是每天被吆五喝六地去做这或做那。绿色做老板不愿加班，宁愿多享天伦之乐，下班后也疏于无谓的应酬。员工自然也很少加班，工作上只要完成该完成的事就好，这种轻松的感觉和氛围让人舒心。

“不干涉”在婚恋关系中，代表了男女双方彼此有个人独立的空间，而不是天天黏糊在一起。比起那些成天要死要活，恨不得二十四小时都合二为一的爱情来说，这无疑是健康的。

“不干涉”在子女教育中，代表了真正给孩子独立的成长空间，让每个人作自己人生的决定，走自己的路。孩子会走了，也不去抱；孩子自己能做的事，绝对不去干涉，由他自己做主。所以在绿色环境中长大的孩子，身心健康，个个活出了自我，而很少有黄色与蓝色家庭环境中成长的孩子那种压抑的精神状态。绿色的父母总是笑眯眯地说：“天要下雨，娘要嫁人。孩子们大了，由他去吧！”

对于黄色父母来讲，你按照他们设置的人生路线行走是必需的。如果不肯，势必触怒龙颜，年少时，则罚跪罚站打屁股；成年时，发现你的体力和翅膀硬度已经超出家法伺候的范围时，便大骂：“父要子亡，子不得不亡。不孝逆子，竟敢以下犯上，家门不幸，家门不幸，家门不幸啊！”然后拉开架势，从此以后和你断绝父子关系。

对于蓝色父母来讲，你按照他们希望的人生路线去走，是最欣慰的；如果不肯，势必苦口婆心，像唐三藏一般，晓之以理动之以情。最后要么把你磨得无可奈何含泪答允；要么你够坚强，他们最后只能使出撒手锏，黯然落泪：“怎么生了你这么个儿子？你这样固执，伤了老爸老妈的心。”不坚强的主儿，就在稀里哗啦的泪声中，违心地答应了他们的请求。坚强的主儿呢？睁大眼睛看着他们，心里想：“好奇怪哦，难道你们就不固执吗？好像你们比我还固执啊。”

无论是黄、蓝哪种，共同的特性就是，待你屈服之后，最后总要来一句总结性发言，中心思想无外乎“你现在小，还不懂事，老爸老妈是过来人了，这么做，知道你现在会恨我们，长大了，你就明白了”。我告诉我的朋友说，我就是这样一路被教育过来的。他还不相信，说他老妈的教育就是八字方针“顺其自然，自然而然”。结果一看，人家爸妈那是不一样的品种，红妈绿爸，幸福啊！

绿色为何会宽容？源于绿色对生活本身没有什么特别多的要求，因此也不会对别人苛求。比如说，有“洁癖”的人大多是蓝色，而非绿色。人有洁癖，就得勤快，不仅总要衣冠楚楚，要无休止地修饰自己，而且多了洗漱的工夫。这样，他除了自己没有了“不清洁”外，也怕别人的“污染”，无形中就跟人有了距离。而绿色不然，别人的什么特点都可以包容，无论你文身，还是打七个耳洞、两个鼻环，和我都没有什么关系，那是你的自由，完全是可以理解。不像蓝色，如果觉得你的打扮装束不符合基本规范，心里的第一反应就是对你有了负面印象。绿色自己的东西随便放，所以当你把东西乱七八糟摊成一堆的时候，他们也觉得一切都是正常和自然的。绿色诸如此类的做法不但容易与人融洽，也容易长久交往。

● 超级免洗垃圾筒

缺乏耐心的现象在我们这个世道比比皆是：无论是开车、等飞机、办公、待在家里、购物，还是休假，不管在哪里，红色和黄色都很缺乏耐心。总而言之，凡是用时超过预定时间的事情，他们都会怒形于色。但是，红色和黄色的镜子永远只照别人的缺点，而不是自己，对自己的缺乏耐心或过高期望视而不见，而是死死盯住那些他们认为有问题的人和事，同时争辩道：“哪怕人们提高点效率呢……”

在过去几年中，我曾经目睹无数的组织和企业为提高员工的沟通技能，将“沟通技巧”课程定为员工培训的必修课程，在大多数同类的训练中都会提到“倾听”的训练。遗憾的是，对于绝大多数人来说，在训练结束以后，倾听能力原本出色的人群依然保持优良传统，本身存在问题的人群依然故我，未见任何变化。这到底是怎么回事?

我们可以从性格色彩角度，发现人生中一些有趣的事实和问题的答案。

按照前文对人类头部器官的色彩分析，我们已经分别领教了红色——铁嘴铜牙、蓝色——深思熟虑、黄色——火眼金睛各自的独门功夫，现在领略一下绿色的家传绝学——招风大耳。

红色倾听与黄色倾听——不听不听就是不听

红色和黄色因为对表达都有得天独厚的兴趣，在倾听上面的功力自然大打折扣。一个红色的主持人在做了深夜《心灵访谈》节目的半年后，不堪重负，终于宣布退场。按照他的说法，每天接受那些世界阴暗面的信息，让他近于崩溃，每天晚上回到家里一定要摔东西，否则必死无疑。当面对面地交流时，红色总是迫不及待地希望你来听，让他们有更多说话的机会和空间。

假设我们认为红色有以自我为中心的倾向，黄色在这点上也不相上下。唯一的差别是，红色更多的是希望得到人们的关注和认可，只不过他们对别人的东西不感兴趣而已，因此说话的时候很容易用到“我”，有抢谈自己感兴趣的话题之嫌；而黄色更多的则是，你们都不用说了，一切听我的就可以了，因为反正你说的如果和我的观点不一样，最后还是要听我的，所以就根本没必要说了。从这个意义上来说，黄色的自我中心凸显的是“天大地大唯我最大的老子天下第一”的感觉，黄色希望人们都听他们的，按照他们说的去做。与此同时，那些健康的黄色虽然没有这样的毛病，可是他们更习惯于直接给出回馈和意见，而并非表示同情心，那不是他们的风格。

红色更希望得到人们的关注和认可；黄色更希望人们都听他们的，按照他们的意见去做，他们更习惯于直接给出回馈和意见，而并非表示同情心。

回忆起当年我失恋的场景，痛不欲生。作为性格主色为红色的我，为了将痛苦化解，必须通过“垃圾转移法”来进行体内心灵垃圾的清仓。

找到红色倾诉，谁知倾诉进行中，不知怎的，许是触到了这位红兄的痛处，结果倒好，那一晚我没说多少，他倒将历史往事的种种伤疤尽情揭开，呈现给我看，到头来两个人抱头痛哭。走出房间时，好像我是倾听者，安抚他那颗受伤的心灵，接收了他的一堆垃圾。我该说的什么都没说，还是憋了一肚子的话在心里，真是欲哭无泪。

心里不爽，找到黄色倾诉，正声泪俱下时，黄色起立踱步于房间，正色告诫："兄弟，哭什么哭，哭有个屁用！我告诉你，明天大哥我就带几个妞来让你选。我告诉你，人生最大的胜利就是找到更好的人让她后悔。这个世界三条腿的狗不好找，两条腿的人多了去了！"

愕然！原来，黄色只对解决问题的方法有兴趣，聆听啼哭让他们觉得你是弱者，而他们并不喜欢生活的弱者，他们根本不能容忍自己是生活的弱者，他们也不能容忍他们周围的亲人和所关注的人是弱者，他们必将调动一切能力和气势，摧枯拉朽般地击毁一切有可能的懦弱。

现在，我终于明白了，当年我对黄色老板汇报紧急状况导致的麻烦时，他从来都是听到一半就打断我："OK，不用说了，我都知道了，现在你打算怎么做？""这些理由你不用讲给我听，我不想听，我只想告诉你，这个事情一定要做，你现在怎么办？""你的意思是说，你解决不了，那好，我来做好吧！你不是说做不了吗，如果我做出来了，那你打算怎么办？"在黄色这样咄咄逼人、富有进攻的压迫下，我们饱尝了没人听我们说话之苦。这时，你开始期待有一个绿色的老板，你喜欢绿色的从不打断，与你民主协商，并且表示充分理解的那种态度，会让你有被尊重的感觉。

蓝色倾听——舍己救人

这样看来，还是蓝色和绿色好，他们会对你开放所有的调频、调幅，至少会对你说的保持足够的接收信号。

蓝色的重点器官集中在脑部，在发表任何意见之前，他们自己必须首先确保接受到全部信息，同时已经消化。蓝色可以帮助你分析问题，遗憾的是，蓝色自己会陷入其中不能自拔，仿佛自己成了故事的主人公。"只能入世不能出世"的思维和做法，往往使蓝色在咀嚼了他人的很多痛苦以后，自己反而陷入了绝望之中。这样我们就不难理解，为什么有很多心理医生在帮助了患者以后，自己最后却走上绝路。

这样看来，可以断定港台的很多心理医生跳楼自杀，他们大多是蓝色。红色的人如果承受不了，就像前面那样，自动下岗逃之夭夭；黄色在前面部分已经阐述，他们的痛苦感知系统本来就极不发达，所以少受干扰；绿色也许觉得自杀太麻烦，连爬到楼顶都不想去。需要补充的是，如果此人是蓝＋黄而非蓝＋绿，就有可能缺乏耐心。所以，“耐心”这一特质，在绿色性格身上更能得到淋漓尽致的体现。

现在我们知道了，倾诉给蓝色之后，我们的痛苦是没有了，可痛苦转给了蓝色，因为蓝色不具备定时排泄功能，而肠胃长期郁结又不经常做腹部按摩——他们爆掉了。现在唯一的重担只能落在绿色身上。

当你来到绿色面前，寻求一条可以倾诉和发泄情感的管道时，即使绿色正在完成一件重要的工作，看到你来了，也会立即放下手头的工作，陪着你畅谈。这总比到黄色家里要好，你刚进门，她在厨房做饭，会热情地号召你一起和她在厨房里，一边帮她剥毛豆一边聊天，还美其名曰“提高效率，工作生活两不误”。

绿色倾听——超级免洗垃圾筒

在经历了红色以泪洗泪（你倾诉给他，他马上反倾诉给你），黄色以声去泪（你倾诉给他，他直接给你建议不听倾诉），蓝色以死殉泪（你倾诉给他，他自己受不了去自虐）的三种折磨后，我们才知道绿色这个“超级免洗垃圾筒”的好处。

按照医学的说法，人类器官中，肠的长度恐怖得惊人，而我总怀疑绿色的肠子似乎比其他人的总长度要短，假设他们肠子的结构是直的，你就会理解我的意思。他们一面和颜悦色地与你同喜同悲，间或真诚地表示关怀；另一方面，绿色的生理系统，同时将你刚才倾诉的那些垃圾立即排泄掉。这种即食即拉的现象，从生物进化的角度来讲，显得是有些低级，始终无法吸收有用的物质，茁壮成长；然而，从心理健康的角度，你也看到了，正是他们天生的排泄负面情感侵害的能力，使他们能够犹如常青树一样屹立不倒。

绿色是我们最好的倾听伙伴和对象！有了绿色朋友的存在，你可以拥有“超级免洗垃圾筒”，如果你期望找到问题的解决方法，我更加建议你去找黄色；然而如果你只是为了让自己的心灵得到休憩，绿色就足够了。

> 绿色并不重视利益交换，付出是最大的快乐。他们对情感受伤害的、需要一杯水的或有困惑的人，会非常的关切，绿色乐于倾听别人诉说所有的事情。鼓励他们的朋友们多谈谈自己，他们擅长使别人感觉舒适。

笑遍天涯 冷面幽默

四种性格的幽默度大比拼

蓝色幽默

蓝色，最有哲理和思想的人是属于这个人群的。对于蓝色而言，恨不得每句话中都包含深刻的思想，从而引发心灵的激荡，而激荡本身是苦涩的历程。对于蓝色来讲，长远持久的痛苦力量，远比短暂的欢愉重要得多。这个世界上，显然悲剧更容易让人记住，而喜剧往往是一带而过。对于蓝色而言，让人们受到启迪和引发对生命的思考比快乐更有意义，所以大多数悲剧作品产生于他们的笔下。

我曾一度对周星驰式笑话不屑一顾，对他那种低卑而通俗的语言不得要领。他那看似庸俗的笑话里总是有着一丝黑色幽默，他也在思考，他对人生其实是透彻而清醒的。他没有成龙式的英雄情结，虽然他们都各自在自己的片子里用自己的方法搞笑。成的片子是硬朗而男性的，即使搞笑也是他去搞笑别人，笑起来有点嘲讽别人的味道；而周不同，他总是从自身出发，让这个世界都来搞笑自己，他在夹缝中艰难地闪让躲避，以求得生存。他的搞笑背后暗藏着辛酸与对生活不公的抗议，因此更值得回味。

蓝色如果有幽默，他们注定是“黑色幽默”的大师。这种阴沉而痛苦的幽默，阐述周围世界的荒谬，以一种无奈的嘲讽来看现代人与社会的冲突，并将这种冲突夸大、扭曲和变形，显得荒诞和好笑，但本质上仍旧让人有酸涩的感觉，在整体上属于讽刺类型的幽默。这当中，登峰造极的人物首推导演伍迪·艾伦。他本人也说：“我是个不折不扣的悲观主义者。我觉得真正的幸福是不可能得到的，对于这一切，你唯一能做的是让自己尽量不去想它。”在“不去想它”这种小小的阿Q精神背后带来的温情，是蓝色性格永恒的基调。

黄色幽默

如果推选幽默感最差的性格，黄色，我肯定是双手双脚投上四票的。黄色对于速度和效率的要求，导致了他们思维的必然直线化。当聆听会心会意的文字时，黄色将那本来就为数不多的幽默，囫囵吞枣般匆匆嚼下，什么都没有感觉到。更有甚者，发现众人皆笑，便询问周遭的人群，“你们在笑什么呢”？犹如八戒问悟空和沙僧，“这人参果到底是什么味道”。待到隔壁好心解释了一番以后，黄色觉得下不了台，于是鄙夷地说道：“这有什么好笑的”！借此来掩饰自己的虚弱和刚才没听出来奥妙的尴尬。当然，这里还有一个极其重要的因素，黄色的天性是那么的不敏感，对于人和文字的感受域值远低于对事务的判断。对于黄色而言，让人们得到实惠，感受到历史和时代的进步，比单纯的快乐更有意义，所以改朝换代、伟大的历史转折总是和他们相关。

黄色如果有幽默，当属“硬幽默”，是在压力下爆发出来的。在前章黄色优势中我已作详细说明。

红色幽默

关于红色，严格意义上，我更倾向于用“搞笑”两个字来囊括他们的能量。正当吴宗宪式的《我猜、我猜、我猜猜猜》席卷台湾，赵本山式的小品在北方独霸一方的时候，王小毛先生始终在老上海的圈子里转悠，始终没能影响到南方更广阔的区域。这时，让人们眼睛一亮的《康熙来了》出现了。

在节目中，小S古灵精怪的表现使整个节目熠熠生辉，整蛊无忌的做法于是大行其道，有很多乐意爆料的嘉宾刚好借此红风再度夺人眼球。这也就难怪，抓胸毛、捏屁股这样富有“革命”色彩的事情只有红色如小S之女做得出来，好像是有那么一点过分，不过的确满足了人类内心深处想又不敢的窥私心理。这种张扬夸张式的手法，绿色的人似乎很难下得了手，他们总认为让别人下不了台实在不是一件什么好的事情。可对于红色而言，让大家开心才是最重要的。

红色搞气氛和吸引注意的能力，做得漂亮，是语不惊人死不休；做得过头，就变成讲完笑话自己哈哈大笑，人家却觉得无甚稀奇。典型红色为了赢得大家的掌声和赞誉，因为那种热情的天性，有时甚至愿意适当让自己出丑来博得哄堂大笑。

绿色幽默

幽默在紧张状态下是永远都无法发挥出来的，绿色天性具备随时轻松的状态，这是他们比其他三种人更能在幽默上技高一筹的原因。绿色的幽默和红色的幽默区别在于：红色的幽默是张扬的、引人注意、无时无刻不想拿出来炫耀的；而绿色的幽默总是不经意的、状态放松的、让人细细回味后才会突然发笑的，甚至有时比红色引起的哗然效果更为显著，我们称其为“冷幽默”。

由此来公布幽默排行榜，黄色最末，蓝色倒数第二，红色老二，绿色排先。红与绿到底功力如何？关系有点像当年相声鼎盛时，姜昆和李文华的关系。这两人一热一冷，相反相成。犹似“一位慈祥的老妈妈带着一个淘气的孩子”，与我们的性格色彩描述如出一辙。

蓝色是黑色幽默，黄色是硬幽默，红色是热幽默，绿色是冷幽默。

从葛优的言行闻绿色的味道

关于冷幽默，怎么理解？葛优是我喜欢的一名演员，他的幽默是一种真正的冷幽默，产生的力量是那样的自然和不经意。第一次注意到他的性格色彩，源于张国荣离去次日，有记者采访演艺圈内的大腕有何感想。在诸多人痛哭流涕表明内心的悲痛之时，葛先生平静地只说了一句话：“这事吧，不好说，我觉得是他自己没想开。”真是让你叫绝。看看中国电影百年纪念活动上关于他的采访，你可以更多地体验到绿色的豁达和松弛。

葛优走路的样子和冯小刚不同。在人群里，冯小刚不怕被影迷认出，两手插在裤兜里，昂着头，有一点“匪气”。葛优平视前方，面无表情，一旦被影迷认出，他一定会在瞬间换上笑容，甚至于哈下腰签个名。

采访他的那天晚上，一个年轻人围着我们走了几圈，试探性地问：“葛优？”葛优客气地点头，年轻人立刻慌乱地摸所有的口袋，终于找出一张折叠过的白纸：“不好意思，只有这张纸。”葛优笑呵呵地说：“没事，不是欠条就行。”后来，我问他是不是对所有的影迷都这么客气，他显得很认真地回答我：“这事儿是这样的，对我吧，也许是第五万次，对他吧，这是第一次。”

记：今年是中国电影诞生100周年，而你也入选了百年百大电影演员，先谈谈你的感想吧！

葛：我妈写过一本书《都赶上了》，书名是我起的。我觉得我一直在赶上好时候，像这个电影100周年，我也算赶上了。举个例子，现在的演员，他可以明年一下子红透全世界，但他没能赶上电影100周年，你明白我这意思吗？我算赶上好时候了。再一个，我得感谢中国电影，它给了我一切，比如给了我名和利。当然还有个人努力，但我这人不好意思说，最好别人来说，你们来说才好。

记：你和冯小刚合作的基础是什么？

葛：首先对这个剧本得很喜欢，还有我觉得应该有这么一方面吧，他写的东西由我来体现，我理解他的东西，比较准。要说脾气上，他比较急，我还是一个温和的人。他敢骂人家，这个我做不到，这是性格问题。

从葛优与冯小刚走路的风格，从葛优对从口袋里随便掏了张纸的索求签名者，到冯导频率不低的与记者交锋时的火爆场面，你可以看出这两人性格上的巨大差异。

先人后己 欲取先予

时代华纳老板与绿色中介高手的生意经

在美国《财星》杂志七十五周年特刊的专访中，记者采访了一些杰出的财经界人士，请他们谈对他们影响最深的人和他们这一生最受用的建议。其中，五十八岁的时代华纳公司董事长兼执行长帕森斯说了这样一句话“在谈判桌上留点余地”。

我得到的最佳建议是史蒂夫·罗斯教我的，他过去经营这家公司，也是我的朋友。那年，我出席时代华纳董事会，我是从金融业转到这家公司的，在会议中谈到如何把事情做好。史蒂夫对我说：“迪克，记得每笔生意都是小生意，但人生很长，你会一再碰到这些人。你在每笔交易中如何对待他们，都会有长远的影响。你在交易时，留点余地，做到皆大欢喜，而不是吃干抹尽。”

我遵循此忠告不下一千次。企业界大部分人不吃这套。我想，我们总要和顾问、投资银行家、律师等人周旋，每次都是一场拔河，看谁能在交易中占到一点便宜。但大家往往忘了，这些顾问会继续进行下一场交易，山不转水转，你我总会再碰面的。

绿色因为天性中不喜欢与他人争的特性，在生意场上就能得让人处且让人，而非据理力争，也很少有要置他人于死地的想法。本着“夹着尾巴做人，老老实实过日子”的精神，如同帕森斯的经营哲学，绿色在生意的过程中也奉行“你赚我赚大家赚”的基本原则，而且有时宁可会使自己损失一些，来赢得长远的合作机会。

因为长期与中原地产的合作，我有幸与一位年度业绩第一的绿色中介高手交流他是如何做生意的。如果说在时代华纳的董事长那里，我们领会了绿色在两人角逐中彼此留有余地的江湖风范；那么在以下我们的简单对答中，你可一窥绿色是如何用同样的心态来裁判两人的角逐的。

问：你的绿色性格在化解你生意中的矛盾时如何起作用？

答：做中介一行，常易碰到买卖双方很对立的时候，或是真的以前有过节儿，所以，我通常会引导双方站在对方角度上看问题。通常我会先告诉其中一方，首先我是很支持他这一方的意见的，然后我会把对方的难处和考虑的东西，一一分析给他听，其实，也就是在引导换位思考。通常，在我这样诚恳的“软化”下，他们会思考。如果这是一个双方互惠的项目，在我的两边“撮合”下，就较容易有进一步沟通的可能。另外也许是我的不紧不慢，不容易有什么太大的喜怒哀乐，双方都愿意在我这个中间人的潜移默化下坐下来谈。

我做生意，有一点很重要：就是什么事情都是可以摊开来说的，没什么好隐瞒的，也没什么好瞒的。该是什么样就是什么样，没有花招。这样买卖双方都会相信我是真心为他们着想的，即便眼前的这个生意不能做，交个朋友也是好的。

问：做中介很容易碰到狡猾的买卖方，当你的利益受到影响时，你怎么办？

答：我不会在一开始就想着自己要赚多少，一件事情能帮忙总归是好的。所以，这方面的压力对我来说不是很大。话说回来，就是因为我的赚钱欲望不是太明显，时间久了，大家都愿意和我交朋友，所以到最后，可能就变成朋友间的合作了。当然，诚信还是最最重要的。

如果说黄色是凭借自己的努力奋斗和不屈不挠的精神以及能量，达到自己职业生涯的巅峰状态，那么绿色的人更多地是凭借他们与人相处的技巧和与世无争的心态，来实现自己的辉煌。

目送你去和别的男人约会

在一对夫妻共同参加了我的婚姻研讨会以后，绿色的老公分享了当初蓝+黄的太太在恋爱期间“摧残”他的意志和自尊时，他是以何种心态安然度过的。

我和小澜恋爱一个月后，小澜的朋友要为她安排与一个男生相亲。按照小澜的解释，这个男人在我们恋爱前就已经安排要见面，只是因为当时那个人突然受伤而没见，所以现在出于礼貌，还是想见个面。你说，我能不同意吗？而且，我送她上了出租车，去往他们约定的地点。在这以后，小澜又和那个男人见了两次面，理由和最初的一次是相同的。不过对我来讲，我心理比较安慰的是，这三次见面，她事先都告诉我了。

其实，我当时完全知道她是想选择和比较一下，这是她真正的想法。当然，对小澜来讲，在对我没有承诺任何事情之前，她完全有选择权。而对我来讲，只有我在这件事情上表现得很有气度、不计较，最终，才有她选择我的可能。因此，在她与该男生三次见面之前，我并没有阻拦，并表示同意她的想法，当然在她面前要稍微表现出一点点不开心，这样能让她明白我心里完全是有她的，而且她的感觉也会很好。最终，我胜出了。

先前我是不明白什么叫“欲擒故纵”的，这个事情让我明白了这个成语原来是这么来的。绿色老公和我讲这个故事的时候，他妻子也在场，我目睹了他们家夫随妇唱的甜蜜。不少人认为绿色经常做傻事，上面的事情就是对绿色表面傻却内心亮堂的最好陈述。如此看来，恋爱技巧的确与生意技巧一脉相承，万法相通！

绿色充满爱心，凡事先为别人着想。他们以付出为乐，但情况常常是：不管别人是否真的需要，他们都会一味地付出。结果，他们不是满足了别人的需要，而是满足了自己“想付出”的需要。

领导风格 以人为本

优秀绿色领导的两种类型

以人为本的绿色管理风格，显然完全不同于以目标为导向的黄色性格。如果说，黄色的领导给民众的感觉更多的是尊重、敬畏与崇拜，那绿色的领导使人们感受到的则是亲切、温和与爱戴。在黄色优势的章节中，我列举了众多的黄色领导。显然，在政治舞台上的领导者，无论从数量还是历史作用或载入史册来说，黄色性格从古至今都是数目最庞大的。绿色因本身性格对于名利的淡泊和不争，数量上不可能和其他性格相提并论。举凡伟大或者优秀的绿色领导，基本分属于以下两种类型。

第一种类型：你打江山我来守。

典型代表人物是马来西亚前任总统巴达维。从历史来看，开创者多需有黄色的勇气，绿色在攻城拔寨中杀气不够，显示不出功效。当打下江山保持稳定发展时，绿色的一贯性和持续性最能够给组织或者国家带来平稳过渡和持续发展。

巴达维在马哈蒂尔宣布隐退后，接过他执掌了22年之久的权杖。对于这位素有“好好先生”之称的新总理来说，治理“后马哈蒂尔时代”的马来西亚恐怕并不轻松。与一向坦荡直言、不畏强权的马哈蒂尔相比，巴达维属于温和派，一贯保持低调。寡言少语的巴达维为政清廉，思想开放，富有团队精神，因而为他赢得了“好好先生”和“廉洁先生”等诸多美誉。

另一个可以排上榜单的，当数新加坡内阁国务资政吴作栋，在前有李光耀后有李显龙的夹击中，吴作栋成功地完成了新加坡政权交替中黄—绿—黄的接力棒，顺利地退出了历史舞台。

第二种类型：我不入地狱谁入地狱。

这种人基本上在外界看来，就把他们当做“圣人”，是属于用自己的肉身来超脱世人的。典型代表人物是印度圣雄甘地。

甘地是一位热爱和平的绿色人物。他发动全国印度人采取以不合作、不妥协的和平反抗方式，凭着“以柔克制”、“打不还手，骂不还口”的本领，和平革命运动在国际间赢得广泛同情，最后使印度脱离英国独立。

南非的第一位黑人总统曼德拉与甘地，同门同法同道同术，属于同类中人。第二种类型，与前者不同，起到前无古人后无来者的作用，完全凭借绿色性格的“忍功”和“柔功”。所谓忍，就要有常人不能忍之志和充分持久战的准备，比如老曼那样坐27年牢的耐心。所谓“柔功”，一句话：“以柔克刚，不战而屈人之兵。”

卡特的一生，是绿色的一生

我们也可以用熟悉的美国总统来分析性格色彩的分布。坦率地说，在美国近代史上相对比较有影响的绿色总统只有两位：老布什与卡特。前者当政期间，虽没有显赫的政绩记录，但在国会的记录上有着良好的公共服务记录，鲜有严厉对手向其发动挑衅和进攻。这也许是由于通常人们觉得绿色太软而没有必要攻击，绿色自己也是长期保存自己的能量；关于卡特，我们可以从威廉姆斯博士所著的《精确管理与激情领导》对卡特的形容中，仔细探索绿色的思维，感觉他的领导风格。

卡特曾向美国人民许诺不向他们撒谎。他确实也从未对他们撒过谎。然而，他极度坦白的诚实常常给他带来麻烦。卡特承认，与杰拉德·福特辩论时谈到的一个问题，“本来可以让我付出整个大选的代价”。有一次，在回答《花花公子》杂志关于他私生活的采访时，卡特老老实实地说：“我曾经充满欲望地注视过女性。我内心已经多次花过心了。上帝知道我会这么做——我也确实做了，但是上帝已经原谅我了。”（与红色克林顿不同，花生总统卡特一生从未有过绯闻，行为低调）

不过，卡特的风格还有另外一个方面。卡特一进白宫，就忙不迭地向大家展示他真实的女性气质，以区别竞选时的强势感觉。他不会把两手交叉抱于胸前，不喜欢威胁或指责别人。他常常穿着羊毛衫，一丝不苟地回避着象征权力的服饰。他甚至亲过苏联领导人勃列日涅夫！他的这种方式使他在华盛顿和世界的丛林中走得那么远。（以羊毛衫代替象征权力的服饰，这对于黄色来讲很难想象。那些象征着权力的服饰对于黄色来讲，意味着权力、地位和尊严，但是对于绿色，并不需要这些。）

从大量的记述来看，卡特领导白宫的成就将是人们记忆中众多的他“没有”做过的事：他没有辱没他自己、他的职位、他的国家；他没有把国家引入战争；他没有犯什么大的错误．使国家内外陡然出现危机。倘若考虑到他就任总统前后的各种形势，这些成就确实具有很重要的意义。（从这段话当中，你可以和后来的总统小布什的强硬国策展开充分对比。由于伊拉克战争而撕开的美欧裂痕，阿富汗战争以后越来越多的恐怖主义事件，奥尔良飓风危机的处理，我们都能明显感觉到黄色强硬的领导风格导致的混乱与不断被批判的美国外交政策；而绿色则相安无事。换句话说，绿色的领导，开疆拓土并非他的强项，然而坚守岗位非常出色。）

令人啼笑皆非的是，引发卡特郁闷的竟是他对伊朗前国王巴列维的同情。在伊朗一片政治和人性观点激烈冲突的热浪中，卡特答应给伊朗国王提供政治避难，前往美国治疗癌症。结果，卡特的举动激怒了一些伊朗人。他们包围了美国驻伊朗大使馆，扣押了数十名美国人作为人质。卡特此时混淆了他的政治判断。等他的感情稍微平静下来以后，他意识到自己已经冒险地闯进了一个对任何一方都没有好处的政治泥潭中。（绿色的同情心让他去拯救了一些也许原本就不应该拯救的人，同时让他将情感和政治判断混为一谈。作为一名政治家，如果不能将理智和情感、理性和感性截然分开，将是个致命的错误。）

在解救人质中，在权衡了所面临的选择后，卡特想出了一个看似万无一失的计划。他让美国士兵乔装打扮，搭乘几架直升机，先飞到伊朗沙漠地带然后进入美国大使馆。但是，这个绝秘的行动没有成功。美国士兵的生命和直升机均在沙漠中丧失了。卡特总统黯然隐退，罗纳德·里根随后进驻了白宫。卡特总统任期的最后三天，他都没有合眼，一直在关注着人质危机。伊朗人为了戏剧性地向卡特表示他们对他同情伊朗国王的蔑视，在卡特离任33分钟后，释放了所有美国人质。卡特对这个事件的反应是："我觉得一生中最幸福的时刻之一，就是我离任15分钟以后，有人告诉我，运送人质的飞机已经起飞了……那是一个伟大的时刻。"绿色的卡特认为，那52名美国人获得释放，远远比在白宫执政四年重要得多。（对这个事情的最后反应，充分显示了这是一个绿色人文主义者内心的真正独白。对他来讲，人民利益优先于总统职位。事实上，除了总统的身份和诺贝尔和平奖得主的身份外，他还是全美最受欢迎的主日学教师之一。）

绿色的领导风格是稳健而公平的，他们能容纳歧异，并且提倡团体中的盟友情怀；使他们具有令人羡慕的平衡力量；他们接纳其他任何色彩的性格，并且愿意向他们学习。

绿色的天然优势

作为个体

- 爱静不爱动，有温柔祥和的吸引力和宁静愉悦的气质。
- 和善的天性，做人厚道。
- 追求人际关系的和谐。
- 奉行中庸之道，为人稳定低调。
- 遇事以不变应万变，镇定自若。
- 知足常乐，心态轻松。
- 追求平淡的幸福生活。
- 有松弛感，能融入所有的环境和场合。
- 从不发火，温和、谦和、平和三和一体。
- 做人懂得“得饶人处且饶人”。
- 追求简单随意的生活方式。

沟通特点

- 以柔克刚，不战而屈人之兵。
- 避免冲突，注重双赢。
- 心平气和且慢条斯理。
- 善于接纳他人意见。
- 最佳的倾听者，极具耐心。
- 擅长让别人感觉舒适。
- 有自然和不经意的冷幽默。
- 松弛大度，不急不徐。

作为朋友

- 从无攻击性。
- 富有同情和关心。
- 宽恕他人对自己的伤害。
- 能接纳所有不同性格的人。
- 和善的天性及圆滑的手腕。
- 对友情的要求不严苛。
- 处处为别人考虑，不吝啬付出。
- 与之相处轻松自然且没有压力。
- 最佳的垃圾排泄处，鼓励他们的朋友多谈自己。
- 从不尝试去改变他人。

对待工作和事业

- 高超的协调人际关系的能力。
- 善于从容地面对压力。
- 巧妙地化解冲突。
- 能超脱游离于政治斗争之外，没有敌人。
- 缓步前进以获得思考空间。
- 注重人本管理。
- 推崇一种员工都积极参与的工作环境。
- 尊重员工的独立性，从而赢得人心和凝聚力。
- 善于为别人着想。
- 以团体为导向。
- 创造稳定性。
- 用自然低调的行事手法处理事务。

绿色的动机

稳定

的。

《孟子·离娄下》有曰："仲尼不为已甚者。"所谓圣人不做过分的事，凡事适可而止。而"中庸"一词的希腊文原意，正是"适度的节制"。中庸之道，谈何容易。

对于常人而言，谈到性格优势时，总是内心萌动充满无限兴趣。然而直接强调个体的局限时，总会引发人们本能的反弹，从而阻碍自我认知。故此，将性格的局限称为"过当"，可让我们知道优势不注意控制发挥，必将转变为性格中的局限。例如：

红色的优势之一是无限的兴趣，他们容易在他人眼中多才多艺。但是因为过于追求兴趣的广泛性，于是都不太深入，给人博而不精的印象。

蓝色的优势之一是记忆力超强，但这种记忆容纳了所有该记和不该记的一切，包括了他们对昔日仇恨的记忆，然后一辈子抱着伤痛的感觉，背着沉重的包袱来持续地伤害自己。

黄色的优势之一是坦率直接，这让人们和他们的沟通是高效率和不用揣摩的。但因为他们的过于直接，可能会伤害到他人的感情。当他们在批判你的时候，往往不留情面，也不会照顾到你的感受。

绿色的优势之一是乐天知命，他们的知足心态贯穿自己的一生。他们可以在小小的舒适和日常生活的常规中寻找到喜悦。一旦过当，就演变为不求上进，他们将原地滞留，终此一生无所作为。

在我们犯下任何可能的错误之前，去认清我们自己的负面倾向是有好处的。因为事先意识到，就有了被修正的可能。这就像是一个潜在的预警系统，可以让你在失去平衡前及早准备，省得你只知道在那里哀嚎“早知今时，何必当初”。

我在以下四章中，将带您观看人们自我毁灭的步骤。虽然认识这些步骤是痛苦的，但觉察每种性格局限性的价值在于——让你知道每种性格色彩都有可能出现的人生打击和苦痛全部逃脱不了以下基本法则。每种性格中列举的八个核心过当，有的不过是让你破财消灾之类的皮外伤；而有的却会让你情感破裂、亲友反目成仇或是与一生中的重大机遇失之交臂，足以让你痛彻心扉、遗憾终生。

从这部分开始，你将逐渐进入到愈益沉重的心理状态。除了豁然开朗之外，如果你看完，有捶胸顿足、追悔莫及的感觉，不必悲伤，不必彷徨。所谓“朝得道，夕死可矣”，比起那些到现在还在这个世界上浑浑噩噩的人来讲，至少你是幸运的，还有机会可以“有则改之，无则加勉”。至于未来你的内心是否有所变化，取决于个人的感悟和意愿。现在，开始吧！

第七章
红色过当

FPA性格色彩入门——跟乐嘉色眼识人

聒噪咋呼 惹人厌烦

有她在，我就不用抽烟提神了

红色富有极强的表现力和感染力，这是他们与生俱来的优势，然而因为内心动机对于“受到他人关注和欣赏”的无比渴求，当他们无法遏制自己的这种需求时，就很容易被人们贴上“爱出风头”的标签，这在童年时便可见端倪。

去一个朋友家串门，他红色的儿子充满热情地把零食全部贡献出来让我尽情享用，然后抓住我开讲幼儿园里学来的搞笑故事。讲完后，我称赞他讲得无比精彩。十五分钟后，他又跑来重复开讲之前的故事，且比前次更加投入。过了一会儿，他表哥来了。小家伙又去讲给他听，而且是一遍又一遍。一个晚上，我听到的同一版本就重复了六遍。看来，这孩子是患了“索取赞美综合症”。

若干年后，我的朋友老邬在他的小品文中描述了一个红色的成人，用文学语言表达出的成人的红色性格，与红色孩子的精髓如出一辙。

红色的表现力和带动气氛的能力毋庸置疑，恰如其分地发挥是让人钦羡的，可惜红色缺乏分寸感与尺度的判别，他们不知道孰轻孰重，也不知道如何控制。就像经常充当闹洞房主角的红色朋友，可以把气氛搞得很热烈。有一次，一个兄弟带他的新女友和大家聚会，红色发挥他逗乐打趣的功夫甚是开心，但他的一个又一个节目使整个聚会都是他的声音。这个女孩先是羞涩然后变色再愠色，朋友也有些尴尬，但这位红色仍旧毫无感觉，兴致不减，滔滔不绝，结果可想而知。红色一旦成为“表现狂人”，北方话称为“穷显摆”，这是他们真正的大问题。他们喜欢不分场合地表现，事后自己会捶胸顿足，可没多久又旧病复发，故技重演。

红色喜欢听自己讲话尤胜于听别人讲话，他们的倾听能力极差，与黄色有一拼。那是因为：第一，他们的注意力容易分散，如果你讲的东西不能吸引他，他的大脑会被另外突然嗅到的事物所吸引；第二，他们太沉迷于自己的表演和那种被人们关注的享受了，以至于迫不及待地抢过你的话头，要秀给你看。上天赐予他们的吸引听众注意的能力如果善加运用，他们会是天生的演讲者；如果他们滥用，不停地喧嚣，持续希望别人永远关注的特点就会非常惹人讨厌。尤其对于蓝色，那将是一种灾难性的感受。

有一次，我们部门一起出去爬山，下山后大家都觉得很累，上车后大部分人都睡觉了。只有一个助理一直在大声说话，后来发现没什么人理她，看到旁边的主管睡得很香，就先用相机把他睡觉的样子拍下来，然后哈哈大笑。她发现还是没把那人弄醒，于是拔了根头发，在主管耳朵里弄了几下。主管被她弄醒了，说烦死了，她却开心地笑个不停；她发现经理还在睡，就用自己的手机不停地拨打经理的电话。结果一车人都被她吵醒了，差点引起公愤。司机说了一句比较经典的话："有她在，我就不用抽烟来提神了"！

爱也红娘怕也红娘

红色这一生也许将在"分寸"二字上付出巨大的代价。有太多的代价都是欠缺在把握尺度上面。我在银行工作时，我们的一个红色客户经理就是因为过于热情，客户财务部的那些人嫌其话太多，不够稳重，坚决不能信任，故谢绝合作。真冤啊，比窦娥还冤。这种热情使自己吃亏，有的时候也让别人哭笑不得，"电灯泡"估计就是红色不小心做出来的。一个红色女孩很热心，人缘很好。她的一个朋友交了男友，每次两人吵架，她都当和事佬。结果人家和好后，她还一块儿跟着去吃饭、游玩，到最后，她的朋友因为她的存在经常和男友吵架。不知道红色是否能感觉出来？怕就怕不但感觉不出别人的意思，反而以为自己做的是大大的好事。

红色单纯的乐于助人，的确让人们心存感激，为之感动，但有时大脑并不能判断出是否属于自己能够帮助范围内的事。在方法上过于热烈，有时反而会适得其反。一个学员告诉了我关于他红色父亲的逸事：

我父亲是一个超红的人，将关心和帮助别人视为己任。某次他无意中听妈妈说到，我二姑怕上高一的女儿独自睡觉有坏人（因曾有小偷摸到她的房间偷东西）。在那次事件发生后，她就提出陪女儿睡觉，然后夫妻长期分居长达两年多。我妈对我爸说起来，也就是感慨二姑对她女儿的迁就。而爸爸一听就情绪激动了，说我表妹（二姑的女儿）太不懂事，怎能这样？一点也不为父母考虑，太不人道了，一定要谈谈。他非常激动！

于是，他主动抓来我表妹："你也大了，该懂事了，该为父母着想，怎么这么大的人还要妈妈陪着睡……"我这位蓝色的表妹一声不响，面对我老爸热情感慨的一番话，答应回去就自己睡。结果回家后，把自己关在房间里大哭，被她妈妈问了三天，才说出大舅恳谈的事，还责备妈妈怎么能够把这件事情告诉大舅。二姑当场就破口大骂，嫌我爸多管闲事，自家的事用不着他来管。

结果是，二姑气得发狠，说以后什么事都不让我爸知道了，然后继续和女儿睡。而这番话又由我大姑那里传到我妈这里，我妈也不敢告诉我爸了，省得他又激动地再找表妹谈话责问，这样下去事情会越来越复杂。这事只有我老爸不知道，他仍旧非常得意于自己的"丰功伟绩"。幸亏是这样，否则还不知道会出什么事情呢。

我始终坚信，"红娘"这个职业非常需要红色的特质。因为友人经营婚介所，我数年前曾有一段时间周旋于此行业。据我的观察，优秀的"红娘"至少有一半来自于红色性格，盖因红色在天性里乐于助人、成人之美的性格特点在此行业可全方位大放异彩。因为红色的存在，成就了很多婚姻。遗憾的是，有不少使人头晕的速配中，蹩脚得令人感觉喘不过气的热情撮合，也与红色脱不了干系。

红色普遍的操作手法是：我手里有个女的（男的），然后将优点相互都包装一下，互相彼此夸大；使双方都充满了憧憬和遐想的无限空间，心里撩拨得很有期待值后，再见面。一见面，男女双方内心都开始痛苦不已，心里大骂红娘。当婉转地向红娘表示感谢并拒绝时，红娘便开始促膝谈心："你不能先看外表啊，内在的素质才是重要的，其实他在工作上是应该很有主见的啊。"结果人家又不好意思挑明，而红娘仍持续地保持高昂的状态，使人烦躁异常，唯恐避之不及。

热情与乐于助人是如此优良的品质，只是有时在红色的演绎下，会希望别人能够全盘接受自己的好心。殊不知，别人也有自己的想法。当发现别人不能接受时，红色会觉得受到打击因而消沉起来，这大可不必，注意掌控分寸即可。

口无遮拦 缺少分寸

嘴巴惹祸的三号红色

假设红色知道了玩笑不能乱开的道理，他们是否就可以避免其他的问题呢?红色性格需要随时提防的是，那张嘴巴有时会给自己闯祸。根据程度和性质的不同，又分成以下三种:

红色1号：没话找话

红色对人的热情和喜欢说话，使红色在与人交往的时候如果不说点什么，他们自己就会觉得难过，所以他们有时会没话找话。来看红色1号:

·且说一个游泳教练，性直爽而且嗓门大。一天，他在一个商场里购物。一个漂亮的女士向他打招呼。他定睛一看，是他的一个学员。于是他大声说道："你穿上衣服，还真认不出来！"

·某人在街上遇到一个朋友。当他刚问及朋友之妻时，忽然想起她已去世了，便又改口道："她还在原来那座公墓里吧？"

·一个男生去洗澡的路上，碰到同班的一个女生，觉得应当打个招呼，可又似乎没什么话好说，却冒出一句："澡堂里人多吗？"

以上三位都是属于同样的搞笑红色，只要听话者不是蓝色，顶多觉得你这人说话很怪，或者最多让人尴尬，并没有酿成什么实际的严重后果。可有的红色却不识时务，人家已经开始极度不爽了，还是自顾自地说下去。

红色2号：说话不经大脑思考

先看看下面这个哪壶不开提哪壶的红色2号司机:

小刘的父亲正在住院，他最不愿听到说他生病的相关的话。那天小刘和父亲打车回家，刚一上车，司机就非常热情地招呼他们："老爷子今年得七十多了吧？""哪有，才六十多。"父亲很不乐意地回答。"您这可够显老的。"小刘已看到父亲脸上的不满，连忙接过话，希望能止住司机的话："他就是少白头，头发早就全白了，所以显老。""那老爷子的身体可够差的"。听了这话，父亲的脸已经拉得很长了。小刘赶快岔开话题："爸，您看咱们那边怎么叫临河里，以前就叫吗？师傅，您老开出租，临河里那边以前叫什么……"

幸亏小刘本人是绿色的，若是黄色，恐怕这个红色司机就有苦头吃了。"用得着你来多管闲事吗？怎么说话的啊？那是人说的话吗？没看到老爷子已经不高兴了吗？你就不能拣点好听的说吗？"

上面那个司机还只是对陌生人乱讲话，如果是面对熟人，那就尴尬了。他们属于只想表达自己的观点，说话前不经大脑思考，想当然地话到嘴边就溜了出来。怪不得屏幕上面总有红色抽自己的大嘴巴，然后号啕大哭："我恨死我自己了，我也不知道怎么回事，就是管不住我的大嘴巴。"现在全然明白了，是红色过当在作祟。

家底殷厚的红妈妈有次到好友家中，见朋友儿子的钢琴老师正在教学，就聊起老师的费用。聊到自己女儿的老师时，红妈妈以为朋友的品位高，要求肯定也高，平日里也出手大方，故而推断钢琴老师的费用比自家老师的费用高，所以无所顾忌地当众说："我们家请的老师才150元一小时，很便宜的。"此时朋友已很尴尬，拼命向她使眼色。红妈妈却自顾高兴，继续评说自己请的老师肯定没有你们家的老师好，云云。后来，主人打电话告诉红妈妈，"这老师80元一小时，你怎么问也没问就直接说，让我非常尴尬，无法解释。"事后，主人和红妈妈的关系直线下降，而红妈妈也为自己不经大脑思考就脱口而出的行为后悔不已。

红色3号："三八"气质和传播秘密

红色乐于分享的本性，让他们听到秘密的时候，内心有着同样强烈的分享秘密的欲望。所以，如果你想让一件事情传遍全公司，只要找到一个红色，然后对他说："我告诉你一个秘密，只有你一个人知道啊，你千万不要把它告诉其他人哦。"很快，全世界就都知道了。

有一位红色的医生，某次他的好友将自己离婚的消息告诉了他，并叮嘱他千万不可声张，因尚未办离婚手续。但就在某次聚会上，他将这消息不经意地透露给另外的朋友，搞得那个准备离婚的朋友十分生气。而另外一位相识的人出于对他的信任，在紧急避孕失败的状况下，颇不好意思地向其短信咨询关于毓婷的服用方法和副作用等相关问题。这位红色的医生非常热情认真地回答了全部问题，发问者非常感动。没想到，第二天医生就去告诉别人，说："你知道吗？小李把人家肚子弄大了……"事情传到当事人耳中，发誓此生再也不想见到这个浑蛋。

红色以为分享秘密与分享快乐是一样的概念，都是分享，并没有什么不同。遗憾的是，他们认为的"快乐"有时是建立在别人尴尬基础上的。假使涉及的当事人是蓝色，恐怕一辈子都难以原谅红色的"大嘴巴"了，而红色自己还一直在混沌中，不知道发生了什么事。

港产电视剧中，总用"八婆"指定某类人士，无疑指的就是红色。因为红色的好奇心，他们对一切张家长、李家短的事情有着强烈的打探倾向和有着章鱼一样的敏锐，也许娱乐版面的小道消息最忠实的读者就是红色了。这也正应验了售价两英镑、搜刮名流生活的刊物《OK！》的基本法则：你OK，我OK；你不OK，我OK！由此可见，自身生活越是烦躁，就越需要八卦他人的生活。

"闲谈莫论人非，闭门多思己过"，老祖宗大概就是发明出来专门警告红色人的。红色需要知道事情的轻重和分寸，需要管住自己的嘴巴。

有两种人都很容易伤害到蓝色，而蓝色也因为他们的敏感而容易受到伤害。然而，最容易伤害到蓝色的正是红色与黄色。他们都会因为说话的直接伤害到蓝色，他们的差别在于：

· 整体上，黄色更加坦率。对于黄色而言，话说出去可以达到目的是最重要的，直接的好处是快，节约时间，提高效率；

· 对于红色而言，话说出去是希望大家开心。如果红色意识到对方可能会不开心，通常宁可不说。只不过是大多数情况下，红色因为不敏感和爱炫耀自己，所以管不住自己的嘴巴，结果造成"口无遮拦"。

嘴巴惹祸的三种红色包括：1号没话找话，2号说话不经大脑思考，3号"三八"气质和传播秘密。红色需要管住自己的嘴巴。

情绪波动要死要活

猫——红色的属相

老舍先生有一篇写猫的文章，里面描述了猫的情绪变化。红色的情绪变化比猫有过之而无不及，如果高兴了，便整天围在自己喜欢的人身边腻着，极尽温柔缠绵，直到他人厌烦也不肯善罢甘休；反之，如果生气就立时变成一座冰山，无论赔多少笑脸，说再多的好话，也要摆出一脸不妥协和任性的样子。或是柔情似水，或是冷若冰霜。让人今天飞上九霄云天，明日就可落入十八层地狱。

我的小侄子，有一次回奶奶家，因他收到的礼物包没有其他兄弟的大，立马翘起可挂酱油瓶的小嘴，当场泪流满面。打开包装后，大人哄他说他的礼物因为颜色最特别所以包装小，他就立马眉开眼笑，到其他兄弟那里去炫耀上一番——“我有你们没有”的东西。

在红色事业的进程中，“情绪化”应排名所有红色过当带来致命伤害之首，相比较，红色性格可能出现的粗心、言行不一、缺少计划、欠缺考虑、口无遮拦等行为都只是小case而已。将这个问题提高到如此高度，是因为红色的情绪化，会任由情感来指引和操控事业的进程，当红色决定把自己的未来和人生交给情绪，而不是交给自己来控制的时候，就意味着他们开始准备“破罐破摔”。

张国荣告别人世那会儿，各地娱乐媒体引为头号大事。话说某电视台娱乐栏目的某知名女主持，是张先生的超级Fans，在即将上台播报此新闻前，痛哭失声不能自控，导演、摄像、化妆、灯光在旁边为她一个人等候多时，而这位还没开口便更加涕泪横流无法上台，结果被予以严重警告处分。

如果说这种情绪的波动是因为自己的偶像陨落这样百年难遇的事情引发，那么我们还可理解；关键是红色的麻烦在于，任何一件小事都可能会引发其情绪的不稳定，而这种不稳定会使他们在个人成长和发展的过程中，让周围的人感到恐惧，从而没有办法把更重要的任务和机会提供给他，换句话来说，红色自己的波动，不仅波动了情绪，还把机会给波动走了。

房产中介公司的老周撞上一个要买别墅的客户。在看房首日，客户就当即表示对房子很满意，并带着家人连续看了四天。当按照客户要求与卖家谈妥一切后，客户明确在电话中表示当天下午两点以前会过来付款，并问清了公司的详细地址和付款方式。电话刚挂，老周就开始骨头发轻，在办公室里面喜出望外地跳了起来，搞得一惊一乍，整个办公室的人都对他行注目礼。老周得意之际，买了一条新领带，打理了七分头，有说有笑地等那到手的鸭子。可谁知，下午两点以后，客户毫无踪影且手机关机，当时老周就像霜打的茄子脸色死灰。旁边的同事纷纷讥笑之时，只见这位老兄缓慢地拉下领带，当着众人的面用打火机付之一炬，然后转身离去，那个场面要多酷就有多酷。

没想到，第二天上午，此客户重新浮出水面，又主动打电话给老周，说昨天自己有要事被耽搁，手机又没电了，现在立刻就来公司付钱。这下轮到老周神气了，立马到经理处汇报，可没想到左等右等客户还是没来而且再次关机。从那天晚上起，老周的情绪一下降到了冰点。直到已过去一周了，整个人还是处于游离状态，也没有心思去做其他的业务。

这是我在给一个房产集团做研讨会时，大家共同讨论在红色性格的销售身上，可能会经常发生的案例。红色的情绪变化过大，让他们在面对打击时，似乎有些脆弱。与蓝色的不同在于，虽然在面临重大打击时的心理承受能力，蓝色也不见得好到哪里去，但至少在喜悦的时候，蓝色不会像红色那样得意扬扬，因此当打击来临时，红色迅速从高潮跌向低潮又冲上高潮的反差之巨大、变化之惨烈，让旁人叹为观止。

MSN的签名变化与爱上一个已婚的人

从MSN的签名透视性格

红色的情绪不仅写在脸上，为了表示他们内心的痛苦，红色会用一切手段来宣泄，借以求得心灵的平衡，MSN就是其中的一个途径。

所有性格中，红色是最喜欢变换MSN签名和照片的。红色在变换签名和照片的过程中，觉得每天可以发现新的自己，这让内心寻找激情和变化的红色是充满了兴奋的！

除了变换签名，红色在MSN名称上还有一个巨大的特点非常显著：那些频繁变换签名，而且在签名当中经常出现情绪描述的人，绝大多数是红色性格。

Joyce，一个红色女性，在九天之内完成了一场轰轰烈烈的情感，看看这九天里她十次MSN的变化（其中有一天的上下午各变化了一次），你可以猜测到大概发生了些什么。

第1天：幸福的方式

第2天：人善被人欺，马善被人骑

第3天：当落叶离开树躯的那一刹那！

第4天：那双眼睛触摸到了我灵魂最深处，那双眼睛掀起了我近乎沉睡五千年的涟漪，那是我前世今生的等待！

第5天：快要倒下了！！！

第6天：越想把握，失去得越快，最终昙花还是一现，凄惨心酸的美

第7天：渴望下午茶的闲淡时光

第8天：用自己手里的钥匙开启幸福的旅程

第9天上午：快乐时身边很多人，伤心时却只有自己

第9天下午：我的天空，为何挂满湿的泪，为何总是灰的脸，漂流在世界的另一边，任寂寞侵蚀，一遍一遍……

需要特别强调的是，在四种性格中，最不会做这样事情的性格首推黄色，那是因为黄色认为容易受外界影响而情绪化和内心真实情感的流露都是不自强的表现。这与暴躁是完全两个范畴的事情，黄色绝不愿意轻易在别人面前流露自己的软弱；然而黄色并不在乎把内心的不满和愤怒的情绪宣泄出来，也绝不会害怕由此导致的可能的冲突，甚而黄色用此传达强势。有人经常会把黄色的易怒暴躁与黄色的控制情绪流露混为一谈，这将是你在理解黄色性格道路上的一个重大障碍。

而绿色也较少流露，是因为绿色本身的平稳注定其内心的情绪波动远比红和蓝要少，加之绿色生怕写出来招来大家的关心和询问，从而带来更多的麻烦。不像红色，大多数的红色将自己的情绪写在MSN上面，与他们把情绪放在自己的面

孔上，是有着相同意义的。他们的内心其实是期待你看见这些变化，给予询问和关心的，他们并不介怀自己的情绪被他人知道，这也正是红色内心简单和透明化最好的注解。

蓝色的行为，在这里则出现了一些有趣的分流。蓝色是另一个情感极度丰富的性格，但是蓝色情感的“由内而内”与红色的“由内而外”造成了两者在行为模式上的南辕北辙。一部分是自控能力或者稳定能力极强的蓝色，这由三部分人群构成：成熟心智的蓝色、有控制力的蓝色（蓝＋黄）、平稳性强的蓝色（蓝＋绿），这三部分人群少有MSN签名变化；其中第二部分是相对脆弱的蓝色，这由单纯的蓝色、年轻的蓝色、保持原生态比较完整的蓝色构成，感性的他们仍旧会有MSN签名变化，以借此抒发内心的感受，只不过频率不高，而且语言的表达也比较温婉含蓄，远没有红色那样浓郁强烈。同种性格色彩之间又如何区分？表面看来很复杂，实际上的确没有具体的指标和纬度可以区分“人”这样复杂的生物，需要凭借的是你应用的熟练度和对此工具内涵的把握。

单纯的情绪变化表现在MSN签名上，当然构不成致命的伤害和后果，最多在别人眼里只是一个小朋友罢了。然而，麻烦在于，一旦这种情绪波动开始发挥作用，红色就走上了一条“自作孽，不可活”的不归路。

和他分手为什么这么难

“天作孽犹可恕，自作孽不可活”，红色就是这种自作孽的主儿。唐韵，护士长，有一个相恋四年绿色的男友，是我的一个心理访谈客户。

已婚男士黄色性格的老刘算是一个有头有脸的公众人物，因数次往返医院，对唐韵产生强烈好感，之后每次去总是带上礼物，而此女也通通来者不拒，但始终没有对老刘传递的信息给予明确的回复，一直保持数月这种说不清道不明的没有肉体的暧昧关系。

某日两人打车去戏院，在车上男人开始挑逗，唐韵半推半就之际嘴里却跳出“我们还是不要这样吧”。这让老刘憋了几个月的耐心全部化为乌有，黄色性格的男人内心发狠，从此不再与之联系。不出两天，唐小姐犹如热锅上的蚂蚁，大大地后悔，拨打了无数次男人的电话，人家不接，于是换了个座机继续打，结果打通了，男人推说这三个月工作很忙，忙完了会再找她的。

听到黄色男人冷冰冰的语气，这位唐小姐跌入冰窖，发了一个感人无比的短信，大意是“内心很痛，一直割舍不掉你，我以后不会再来烦你了，谢谢你对我的关照”。那位男士一看唐小姐放了软档，马上电话打来意欲复合，没想到，这位唐小姐这下又开始摆起谱来，一边哽咽一边下定决心和他割断，忍住就是不接。那男人足足打了十分钟，发现你唐小姐不接，从此以后就再也没有了声音。直到晚上，唐小姐实在还是忍不住，电话再打回去，可惜她再也不会有机会了。

红色总是经常做让自己后悔的事情，做事情的分寸感极差，他们以为自己可以控制事情的推进，事实上一般的红色根本不具备这种能力。唐韵起先只是想玩一下心跳，并未想如何发展，当发现情人带给她的刺激是和绿色男友相恋多年从来不会得到的时候，她本身性格中黄色部分的征服欲，便开始蠢蠢欲动。一旦开始动心，就一定要得到，但是又没有足够的策略和计划。本以为耍耍女人的小情绪，就可让男人诚惶诚恐，却不知在婚外情感中，黄色男性生平最恨女人显摆，这么麻烦，索性不和你纠缠了。当她发现时，内心开始歇斯底里，拼了命地问我，有什么方法可以重新挽救这段情感，她甚至设想了什么“到单位等他”之类的自以为高明的招数。她并不了解，黄色男人最痛恨的两件东西是“愚蠢+眼泪”，黄色具备这样的功夫：一旦觉得你是一个非常麻烦的人物时，就会心里大骂“Fuck you”，在一秒钟内废掉这段情感，不再啰唆。很遗憾，红色这时仍旧重复再做的是什么呢?

一个女人走进邮局，要了一张电报纸，写完后扔了。又要第二张，写完后又扔了。第三张写好后，她递给报务员，并嘱咐尽快发出。女人走后，报务员对这三份电报发生了兴趣。第一份上写着：一切都结束了，再也不想见到你。第二份上写着：别再打电话，休想再见到我。第三份的内容是：乘最近的一班火车速来，我等你。

如果前两封电报发出去，一切都结束了。可发出去的是第三封，终点又成了起点。

你没法把红色的话当真。因为红色的反复无常，跟红色打交道，你需要学会红色的语言，而红色自己在没有碰得头破血流前，是不会意识到情绪化带给他们自己的真正伤害的。

冲动鲁莽
有力无谋

人体情绪中心发布的冲动警告机制

按照人体情绪中心发布的冲动警告机制，我们可以分成“轻风”“强风”“烈风”三种不同级别的冲动。

所谓一级“轻风冲动”，就比如一些单纯的红色，想到就去做，譬如佳佳买了很多类似款式的衣服，堆在衣柜里，标签都没有拆掉，更别说穿了，但她还是看到喜欢的就买，克制不住“冲动消费”。单纯的红色因为“叶公好龙”，喜欢刺激却害怕挑战，内心深处胆子小，强风到处，除了被人当成“冲头”来斩以外，没有更大的危害。

二级“强风冲动”相比“轻风冲动”，最大的差别在于，这种冲动多了一种“舍得一身剐，只要把你拉下马”的气概，只可惜最后的结局总是吹不倒别人，却把自己折断，陷入“没把对方拉下马，却把自己拉下马”的尴尬。

悦子初到一家网站任职编辑，正好遇上组织内人事斗争，几个编辑联合起来，写联名状上呈领导，要求撤换技术人员晓涛。悦子与晓涛素不相识，只是看不惯编辑们找他的碴儿，拒绝在联名状上签字。主编找悦子谈话，问为什么其他人都签了就她没有签，本意是了解情况，但悦子此时已十分义愤，拒绝回答，曰：“不签就不签。”主编想调停，编辑们提出，既然只有悦子认为晓涛没有问题，那就让悦子专门负责和晓涛沟通好了，主编问悦子的意见，悦子气愤已极，脱口而出：“你以为可以用你的淫威压我吗？”

结果自是不言而喻。悦子本是个正直善良的好青年，却因为没有控制好自己情绪，冲动发作，以不恰当的方式和主编对话，毁了自己的职场前途。没过多久，她就在团队内待不下去，主动提出辞呈。而晓涛也并没有因为她的仗义而受益，在她离开前一个星期离开了公司。

据我得到的情报，主编是位蓝色，并没有因为编辑们众口一词而断定晓涛是有问题的，其实她是想从悦子那里得到更为真实的信息，可惜悦子被红色冲动冲昏了头脑，武断地认为主编是站在编辑们一边的，反而让主编认为，悦子是个不可以委以大任的人。

回头来看红色的当事人，原本是“大义凛然”，不与他人“同流合污”，最后却好心办坏事，心里的那种痛苦恨不得揪掉头发。他们不明白，“热情助人”与“克制冲动”是完全可以放在同一起跑线上的。

一个有力量的人是不会经常感受到愤怒的，被无力感侵蚀的人却常会被激怒。

扇巴掌的老师

如果此人性格中的红色被一再刺激导致冲动升级，这就进入到三级“烈风冲动”。

秋老师在某初中任政治老师，上课时，在黑板上写“成功人士的必备条件”，让学生们上台填写，学生大周写“高档跑车+金钱+地位”。老师说：“这是庸俗的想法，成功人士一定要这些的吗？”大周说：“我觉得是需要的。”老师说：“这样庸俗的想法是不可取的。”大周说：“你凭什么说我想法庸俗？”老师说：“金钱跑车的你不庸俗吗？”同学说：“你天天化妆你不庸俗？你高尚你干吗还上课赚钱？”

秋说：“你再说一遍？”大周说：“好话不说第二遍。”秋扇了大周一巴掌。大周跑出教室找校长去了。二周说：“哇，这么暴力啊，还能扇人的啊？”秋就扇了二周一巴掌，说：“我不仅扇他我还扇你！”然后叫全班写检讨，说：“你们都检讨一下自己的思想，检讨一下对老师的不尊敬。”三周骂了句“变态”，秋就站在他前面，于是又扇了他，说：“你还敢说！”

最后，惊动了年级主任，一个性格比较黄的人，她进了教室往那儿一站，两眼一瞪：“谁出来解释下？”秋情绪过了，哭着说了原委。最后以秋向同学们道歉而告终。但从此她的教学生涯也受到极大影响，家长们都不愿让孩子上她的班。

秋老师的观点与捍卫高尚和尊严都不是错，只可叹用错了方式方法。红色一生的错误决定和冲动行为皆受情绪所累，假如他们在心情不快与心情愉快时作出的抉择一致；在遭遇坎坷与顺风顺水时作出的抉择一致，那么，一生的成就将高十倍，生活也会愉快得多。但事实上，他们经常受情绪驱使，做出后悔莫及的事。

变化无常 随意性强

变！变！！变！！！

红色首先是“计划无用论”，压根儿就不想订计划，有时也知道自己的毛病，就索性装模作样地订了个计划。可谁知订了计划，又开始“计划不如变化快”。刚订的计划眨眼就可以废掉，让人更加吃瘪。你想啊，如果你不订，其他人也就“兵来将挡水来土淹”不准备了；你订了，人家非常当回事去做，结果，你一变，人家前功尽弃，全部心血白费，这不是耍人吗？

小表妹称周末从苏州到上海来访，通常情况是原定周五下班后起程。大家在等她吃饭时，她说还在加班，并称周六一定到，要请大家吃午饭。到午饭时间，打电话给她，回答说“早上起晚了，没赶上火车，抱歉，下午肯定到了”。大家早已不期待下午可到时，果然，又接到短信说另有一同事要求与她见面叙旧。最后半夜回家，一通门铃，满脸红火，兴奋异常，开始列出给每个人的礼物，大聊一天的“奇异”之旅，此时已夜里12点半，红色小妹越谈越勇，我等却早已哈欠连天。

为何红色总是高举着“计划无用，变化有理”的大旗在那里叫嚣？原来，红色对于一成不变的痛恨，来源于他们对于变化与体验的无限追求，当他们做着周而复始的事情时，内心对于这种死板和程序化感到痛苦万分。小学一年级，老师让学生抄句子，小胖就突发奇想，作业本干吗要从上到下，从左到右地写字？于是代替以从右到左，从下到上，交上作业以后，老师看得莫名其妙。由此可见，人们谓之为“少儿多动症”的孩子多属红色性格。从孩童时代这种端倪就开始显现，不加控制，红色如果一味追求变化的快感，而不愿意静心专注在一件事情，长大成人，势必在事业上一无所获。

因为红色太喜欢变化了，他们在职业的选择上，缺少一种安宁的幸福感，正所谓“常立志”而不是“立长志”。红色性格极端沉不住气，而且觉得固守一件工作非常无聊。在所有性格中，跳槽频率最高的首推红色，而绿色相比蓝色，成为跳槽频率最低的人群，是因为绿色内心是希望稳定而不变化的，但是蓝色的内心却会为了完美主义而挣扎。在经历过的无数次的变换中，有的时候并不一定是工作本身已经没有乐趣，而是红色会觉得是不是自己该挪挪窝了。他们认为自己既然要体验人生，那就应该疾驶在快车道上面。

跳槽频率最高的首推红色。很多红色非常有才华，而且急切地希望获得人们的掌声，但是他们却不甘心投入时间和经历来赚取他们所要的赞美。红色在刚开始时的出色表现和他们特有的魅力总是能够吸引一大群的人，然而只需要一点时间的考验，你终会发现，作为短跑的健将，他们却总是无法到达长跑的终点。

● 为何她要脚踏四条船

红色喜欢变化，除了内心深处对于一成不变的厌烦外，另外的重要原因是红色对于“不确定”的钟爱。这将成为红色一生中一个很重要的旋律。在红色的公式中，“不确定”=“可能性”，因为有了可能，人生就有了希望，这恰与红色优势中积极乐观、充满期待和希望又关联起来。

我们知道，红色是追求梦想和希望的人群，如果人生的事情完全有了规划和预知的结果，红色会总觉得生活似乎缺少了一些什么或者遗漏了一些什么。这种内心深处的心态，推动着红色对于人生不确定的追寻。回忆起我的蓝色朋友一直对我的强烈抱怨：我希望和你确定下周几的具体什么时候什么地方见，可你永远给我的回答是“到时候再约”。我现在完全可以理解蓝色的痛苦。对于蓝色来讲，事先做好计划，可以避免一些不必要的临时麻烦，将生活秩序规划好，本身就代表着安全和可预测，这对于蓝色来说是舒服的；而对于红色来讲，将时间一早就全部确定下来，万一那天有其他更多的精彩事情，那该怎么办？为了不错过有可能的万分之一的瞬间，红色宁可预留好所有的变通空间。

红色的“万一有更好的”心态将会对他们自己的人生造成很大的误导，因为红色连把握现实的能力都没有，遑论把握将来。假设红色没有充分意识到自己的“不确定”在人际关系上，与他人相处时所带来的麻烦，他们首先会在自己的情感上被自己所害。

蓝色在等待自己心目中的人出现之前，会以巨大的耐心慢慢地筛选；而红色更愿意在情感的不断体验中去寻求自己的真爱。

情感中的变化，蓝色的特点是没有最好只有更好，蓝色在情感的历程中不断搜寻和等待Mr. Right的出现。事实上这与红色的差别是：蓝色认为如果你不是我要找的人，即便你有诸多令人心动的特质，还是会自动停止或者放弃；而红色的人明明有时知道不合适，可是仍旧会开始一段情感。蓝色在等待自己心目中的人出现之前，会以巨大的耐心慢慢地筛选；而红色更愿意在情感的不断体验中去寻求自己的真爱。蓝色放弃决定，做起来并不容易，但是挣扎之后还是会放弃，这也就是蓝色轻易不言爱的道路；而因为红色的喜欢变化和不喜欢稳定的特点，他们相对而言，是四种性格中最容易经历情感体验广度的。

一个红色女生，曾同一时间周旋于四个男人之间乐此不疲！我很纳闷她每日约会如何设计，更好奇当她面对A时如何处理BCD的手机来电，她却正在并将要继续享受这种众星捧月的感觉。

表面上看，她沉浸在被很多人围绕的感觉中，其实更加重要的是，他们在享受潜意识中那种“不确定的快感”。这种快感，源于他们什么都想得到，什么都想尝试的心态，他们还没有学会“舍得”二字的人生内涵，他们只会在变化的穿梭中寻找那种虚幻的幸福感。这种情况在红＋绿性格身上很少出现，因为他们性格中有绿色的稳定、不喜欢变化；但是如果发生在红＋黄的性格上，有可能因为黄色性格的征服欲而更加明显。

遗憾的是，大多数红色以为他们有能力驾驭这样的关系，最后通常都败下阵来，他们反而沦落为自己情感投资战线过长的受害者。最终这个红色女孩被其中一位心理不健康的蓝+黄男士，用硫酸终结了引以为豪的容貌，从此活在生不如死的世界。

不守承诺 杂乱粗心

没有“比较级”，只有“最高级”

以四种性格的可信任度来讲，蓝色是最值得托付和信任的。相对比，红色的可信度在四种性格中最低。究其根源，变化无常、毫无常规固然是一个原因，而夸大其词、说话没谱与承诺无法兑现，正是红色不易被信任中最致命的一枪。

作为一种“思维相对简单”和“说话粗糙”的动物，红色容易被周围的事物感染，因此容易有感而发；他们“重宽度不重深度”的特点使其容易同时操作几件事情，因此比较浮躁而不愿仔细研究。当他们开始形容一件事情时，往往首先是粗糙的、不精确的，从而造成夸张。

典型的红色刚看了一部电影，会告诉你这是他看过的最棒的电影；参加完一个晚会又马上传达给你，这是他有史以来最难忘和最激动的一次聚会。他们的神情和真挚的眼神不由得你不相信。可是当你相信了一次以后，你会发现没隔多久，他又会最难忘和最激动一次，让你觉得自己的相信大受伤害。原来，在红色的一生当中，“最”XX的事情至少发生N次；当然，他“最最最”喜欢的歌可能也至少有20首以上。

在他们的语言词汇当中没有“比较级”，似乎永远都是“最高级”。

现在我突然醒悟过来，怪不得这几年中国娱乐类的主持人们只要一上舞台，动不动在评论的时候，就总是说“哇，今天的表现真是非常非常……”，“你看，我们的嘉宾今天的打扮真是非常非常……”，“XX，你给人的感觉好像一直都是非常非常……”，似乎我们主持人的语言贫瘠到除了“非常”，就再也想不出来其他的副词来修饰了，想想可悲啊，所以当你听红色的语言时，你要学会有技巧地分辨当中到底有多少水分。

老周在别墅交易中的情绪化在前面各位已有耳闻，这次见识一下老周的积极热情所带来的夸大事实。话说老周带客户看楼盘，当客户问到一块空地的时候，其实那里本身只是一条绿化带，却对客户说这是一片一望无垠的绿地，并信誓旦旦这必定是规划，当客户查后发现不符时，老周火速逃避，让经理去做挡箭牌。

“不承担责任”放在后面我们专文谈论，这里的问题是，为何在很多红色的词汇里“一条”=“一望无垠”？不可否认红色的优势是极强的表达与感染力，他们似乎生来就具备对形容词的任意穿插能力。然而红色对于语言发送出去，可以达成“效果”的兴趣超越了一切，片面追求效果的感染力，让他们对于语言的“精准”存在着排斥，因为“精准”本身代表了说话的保守和留有余地，这显然是蓝色的最爱。

红色看重说话的效果。
蓝色看重说话的精准。
黄色看重说话的结果。
绿色看重说话的人际。

你问一个红色性格，今天晚上演唱会如何？红色可能会和你说：“通通坐得扑扑满，别提了，人山人海啊，根本没法描述；我告诉你啊，今天这票可贼难弄啊，唱得这个好啊，没得治了！”可实际上同样的场景，话到蓝色嘴边，可能就变成“大概也就不超过80%的座位有人，门口15分钟后据说有很多退票，其实我觉得还没有上次唱得好，明显人老了，声音也不够亮。”红蓝两者的描述由此可见一斑。注重“效果”者注定有感召力，然而片面追求讲话的效果，不顾事实真相地一味夸张，难免落下夸大其词的印象。

为什么他的“我爱你”是如此容易说出口

吹牛与乱承诺可以说是红色的另一对好兄弟。在不被信任中，如果说“吹牛”只是“违法”，那“承诺不兑现”就升级为“犯罪”，它们表现的是递进而非并列关系。

如果说“吹牛”只是“违法”，那“承诺不兑现”就升级为“犯罪”，它们表现的是递进而非并列关系。

赵凯曾从事客户服务的工作，经常要听取许多客户提出的要求。在听完客户提出的要求后，当场给予承诺：“一定会在X月X日前办妥，并会通知结果。”然后随手将事情往手边的小纸条上一写，结果，几小时后，纸条也不知去哪里了，事情也全忘记了。若干月后客户上门投诉，造成的损失已无法追回。

湖南勇士到上海创业，总对家乡人吹嘘他在上海做得如何成功，结果很多乡亲听到传闻远道而来投奔他的公司打工。其实就他那屁大点的小公司根本不需要人，最后他又不敢直接面对，选择了逃避的方式，只能由他的太太出面做恶人来说明实际情况，给他擦屁股。从此以后那个蓝色太太就被家乡人民一致认为——“上海女人，就是小气和恶毒”，这个蓝色太太郁闷至极。没过多久，实在忍受不了红色的随性和那种说话夸张吹牛的方式，愤而离婚。

这位湖南勇士简直与《马大帅》中范伟饰演的“范德彪”是一个模子里刻出来的，那种“忽悠忽悠要面子”的特性放到这里是再合适不过了，一句话——“打肿脸充胖子”，道破了所有的奥妙和天机。按照性格色彩红色不被信任定律，假若红色读到这里仍旧无动于衷，那基本上这个红色必将重复跳六步华尔兹：第一步吹牛——第二步承诺——第三步事情发生，硬顶——第四步扛不下去，跑路！——第五步挨骂批判，认错——第六步循环。

我们并不敢奢望红色将承诺看做泰山，但显然红色自己也应该意识到，他们的确有将承诺当成鸿毛的问题存在，这将使人们对红色说的每句话都要进行技术分解，到底这里面的水分有多少？造成红色性格说话不算数的根源到底是什么？尝试分解一下：

原因一：考虑不周？

姑父是信鸽协会的会员，众人皆知的热心人。某日见邻居抱着满身痱子的小孩，就说：“哎呀！怎么不给他吃点鸽蛋呢？治疗痱子效果很好的！”“是吗？那你们家有吗？卖点给我吧？”姑父大人当场自豪地说：“送给你，老邻居了，买？多伤感情啊！跟我上楼拿吧。” 结果冰箱一打开，一个也没有。“哎呀！真抱歉，让我女儿吃光了，过些天我送过去吧。”据我从邻居那儿听到的是，最后等小孩的痱子好了，那鸽蛋还在天上飞。

这件事的起因是红色的热情助人，但是考虑不周，在前面已经分析过他们考虑问题片面的原因了。

原因二：不负责任，不拿他人死活当回事？

绿色的阿汤无奈地向我陈述了一件旧事：我朋友的太太在一家幼儿园当园长，而当时我小孩要入托，因我和他关系非常好，理所当然找他帮忙。朋友拍着胸脯讲这些小事包在他身上，让我在家静候佳音。可一星期过去了，也没有等到他的回音，等我再与他联系的时候，他居然说把这个事情忘记了，而那时入托的名额已满，最后只能告吹。为这个事情我痛苦了很多天，这个红色啊，现在我明白了，如果当时打电话提醒他一声，也许就不一样了。

因为阿汤是绿色，你可以感受到他的宽容，若阿汤是蓝色性格，难保就和这位说话不能相信的红色朋友，从此老死不相往来了。这种红色的承诺无法兑现的情况，在现实生活中实在是太屡见不鲜了，如果是答应帮你带本书，香港出差回来代买个相机啊，这种都不算什么。麻烦就在于如果是入托看病这种大事，罪过不轻啊。

以上两点似乎并未将问题剖析清楚，让我们从恋爱中的语言来迂回了解红色的真实心态与动机。

“我爱你”，常见于恋人中情感的直接传递，当然依个人性格不同背景不同，传达方式和语言有很多变式。通常情况下，红色整体上表达这三字真言的顺畅、爽快与直接性远胜于蓝色。少有人研究此中因性格不同，造成的内心语言路线的不同。

当红色迅速投入热恋，说出“我爱你”代表的含义是，我希望你能够理解此时此刻我的内心所想，我必须借助这三个字来传达我对你的千般柔情、百般蜜意。至于以后怎样，以后再说，人生得意须尽欢，莫使金樽空对月。

当蓝色恋爱数年，口吐三字仍难度重重，那是因为蓝色首先想到：如果我说“我爱你”，你并不爱我那怎生是好？如果我说爱你就要代表“为你负责”，我现在有能力承担责任吗？如果我说爱你，代表要和你结婚，万一不能和你结婚怎么办？……

以上清晰地显示了两条不同的路线：红色是从心→口的直线，而蓝色是由心→脑→口→脑→口→脑→口的圆周线。在这点上，注定了蓝色在深思熟虑上超过红色；另一方面，蓝色说话喜欢留有余地，而红色，很容易说满，等到出了问题，连补救的话也没了。

红色欠缺思考、重在当下、不留余地的表达方式，让红色反而成了热情和助人心态的受害者，这实在是大大地不值，学会凡事三思，留有余地是红色应该着力去完成的功课。

“我宁可让你知道，而非让你失望，让我看看我的日程表，想想再给你答复”，这对红色的个性修炼绝对是有用的话。

马大哈生六子，各有粗心不同

一个红色性格，假设是只蝙蝠。那这只蝙蝠难被信任，从它的生理结构就可找到答案。

解剖报告如下：蝙蝠的左翼是“吹牛不打草稿”，右翼是“疏于兑现承诺”，由“变化无常”主宰左脚，另外一只脚由“马大哈”来支撑。两翼两肢组建了这样一个个性独特的品种。前面三者专门已经论述过，对于“马大哈”，我们要分开处理区别对待。所谓“老马六子，各有不同”，分别是长子“丢三拉四”、次女“心不在焉”、三子“声东击西”、四女“得意忘形”、五子“张冠李戴”、六女“粗枝大叶”。

长子：丢三落四

因为是老大，备受家长“马大哈”的宠爱，给“丢三拉四”配有三套行头，这三套都属于中性服装，男女通用。

第一套：糨糊脑袋，家常便饭。

只要人别丢掉，丢手机和钱包那对于红色实在是太正常不过的事情。究其一生，红色用在找东西时间上的总长度，是可以用年为计量单位来计算的。更重要的是，这两样东西的丢失有80%是通过以下三种途径：被《天下无贼》中的高手变走，随手放在桌上突然遁形，掉在出租车上。更厉害的是，凡在出租车上摔过跟头的无数红色，每次都信誓旦旦以后一定要开发票，但坚持三次以后，如此麻烦的习惯便置之脑后了。

我们实在很难想象红色的脑袋到底在想些什么。

第二套：一心改错，越想越错。

老大一听说有人批判他没脑子，就激动来气了，但仔细想想，说得也有道理啊，于是下定决心不畏艰险一定要改正过来。比如说，以前用完东西随手搁在某处就再也找不到了，这回一定要在手里抓牢。结果手里拿着钢笔，提醒自己绝不可以随手乱放，走到电视旁关了电视，重新回到书桌，开心地坐下，发现——钢笔没了，回头一看，在电视机旁。也就是这位，从北京医院拿到爷爷的胃切片检查报告后，回家取了行李脚不沾地赶到200公里外的乡下，谁知到乡下老家后，发现竟然把报告忘在家门口鞋柜上没带回来。爷爷正等着检验报告到当地医院治疗。你说这不得把人急死吗？后来只好把报告传真回老家。

也许一生当中红色的人有十分之一的时间，都是用来寻找东西的。你以为红色不想改吗？很想！并且努力在改！那为何改不掉？他们看了本书以后，就给自己找了个借口，对天长啸“我红，故我在”，“我终于找到经常丢东西的理由了……”不要被他们蒙蔽，他们只是拿我的书来做挡箭牌，真实的理由只有一个，那就是——“红色，是最容易原谅自己的人。”

第三套：欲罢还休，引狼入室。

为了解决自己的后顾之忧，红色强烈要求买最高级的防盗门，这样可以高枕无忧了。结果是什么呢？老大经常关门以后把钥匙挂在门上，厉害啊，送给贼的钱还嫌不够多；到取款机取钱以后，银行卡却总是忘记取出来；这些都称为引狼入室。

如果是卡取走，钱倒是留在那儿，好像忘记自己是来做什么的，那要么你就是陈景润，要么你就是老二——心不在焉。

次女：心不在焉

阳光明媚的下午，二姑娘慵懒地拿着一个walkman听音乐，突然发现乌黑的长发有几根分了叉，拿起剪刀咔嚓一刀，分叉没掉，把耳机剪断了。好准的眼神，好高的功夫，佩服啊佩服。若是绿色，屁大股沉，坐在那儿才懒得去管它呢，晒太阳就专心晒太阳；红色，所以是吃饱了撑的，晒太阳也闲不下来，典型的“多动症”患者。

这种红色的表现方式是：做事情不用大脑，明明看他在双目圆睁、两耳张起，其实脑子里已经开始大闹天宫了。如果说红色和绿色都会做事情心不在焉，他们的差别是：绿色做错事情是完全按照不思考的惯性方式去做，根本没用大脑；而红色本质上是希望灵活用脑的，可惜就像在边做事边想女朋友的状态下，切菜时太激动，从此以后，他的身体上就再也没有左食指这个编制了。

三子：声东击西

休息在家，电话铃响，刚拎起来，对方就嚷着要我快到某餐厅，要快！我以为是好友聚会，碰面聊聊联络感情。没想到并非如此，要我去救他俩付账的。原来两个马大哈在疯狂购物后，以为应该有钱去饭店的，没想到结账时却傻了眼，两个人倾囊而出也拼凑不出饭钱，又没带卡，只能打急救电话了。

要知道，那时是夜里11点，两个家伙吃了三个钟头，等到付钱时发现自己没钱，两个红色都发挥性格中“想当然”的神奇本领，以为对方必是囊中鼓鼓，于是敞怀痛饮，真是他妈的红啊！

四女：得意忘形

此子属于那种给了鼻子上脸，不知道东南西北的类型，颇有拿着鸡毛当令箭的风范。

四女，单位任职出纳，单位每天很多人找她报销，感到无比开心，会自言自语说：“哎呀，我是多么重要，还很吃香的！”明明喜欢热闹和有人找她，却会对着人群大声叫：“嘿！你们这样乱哄哄的，让我怎么做事，以后报销1000元以上要预告。”如果今日无人报销，就自言自语：“今天怎么没人来呢？不行，我要去通报，谁手里有的要先拿来报掉”。然后就从一个办公室走到另一个办公室去说，或者是一个一个地打电话。另外现金是几天累计一起做清点，“呀！怎么多出来2000元？呀！怎么又少了3000元了！”她实际上是将5元的钱看成是10元的，或者是将50元的看成是10元的了。

看来老马家有钱，找了一个花痴出纳，花到一定的程度，那就是得意忘形找不着北了。按照《现代汉语词典》的解释，“得意忘形”就是“形容浅薄的人稍稍得志，就高兴得控制不住自己”。这简直就是对红色过当的完美描述！思想没有深度，稍微刺激情绪就容易兴奋，缺乏自我控制力，样样都是红色。所以，红色要切记：“不能得意，不能得意，一得意就要错！”

五子：张冠李戴

学生时代，死党大头给女朋友和女的朋友寄信，写的时候我就让这小子当心点，别得意忘形给弄反了，得到的回应是“开什么玩笑，怎么可能，老做了”。信寄出一个月后，两个女人都渐渐不和他来往了，大头现在可以改名叫头大了。

司机小吴负责大老板专车，今天刚换了奔驰，在小车班里炫耀着，正得意时，老板要出车：“小吴，锦江宾馆！”小吴问也不问，非常开心地将车开到了浦西的锦江宾馆。结果老板要去的是浦东锦江！

前面四姐已经警告他不要得意忘形了，结果还是得意，得意忘形者，大脑必不经考虑。结果，去死！

六女：粗枝大叶

姐姐打来电话，无比气愤地质问家里化妆台上的瓶子里装的是什么东西。原来姐姐早上匆忙，拿了妹妹的发胶水，以为是爽肤水喷了一脸就出门了，在路上发现整个脸绷得紧紧的，如同做了一次拉皮。

朋友从澳大利亚带回羊胎素口服液分别送给老娘和丈母娘，包装附有小瓶。有次回家，老妈举着小瓶向他抱怨，这羊胎素怎么这么难吃？仔细一看，小瓶里装的是羊胎素面霜，他老妈以为是买一送一结果当成口服液硬吃了一大半。这绝对可以入选本年度红人荒唐集榜首！最搞笑的是，赶紧采访红色丈母娘的情况，原来也是吃了一口，但发现不好吃就停止服用。想起他老娘是个黄＋红，不仅粗心还有毅力来坚持这种粗心，硬吃了大半瓶。生猛啊！！！

六子秉承了马大哈所有的优良传统，并将它们发挥到能力的极限。相比较情绪波动、冲动鲁莽、变化无常，这马大哈也算不上是什么天大的毛病，这样红色终于有了一个可以原谅自己和调侃自己的借口。的确如此吗？糟蹋自己，是你自家的事情，只是有时，这马大哈如果帮你办事，那你可要遭殃了。

柏杨先生杂文中曾经提到：在纽约大街上，一人晕倒，送到医院，医生一看就以为是急性盲肠炎，一阵大乱之后，把他推到手术室，宽衣解带，就要大动干戈，却在腰带上赫然发现一块小木牌，木牌上写道：“敬告医生老爷，我有一种昏眩病，不要理我，过两小时会自然苏醒，千万别当做急性盲肠炎，我已开了七次刀，再不能开了。”

估计这病人也是个绿色的主，能任凭他人开错七次刀。然而，不管怎样，总比“一个妇人在手术后卧床不起终于死去，若干年后迁葬时，骨架里赫然发现一把剪刀”的故事要好一些。至少我是害怕红色医生的，尤其是牙医，给你看过牙后，一直皱着眉，然后非常歉意地向你表示：“不好意思，我吃不准刚才拔的是哪颗，让我再看看好吗？”晕倒！

马大哈有六子，分别是长子“丢三落四”、次女“心不在焉”、三子“声东击西”、四女“得意忘形”、五子“张冠李戴”、六女“粗枝大叶”。不要被红色“我无法改变”的借口蒙蔽，他们只是拿我的书来做挡箭牌，真实的理由只有一个，那就是——“红色，是最容易原谅自己的人”。

虎头蛇尾 缺乏自控

如何从“三天打鱼，两天晒网”的深渊中走出

“三分钟热度”对红色来讲也许算不上什么大毛病，他们往往凭兴趣去做事的行为，让他们情不自禁地滑落到做“喜欢做”的事情，而无法集中在“应该做”的事情上，是否果真如此？

老马在周一决定要辞去工作，自己开公司创业；第二天在晚上开始写起小说，周三宣布提前退休，要专心做一件事情：全部时间投入到写作。他把每一个新计划都煞有介事地视为人生最高的目标。而每一个都是在还没有开始之前就已经出局，长久地滞留在空中楼阁的痴人说梦的层次。

来探究一下原因：

第一，红色的兴趣为什么那么广泛

红色希望自己是全能的，他们不像蓝色那样，喜欢听到别人说“这个人做这行已有20年的专业经验”之类的赞美，宁可喜欢听到“这个人是画画、写字、乐器、芭蕾、游泳样样精通”。对于红色的内心来讲，“博”比“专”更加重要，这是红与蓝相比时，彼此非常重要的一个人生取向上的差异。

红色喜欢拥有很多开放的选择，他们的想象力是那样的强，一旦开始，感觉已经完成。拥有很多选择让他们在万一失败的时候有逃脱的理由，不要忘记红色会为了避免被你责骂或批评，而为自己寻找借口和理由。

从这个意义上来讲，红色也有“掩耳盗铃”的心态，万一不行，可以撤。他们和绿色在这一同样行为上，动机的差别是：绿色会假想什么都没有发生，以欺骗自己；红色则会暗示发生了总有办法解决以欺骗自己（车到山前必有路）。他们欺骗自己的手腕即使相同，内心动机并不相同。

“盖茨最聪明的地方不是他做了什么，而是他没做什么。以盖茨的实力，他可以买下纽约，可以去做房地产，但他专注在自己的操作系统和软件的研发，而不被市场中别的诱惑所吸引。”这是盛大老板陈天桥常说的一句话。陈天桥以此为鉴，向他的团队强调专一方向对事业发展的重要性。

学会理解“舍得”二字的真义，将避免红色什么都会一点，什么都是半瓶子醋的现象。对于红色，“不是做了什么，而是没做什么”这句话具有同样里程碑式的意义，是劝诫红色“贪多嚼不烂”的有力补充。

红色需要在他们的人生当中明白，因为他们过多的人生兴趣和目标，重要的不是做了什么，而是没做什么。

第二，考虑片面不周全

小胖是很容易被新想法改变的人，他开了一个小的贸易公司，原来在上海浦东租了一个有派头的办公室，总共也就两个人办公。后来他觉得离家太远，无法照顾家里，所以决定买商住两用房，把办公室和家搬到一起。结果贷款70万买了房子，当时信誓旦旦地对老婆说，“放心，最多两年绝对就赚回来了”。搬到一起以后，又觉得女儿在家会影响他做生意，有损他的老板形象，于是又在家的楼下租了一个办公室。同时他还又要买车，说可以再贷款。

小胖准备去滑雪，在没有掌握任何技术的时候，先从网上下载了一堆滑雪器材的资料，然后是从衣服到器材置办全了，之后觉得太难了，就从来没去过一次。

如果说“兴趣太多”导致的是目标的移动和游离，是战略上的问题，那么“欠缺考虑”则是战术上的问题。欠缺考虑的深层次动机是：

红色过高地估计了自己的能力，红色强烈的自恋倾向，让他们坚信自己是优秀的，不愿承认自己不行。如果同时做几件事情，即便是失败了，红色就也不会感到自己的能力不足，反之，如果专注在一件事情上而不成功，红色则很可能受到打击。

第三，虎头蛇尾，不能坚持

前面滑雪的那位是买了就作废，有的红色比那个稍微进步一点：

胖胖和我说今年一定要去游泳。先是逛街买了游泳衣、潜望镜、耳塞，又办了年卡，我劝他办个季卡就足够了，买多了万一不去多浪费。他严肃地望着我说，就是为了彻底杜绝自己的坏毛病，所以一定要买个年卡来逼迫自己进步，另外年卡比季卡也便宜。但到昨天，我问他“你去了几次”的时候，回答说两次。“为什么只去了两次啊？”“忘记了”，再问下去，恐怕连卡都找不到了。

胖胖至少买了还用了两次，如果说前面那位小胖的境界压根就是心血来潮，后面的至少还在潮里扑腾了两下。表面上看后者比前者有进步，其实只是“五十步笑百步”，从性质上来讲，两者都是一丘之貉。

某女访友，于房中见小犬，一见倾心。问知此犬乃房东之物。拜见房东，答曰其子所购，已数月。遂表示求购之意。翁不许，恳求，恳求，复恳求。翁无奈，称需电询其子。翌日再次登门，翁面露难色，称其子不舍。痛苦，夜不成寐，三顾府上。精诚所至，翁复电其子，话毕，曰：“可，然价甚高，恐尔无力当之。”大喜，倾尽所有兼友人相助，凑至3000大洋，终得之。此后扔于房内，却疏于理睬。

费了如此一番周折得到手后，扔在一边置之不理，这同样是“虎头蛇尾”的另一版本。黄色性格有可能也有这种特质，两者的差别是：黄色是为了达成某个目标或者战胜他人，比方说并不喜欢一个女子，但是为了表示比竞争对手强大所以就一定要追求到手，到手以后就置之不理；而红色在这当口，大抵都是为了兴趣而激动后，热情掉将下来。

总体上来看，“虎头蛇尾”具备的共同特质即是：激情在先，平淡在后，少有持续燃烧激情的。以我的推断，3000大洋得犬的这位美眉更有可能是红＋黄性格，典型的红色若一次不行，怕也就忘记这个小狗了，也难有这种执著和勇气定要得到小狗。然而，红色始终是那个“在金矿面前50米的地方停下来的人”，这让他们在人生事业的进程中，平白无故地被自己损耗着。

红色苦思不解，为何人人都在玩命，而不懂得选择轻松的人生道路走？由于他们的激情澎湃，红色比其他任何颜色都能着手实施更多的计划，然而他们的完成率却是最低的，这正是因为他们不能坚持。

“小姐”们，学学人家杜十娘

我的一位企业家学员，当年曾在声色场所做过“小姐”总管的“妈妈桑”。在我们讨论到弱势群体的性格话题时，交流过对“小姐”群体的剖析。本书无意评论任何关于道德范畴的现象和事件，从性格的角度，我一直尝试来分析和诠释这个世界上所有人物和现象的规律。显然，即使是在这样的群体中，也有着非常明显的性格分布。

以性服务者的从业动机来看，排除掉相当一部分是因为家庭困苦的经济因素和社会的客观因素外，以主观而言，自愿从业者中至少有半壁江山是红色性格。她们很难抗衡足够的诱惑，同时天性中的虚荣心也容易作祟，在赚取金钱相对便捷的情况下，纵身投入一条不归路。遗憾的是红色的她们，并不像蓝色和黄色的“小姐”那样，在自己从业初期，就有心知肚明的自控与规划，知道自己要的是什么，知道自己下一步的人生目标，知道赚够多少就金盆洗手。

以大多“小姐”的入行心态而言，赚到钱以后，或者跑到一个没人认识的地方隐居起来嫁人；或者自己开个服装店之类的做点自己的小本生意；再或者自己摇身一变做了老娘开始统领一干姐妹，升级为新一代的“妈妈桑”，而不用自己亲自下海搏肉。这些人生的未来选择，红色不是不知道，而且通通觉得很有道理，但是因为她们无法做到自我控制，所以就算知道，也很难做到，这才是真正的可悲。更有甚者，很多红色“小姐”幻想有一天从来往的客人中，找到一个能够跟随从良，但早在入行之初，就被姐妹们的打击给断绝了想法，就因为目睹了姐妹们的打击告诫自己要断绝这想法，但还是忍不住尝试，直至几番伤心后希望破灭。即使如此，从所有坊间关于这个特殊群体现状的书籍中，我们还是可以容易地推断出来，她们的轻信和虚荣心，会让她们成为最大的受害者。

红色在从业初期，就信誓旦旦地决定自己赚到多少就收山。遗憾的是，一旦开始，就由不得她们了。她们很容易轻而易举地挥霍掉自己青春换来的血汗钱，因为钱相对赚得容易，出手也就大方。红色在情感上本身具有高度的依赖感，当她们工作不顺时，情绪化开始发作，而“性服务”的职业被社会鄙视本身，更加重了对尊严的自我践踏。

在这样心灵极度空虚的时刻：蓝色可以通过自我的心灵对话来隐忍；黄色可以咬着牙出于对达成目标脱离苦海的执著而忍耐；绿色，谁让自己选择了这条路呢？她们具备可以平缓情绪起伏心态的功夫；唯独可怜的红色，当她寻找不到像另外三种性格那样的宣泄渠道时，不少红色的“小姐”开始圈养自己的“小白脸”以补偿自己的心理缺失，一旦发现“小白脸”又用她们的钱在外面找女人，这下开始抓狂了，一方面痛骂天底下的男人没一个好东西，开始走入“自残”，另一方面迅速地自暴自弃，益发堕落下去。她们赚的钱，就这样一点点、一段段、一步步，在自己无休止的情绪发作中，被蚕食和耗尽。

> 红色是不稳定和散漫的，因为无忧无虑，看不到自我约束的好处，充满了不能满足的破碎的梦想。如果他们能制订行动计划，并按照计划完成每一步，且对他人负责任，他们将享有无限的美好。

逃避责任 拒绝长大

敌人火力太猛，我只能招了

蓝色与黄色在承担责任上面，都充分显示了他们的决心、承诺和勇气，相反，红色与绿色两种性格却很单薄、羸弱、无力。

绿色的“不想承担责任与压力”，多是因为绿色是非常被动的，他们需要稳定，他们可以一生跟定你，而自己完全不负起作决定的责任，他们经常以别人作为他们生存的核心，而忽略了发展自己的人生目标和方向。

红色的“逃避责任与压力”与绿色的本质差别在于，他们完全有自己的目标和想法，也有着强烈的冲动，只不过由于低估形势，问题发生了才意识到严重性，因为害怕被骂所以不敢承担。孩童时代的红色为了逃避长辈的责骂，就已经开始自动应用“说谎”作为他们的人生利器，以逃避一些责骂和批评，没有受到正确教育引导的红色，渐渐地也开始演变成为匹诺曹（红色）式的人物。

我从外地转到上海的一个三流中学读了初三后，就再没从排行榜第一名掉下来过。新学期开始，外埠又转来一个女生，她对我成绩的超越及非上海血统的身份，让我们两人在切磋中产生了革命同志般纯洁的友谊，当然现在回忆，也不排斥青春期骚动的情怀。某日中饭后，两人相约到校外散步，很快我的手和她的手之间，只有一层细碎的汗水。不经意间两人居然绕个大圈，爬上了学校后门的一个小山坡。待我醒悟过来时，学校的所有楼层过道上都布满了看西洋景的人群。在80年代，那个恪守三八线的时代，那个男女授受不亲的时代，那个异性间借块橡皮都要被我们蓝＋黄的班主任追问关系的时代，两个大好青年，以“行为艺术”与学校不准恋爱的章程公开抵抗，无疑，这成了当时可以娱乐全校师生的爆炸事件。

当天下午，这个镜头传到学校教导主任耳朵里，就成了新年黑灯贴面舞事件的雏形。之后的程序就是从班主任到团委书记再到教导主任三级谈话，反复围绕着男女关系大做文章。两个乳臭小儿居然冒天下之大不韪，这实在让学校的颜面受到极大挑战。通过隔离审查、分别交代、互相检举的手法，在不准入团、严肃处理、勒令退学的恐吓逼供下，我最后败下阵来，按照要求深刻写清楚了过程及自己的认识，并且在痛哭流涕之后，承认了自己不能抵制资产阶级腐朽思想的侵蚀，而女孩紧咬到最后也没说自己有什么错。

在我反思那段人生经历的时候，终于发现女孩浑身处处爆发黄色性格的特质，事后，她和我的关系一落千丈，那个时候的我完全不理解。假设你是80年代后出生的读者，你可能对这个事件会匪夷所思；而如果你经历过“文革”，回忆一下在那个错误的历史时代中发生的很多悲剧。有不少人在当时的社会环境下被迫做了一些非自愿的事情以至于现在不堪回首；而又有多少人，一直未曾松动内心的信念与操守。对于红色的抗压能力差，在中学那会儿，我不见得有红蓝黄绿的高度，却已诞生了初级的觉悟，生活本身教育了我们。

回忆往事，我仍为当时自己的做法而羞愧，然而我感谢那段经历，它开始让我第一次付出真正的代价，让我明白，生活并不是一帆风顺的。在后天自我的个性修炼中，起到了难以估量的作用。所幸，女孩性格中没有蓝色，否则恐怕今生今世都不会原谅我了。

逃避压力在现实工作和生活中的表现有很多方式。

比如小胖，是我们圈中的“活宝”，每次聚会的发起人。一次外出旅游在午饭时，因抢座位与人发生争执，可当我们与对方开始抡起板砖时，这家伙居然人间蒸发了，过后才发现他吓得躲到酒店楼上去了。

有一个红色房屋中介业务员，前面事情都很顺利，但是在交房环节上出现了问题，因为签合同前没做移交清单，结果出现房屋装修的质量问题，在此过程中，红色的业务员开始欺软怕硬，言语中总是倾向于强硬的黄色上家，导致红色的下家极其激动，最后双方矛头都指向业务员，当双方大闹到公司来时，红色的业务员告病逃回家，让自己的经理出面解决。

最搞笑的是我的一位朋友，连锁餐饮店的董事长，某日到商务大楼内新开张的分店巡查。因开张初期，生意爆棚，发现有几个宾客无人照应。这位红色老板充分发挥一不怕苦二不怕死的热情，丝毫不在意自己的地位，来到三人面前主动请缨。点菜完毕送单入厨，不想半天不见踪影，待到客人催促，红色老板发急跑到厨房一问，结果连单子都踪迹全无。这下可把老板急坏了，这边客人在催促，那边厨房忙得也是一团乱麻，无奈之际，老哥脚底抹油开溜。谁知运气不好，点菜的主儿当中，有个厉害的黄色女人，此人也够执著，到门外的过道上兜了几圈，把他给抓了回来，原来人家早从他的服饰上判断，此人身上有油水，本想抓到个店经理弄点折扣，只是没想到他是最大的老板罢了。红色老板好说话，黄色女人提出单要全免，好，全免！自此以后，惹上了吃白食的麻烦，这是后话，不在此赘述。

以上三位无论职位是高是低，从业如何，本性质却是相通，真正是“自己惹了麻烦又怕麻烦”。红色性格在天性中有本能地逃避压力的倾向，他们习惯于先选择做让自己感到快乐的事，而把该做的一直拖到最后，哪怕心里有紧迫感和压力感。等到发现实在无法回避的时候，告诉自己“打不过还躲得过”，结果是“躲得过初一躲不过十五”。

本质上，红色缺乏对现实中可能到来的痛苦的思考，也就是说，红色内心本能想逃避痛苦，他们根本不愿意承认现实生活中是有痛苦存在的。

当痛苦的经验接近时，红色逃得远远的，不是采取实际行动，而是沉溺在想象的麻痹中。如果逼他们去承认痛苦，他们就试着把痛苦合理化，然后逃避开。

与女人做爱和与女人睡觉的区别

因为红色的变化多和不稳定性，相对而言，在情感中，红色最容易震荡。红色女性的变化更多地来源于她们的不确定，她们总觉得可以找到更好的，这在前面“为何她脚要踏四条船”中我已经着力说明；而红色男性除了这个特点以外，还有“逃避责任”这个问题同时存在。

昆德拉在《不能承受的生命之轻》中，刻画了托马斯关于“与女人做爱和与女人睡觉”的区别。他愿意到她们家去幽会，原因就是“爱什么时候走就什么时候走”。对他来说，做爱是为了离开，而不是为了滞留，所以做爱的目的不是为了上床而是为了下床。这里的表面原因是“做爱后希望独处的强烈欲望，讨厌深夜在一个陌生的身体旁醒来”。而深层的原因，是因为他惧怕。他到底惧怕什么？并没有给予答案。

做爱是异性之间自然需求带来的快感，共眠则是这种冲突所需承担的文明责任，会因为之后需承担彼此缠绵的责任而变得痛苦不堪。所以托马斯希望他的女人永远可以做爱后能尽快穿上裤子下床。红色的托马斯实际上是个害怕承担责任的人，不愿意留女人过夜，每个女人于他而言都有别样的魅力，却又没有一个特别地与众不同。每个都是喜欢的，每个又都是过眼烟云。这与古龙笔下红色性格的陆小凤在某种程度上是惊人的相似。

陆小凤似乎并没有真正爱过谁，因为他总是见一个爱一个，而且在付出这贬值的爱之后，常常会溜到人家的床上去，给自己找一个风流的借口，给别人留一个美丽的回忆后，再悄悄地溜掉，当那女孩子醒来之后，只有一条张牙舞爪的金龙和两行字在墙上陪伴她和她的烟花一样的寂寞：“轻轻地，我走了，正如我轻轻地来，我挥一挥衣袖，不带走你的云彩。”

红色，有贼心没贼胆啊！年龄带来责任，这种责任在天性里与红色的追寻快乐产生根本的抗拒。红色在天性中不喜欢自己过早地平静下来，总之越迟越好。这种情况在典型的红色身上发现的概率，将远远超过红+黄与红+绿的原因是：如果你的性格中还有黄色，成就将驱使你无法懈怠；如果你的性格中还有绿色，对于稳定的追求，将使红色中的不确定和喜欢变化渐渐趋于平静。

了解自我，对每个人来说，都是困难的，对于红色来说，痛苦的心灵探索工作通常只能放在他们应做事情的最后，他们更愿意随波逐流地漂浮，只要不堵塞就行了，他们喜欢新鲜的刺激，并且会随时抛弃沉重的承诺，只图一时的痛快。

如果我可以永远长不大

不少红色的内心总希望自己像孩子一样，为什么？让我们来探寻红色真正的内心世界：

原因之一是当他们还是孩童的时候，都是很惹人喜爱的孩子，他们被父母和老师宠爱，所以他们不想离开这种焦点人物的感觉。

原因之二是他们根本在内心深处拒绝成长。其他三种性格的人都希望尽早地远离童年，然而唯独红色喜欢幻想，在自己营造的哈利·波特的世界里翱翔。当他们沉浸在自己的故事里时，他们只需要快乐地享受生活，而不必去承担和面对很多社会的烦心事和那么多的压力。

对红色来讲，最困难的事情莫过于为他们自己担起责任，他们骨子里面一直有一个想法，总会有一些人来负起照顾他们的责任，管他是谁，反正是会有人的。因此他们现在要做的事情就是“今朝有酒今朝醉，明日再担明日忧”。

典型的红色女性因为这个特点，通常会在婚姻和情感上面吃足大苦头。因为她们内心深处拒绝长大，可能对于红色来讲，最大的人生痛苦，莫过于失去享受人生快乐的时光和感觉，她们总觉得会有人来为她们的人生负责，她们害怕为自己的人生负责！当她们把自己的命运交给别人的时候，她们开始活在别人的影子里，而这对于天性那么要求活出真实和精彩的红色来讲，意味的只是令人窒息。

典型的红色男性爱出风头好表现的天性，年轻的时候也许还会显得出彩。然而随着年龄的增长，红色男性最可悲的地方就是在于，即使年华老去，还是仍旧靠那么两三手的小聪明没有任何实力地卖弄和调侃；当年华的痕迹已经爬满面孔的时候，他们没有任何自己的财产，因为红色对数字概念的极大混乱和缺乏，让他们是那么不善理财。更要命的是，红色的他们总是拿"生命就是活在当下"的话来安慰自己，他们认为那些存钱的人都是不懂得如何享受人生的傻瓜，最后他们自己活在贫穷当中。红色的男性又不像女性可以随便找个依靠嫁了自己，心里常怀梦想，现实无比残酷，越到后来越是"眼高手低"，就演变成为阿Q了，只能用自我解嘲和精神胜利法来挽回自尊；与此同时，又因为年轻时红色经营人际关系总是停留在肤浅的表面，他们的亲密朋友也显得很少。

红色啊红色，总是希望人生有一条轻松的轨迹可以让自己沿路跳跃而上，可惜这条路本身无力担负红色的生命中不能承受之重，浮夸不负责任之重！

很多红色抱有乌托邦式的幻想，想象有一天自己喜欢的东西会跳到面前，困难会自动消失得无影无踪。这种充满刺激的幻想一旦成为他们的动力和支柱，将阻止他们脚踏实地。他们似乎不愿意作负面思考的准备，因为他们本能地逃避痛苦。红色追求的事物具有强烈的刺激性，他们渴望兴奋，喜欢冒险和思想上的碰撞，表面上，是寻求创造性的源动力，而本质是逃避痛苦。他们总是有意识地逃避痛苦，意味着他们无法从痛苦和挫折中学到更多东西。

红色的本性局限

作为个体

- 情绪波动大起大落，情绪控制人而非人控制情绪。
- 变化无常，随意性强。
- 鲁莽冲动，轻信他人，容易上当受骗。
- 虚荣心强，不肯吃苦，贪图享受。
- 喜欢走捷径，虎头蛇尾，不能坚持。
- 粗心大意，杂乱无章。
- 不肯承担责任，期待有别人为自己的人生负责。
- 缺乏自控，毫无纪律。
- 容易原谅自己，不吸取教训。
- 不稳定和散漫。
- 拒绝长大。
- 借放纵来麻痹自己的痛苦和烦恼，而不去认真思考生命的本质。

沟通特点

- 说话少经大脑思考，脱口而出。
- 对于严肃和敏感的事情也会开玩笑。
- 炫耀自己，夺人话题。
- 注意力分散，不能专注倾听，喜欢插话。
- 吹牛不打草稿，疏于兑现承诺。
- 忘记别人说过什么，自己讲过的话也经常重复。
- 口无遮拦，不保守秘密。
- 不可靠，光说不练。
- 夸大吹嘘自己的成功。

作为朋友

- 缺少分寸，过度的玩笑和热情。
- 只想当主角。
- 谈论自己感兴趣的话题，对和自己无关的话题心不在焉。
- 插嘴打断别人谈话。
- 健忘多变。
- 经常会忘记老朋友。
- 有极强的依赖性，脆弱而不能独立。
- 好心办坏事。

对待工作事业

- 跳槽频率高，这山望着那山高。
- 没有规划，随意性强，计划不如变化快。
- 没有焦点，把精力分散在太多的不同方向。
- 过高估计了自己的能力，希望一心多用，结果一事无成。
- 觉得没有必要为未来作准备。
- 不肯花更大的精力以及幕后更勤奋地工作，来获取更高的殊荣。
- 不切实际地希望所有的工作都要有趣味。
- 只能应付短期的紧张。
- 很难全神贯注，经常性地走神。
- 异想天开，难以预料。
- 工作绩效和干劲受到情绪极大的影响。

第八章
蓝色过当

消极悲观
迂腐封闭

抱怨让我的生活如此“美丽”

“有两个人从监狱的铁窗向外看，一个看见一堆烂泥，另一个则看见满天星光”。与发明了降落伞的那个蓝色相比，这个蓝色是完全颓废的。我们已经知道，红色和黄色倾向于积极和主动，蓝色和绿色倾向于消极和被动。绿色天性中的“惰于思考”让绿色的确很难乐观，但至少绿色宁可不想也不会把问题想得太糟。而蓝色却在花开的时候，清楚地感到花谢花败的样子；在月圆的时候，清楚地想象月缺月残的黯淡。蓝色的杞人忧天总有把问题想象得无可救药的倾向，与此同时，他们会借助“怨妇式”的语言为这种倾向推波助澜。

某日偶翻报纸，发现当晚迈克尔·波顿在万体馆开演唱会，兴奋之下，致电另一蓝色波顿迷邀约同往。这位，当下连环发问：“你怎么早不和我说？”“有票吗？”“等退票？你怎么知道会有？”“万一等不到怎么办？”在我接连向他表示“此等千年难遇的机会，我来请客务必赏光”的意思后，这位蓝色友人终于千呼万唤始出来。

到了门口，人山人海，等了很久，一边寻觅退票，一边还要接受他的轰炸：“这么冷的天，哪儿能等到票啊？”“早就和你说了，不行的吧，这不，白出来一趟。”“你这个人就是这样的，总是突然袭击，上次就……”“在这儿站着你不觉得很傻吗？你不觉得傻，我可丢不起这个人！”

待坐下来一直到演唱会结束，我每每问他如何，他的回复基本套路就是“你说呢？这位置能看得好吗？”“你觉得看不见脸的演唱会和买张碟在家里听有什么差别？”“明显年龄老了，也唱不动了，何必出来浪费这个冤枉钱……” 结果这个演唱会从头到尾，我被他无休止的抱怨给数落得昏头转向，伺候得好辛苦！

你有过类似的体验吗？蓝色从来没有意识到他们与生俱来的消极思维，配合上喋喋不休，唐僧式的喋喋不休，抱怨的挑剔的唐僧式的喋喋不休，足以对其他性格的人产生摧毁性的打击。这种打击的核心在于——破坏了他人美好的情绪和热烈的生活向往。在这种负面语言的力量下，任何愉悦的心情都被破坏殆尽，如果蓝色不能去除“还行”“凑合”“就这样吧”“没什么好”“很一般”“如果是，就好了”“哼，我不觉得”“还不如以前的”“我早就说过，这么做不行吧”这类的口头禅，他们自己的生活也将沉陷在一片凄风苦雨之中。

蓝色通常用消极忧虑的态度预测未来，并且觉得这样的结局是注定的，无从改变，进而由此造成行动上的不作为。不可否认的是，蓝色的韧性很强，但比起红色和黄色，他们缺少那种充满朝气和信心的蓬勃生机。当红色不停地注射满脑子美妙的幻想，黄色将大脑分隔为一块块的人生目标，绿色轻松恬适地晒着太阳时，蓝色会因为过早看到了消极面和事物的宿命结局而全身不安，从而导致他们的犹豫、游移和自我保护。

● 今年的确是第一，那明年怎么办

蓝色好悲观和担忧，什么事都总使劲朝坏处想，做起事来很慎重，一失败或受损害就恐惧，又十分在意周围人的评价，总是首先想到不要让人家在背后指指点点。而其完美主义倾向又使他对自己丧失了最起码的合理自信，在行为上容易呈现优柔寡断、忧心忡忡、畏首畏尾、踟蹰不前的特点。

David任职500强企业销售总监，今年又是提前一个月完成了销售指标，在朋友为他举办的庆功宴上，所有人都开怀畅饮，唯独作为主角的他闷声不响，可所有人全是为他而去，他一个人不高兴，让大家非常扫兴。后来问他原因才知道他的想法，“每年都是第一，今年又提前一个月完成，那明年只能再提前，否则就是没有进步，标杆的形象也没有了，明年怎么办？”

担忧和罪恶感对于绝大多数蓝色来讲，是家常便饭的心态，他们自以为经常做错事情，同时永远不停地在洗刷自己。蓝色在天性上追求凡事要更完美，这无形中给自己上了一道枷锁，直到有一天太紧了，很容易走向极端。这种强烈的不安全感在《好兵帅克历险记》中是这么被批判的："谁都可能出个错，你在一件事情上琢磨得越多就越容易出错。"

一个黄+红的老公在上海市中心汉口路走过时发现小户型酒店式公寓发售，单价12000元/平方米，凭直觉马上下了定金。回家汇报后，蓝色妻子面孔一板，开始发动滴水不漏的攻击："你到底有没有调查过？你又没有仔细了解过，为何那么爽快就付了定金？大脑为什么不先想一想？为什么要这么急？万一以后租不出去怎么办？价格这么贵，你以为转手是那么容易的事吗？报纸的消息，你怎么知道一定是真实的呢？你不知道只要出钱就可以做托的吗？"

第二天这位妻子亲自去调查了该地区方圆三公里内所有的酒店式公寓，当晚9点到11点，她伫立在已运营两年的另一酒店式公寓前，观察到住家灯亮仅有两成，据此推断出空置率高、出租困难的结论。凌晨家庭会议，从政府的不利消息出台，到报纸上专家评论的房地产热下调，直至附近一公里内的同类房经营困难，洋洋洒洒罗列一通，最终结论：绝不可买。为避免更大冲突，老公忍痛退掉。三个月后，房价涨为15000元。两年后，老公准备去看看在那儿开公司的朋友，人家说你还是甭来了，我怕你受刺激，现在房价是40000元。

因为典型的蓝色很难去相信别人，加上负面的思维习惯，他们总是会满腹疑虑。如果他去餐厅吃饭，会担心厨房是否足够干净？食物会不会污染？到超市购物，肉类有多新鲜？鸡蛋放了多久？蔬菜上残留的农药有多少？而且到处都有病菌，谁知道搭乘地铁的人会不会有SARS病毒？禽流感要爆发，所以今后鸡鸭鹅是肯定不能吃了；疯牛病泛滥，牛肉也只能暂停了；口蹄疫肆虐，猪肉必须全部隔绝，羊肉万一买的是"多利"的亲戚，那不是也完了；这样看来只能喝水，水里面也放了太多的消毒粉，味道太重。不健康的蓝色总是不愿面对现实，或者说不愿接触现实，总是对现实中的困难和危险感到恐惧，对未来感到悲观，对自己缺乏信心，逃避现实，就像契诃夫笔下的那个装在套子里的人。

胡闹！人是能用颜色分析出来的吗

蓝色在科学家和研究者的群体中数目最为庞大，也最容易独树一帜，这与蓝色的刨根问底和怀疑精神是紧密相关的。巴尔扎克曾说："打开一切科学的钥匙都毫无异议地是问号。”在怀疑理念的驱使下，人类才会不满足于权威的、现存的事物和规律，才能发现问题，找出谬误。所以说，伽利略确定“怀疑乃发明之父”。同样，蓝色的特质一旦发展成过当，在这种“所遇之人必有阶级敌人，阶级敌人，我必诛之”的心态背后，蓝色自然成为疑心病的最大患者。

很多蓝色口里经常说：“性格怎么可能是天生的呢？”蓝色可能经常会因为对这一句话的怀疑，将本书所有的一切全盘否定。因为蓝色的“怀疑主义”，他们自然而然排斥新事物。他们对新生事物虽然也有兴趣，但缺乏勇气去率先尝试，加上遇见任何事情首先总是消极思维，容易钻牛角尖，不容易信任别人，有时候自己也觉得很累。为此，我建议所有参加研讨会的朋友结束课程后分享给家人，以观察不同性格的可能反应。你能想象典型蓝色的反应吗？

红色：是吗，那你分析分析我是什么颜色的啊？
蓝色：人如此复杂，是颜色能分析出来的吗？
黄色：我还需要分析吗，我已经很完美了。
绿色：哦，性格分析，不错啊，嗯，有点意思。

即使是正在阅读本书的读者——阁下您，当您第一次接触和听说性格色彩的概念时，您的本能反应是什么？当您去和朋友分享您的感受时，对方会有何反应？经过长期观察和事实证明，四种不同性格在此中有惊人的规律。整体上，红色和绿色呈现开放，黄色和蓝色更多表现的是封闭和抗拒。

毫无疑问，红色在天性中追逐快乐和对新鲜事物强烈的好奇心，让他们很容易对这个新的话题产生兴趣。典型的红色大多常见“是吗，那你分析分析我是什么颜色的啊？”红色的另外一种反应是调皮式的，“嘿嘿，我告诉你，我很复杂的，我是矛盾性格，你分析不出来的”。无疑，红色是四种性格中，最热衷于让别人来分析他们自己的。

假使你遇见的是黄色，那也许你是免不了被教训的了。“我还需要分析吗，我已经很perfect了。就凭你？想分析我？你还嫩了点。得了，甭说了，让我来告诉你星座和面相怎么来看人……”以上这种对话最常出现在红色女性对黄色同辈或长辈的对话中，黄色的倚老卖老和强烈的批判性，让他们常以老大自居，或期待通过批判来表示他们的能力和懂的东西比你要多得多。换句话来说，我教你还差不多，怎么会轮到你教我呢？

还是绿色够幽默，绿色一边看着电视一边听你分享你的喜悦，心里想“人有什么好分析的，还不是一个鼻子两个眼睛”，然后听着听着就睡着了，也不来反驳你，但也没多大兴趣——我是什么颜色的有什么关系呢？你说我是什么颜色，我就是什么颜色。另外一种绿色的反应是：“哦，性格分析？不错啊，好的，听听看。嗯，有点意思。原来我是绿色啊，绿色，不错啊，环保主义者，也蛮好的。反正你不给我戴绿帽子就行了。”

蓝色的批判性不像黄色那样只批判别人不批判自己，他们批人批己。他们批判他人时也不像黄色那样犀利直接，首先是以怀疑的面目出现，进而才会上升为内心的抗拒和挑剔。“人如此复杂，是颜色能分析出来的吗？四种，我看用四十种也分析不出来，又上当受骗了吧！和你说过多少次了，外面的东西不要轻易地去相信，你怎么这么容易就相信了呢？要和你讲多少次啊？脑子也不多想想，外面骗就是骗你这种人，知道吗？”

由于拒绝与外界互动，不健康的蓝色变得很喜欢逃避，脱离人群与现实。他们一方面充满了敌意和斥责，另一方面又害怕别人的攻击，因此容易怀疑和精神过度紧张。他们被妄想困扰，而满脑子的念头又反过来威胁自己，结果变成偏执狂，不断遭受恐惧症的苦恼。

在心态的封闭和抗拒接受新事物上，黄色和蓝色有得一拼，但两者的差别在于：黄色认为我现有的东西已经足够好了，用不着你来告诉我什么，然而黄色一旦发现新事物有极强的实用价值，马上会接受。蓝色的抗拒更多是因为“怀疑主义”，他们认为这个世界充斥了虚假的信息，必须用怀疑和谨慎来保持清醒的头脑和对这个世界的认知。他们扬扬自得于“众人皆醉我独醒”的状态，却不知道因为他们一开始就封闭的心态，拒绝了很多生命的可能性。只有那些心态开放的蓝色，首先以不拒绝的心态来尝试了解新生事物，越钻研下去，发现有很多内涵在其中，才能越到后来越是功力高深和具有强烈的共鸣。当蓝色可以发挥他们天赋的深邃面时，蓝色的积极性开始调动起来，这样的蓝色与那些“连门缝都不愿意开”的蓝色相比，显得更加大度、宽容和豁达。

沉溺往事 郁闷难解

● 把痛苦进行到底

红色的情绪化在前章我们已有所领教，除了红色以外，在情绪化惊天动地的大军当中，蓝色是一支毫不逊色于红色的力量。虽然在发作方式上不像红色那样惊天地泣鬼神，忽上忽下左右摇摆，有举座哗然之效，却也凭借其“寻寻觅觅，冷冷清清，凄凄惨惨戚戚”的方式，经常在莫名其妙中拉下面孔或流下眼泪。更有甚者，一旦进入沮丧情绪，要想走出，势比登天。

初学性格色彩，不少人多以为黄色在“情绪化”方面犹胜蓝色，此乃大大误区！盖因“情绪化”在性格色彩中的定义是——情感容易受到波动和影响，从而导致对行为的影响。蓝色对于原则和尊严的强烈诉求，时常会用“士可杀不可辱”的情绪力量来支配自己的行为；而黄色为了达成目标，宁肯如韩信般忍受胯下之辱，或像勾践一样把自己的女人献给对手来换取“卧薪尝胆”的时间。黄色“情绪化”的假象其实来自于黄色的“冲动性发火”，事实上那是由于暴躁引起。所有“情绪化”的性格以天性来讲，势必要具备一个先决条件，即情感高度丰富，正因为此，才会物极必反。在四种性格的对比中，红色和蓝色的情感更加丰富，两者一个侧重在外部表现，一个以内心细腻见长。同样，当他们情绪化时，红色的波动比较显性，容易捕捉和察觉；而蓝色却是持续步入熊市，而且颇有一熊到底的架势。

比之红色很容易“跳出悲痛外，不在失落中”的快速情绪波动，蓝色更多活在历史和过去当中，长期无法走出低谷和振作起来，让周围的人也是苦不堪言。

在恢复被刺激的神经和平抚心灵创伤方面，红色没那么麻烦，他们的开放心态决定了他们对外界没有太多的戒备心理。所以，并不因受到外界刺激而对外界事物感到恐惧，变得缩手缩脚或不敢轻举妄动。他们照样保持着对外界事物的兴趣，并且能够将兴趣从一件事情（或人）上迅速地转到另一事情（或人）上，情绪也随着这种转移而恢复正常，几乎让人看不到受刺激后的强烈痕迹。而蓝色要想恢复，时间一般比较长，而且即便心情平复以后，心底的某个角落总还会留有一小片阴影，久久挥之不去。

蓝色情感世界的四个层次

小学音乐课时，老师叫我上台唱歌，结果动作过猛力气过大，裤裆当下爆裂，全场同学立马狂笑，大大的尴尬之下回家换了行头，下午重返，仍旧意气风发若无其事；而蓝色同学裤子前门有一粒扣子未扣被台下发现，从此精神罹患重恙，即使二十年后，每每在公司台上发言，立定后总是先低头偷望，方可继续。蓝色对于过去，如果始终无法以宽容的心态来看待，他们将永远“一日被蛇咬，时刻怕井绳”。

一个红色老头和一个蓝色老太结婚35年一路磕碰，超级蓝色的老太因为神经质总是没事挑事，终于有一天老头实在无法忍受，提出分手。60岁的人了，各位，若不是有天大的折腾，老头想来也不会提出离婚。这事麻烦就麻烦在，老太事实上非常爱老伴，但口里从来不讲，只会自己折磨自己，临分手时，老太只提了一个要求，“你再陪我到苏州去玩一次吧，从此以后我就永远不管你了”。

结果当晚在苏州，老太给两个人全部都下了足以送一村人上西天的安眠药，本指望夫妻双双到黄泉，可结局却布满了黑色幽默的凄怆：老太经抢救活了过来，老头却永远安详地闭上了双眼。之后，整整两年时间，老太愣是无法解开悔恨和负罪的心结。所有的小辈一直和她说“我们都已原谅你了啊，你不要再想了，人死不能复生”云云。但就这样，老太把自己在一个黑灯瞎火的小阁楼中关了三年，在某个清晨，家人看到一个字条，“你们不要找我，他走后，我没有过一天人过的日子”，从此以后，就人间蒸发了。

典型的蓝色性格一旦过当，正如同《红字》中所说：“遭受苦难的人在承受痛楚时并不能觉察到其剧烈的程度，反倒是过后延绵的折磨最能使其撕心裂肺。”你对他们进行思想教育：“后悔是一种耗费精神的情绪，后悔是比损失更大的损失，比错误更大的错误。所以遇事不钻牛角尖，人也舒坦，心也舒坦。”这话听起来无比正确，但其实没用。因为典型的蓝色具备毫发毕现的记忆和自残自虐的变态凶狠，他们有内在的愤怒、表达的激情和找抽的渴望。

在情感世界中，蓝色首先是“和羞走，倚门回首，却把青梅嗅”，发现自己一旦喜欢上对方，会故意装出回避又偷眼望去的那种感觉，可惜麻烦是——这青梅快嗅到熟得烂掉了，依然还在嗅。之后一旦进入情感状态，开始“似此星辰非昨夜，为谁风露立中宵”，便像一个孤独的人保持着一种望月的思念姿势，也许等待的尽头只是一片虚无，这种思念的幻灭及明知幻灭却仍然不能不思念的心态，颇有“你知不知道？我等得花儿也谢了”，之风。但即使如此，蓝色仍旧坚信“为伊消得人憔悴，衣带渐宽终不悔！”最后发现此梦已成追忆，但又要重新开始的时候，却总是提不起太大的兴趣，因为过往的历史给他的印象实在太深，别人都明白这小子是活在过去拔不出来，而他却还在暗示自己“曾经沧海难为水，除却巫山不是云”。

典型的蓝色，情感世界中有四个层次。第一层次：“和羞走，倚门回首，却把青梅嗅”；第二层次：“似此星辰非昨夜，为谁风露立中宵”；第三层次：“为伊消得人憔悴，衣带渐宽终不悔”；第四层次：“曾经沧海难为水，除却巫山不是云。”

一场相亲后的苦诉

不少典型的蓝色在学校读书时代，最难受的日子不是考试前和考试中，却是考试后。他们考前小腿抽筋的原因是，担心自己万一考不好怎么办；而更加痛苦的是考后的复查，更会让自己懊悔不迭。因为蓝色的记忆力普遍有相当水准，每道题基本都能记着，然后就特执著地在那儿估分，一旦发现很简单的题目被自己做错，立刻沮丧无比，不时拍下大腿“又少了一分”，这种状态要一直持续到自己记不清考题为止。下过围棋的人都知道，比赛结束后通常有复盘的习惯，若是蓝色的棋手，恐怕这关才是最锤炼心理素质的时候。要让蓝色理解“改变不能接受的”这还容易，这只需要积极思维就可以，但要让蓝色学会“接受不能改变的”，那就需要蓝色无比刻苦的后天修炼了，因为他们很难控制不让自己活在过去当中。

小梦，我前言中特别提到感谢的蓝色朋友。不久前，家里被“时迁”光顾，这让她长时间陷入到了巨大悲痛的情绪中，了解完此次她的财务损失，多少让我有些困惑。两万元虽然肉痛，但这也并非足以让她一蹶不振，为何她会持续地陷入低迷状态？当我知道她遗失的物品时，终于理解了她那种心灵被蹂躏的感觉。

在鼓上蚤翻箱倒柜时，亲爱的小梦同志，保存了过往人生20年的所有来往信札尽数遗失。对于蓝色来讲，这种历史沉淀的记录，足以显示她的成长史，足以证明她的整个生命历程。现在，被拦腰割断，活生生地卡在中间，你能理解蓝色此刻的心情吗?

我曾和一个刚刚结束相亲，充满沮丧和挫折的蓝色学员有过一场MSN对话，那是一个深夜，我聆听了她的文字倾诉。

心里好烦：老师，今天去相亲了，心里很难受。

色眼识人：为何相亲？为何难受？

心里好烦：相亲不好，让我有一种背叛爱情的感觉。虽然以前也和朋友一起出去认识过男孩子，但那种方式自在很多。而且，我今天是一个人去的，很紧张，感觉就是第一次相亲，很程式化。应酬了两小时，结果那个男的都不送我到车站，出了门就自己坐车，向左走向右走了。真是傻掉！我想，我还没差到这个地步吧，他也太不绅士了吧。

色眼识人：背叛？你是觉得心里不舒服吗？

心里好烦：郁闷死了！

色眼识人：看起来你正在因为别人的错误而折磨自己，别人的评价看来对你有些杀伤力啊！

心里好烦：35岁的人，防备心理极强。既然是来相亲的，不论如何也该真诚点吧。两小时就在不停地刺探我，揣着他的十万年薪在那里担心，有没有搞错啊？月入百万也不是我要考虑的，现在的男人怎么都这样啊。回家后，我越想越生气呀，然后想发个短信气气他。我就说："我安全到家了，谢谢你的咖啡，晚安。"我想，他应该拎得清的，让他汗颜。可是，我这么做，好像太含蓄了，他压根没感觉还是怎么的，没回短信。我宁愿他暴跳如雷的！没想到一刀砍在棉花上！

色眼识人：的确很过分！

心里好烦：你说这个浑蛋，是比较大男子主义？太粗枝大叶少根筋？还是没当回事啊？我郁闷死了。其实，很多事情我已经很不在乎了。可是"第一次相亲"，本来已经很不甘愿了，还遇到这样的事情。我强迫自己再觉得无聊，好歹也给人家留个面子吧。结果，他～！◎#￥%……※×前阵子去参加淑女大学堂，大家对我的评价很高；去朋友的单身party（聚会）也赢了第二名。总算有勇气了，去尝试了一下。居然给我这么大的打击！你说我该怎么办……

色眼识人：是，的确很不像话，太过分了。

心里好烦：是不是在你看来芝麻绿豆的小事，我却在这里抓狂～！

色眼识人：理解！你是蓝色嘛，一个渴望爱情的蓝色，要是我也会生气的。似乎你也知道自己比较容易抓狂，也许你可以尝试去发泄一下。

心里好烦：呵呵，我似乎只有遇到感情的事情才会这样。可能是第一次遇到这样的事情，又是我最在乎的事情，我在那里想我的感觉、想真诚地互相体验内心的感觉。那个浑蛋在那边装腔作势，一副维持成功人士的良好感觉……好，有机会去看看。我想憋在心里会越想越郁闷的，倾诉一下，麻烦你当了一次垃圾筒。

如果蓝色仅仅是对自己的失误表示痛心疾首，那还罢了。典型的蓝色，会因为别人的错误反过来折磨和惩罚自己。这位蓝色因为感受上的不好，很自然地联想起一大堆自己的愚蠢，把别人的错误引申发展为自己的不够好、不完美，从而陷入不必要的自我反省和自我否定的再次循环。

敏感多疑 脆弱自怜

你这话什么意思

据我当老师的弟弟讲，他的同事中有位班主任就有如“装在套子里的人”——那位别里科夫式的人。此公对学生从不放心，这也不许，那也不行，生怕会闹出什么乱子，看到男女同学在一起说话，马上疑心早恋，看见学生进网吧定是浏览黄色网站。我过往有过一个超级蓝色的香港老板，当年他嘱咐我查一个家具的尺寸图，我从六楼跑到一楼来回两次向他汇报了完整的数据，可最后仍旧是他自己再跑到楼上去检查一遍。大概他想不到这样做，在当时就像在我的心上用沾满了盐巴的小刀狠割了一刀。

再后来，我负责一个高级家政服务公司的管理工作，目睹无数雇主与阿姨（高级保姆）间的纠纷，大开眼界。某次，一位阿姨回到公司痛哭，死活不肯再回去做了，原来女主人抱个小孩永远跟在她的身后，每做完一个地方挑刺倒还算了，最重要的是手里提着一块抹布将做过的地方重新再擦一遍，这让那个阿姨感觉人格上受到巨大的侮辱，于是愤而辞职。

那个女主人确是少见的神经过度紧张，以我的观察，精神病学科中专业术语“神经质”大多直指蓝色的“疑神疑鬼”，而患此症者的核心根源正是“敏感”。举凡“敏感”者方有捕风捉影的闲情逸致，那糊涂的绿色、马大哈的红色和脑子只想目标的黄色，根本才没有那么多的工夫去做这么累心的事儿。

一个红色的女儿是这样回顾她蓝色的妈妈是如何让她手足无措的。

妈妈平时非常在意别人的话，她很少从正面去想儿女对她的好。有次她来我家，可回去后就开始生气，再不答理我，我百思不得其解，以为可能是她要帮我打扫房间，我制止她的语气重了，所以她不开心。后来，我向她道歉那天和她说话语气太重，结果她说她生气不是因为我发脾气，而是因为另一件事。原来，我说我这儿有很多粗粮吃不掉，让她拿一半回家。临走时，我问她：“袋子是不是太重了？”她觉得我是在暗示她拿我家的东西太多了，这严重伤害了她的自尊。天地良心，我的本意是想表达“太重就下次我送过去”，我绝对不可能对妈妈有那样的想法的！有时想想，真的不知道该怎么和蓝色的人说话了。

蓝色会将别人的每句话进行技术分解，更要命的是通常最后的结论更多是倾向于负面而非正面，倾向于消极而非积极，倾向于悲观而非乐观。蓝色是所有性格中最喜欢讲反话的人，这种反话让人感到“阴”和“酸”，让你难受，像得了风湿关节炎般的难受。作为蓝色的他们，出发点也许不坏，本意也并不一定是蓝色口中说出来的那样，只是旁人实在难以接受。

因为蓝色的这种小心眼，他人和蓝色相处时，要斟酌每句话的说法，生怕有个词说错了得罪他。如果你和他提出来，能不能不要这样较真，他会和你说，“你和我说话这么不用心，由此可见，你根本就不把我放在心上，所以，过去你说的那些‘你对我最重要’的话通通都是骗人的鬼话。难道不是吗？既然不是，你说话用心点难道不行吗？”蓝色，一旦开始发话，就要上纲上线，提升到无比严重的高度来进行批判和教育，这实在令红色难以忍受并趋向于崩溃。

林黛玉被自己蓝死的必然性

蓝色同时集敏感、紧张、关心、怀疑、细腻、防范、批判于一身。他们的焦点更集中于“情绪”而不是“理性”。有很多人一直误会蓝色为理性的人群，这是一个巨大的误区，蓝色行事虽然理智，但内心的感性衍生出挥之不去的情绪，这是所有性格中无可匹敌的。因为蓝色无法有效地传递自己丰富和复杂的情感，他们又有强烈的希望他人理解自己的需求，当他人无法理解时，他们沮丧孤独，进而也许会顾影自怜，再不济，就要由怜生恨，走入死胡同。

《红楼梦》第三回写林黛玉进贾府，关于黛玉的内心独白，特别提到“因此步步留心，时时在意，不肯轻易多说一句话，多行一步路，唯恐被人耻笑了她去”。对于一个少女来说，从当时当地的感受中，能很快地笃定这样一个处事原则，我们不能不为她蓝色的那种成熟和聪明所折服。以后，她整日以泪洗面、莫名其妙地悲泣，都是这种蓝色心态的自然延续。那种寄人篱下、孤立无援的无奈，是一个蓝色女孩儿释放压力、宣泄情感的最简单的方式。通过这种方式，她感觉到自己灵魂深处的悲剧情怀。蓝色林黛玉本身的敏感，加之她寄人篱下的处境，使她越发容易受伤害到不可收拾的地步。

来看几个关于她超级敏感的细节：

· 周瑞家的来送宫花，最后送到她那里，她便疑心是别人挑剩下的才给她。

· 某晚，她叫怡红院的门，晴雯偏偏没听出是她的声音，拒不开门，并说“二爷吩咐的，一概不许放人进来呢！”把个黛玉气得怔在门外。欲要发作，转念却想：“虽说是舅母家，如同自己家一样，到底是客边。如今父母双亡，无依无靠，现在他家依栖，若是认真怄气，也觉没趣。”

· 正在伤心垂泪之时，又听见宝玉宝钗的笑语声，越发动了气，“越想越觉伤感，便也不顾苍台露冷，花径风寒，独立在墙角边的花阴之下，悲悲切切，呜咽起来。”

· 一日她卧病在床，听到园子里的老婆子骂人，实则人家是骂自己的外孙女儿，黛玉却认为是在骂自己，竟气得昏厥过去。

从表面看来林妹妹确有点儿女孩的“小性儿”，甚至有些“病态”。但是，这种情况如果发生在其他三种性格身上，恐怕谁都不会像蓝色那般浮想联翩，说到底，这些所谓的伤害和痛苦都是自找的。于是，黛玉的爱情便只能以死了结。最后一刻，焚稿断痴情，她希望最终能“质本洁来还洁去，强与污淖陷渠沟”。一个典型的蓝色，在痛苦的磨难中终于泪枯夭亡，只能以死向社会做了最后的反抗！

蓝色没有自信是因为他们太在乎别人怎么看他们了。当蓝色的敏感走向极端，如果过于胆怯，可能会产生恐惧，这将导致偏执狂和病态。如果蓝色一直沉溺于自己阴郁的想象，有一天蓝色可能走得太远，产生危险和自我毁灭的症状。

心机深重 相处困难

● 你为什么不直接说

因为蓝色有强烈的希望别人能够理解自己的意愿，他们在表达方式上难免拐弯抹角，他们希望用暗示的手法来解决所有的沟通障碍。遗憾的是并非所有人都能够理解，因此，这也就是他人觉得蓝色说话很不直爽，显得有点小家子气的原因。学员甘腾告诉我他和蓝色一起出差的故事。

我和小王坐火车，他坐我对面，从洗手间回来后，我坐下看报纸，小王突然对我说：“你的鞋不错，在哪儿买的啊？”我抬头瞄了眼脚，把脚放下，答道：“在西单。”小王不说话了，若有所思，没过多久又说：“你裤子的膝盖有点脏。”我心想他今天怎么这么奇怪，总是关注我的衣服？连头都没抬，边翻报纸边说：“咱们出差这一个星期，我就差点没躺在地上看图纸了，能不脏吗？”过了没五分钟，他站起来对我说：“我去厕所，你去吗？”我不耐烦了，他这不是没话找话吗？我没好气地说：“我刚回来，屁股还没坐热呢！你一个人去吧！”更可气的是，没过两分钟，这小子居然打我的手机。我一看是他的电话号码就把电话挂了，可他仍然顽强地打过来。接通电话后，我刚想说他有病，他抢先开口了：“你别急，我就是想告诉你，你裤子拉链没拉好。”

蓝色的含蓄当然无可厚非，遗憾的是，并非所有人都能理解蓝色的这种含蓄。蓝色本能地一相情愿地认为，他人与自己可以同样的敏感，同样的细腻，同样的聪明，同样的有领悟力，同样的说话注重分寸，同样的在乎他人感受……因此你当然应该理解我所有的眼神或者暗示。因此两个蓝色在一起，很自然地享受彼此的默契，然而面对非蓝色时，他人不解，蓝色只能黯然伤神，而这种沮丧迅即转变为抑郁，让周围的人丈二和尚摸不着头脑，如坠云里雾中。从这个意义来讲，蓝色和黄色是相同的，黄色认为别人应该和他一样，拿自己的要求衡量别人，如果别人和自己不一样，黄色会力图改造；而蓝色也认为别人应该理解他所想的，如果不理解，他会感到失望，内心立即封杀掉对方，认为对方不解风情，并开始用沉默来表示内心的愤怒。

蓝色很想被他人理解，可是又讨厌自我剖析并袒露，觉得那样的坦白会失去原本该有的意义，会少掉很重要的过程，他们希望有人能有耐心来读懂他。当他人无法理解他时，他会失落，当他向对方传达想法时，倾向于用含蓄的暗示手法而非直截了当。

谁能猜到你的心

在《荆棘鸟》中，斯图在教会学校中一直沉默寡言。因为思念家人，他用绝食的方法来表示，却从来不用语言，直到那些修女激动地问他是不是想回家，他才微笑地说“是”。对于蓝色来讲，“猜心”是他们的拿手绝活，而这对于其他性格的人而言，难于上青天。这一切都是源于蓝色对彼此不言即明的理解境界的强烈渴望。这有点像佛祖的心态，感觉语言的妖气太盛，故而贬低其功能，如果真理是明月，说出来还不如指向明月的手指，剁掉也罢。

然而，问题正在于，除非蓝色能够找到另外一个理解自己的人，其他所有性格的人要想猜透蓝色的确是件非常痛苦的事情。

绿色魏腾与蓝色女友（蓝＋黄）到虎丘旅游，路过一个亭子，拿起相机开拍。这时女友叫他过去拍照，听到女友呼唤，魏腾又偷拍了几张亭子的内部构造，然后回身准备效力，谁知女友已无声无息地消失，并且好像有意让他找不到。感觉事情不妙，魏腾赶忙小跑追赶，好一阵才看到女友背影，但不管在背后怎么喊，人家头也不回，继续前行，且越走越快。

这位绿色跑到女友面前再三问她“怎么了？为什么会这样？谁惹你了？”女友不做声，只顾一个劲儿地前行。他又问了几遍同样的问题，女友似乎更像要把魏腾甩在后面的架势。再三追问下，女友终于开口：“你连自己错哪儿了都不知道？还来找我？”然后继续走路。接下来不管魏腾怎么讨好都没用，人家就是一个默不做声，做什么都无济于事。直到走到溪流源头，软磨硬泡，说尽好话，当然也以非常愤怒的语气和非常真诚的态度，强烈谴责了自己刚才的错误行径，女友这才勉强原谅。

让我们尝试进入到这位蓝色女友的内心，看看她是怎么想的。对于蓝色来讲，自己的男朋友不懂自己的心事的确是令人失望透顶，也许是因为她们过于追求心有灵犀一点通，蓝色把 “猜心”当成是一种撒娇，而蓝色把想法放在肚中的做法和阴沉的情绪，让他们自己也很累。

当他人无法猜到蓝色心里所想时，他人非常痛苦，而蓝色也并不愿表达自己的感情和真实的想法。他们固执地认为既然你不理解，索性就更没必要解释了，并立马上升到另外的高度来俯瞰——你连这点小事都不明白，由此可见你根本不在乎我，又是另一个版本的上纲上线。而遗憾的事是，有的问题如果不挑明，是很容易产生误会的，如果魏腾这位当事人不是绿色，而是红色和黄色，也许根本没有那么好的脾气来迁就这位蓝色。就算是蓝色和蓝色彼此的误会，也可能因为彼此都不愿挑破心结而让误会持续下去。

这种希望别人来揣摩自己的心态，在朋友彼此的相处和上下级的关系中，无一例外都会存在。为了取悦蓝色，其他性格加倍耗神地来猜测蓝色的想法，典型蓝色的上司远不会像黄色那样直接给予你简单明快的指示。就拿黄色来说，虽然黄色脾气暴躁，但至少黄色会把娘骂出来，而蓝色即便不开心也不表达出来，那种将想法放在肚中的做法和阴沉的情绪，给他人造成的心力交瘁之感非亲身体验者不知其痛。

超越基督山伯爵的复仇

在宽恕方面，蓝色是吝啬的。很多蓝色始终不可原谅和饶恕他人曾对自己的伤害。而最自我摧残的致命处恰恰正是蓝色的“怀恨在心”，他们的良好记忆力又让其“如虎添翼”。蓝色记忆力之强，不仅大事不忘，陈芝麻烂谷子也可烂熟于心。这种功力使他们对别人多年前说过什么做过什么，都会铭记在心，对于他人的恩惠，蓝色奉行“滴水之恩当涌泉相报”；然而对于他人曾经的伤害，他们更是不易忘怀。一个红色因为曾在大学时代，对报名参加男生三重唱的蓝色好友随口说了句“你五音不全，怎么能唱啊”而伤到了这位好友的自尊。在十五年后的同学聚会上，蓝色居然再次提及这件事情。这种记仇的特性在民间，人们俗称为“小心眼”，而这种缺乏气量的心态，才让周瑜有了那声痛彻古今的长叹——“既生瑜，何生亮！”

蓝色对于过去的不愉快的遭遇，会怀着满腔的怒气和尖酸。蓝色还不明白宽恕的真正含义，是可以让自己得到心灵的真正解脱和放松。他们累积的不满和怨恨的时间越长，对自己的伤害就越大。他们不像绿色，天性就具备宽容平和的心态；他们不像红色，即便深深感觉到敌意和痛恨，也会通过时间自行冰消瓦解；他们不像黄色，虽然黄色也并不宽大，但比起蓝色，黄色会有更多的理智，黄色更愿意看未来的生活，不像蓝色是活在过去中的人。

辛腾刚结婚那会儿，与以前的女友藕断丝连，结果被蓝色的夫人发现。爱他的夫人悲痛万分，两人关系陷入严重的僵局。后来在体检时发现夫人怀孕了，此事促使辛腾下定决心，和过去彻底一刀两断，从此以后和自己老婆好好过日子。没想到，孩子刚出生以后，辛太太就坚决提出与他离婚，并且绝无挽留余地。辛太太在离婚后马上就去了国外再婚，而这位大老爷们儿只能将自己的全部心血奉献给了自己的孩子，就这样过了虽然平静却温馨的十六年。十六年后的某天，儿子出了车祸需要输血，没想到晴天霹雳，经检验发现父子血型并不相符。于是他颤抖着给在国外的前妻打电话询问，这时从电话另一端缓缓地传出一句话：“我等这一天，已经十六年了，终于等到你来问我。他不是你的儿子，这是你应该为你当年的不忠接受的惩罚。”

“爱之越深，恨之越切”，这位夫人的手段，与基督山伯爵相比，有过之而无不及，令人胆战心寒，而所有的原因只是因为对方的出轨。而她自己也是在这样的过程中同样挣扎了十六年，为的只是看到自己认为的“讨回公道”。蓝色会牢记两人关系中的每一件事情，甚至童年一份相同的喜悦和愤怒多年后还能真切感受，他们一旦受伤就难以愈合，更不会轻易饶恕，他们会因为怀恨在心，而收起所有昔日的柔情蜜意。对于蓝色来讲，怒发冲冠往往是不够的，必须要血债血偿。只要他们觉得对方还应该受到惩罚，往往就会将怨恨深埋在心里，同时坚信“以牙还牙”和“以眼还眼”。

黄色的报复是通过还击来显示自己才是最后的胜利者，而蓝色，他们无法领悟其盲目的仇恨激情，将他们自己也深陷于情绪的囹圄。

要求苛刻 压抑紧张

睡在信封里的人

完美主义作为蓝色的核心动机，无处不在地影响蓝色的行为。在本章的八节中，几乎所有的蓝色过当行为溯本归源，矛头都直指“完美主义”。不仅在做人上，对自己对他人都以完美主义要求；做事上，其极尽能事也绝不肯善罢甘休，直至达成“无以复加”，仍满脸苦相道：“还不行啊……”

我曾对33岁以上未婚或离婚后单身女性的性格规律进行剖析和排序，蓝色女性在此排行榜中荣膺亚军。按照网上流传的“大专生是赵敏，本科生是黄蓉，硕士生是李莫愁，博士生是灭绝师太，博士后更可怕是东方不败”的段子，一个女博士分析高学历女性结婚难的原因时说：“我们有天生的完美主义倾向，这不仅体现在学术追求上，还影响着我们的恋爱观，虽然我明明知道，爱情是不需要这些的。”即使她们内心清楚地明白这一点，也没有办法抑制自己对于完美的苛求，而这种苛求在他人看来已贴近“变态式”。她们深陷在怀疑心态和完美主义滋生的高期望值之间，时常徘徊于既渴望投入又害怕能力不足的两难处境。

蓝色常把自己和别人作比较，甚至拿别人的优势和自己的弱势比，于是总觉得自身不完美，对自己不满意，以致他们容易产生消极的自卑心态，进而给自己不断加压。当走向更为不健康的一面时，还会因为这种反差产生极度的心态不平衡，以及抑郁和愤怒。

裘德·洛和西恩纳在奥斯卡颁奖礼上还亲密得像连体婴儿，是什么原因让裘德挥剑斩情丝呢？原来裘德·洛和《老友记》中的“莫尼卡”一样，有很严重的洁癖，而西恩纳杂乱无序的生活状态让他无法忍受。据友人透露：“裘德将自己的鞋子整齐排列，衣服按颜色分类摆放，他书桌上的铅笔从来都是削尖的。而一旦他发现冰箱里的食物过了保质期，就会大发雷霆。”其实，对待前妻赛迪和他们的三个孩子，裘德·洛也同样苛刻。“如果孩子们在墙上留下了手指印或者客厅里散落了满地玩具，裘德·洛也会发火。赛迪过去总是尽力让屋子保持干净，但裘德还是总抱怨她做得不够好。”相比之下，西恩纳却是个“马大哈”，她经常丢手机、忘记约会时间、把手袋里的东西撒落一地。裘德·洛不敢相信他现在的女友比赛迪还要粗心，所以决定立马甩掉西恩纳。

当我们在研讨会上对以上蓝色和红色的冲突展开讨论时，一位绿色的男同胞冷不丁地说：“要是你们知道我在家里享受的待遇，才会明白什么是真正的蓝色！”原来他的超蓝色妻子规定，家里东西放的位置不可有一丝变动，如果他把钥匙放在茶几上而不是门框旁，那肯定死得很难看；炒菜时连土豆丝的粗细也要一模一样；家里五双不同颜色的室内拖鞋，进门换次鞋，进房间还换，到阳台必须再换，而厨房和卫生间都有另外专用的，有时进门一不注意穿错了，老婆就把鞋没收，规定让他赤脚。这还不算，最恐怖的就是，每晚睡觉，被子也叠得工工整整，不可以弄歪，半夜里有时得爬起来喘口气，才能再继续入睡，按照他自己的说法，是个“睡在信封里的人”。

事实上，蓝色对于事物是如此苛求，不健康的蓝色很容易发展成为“精神强迫症”。每天睡觉和出门前一定要检查水龙头、煤气、门窗是否关紧，然而在躺到床上或锁门以后还是不放心，再折回检查一次；或者回到家第一件事是洗手，而且一定要肥皂泡打到高过手腕，洗完以后，用手肘去关水龙头；又或者当站在悬崖或高楼边，会想象跳下去的感觉并内心跃跃欲试。如果蓝色能意识到这件事不对，但意识不由得自己来控制，那说明他已经有病态心理的倾向；最要命的是，他自己还不觉得那是问题，这才是真正的严重。如果这样，和他在一起的人将活得万分痛苦。

为了避免过度苛刻地追求完美，蓝色也许终生应背诵的话是：“我眼里的80分，别人已经认为是100分了。”

为什么只有一门课考了100分

按照创维老员工对老板的评价，“黄宏生与创维是等号，他各方面抓得特别严，心非常细，所以自己特别累”。而黄宏生本人引用最频繁的一句名言就是：“宁做痛苦的人，不做快乐的猪。”就像“英雄末路和美人迟暮是万分痛苦的，但是更痛苦的是末路英雄和迟暮美人身旁的人”的道理一样，蓝色的苛求完美让他们自己万分痛苦，但让他们周围的人们更痛苦，他们必须负荷蓝色苛刻带来的所有紧张。同事文慧告诉我她家族中的故事。

蓝＋黄的姑妈生活很有规律，做事讲究细节。每天准时五点一刻起床，六点半吃早餐，中午十二点用午餐，晚上准六点开饭，并且三十年如一日。姑妈在晾衣服的方向和顺序上，也有一套自己的法则。譬如规定浅色衣服一定要用白色衣架，深色衣服一定对应用黑色衣架，并且衣服晾晒时要将前面向左，背面向右，一定要将衣服拉平，不能有皱痕。我的表妹如果稍有做不到，就会被她责骂。记得有一次表妹在晾衣服时，一只衣袖没有拉平。姑妈在收衣服时发现后，就将这件衣服又重新洗了一遍，还将表妹责备了一番。更厉害的是，在此以后的一段时间里，只要是表妹晾衣服，姑妈都会站在旁边指导，令表妹诚惶诚恐，心情很是郁闷。幸亏我那个表妹是绿色，如果是黄色，还指不定会发生什么事情呢。

在四种性格中，黄色和蓝色都是极少给予鼓励和赞扬的性格。相比起来，黄色更多直接性的批判，蓝色更多的是“鸡蛋里挑骨头式”的挑剔。蓝色认为“为什么你只是99分，完全可以到100分的”，“就算你做到100分了，为什么不是每门课都得到100分？”这种蓝色特有的话语常让人备受挫伤和打击，让你感觉自己在他们的眼中一无是处。比如为了给蓝色老公一个惊喜，红色的太太烧了一桌菜，期待等他进门时给一句夸奖和一个拥抱，可迎来的不仅是面无表情，尝过几口后还说“这个淡了，那个菜配得不对”。更有甚者，会认为厨房被弄乱故而不肯吃饭，还刻意花了两小时打扫厨房，这让明明已经费尽心力而期待温馨气氛的太太终于暴发。

在我与蓝色互动的过程中，我血肉分明地体验到典型的蓝色对于赞美的吝啬，虽然蓝色内心对于“行动胜过语言”这一座右铭的信奉并无不妥，但与此同时，他们却严重忽略了在这个世界上并非所有人都像他们一样。尤其红色信奉的真理更是“你给我鼓励和表扬，我就做得更好；你越批判我，我就越不做！”和红色恰恰相反，蓝色不断地要求别人进步却鲜少赞美，他们坚定不移地认为“真理和取得进步比人的感受要重要得多！”遗憾的是，长此以往，要么他们压抑了他人的积极性，要么他们势必遭到强烈的反抗和抵制。更为遗憾的是，当蓝色本身看到以上这段时，他们会对自己说：“我并不是吝啬赞美，我只是不善于表达，所以会经常言不由衷。”亲爱的蓝色朋友，请不要为自己找借口，须知不善表达并不能成为不表达的挡箭牌。

蓝色认为“人只有不断接受批评才可以进步”的座右铭，将会使周围的人活得非常辛苦并感受到极大的挫折感。

鲁迅与梁实秋、胡适之争的性格根源

蓝色是长时间心情很难得到放松的性格，典型的不健康的蓝色容易长时间处于悲痛、愤怒、郁闷之中，对于身体的伤害，要远过于一场严重的疾病。蓝色的感性总是超越理性，一旦情绪激烈，悲愤的情感总是充斥着自己，对于与自己意见不合的人，很可能将对方推到对立面并把矛盾无限激化。这样也就难免导致矫枉过正，虽然痛快，却也造成了很多不必要的矛盾。

鲁迅与梁实秋之争，是因为两人在学术上关于“文学的阶级性”的观点差异。鲁迅先生认为梁实秋是为剥削阶级说话，反对无产阶级革命文学，于是将他视为敌人而不仅仅是论敌，鲁迅先生发表《“丧家的”资本家的乏走狗》后，从此对梁实秋的这个称呼便传开了。窃以为，鲁迅先生有点革命过头了，有点上纲上线，从学问的争论变为人身攻击，梁实秋再有修养，怕也不会妥协了，终于成为鲁迅终身的敌人。

鲁迅与胡适之争，是鲁迅先生感情战胜理性的事例里，最具代表性的。两人共同加入过“中国民权保障同盟”，可是1933年发生了胡适视察北平军委反省院事件，在这当中，鲁迅先生出于对独裁政府的愤恨，对于胡适调查得出的结论（国民党时期监狱酷刑确实严重存在，但北平反省院当时没有如此情况）毫不认同。胡适先生被开除出同盟，鲁迅先生起到了很不理性的推波助澜的作用。

鲁迅先生的风骨，值得我们去敬仰；他蓝色性格的思考深刻，值得我们去思考和自我审视；他为人的责任感，值得我们去学习。但是，对于他蓝色性格中过于偏激的处世方法和不宽容的批判态度，我们应该持保留态度。一些高尚的的，不应是我们横扫一切的理由，当我们看到别人的观点、做法与自己不同的时候，不能仅以对方与自己不同而全盘否定对方。

显然，蓝色的完美主义导致的严格要求和批判性让人窒息，为何蓝色很难原谅他人在小事上的不完美呢？当你了解了四种不同性格对自己和对他人的态度差异后，你会理解其真正的原因。

红色：无所谓己，无所谓人。
蓝色：严以律己，严以待人。
黄色：宽以待己，严以待人。
绿色：不强求己，不要求人。

红色，对自己不严格要求，对别人也不会严格要求，所谓“无所谓己，无所谓人”；黄色，如果自己犯了错误，嘴巴上不愿意承认，能一笔勾销就一笔勾销，但是当他人犯了错误，那可绝不放过，对自己无所谓，对别人要求严格，所谓“宽以待己，严以待人”；绿色，对自己没什么特别的要求，对别人更是宽容，处处为别人着想，不愿意给别人压力，正所谓“不强求己，不要求人”；蓝色，要求自己非常严格，要求别人同样严格，对别人马列主义，对自己更是马列主义，所谓“严以律己，严以待人”。

蓝色要求社会和他人都像自己一样有上进心、有正确的道德观。但事实上，周围并不像他所期待的那样完美，为此他们失望和愤怒。而当蓝色犯错时，他连自己都不愿意宽恕，又怎么会轻易宽恕别人的错误呢？当然也正因为他们对不同的想法缺乏包容，他们才会有令人恐惧的批判力。

死板固执 缺乏幽默

公式恋爱法

那年，我从业于保险行业时，一个营业部的所有区经理达成一致，今后只要出席重要的招聘会，我们15个区一律遵循的穿衣模式是黑西装、白衬衫、黑领带。两天后，蓝色的秘书电话通知次日的临时招聘会。通常只要说：“明天参加展览，别忘了刚定的穿衣标准”；可这位倒好，对15个区经理的电话通知个个字正腔圆、有板有眼、一字不漏：“刚刚接到紧急通知，明天我们要临时参加一个招聘会，请通知所有参会的人，穿衣规格务必按照我们部门前天大家开会时全体通过一致达成的标准，也就是‘全部穿黑西装、白衬衫和黑领带’，请通知你的小组成员并确保其全部遵守。”你在周围发现过这样的人吗？让我们继续来探寻这样蓝色性格的人的心理状态和他们面临的问题。

半夜婴儿饿醒哭闹，黄色的妻子以刘翔的速度爬起去冲奶粉。但蓝色的丈夫是学化学的权威，马上注意到奶粉块并未完全溶解并且指出这样就喂给孩子吃是不行的。妻子大光其火，斥责道：“等奶粉块全溶了，孩子的嗓子就废了。再烦，你来弄！”

对于蓝色的“书呆子”来讲，把奶粉泡得均匀符合喂食标准，比解决小儿哭闹要重要得多，那在他们的眼中可是一个巨大的原则问题，不过这还不算是什么厉害的。在“红色优势”的章节中，我提到一个全部都是红色的家庭。你知道一个蓝色孩子在蓝色父母的家庭，会是如何成长的吗？这位蓝色母亲，完全按照“健康宝宝”的方式来抚养孩子。所有的方法全部按照书上教的严格严肃彻底地执行，吃的东西的分量全部称好，按照营养成分严格搭配，一日四餐定点进食。那小孩两岁不知盐滋味，三岁时还未见过薯片的模样。但以我来讲，若没有对性格的认知，也会对此事匪夷所思，他们居然可以“小孩饿得在那里号啕大哭，也绝对不开饭”。原因只有一个——蓝色认为“时间未到”。

这还只是在育婴过程中的一点皮毛之事，你听说过“公式恋爱法”吗？那位76岁要弄英文的红色老太曾告诉我，她孙子谈恋爱时，把平时与女友发的e-mail和手机短信的数量都用Excel做成了图表，根据曲线多寡和联系频率曲线的浮动，来断定和他女友的关系进展如何，后来给红色的女友知道了，吓得她逃之夭夭。不要说红色女孩了，恐怕其他性格也要吓得唯恐避之不及。更厉害的是，他还把每次和女友约会的时间、地点全部记录下来，包括和对方在一起时的吃饭、交通、礼物甚至打电话（当时还是打传呼）的所有花销一分不漏地整理归档，计算出投资在未来老婆身上的总支出。必须声明，我没说这是小气，而是某些蓝色喜欢用理论和科学的武器捍卫爱情，蓝色只是欣赏这样公式化的过程。

某财务经理要求下属机构人员向他报送一份他自己制定的格式报表，其中一个下级单位向他报送的纸张大小做了改变，材料报上来以后，他就一定要退回去，要求必须按照他规定的纸张大小和格式报送，否则不予接受。

你如果超过了或者违反了蓝色的既定原则，那对不起，他一定要把你给揪回来。所谓“墨守成规，拘泥于形式”，这大概是对蓝色过当这一特点最精确的描述，现在你也许可以理解用“形式主义”去描述一个人的出处和由来了。蓝色凡事必须要讲究个明白，同时所有的一切都是拿出红宝书照章办事，不越雷池半步。爱因斯坦曾经反复告诫这些蓝色的热血青年，千千万万不要想什么终极问题，想想就会把自己给绕进去的，可惜他们听不进去。

我以前不是很理解为什么我老妈（红＋黄）总是骂我老爸（蓝＋黄）“死脑筋”。现在看来蓝色一旦钻进程序里面，就没有变通，没有灵活，他们只相信数字和公式，他们认为既然已经是约定俗成的东西，就不可能也不应该改变，他们认为人生就应该“要精确不要模糊，要规则不要变化”。他们并不理解生活中我们是需要适当浪漫的，有规则和条理自然是蓝色绝佳的天性优势，可如果万事万物全部按照程序来，生活将完全机械式地重复，而我们也犹如模子里制造的机器人，无缘于率性而带来的惊喜。这就好比在哪儿做爱，每周具体何时做，做几次，用什么姿势，全部都是固定的，不可越雷池半步。你去劝他，蓝色却一本正经地开始给你上课，“你有所不知：血气方刚，切忌连连。二十四五，不宜天天；三十以上，要像数钱；四十出头，教堂会面；五十之后，如进佛殿；六十在望，像付房钿；六十以上，好比拜年；七十左右，解甲归田。”你除了输给他，离他而去，还能怎样？

当“原则”之脚面对“权威”之靴

以性格中的“执著”来讲，蓝色与黄色旗鼓相当，懒散的绿色和经常目标游移的红色都不是他们的对手。相较之下，黄色更强在“坚定”，而蓝色则胜在“坚忍”。同理，当这两种性格发挥过当，蓝色与黄色都有强烈的“固执”倾向。只不过两者的核心差别是黄色是因为在乎面子，不愿妥协；而蓝色是因为坚持原则，不愿妥协。

黄色因为权威性强不易妥协，蓝色因为原则性强不易妥协。

周日，难得全家兴高采烈外出郊游。超蓝色的父亲行至金鸡湖，发现美景，让儿子站过去拍照。儿子一听头皮发麻，盖因老爸拍照，必先蹲下调焦距然后瞄准及至最后成功完成，当中过程之反复、手续之烦琐，程序之严密，绝对非常人耐心所能忍受。儿子征询老爸意见，是否可以待调好焦距后再立定，行拍摄大礼。“你人不过去，我怎么会有感觉？”“随便拿个东西？那东西和人是一样的吗？怎么可以随便？”“你到底过不过去？”儿子正待解释，老爸一言不发，相机收拾入袋，缓步扭头而去。

本来周日是全家为了一起开心而游，蓝色因为坚持他自己的“原则”，结果搞得全家都不欢而散。

黄色喜欢发议论，固执己见。如果是黄＋蓝，就使得这一特性表现得更突出，他们变得更加固执，成为喜欢强词夺理、刚愎自用的人，这是因为黄色“不愿服输认错”的特性所致。但当它和蓝色组合到一起时，这种特性进一步加强，变成“死顽固”。黄色非常固执，不愿作出让步，但在他们认为自己能更好地达成目标或必要时，还是会承认错误，作出让步和妥协。但蓝色只承受了黄色的固执，而未接纳妥协的一面，所以，他们为了让别人承认自己，为了阻止别人对自己的攻击，是要斗争到底的。他们一旦受到指责，便极力为自己辩解，以此来强化自己内心中的防卫屏蔽。

蓝色在固执中表现的另一个特点是：如果被逼迫，他们会抗拒；如果被催促，他们会谢绝；如果被宰割，他们会反抗。如果是红色的催促，只会引发蓝色的坚持和反抗；如果是黄色的操纵，蓝色则更加会予以强烈的拒绝。

某媒体的黄色老板指示主编立即派下属蓝色员工赶到外地做一个新的采访。传达下去后，员工拒绝，原因是手头正在进展的专题当初讲好由她负责，所以不肯临时转移，请老板另外派人；话传到黄色老板处，勃然大怒：“你告诉她，我让她去，是瞧得起她，给她机会，她如果不识抬举，早点滚！”夹心饼干的主编力劝蓝色员工时，女孩一言不发，最后只有一句话：“别逼我做我不愿做的事情，如果一定要叫我去，那我只有辞职。”

蓝色无法顺畅地表达其情绪，特别是怒气，所以他们就算生气，也很少有人能察觉。蓝色越被游说、驱策、诱惑、威胁或被催促去做某件事情，他们就越顽固拒绝而不为所动。如果你想让蓝色做某件事情，必须迂回取胜，只要给他足够的时间，可能就会自己改变心意。你必须了解蓝色很难果决行动。你也不要想等到临近要做的事情时才开口提议，蓝色是那么地痛恨突发事件和没有一点预警的安排。

蓝色说“不”的时间之长可以超过其他色彩说“是”的时间，而他的顽固经得起任何强力或者胁迫。

你看，你看，克里那张不苟言笑的脸

当年美国总统大选，克里最终功亏一篑败在布什手上。按照媒体分析和国际问题专家的评价，总结下来，有说是布什维护了国内的保守价值观，也有说是布什比克里更显出反恐有威武不能屈的精神。前者牵涉到政治问题，我等一介平民并无发言权，若是后者，也许就是布什的黄色性格比克里的蓝色性格更能给人坚定不移的感觉。除此两者，另有一要素也不可低估。

美国媒体透露说，民主党总统候选人克里的竞选班子曾向前总统克林顿正式发出邀请，请他为克里站台。克里请克林顿帮忙，实在是不得已而为之。媒体认为，老百姓对克里没留下深刻印象，主要是因为克里“沉闷寡淡”。克里生性不苟言笑，许多高参抱怨说从没听克里说过一句笑话。另外，克里说起话来云山雾罩，虽然他说的话更有思想内涵，几乎没有语病，却被认为传递的信息太复杂、太模糊不清。有人为民主党献策支招：2008年不要再派克里这样的谦谦君子，美国人想要的总统是外形阳光、说话简明易懂的人！

从上文报道可以看出，克里说话中蓝色“化简为繁”的特点和布什“化繁为简”的风格相对比，有些吃亏。但克里先生远远低估了那张布满了严肃味道的面孔还会给他带来这样的麻烦。作家冯骥才在《一百个人的十年》中曾提到一个笑话，某君因为从不会笑，甚至见了领袖像也是一脸严肃，被怀疑是否对党有着刻骨仇恨，从此惹上无数麻烦。在被无数次反复验证后，人们的确发现此君未有笑的功能，后来此人不知哪根筋搭错，婚后20年有天莫名其妙地喉咙里翻滚出笑声，吓得老婆魂飞魄散，以为他发了神经病。显然，蓝色应该学会明白的一个事实是：无论你多么深沉，在这个世界上，没人喜欢天天板着面孔的人。

为了测试一下各种人的幽默度，我发明了一个游戏：因平日里素讲普通话，打电话时朋友已经习惯了我说话的声音和音调，遂尝试用上海方言，并适当压粗或挤细嗓子，掩藏真声打电话给他。再比如以前你直接称呼某朋友“Helen”而现在改叫“陈老师”，用“叶先生”代替“老叶”如此等等。在聊上半天稀里哗啦的事情后朋友还在发蒙的时刻，透露出你的真实身份。你知道对方的反应吗？

绿色仍旧是习惯性不好意思地略显憨厚地笑了笑，对你的玩笑报以欣赏的语气，但也并无其他巨大的反应。当然有的绿色也会配合你：“哎呀，原来是乐大侠啊，不知哪阵香风把你吹来了啊？”

大多数红色，开始被你搞得挺迷糊，一听说是你在恶作剧，立即开始大叫起来："哦哟，侬有毛病啊，神经病！吓了我一大跳，我还以为啥人呢，侬脑子搭牢了？"有趣的是，不少红色过几天会反过来也故意再捉弄你一下，让你也品尝一下这样的滋味。

你再看看那黄色的反应："你搞什么搞啊，我一听就觉得有问题，肯定不是什么好鸟。什么事，说！"

最严肃的当属蓝色了。蓝色一听说是你，或者表示极为不爽：你怎么可以开这么低级和庸俗的玩笑呢？或者当场觉得颇为尴尬，瞬间愣在那里不知道该怎么办了，觉得没听出你的声音是很不好意思的行为，然后赶紧解释是因为自己感冒所以耳朵不好没有听出来。我那个蓝色的朋友，居然过了几天，见到我的时候还特别庄重地和我重申一遍，"下回你还是不要讲上海话了，实在是不习惯"。

因为严格遵守秩序，外表拘谨，蓝色不懂得释放情绪，更加缺少幽默感。纵然在聚会的场合，我们也很少发现他们全情投入、开怀大笑，蓝色总是无法放松。过分压抑情绪虽然算不上是病态，却使蓝色的生命中少了很多乐趣。

顾虑重重 行动缓慢

● 买房记

陈天桥在谈盛大经营网络游戏的成功秘诀时，曾经强调："机会就像一扇迅速旋转的转门，当那个空当转到你面前时，你必须迅速挤进去。"对于在商场上博杀的黄色来讲，抓住机会迅速出击是其性格本性所擅长的，稍加训练就是一把快刀；不像蓝色，要想训练出来这套本领，实在忒难，要付出的艰辛就好比你想训练黄色多些细腻和敏感。

蓝色的完美主义让他们觉得如果一件事情值得做，就要把它做到最好，可惜他们永远也达不到心目中的最好，所以宁可不做。

典型的蓝色即使买个手机之类的事情，也犹如“国计民生”般的大事会考虑上半晌。某君决定在十一长假买个手机，此前已将网上产品的参数等各项指标全部烂熟于胸。当日“永乐家电”手机打折，但必须入套餐，另家卖场不打折，却送充电器和电板。此君琢磨半天后，决定还是要回去继续分析和研究，结果，等他决定时，两家的十一促销均告over。感觉这位怎么和几兄弟讨论“天上的大雁射下来后该怎么吃，等商量好，大雁也没了”的故事有得一拼。蓝色，当之无愧确是所有性格中最会省钱和理财的主儿，可正是因为他们的仔细和谨慎，他们也是最有可能亏得最大的主儿。我在与苏州的一群学员聚会时，有人告诉我：

2002年5月，苏州工业园区的房价在2500～3500元/平方米。那时我在园区附近的A镇上买了一套房子，每平方米1200元。我的一位同事也想买房子，于是向我打听好几次，我一一告诉了他。但他去看了后嫌地段远，没买。2002年年底，那里的房子已经涨到2000元/平方米，他再想买时已经没房可买了。2003年6月，那里的房价已达到3400元/平方米。

这时园区有批房子提供给园区会员，是八折的房价，他很幸运地抽了一个不错的号码，选了一套十楼140平方米的房子，2700元/平方米。大家都认为很不错，可这位想了很久认为价钱有些高，又没买！到2003年年底那儿的房价涨到4000多元，2004年上半年，涨到5000元，最后，一直到2004年6月，他顶不住了，还是到先前最早的A镇以每平方米3800元买了一套100平方米的，就这样一来，两年时间他多花了26万，而且最后买的是16层楼的底楼采光不是很好的房子。

众所周知，过往两年上海房产牛市冲天，当年若赶上房产的行情投资一笔，不富也难啊。而太多的蓝色因为缺少黄色的果断和速度，又没有绿色的平和及“差不多就行”的心态，结果亏的这一笔，往往使先前辛苦节约下来的所有小钱，全部在瞬间化为乌有，真是得不偿失。对比起绿色的经常“吃小亏占大便宜”，典型蓝色的这种谨小慎微、思前顾后却让他们经常“得小利吃大亏”。

史上最经典的蓝色求爱语

蓝色考虑过多，从而患得患失丢掉机会，在情感上更是表现得淋漓尽致。若单是买房和做生意因为考虑太多错过机会，说到底就是损失一些钱财，懊悔一下自己的精明和小心谨慎，然后可以用“破财消灾”之类的古训，安慰一下自己的悲痛。但若是情感上的错过，那就是一生一世的苦了，有太多蓝色所感慨的悲惨和凄凉莫过于此。

常有男女“郎有情，妾有意”多年，结果谁都不提，最后分手。女方婚后不幸福，女主角开始对男主角说：“你为什么让我等了那么久？你为什么要过了五年才第一次说喜欢我？”表面上看可能是男方激素水平只到产生向往，但还没有高到促成行动。而事实上《傲慢与偏见》早已给出了答案：“将感情埋葬得太深有时是件坏事。如果一个女人掩饰了对自己所爱的男子的感情，她也许就失去了得到他的机会。”如果她能壮起胆子，早一刻表达爱情，一切也许就不一样了。不过比起泰戈尔（蓝色）来，你还是幸运的。

泰戈尔先生爱上了安娜，内心激动很想倾吐爱意，然而想到自己将远离，一去就要几年，怕因此耽误姑娘的青春，同时还听二哥说起安娜的父亲正为姑娘订婚的事忙碌着。他迟疑了，始终无法鼓起求爱的勇气，只好给自己留下苦涩的果子。几个月后，泰戈尔前往英国，安娜也前去为他送行，在临别的最后一刻，他几番挣扎，最终还是犹豫了、放弃了。结果这次分手成为永别，姑娘被迫嫁给大她20多岁的男人，成为繁衍后代的一个工具，很快在郁闷中死去。

这位受人尊敬的诗人屡屡写下诸如“世界上最遥远的距离，不是生与死，而是我就站在你面前，你却不知道我爱你”这般绝望的句子，原来就是因为他那蓝色性格的“欲说还羞”害死了自己所爱的人。

为何蓝色即使喜欢也很少主动开口，结果错失机会？

总结起来蓝色的不开口大多是因为多虑和自尊，在蓝色的内心里面可以包含几层痛苦：第一，蓝色期待彼此心有灵犀一点通，觉得如果是落花有意而流水无情，说明自己会错意，蓝色会痛恨自己的自作多情；第二，蓝色非常害怕被拒绝，遭到明确拒绝或者暗示拒绝都是很没面子的事情。健康的蓝色在最后关头能要求自己做到“该出手时便出手”；而不健康的蓝色为了他那高尚的“自尊”，却有可能付出一生的代价。以下堪称蓝色在求爱中所说的最经典的话。

他，从未有过爱之体会。在大四那年，由于他一直在一个固定的教室自习，注意到一个也一直在那儿的女孩，巧的是，那个女孩每次都坐在他前面。他越来越喜欢她，但是他却不敢有任何举动，只是每晚默默注视她的背影。大四第二学期，已经不用上自习了，为了心爱的女孩，他依然每天自习。当他把秘密告诉舍友们后，其他六个哥们儿一致决定帮他走出第一步。

于是，当晚七个人一起去了教室。但是，无论舍友们怎么鼓励，他就是没勇气走出关键的第一步，舍友们无奈地说："看来我们也帮不了你了，自己努力吧。"回到宿舍，他彻夜难免，痛定思痛，决定第二天无论如何也要向他心爱的姑娘表白。第二天晚上，他如期见到了她。经过了心潮澎湃、如坐针毡、七上八下的内心搏杀和激烈大战1800回合，最后，他递给姑娘一张字条："你好！我注意你很长时间了，你是一个温柔漂亮的姑娘，我能和你做个朋友吗？"

女孩看完字条，开始收拾书本，完毕，站起来转身问他："我要走了，你要不要和我一起走？"接下来，他说了一生中最经典的话："你先走吧，我还有几页书没看完。"

我誉之为"经典"，倒并非完全出于搞笑。从另外一个角度来看，蓝色的计划性决定了在表达前会把对方可能的回应方式都考虑清楚，想好应对的话语，而如果对方的反应出乎他的意料，蓝色会突然没了方向不知所措。蓝色没想到人家主动发出邀请，顿时乱了方寸。在蓝色原已设定的程序中，是没有这项的，于是向来悲观的他，第一反应就认为是被拒绝了，结果自然就是我们看到的这句话。

典型的蓝色对待自己中意的人，须学会：
"花开堪折直须折，莫待无花空折枝！"

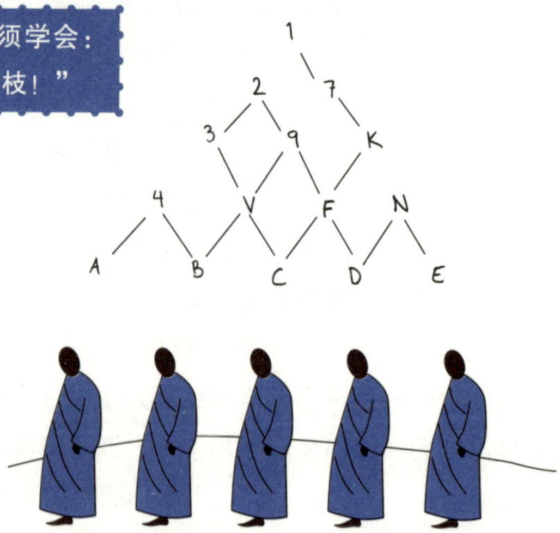

挑剔较真 化简为繁

● 疙瘩朋友

还记得前文我提到一起去看演唱会的那个蓝色朋友吗？他的抱怨和不间断的诉苦，让我体验了与祥林嫂看戏的感觉是什么，与祥林嫂看戏好歹还能看，你只要用失聪的功夫"兵来将挡水来土淹"即可，可比祥林嫂更恐怖的是"疙瘩朋友”。“疙瘩朋友”的内涵是：这个也不行，那个也不行，非常难伺候。一旦你身旁有此佳人陪伴，那你就什么都别想做了。

我们一起毕业的八个同学准备聚餐，召集大家说意见，中间有一位跟大家不太一样，条件很多，什么不吃辣的、什么消费不能大于多少、什么不能超过晚上八点半等，大家本来都来自全国各地，兴致勃勃，结果就因为他一个人，这儿不去，那儿也不行，最后大家不欢而散，饭也没吃成。

与“疙瘩朋友”相处困难的核心原因是他们对于事物的挑剔，这又要回归到蓝色的完美主义了。他们为了实现他们心目中的“完美主义”、他们心目中的“规则”、他们认为“正确的事情”，会把他人的情绪破坏殆尽，会忘记真正重要的是什么，这也难怪蓝色是最容易“只见树木不见森林”的人。追求完美是正确的，但是不看场合，我们就认为是不识时务。蓝色具备超强的缜密思维和观察力，本来这是蓝色的优点，但如果过分较真，就讨人厌烦了。你是否听说过，有人阅读时发现书籍中错字连篇非常气愤，故而用数月时间将错字挑出，寄信给出版社以求更正视听，避免贻害社会，健康的蓝色配合社会正义感，这种做法值得我们敬佩。然而在生活中，并非所有的事情都像蓝色想得那样严重，就拿错字来说吧。

几个同事在一起看网上发来的一个讨论日本人的笑话，大家都笑得前翻后仰。这时有一个同事说：“慢！”大家都愣住了，他说：“这里面有个字写错了，‘再’写成‘在’了。”其实大家都觉得根本没什么，结果他那句话硬把我们的气氛给破坏了，很是没劲！结果他又来了句：“这怎么了，要有完美性嘛！”

这位蓝色似乎并不明白，大家相聚一起看笑话的核心目的是为了快乐，与书籍出版中的错字的意义和性质并不相同。而他的一句话却让所有快乐全部消亡。我仔细思索蓝色这种行为模式的真正内心根源，终于明白其核心实质是：蓝色关心自己所在乎的人的行为，同时希望别人也是用他们认为正确的方式行动。就好比当红色觉得开怀畅饮是件无比爽快的事情时，蓝色会和你耐心解释胆固醇的妙用和酒精对于肝脏的伤害。在他们的教导下，问题是解决了，但是乐趣却完全没有了。

在他人看来无关痛痒的细节，蓝色会以高度敏感的侦察力捕捉到，并将其重要性和严重性放大十倍，然后提出修改方案。在失去灵活变通能力的同时，也会让周围高涨的情绪和气氛变得黯然失色。

关于烫发的咨询电话

蓝色喜欢分析每件事情，在许多不适合的领域和情况中都是如此。他们不自觉地对每一件事情进行分析，相信这样才可以让自己有准确的洞察力，这样就能经过预测下一步将发生什么事情来控制所处的环境，必要的时候，也能保护他们免受环境的威胁。但是，当他们执著于微不足道的细节时，这种过度的分析也成为偏执的潜在前兆。

小茜新烫了一个热能烫去了单位，回来后告诉我四种不同性格女孩的不同反应。红色和黄色最是爽快，如果觉得好，就直接也去烫了；绿色看到，每次都笑眯眯地说好，然后重复“赶明我也要去做一个”，这话说了半年，头上还是“涛声依旧”。最为麻烦的就是蓝色。蓝色在当时不会流露要去烫发的想法。但有很长一段时间，一直在电脑上查可以做热能烫的地方，其中也包括，此烫法对身体有没有毒害？它的性能特点？它的价格？除此烫法外，还有哪几种可以同时选择？四个月后蓝色好友俨然已是热能烫专家了。在最后一次决定性的电话中，她向小茜咨询了20分钟，主要问题包括：

1．你在蒂凡尼的发型师是小A吗？（需要再次确定）

2．小A通常什么时候在？

3．“热能烫”除了叫这个名字外，是不是还叫“能量烫”，会不会搞错？

4．几种价位的烫发药水，有什么差别？（小茜花了十分钟向她详细介绍，却发现她知道得比自己要多）

5．你用的卷是哪种卷？（小茜告诉她，用的是零号大卷）

6．这个零号大卷大概有多大，有农夫山泉的瓶盖子那么大吗？

7．整个烫发过程要多久？

8．会不会疼？

9．疼的话，是不是意味着有毒？（小茜又花了五分钟时间，跟她讨论了有没有毒的问题）

10．能保持多长时间？（小茜又花了五分钟时间，跟她讲述烫发后的打理经验）

11．烫发流程是怎样的？（小茜不知道用了多长时间，跟她很详细地回忆了整个烫发经过）

12．万一我烫了不满意怎么办？

……

在问了至少15个问题之后，女孩终于安排好了她的行程。她要在某日的某时去那里，同时把来回的时间、等候的时间、万一做了不满意再重做的时间全部都事先算进去……

按照小茜的说法，天下超级“恐怖”者非蓝色莫属。如果说香港是五星中的五星，你可以叫超五星；那她那个蓝色朋友，就是蓝色中的蓝色，你可以叫她超超蓝。这个超超蓝把烫发在战略上看成解决国计民生的高度问题，在战术上像格林斯潘那样慎重地处理。他们问问题的反复冗长与《追忆似水年华》中普鲁斯特式的盘曲缠绕如同长蛇般的句子可以相提并论。正因为蓝色那种超级追求细节，可以把一个已经很熟悉的程序一而再、再而三地对每个细节加以落实的特点，如果成为蓝色的下属，有时你会发疯的。

活得累啊！不夸张地说，“挑剔较真”和“化简为繁”是不健康蓝色的一对左右护法，不仅让自己活得累，还会使紧张波及周围。因此蓝色容易因小失大，就像他们很容易捉住别人身上的问题，从而立即把他的优点全部抹杀。所以，蓝色会因为这种病态地追求完美，而忽略了生命的本质。

张飞是曹操的侄女婿有何意义

媒体消息称，某位社科院的研究员在二十余年潜心研究后，得出一个新见解——张飞是曹操的侄女婿；我一直期望能理解研究出这一“重大结论”，对我们的生活有什么实际意义？我在惠州讲学时，曾听说一个原则性很强的蓝色借给别人50元，到了借债人答应的日期对方没有归还，这位蓝色债主非常愤慨——天下怎有如此说话不算数的“卑鄙之徒”呢？结果驱车前往，从惠州赶到东莞的乡下，来回一天的时间，花掉240元车费，终于讨回了那50元。蓝色坚持原则和道理无可厚非，然而也正因为此，他们会因小失大。

当蓝色为人夫为人妻，他们认为讲清道理的对错，比维护彼此的感受更加重要；为人父为人母，他们认为把屋子清理干净，比孩子感受到疼爱更重要。蓝色经常会忽略生命的本质，他们总认为是可以鱼和熊掌兼得的。可惜在这个世界上，并非如此，蓝色对事物细节方面的关注，会让他们忽略真正想要达成的结果，从而因小失大，得不偿失。来看一个蓝色的管理人员对自己过往的反省和回顾。

那是我刚担任公司拓展经理和前任交接期的事。我接手后的第一个工作，是争取一个项目的运营管理。其中项目能耗测算一块，占整个合同总额的一半。对方告诉我们时间比较紧，希望早点提交方案，以便他们的老总来拍板。这时，在我面前有两种选择：

第一，用估算软件自己做测算，计算结果和事实可能有10%的误差，但时间仅需半天；

第二，请专门的工程师做测算，结果会相当精确，但需要对方提供各项主要参数，然后由几个工程师会同计算，时间要2～3天。

和蓝色的前任商量，她毫不犹豫地告诉我，做我们这一行，“专业”是无上准则，怎么可以用“大概”或“估计”来敷衍客户，同时给未来运营造成一定程度的风险呢？本人深表认可，就执行了后者。由于和那些工程师平时比较谈得来，关系不错，我们一起加了班，赶在一天半做了一套文件。当我们把做好的建议书递交出去时，对方老总已经飞走了，出差了三周。等到他回来时，已经冷场。结果完全可以趁热打铁的一个项目，经过正式程序后，就没有争取到。

执行公司的程序，当然没有错，但作为业务拓展部门的负责人，要知道在现代商务活动中，商机往往转瞬即逝。一个有缺陷而快速的决断，远远胜过迟迟作出的完美的判断。作为管理者，典型的蓝色只是一个微观管理者，只见树木，不见森林。他们心里想的只有问题，蓝色很爱分析，也很擅长分析。他们想参与事情的各个细节、方方面面，一遇到问题，他就像遇到敌人一样，必然发起猛攻。

蓝色通常出于害怕犯错而拖延或卡在细节之中。他们的标准涵盖了生命的每个层面，他们的规则就是“规则”，而且相信人人都知道这些“规则”，他们痛恨那些打破规则而且成功逃脱的人。

蓝色的本性局限

作为个体

- 高度负面的情绪化。
- 猜忌心重，不信任他人。
- 太在意别人的看法和评价，容易被负面评价中伤。
- 容易沮丧，悲观消极。
- 陷于低落的情绪无法自拔。
- 情感脆弱抑郁，有自怜倾向。
- 杞人忧天，庸人自扰。
- 最容易得抑郁症。
- 当别人轻易成功时，会因自己的努力付出却不如他人而心生嫉妒。
- 过于阴沉的面孔，让人感觉压抑，不容易接近。

沟通特点

- 不知不觉地说教和上纲上线。
- 原则性强不易妥协。
- 强烈期待别人具有敏感度和深度，能够理解自己。
- 以为别人能够读懂自己的心思。
- 不太主动与人沟通。
- 不喜欢制造困扰麻烦给别人，也讨厌别人制造困扰麻烦给自己。
- 要真诚开放心胸与人互动会比较难。
- 习惯以防卫的状态面对别人。

作为朋友

- 过度敏感，有时很难相处。
- 强烈的不安全感。
- 远离人群。
- 喜好批判和挑剔。
- 吝于宽恕。
- 经常怀疑别人的话，不容易相信他人。

对待工作事业

- 对自己和他人常寄予过高而且不切实际的期望。
- 过度计划和过度绸缪。
- 患得患失，行动缓慢。
- 较真，挑剔他人及自己的表现。
- 专注于小细节，因小失大。
- 吝啬表扬，强烈的形式主义。
- 容易被不理想的成绩击垮斗志。
- 墨守成规，死板教条不懂变通。
- 为了维护原则缺乏妥协精神。

第九章
黄色过当

FPA性格色彩入门——跟乐嘉色眼识人

自以为是死不认错

● 坦白从严，抗拒从宽

从小，圣人指示我们“人非圣贤，孰能无过”，老师告诉我们“知错就改是好孩子”，党又教育我们“坦白从宽，抗拒从严”。我们谨遵教诲，奉若神明，莫敢不遵。一旦发现自己的问题，红色立即缴械投降，蓝色马上闭门思过，绿色坐以待毙，唯独黄色坚决不从，不但死不悔改而且绝不认错。为何？因为黄色是自信的，黄色是经常正确的，当他们膨胀的时候，黄色就认为“经常正确”=“总是正确”，所以不少黄色用他们的实际行动，昭告天下自己不肯认错的两个境界。第一个境界是：明知有错，死不认错；第二个境界是：本是圣贤，怎会有错？

第一个境界“明知有错，死不认错”，主要表现在钢嘴铁牙，不管你怎么说，反正我是没错，要错也是你错，让我们来看一组各个阶级阵线的黄色众生相。

·黄色父亲：回家后发现儿子的新单车未在车库，询问小儿，小儿语塞，以为顽皮遗失，不问青红皂白，极尽能事臭骂一通，连同过往陈芝麻烂谷子之事统统翻出厉声呵责，及至小儿泪流满面，仍越骂越勇。待平心静气后，方知大错特错。原来红色小儿发扬雷锋精神，将车借给了遗失车辆要赶时间的同学，因慑于黄父淫威本不想说。黄父得知真相，内心懊悔不迭，话到嘴边：“你怎么早不和我说，我问你的时候你就跟我说，不就没事了吗，怎么这么不懂事？”却绝口不提自己刚才错怪之事。

·黄色母亲：女儿告诉妈妈，因为妈妈反对她和男朋友恋爱，她的男朋友服安眠药自杀了。母亲一惊：“自杀啦？”女儿说：“还好，他吃错了药，没死。”母亲说：“我早就说过，他这个人马马虎虎、大大咧咧，成不了大事。你看，连这点小事都搞错，怎么能托付终身呢？”

·黄色丈夫：在女儿腹泻时坚持要给她服用黄连素，妻子说两岁小孩还不会服药片，要是当成糖丸嚼，然后苦味会引起呕吐。丈夫坚持不相信会吐，结果小孩吐得不成人形。妻子悲痛之余，丈夫却说："这不一定是吃药引起的。说不定今天吃的其他东西本来就有不合适的。"

·黄色客户：火速需资金周转，在处理转款事宜时，他执意要提供外地的银行卡，付款方从他的角度出发当场说明，外地卡到账速度较慢，但客户却一口咬定说不可能，并厉声责备公司不够专业，基本常识都搞不清楚。直到当场致电向银行询问证实后，方才相信，内心尴尬表面却不露声色，当做一切都没有发生，立马表现出回避态度："晚点问题也不大，就打在这张卡里面吧！"

·黄色领导：在年会酒席上轮番劝酒，凡碰杯者须尽数饮尽，众人莫敢不从。有长者以抱病在身谢绝。领导面色铁青坚决不允，称众人皆饮，今日你休想逃之，三番五次强迫之下，长者无奈痛饮。宴毕当晚，长者胃出血卧床不起。次日传到公司，黄色领导以先进医疗配合重金补偿同时休假三月当即处理，然遇见众人等却做极度气愤状，大声疾呼："没有金刚钻就莫揽瓷器活，不能喝酒就不要喝，何必逞能啊！"

·黄色同事：一起出差，和他同住一个房间，他晚上鼾声很重。我忍了三天后，在第四天晚上，他打鼾时我小心翼翼地推醒他，说："你盖好被子，小心着凉。"可惜不到十分钟我还没来得及睡着，他又打起鼾来。我想可能是刚才太含蓄，所以他没在意控制打鼾的事。我又推醒他，很客气地说："你是不是没枕好枕头才打鼾？对身体不好的。"谁知他很生气地说："谁说我在打鼾，我又没睡着，我在深呼吸。"

看来这六位的功夫很是高深，一个比一个强，你以为你正在阅读互联网上的笑话吗？你看到的每一条，全部是每日发生在我们周围的事实！

因为黄色认为胜利者和强者是不应该出错的，如果出错，也应该是我自己发现，怎么能由你们发现来告诉我呢？因此当一个错误发生时，黄色通常会在别人身上看到过错；蓝色则会自动自觉地反省自己的过失，但也会点破别人的问题；而黄色的自我反省通常是背后做的，当着众人的面他永远觉得自己是对的，坚决以自己的标准评判是非，并且非常善于马上给别人定罪。这种"倒打一耙"的行为表面上维护了黄色的面子，事实上只不过是"打肿脸充胖子"或者说"红焖鸭子，肉烂嘴不烂"，就里子而言，他们是虚弱的。

黄色太希望胜利和成功，他们有勇气去面对生活的压力和障碍，但是他们并没有勇气去面对自己内心的虚弱，当出现任何一点这样征兆的时候，他们会本能地回避。

我曾提到，当红色发现生活的压力和责任降临时，会本能地回避；而当黄色发现需要面对和承认自己的内心也会虚弱时，也会本能地回避。二者都会回避，只是回避的东西不同而已。这也正好应验了性格色彩所强调的一个理念，“每个人都有自己内心的敌人，只是敌人不同而已”。

不可否认，黄色的确有他们的优点，通常黄色经历了短暂的失败后，很快会为自己设立新的目标并调整情绪，从上一次失败中站立起来，为了成功而勇敢向前。只要未来有希望，他们可以无视任何负面的东西，更会把过去的挫折当成前行的动力。可问题恰恰是，黄色遇到失败时，不会简单地承认自己的过错。即使明显失败了，他们也或视而不见，或把失败看做部分成功，或进行诡辩把责任推卸给他人。就好比我见到的一个笑话：运动员投篮，连投五次都没有投进，教练道：“笨蛋！瞧我的！”于是也连投五次，没一个扔进，“看见了吗？你刚才就是这样投的！”

黄色要求别人不犯错误，自己却犯错误；要求别人承认错误，自己却死不承认。他们喜欢处于支配地位，周围处于服从地位，这样才觉得安全。因此，他们常常通过打破他人加在自己身上的规则，来表现强大。他们讨厌行动受到限制，既想拥有建立规则的权力，也想拥有打破规则的权力，所以常常自相矛盾：要求别人遵守规则，自己却频频违反规则。他们是典型的“只许州官放火，不许百姓点灯”。

尽管别人善意地向黄色提出进谏之言，然而他们一直表现出一种飞扬跋扈的神气，暗示着黄色是无所不知而且永远正确的。这样我们就能够明白为什么黄色总有两条人生法则：第一，我永远是对的；第二，如果我错了，请看第一条法则。

● 好为人师的“老法师”

影片《突破乌江》中有这么一个镜头——红军向乌江逼近，军阀中有个草包司令，掌管着乌江天堑的防务。他夸口说：“当年，项羽在乌江自刎；红军来了，让他们同样有来无回。”一个参谋纠正说：“那个乌江在安徽，不是贵州的这个乌江。”司令立马瞪大眼睛，严声斥责参谋：“管他哪个乌江！”

如果说第一个境界“明知有错，死不认错”，只是黄色的人爱面子，还可以谅解；那第二个境界“本是圣贤，怎会有错”，纯粹就是睁着眼睛说胡话，膨胀到连自知之明都没了。

文公子，35岁，上海大学文物管理专业毕业，出身古董世家，自10岁就开始把玩千年老玉。古董这玩意儿，不是单凭书本可以教的，大三时，文公子的眼光已经比老师高出许多，常以专家自居。终因得意过头看走了眼，在街上倾尽个人家私两千大洋收进一群超级赝品，自此沉重打击后，文公子一扫骄横，才知道理论与实际相差之远，开始夹着尾巴做人，也正因此功力大增，不露声色地跻身于超级高手行列。文公子与我交流往事时，重笔墨回忆了他曾经所遇的更黄的一位长辈——老法师的悲剧。

55岁的“老法师”（老马）把玩文物20年，在文物跳蚤市场赫赫有名。他在前面走，总有大队票友随后，而他也乐得卖弄他的学问，从鉴定到选货侃起来头头是道，时间长了其真名反而被人忘了。因为群众坚信“老法师”绝对不会看错，所以他讨价还价未成交的货，总会有人立马跟进提价后买走。

因文父与“老法师”的交情，某次文公子也同大群人马紧随“老法师”。突然，他发现“老法师”拣的瓷器，正是当年自己栽过的大跟头，便小声提醒：“老师，这个东西好像有点问题。”没想到，“老法师”当即转过头来狠狠教育一番：“小文啊，你不懂啊！这个东西无论是从釉彩、重量、声音、胎骨，全都没有一点问题，你看看……你这大学四年怎么读的啊？基本常识也没有了吗？你们老师怎么教你们的啊？……”好心劝诫，反而遭无故抢白，文公子心里非常郁闷。心有不甘地回家和父亲汇报后，两人想起这么多年，从来都是传说，也没人见识过“老法师”的宝贝，父子两人决定拜访老马。是日，两人目睹了“老法师”20年来倾家荡产换来的宝贝。

假货！全是！！全部是！！！原来这20年来“老法师”一直闭门造车，拿书本作为收藏的唯一参照，积攒了20年的宝贝通通是假货。父子俩实在没勇气把这个事实告诉给可怜的老头，最重要的是：他知道了也绝不可能相信。

幸福执著的“老法师”一直期待人生中可以有朝一日鲤鱼跳龙门。不久后，他就遇到了让他此生打击最为沉重的事情。那年春拍时老马拿了三件“宝物”：翡翠镯、寿山田黄石、民国白铜包，准备到拍卖行的牛老板那里换两套房子，没想到牛老板看后痛骂：“老马，你神经病啊，你是老江湖了，怎么拿出这种东西给我？150万？最多1万元。”一心一意准备发财的老马坚决不肯相信，认为他根本不识货。于是牛老板出面找了拍卖界的顶级权威蔡老来鉴定，蔡老看后，将牛老板痛骂，认为让他来鉴定赝品，实在是浪费时间。

最戏剧性的是，到现在，“老法师”仍旧对这两个人臭骂不止，怒斥这两个家伙肯定是拿了回扣，以后咱要等到苏富比和佳士得进入中国市场，再拿去拍卖。“中国的拍卖行绝对不能相信，咱们就到国外。”

我听了这个故事，想起了《天龙八部》里的慕容复，在皇帝美梦一次次被粉碎打击后，最终彻底发疯，只有忠诚的丫鬟用糖果贿赂一群孩童，让他们下拜慕容“吾皇万岁万万岁”以满足他破碎的梦想。黄色，他们是坚强自信的。即使经受了较大的甚至是非常大的压力和打击，他们仍旧可以具备最为强大的能屈能伸的精神，卷土重来。可是一旦遭受到致命的、强烈的灭顶之灾的打击，他们就会完全崩溃。为了避免那样，这个故事的结局，我的猜测是，“老法师”还不如一直活在自欺欺人之中，抱着一堆想象中的宝贝，这比承认他自己一生都是失败的，更加让他的内心好受些。

黄色正是他们自己最大的敌人，他们将自己的优点文在右臂上，而将缺点用指尖归咎于他人，这使他们的能量不能进一步提高。

控制欲望 操纵心强

麦当娜白嫁给你，你敢要吗

黄色不但希望能够掌握自己的命运和生活，同时希望能够控制他人的生活。作为最善于发出言辞要求的性格，黄色的父母对孩子有强烈的期待，小到梳什么头发，配什么鞋子，大到你做哪一行，进哪家公司，都要发表主导性意见，如果你不听从，黄色会坚定不移地推动威逼，直到你听取他的意见为止。即使是黄色的孩子也懂得运用他们最原始的武器——“哭声”，来向周围的人们传达明确的“你们都要听我的”的信息。

同事告诉我她黄色的女儿从小就有着极强的控制欲。当你喂她吃东西的时候，小丫头一定要自己拿勺，你若坚持不肯，她便一把抢过去，抓了以后铿锵有力地掷在地上，然后自己再重新拾起；当小丫头要找妈妈的时候，会不停地在口中呼唤“妈妈妈妈妈妈妈妈妈妈妈妈”，直到母亲放下手中的活去关照她，否则从来不会有半刻消停。

由此想到另一对绿夫绿妻生下的黄色儿子。晚上到了儿童节目播放时间，他会亢奋地努力尖叫：“《天线宝宝》时间到了！宝宝要看《天线宝宝》！”你不得不钦佩这种婴儿时代就具备的旺盛精力，让他们不停地高声重复，直到看到你的妥协。当绿色的父亲告诉他今天没有这个节目时，这个小家伙居然会十分气愤地给父亲一个耳光。后来这对绿色的夫妻只好在黄色儿子的霸气下垂下头颅，给他买了一套DVD。

从那一天开始，我可以断定未来这对绿色父母的可怜命运，就开始被这个黄色的儿子把持了，如果他们不知道面对自己性格中的懦弱，并对黄色孩童的霸权主义给予合适地调试，他们必将在未来品尝人生最为苦涩的悲剧。不少黄色在儿童时期经历过许多争斗，很早就形成了强者受尊敬、弱者遭轻视的人生价值观。对他们来说，人生就是角力场，他们最大的愿望就是当上首领，最关心如何建立势力范围，想控制有可能影响自己生活的一切人和事。控制自己本来无可厚非，然而黄色的问题在于，他们并不明白，他们情不自禁地将控制他人作为了人生的乐趣，而对于那些需要独立思想、独立意识、独立行为、独立自由的人们来说，这简直无法忍受。

麦当娜是一个依靠直觉本能的人，她自己说：“我现在的目标和我小时候是一样的，我要统治这个世界，我是个控制奇才。”对她来说，成功在于获胜，而不在于具体过程。

每天早晨她与工作人员一起讨论一天的目标和规划，她能以飞快的速度将一大堆事情安排妥当。她的出版商说“她不会浪费时间”，一个经理说“她很精明，喜欢操纵，但她对人很不好”。她的代理人戴曼这样说道：“我相信她在九年中没有一周不是排得满满的，她全身心地追求成名，愿意为此推迟建立家庭，甚至生孩子的计划——也许是一辈子。”

构成她个性的一个重要方面就是权力，她自己说道：“有权势的感觉真好，我一生都在追求，我认为这是每个人孜孜以求的东西。”这一动力从她那巨大的竞争性中得以体现：“我对任何不能与我抗衡的人不感兴趣，必须要值得一战。”

麦当娜在迈向事业顶峰的征途中，选择了职业女性成功的必要条件，她也是个极其明白的女人，这样概括她自己及她的婚姻：“我是个工作狂，我有失眠症，我是个控制奇才，这便是为什么不结婚的原因，谁能受得了我？”

对权力的渴求是黄色成就大事业的力量源泉，而黄色的问题却是过分的权力欲和支配欲。他们强烈期望当领导，当别人服从自己时才感到安全。黄色想要控制，他们站在舞台的中央，似乎只有在指挥事情时才会快乐。

棒打鸳鸯

作为旁观者，我亲眼见证了一对本可比翼双飞的同林鸟，是如何被女方的黄色母亲生硬拆散的，而作为当事人的女儿，对母亲黄色性格的那种控制欲的愤怒，和为此自己所遭受的痛苦，恐怕是一生一世都没有办法抹去了。之前总是在想“棒打鸳鸯”是什么性格才会做出来的事，现在看来答案已经不言自明。

蓝色的小西有个无比黄色的母亲，自小从吃喝拉撒到升学就业，母亲一手包办。小西大学时，和同学小东两情相悦，慑于母亲“大学期间不许恋爱”的家法不敢声张，可终究没能瞒过老人家。母亲不露声色地要女儿把男孩约来家中，席间对男孩家底调查了一番后，严正警告女儿必须立刻断绝来往，三条理由：家世平平，门不当户不对；年纪太轻，事业毫无根基；面相不好，克妻的命。

热恋男女岂是说断就断？老妈发现女儿这次居然敢阳奉阴违，怒气冲冲杀到学校强烈要求予以干涉；非但如此，还找到男孩父母抗议，要求必须严加管束；在为女儿安排好工作后，不忘叮嘱公司配合监视。无奈两人只好转入地下情。三年后，为摆脱母亲的控制，两人计划出国深造，商量好女孩先行一步，男孩次年再去会合。

可还没等男孩成行，黄色老母因感觉两人仍在来往，早以探亲身份飞到女儿身边，刚好这时女孩的同学中正有强烈追求者，老母一番打听，发现新追求者正攻读博士，父母均为大学教授，眉清目秀又特别会讨好自己，于是认定他是乘龙快婿，竭力从中撮合。此时身处异乡的姑娘也正遭受前所未有的生活压力，从小有人关照，而现在衣食住行柴米油盐的烦恼、紧张的课程、生活习惯的不适应更让她不堪重负。此时老娘适时地把新人推到面前，帮她解决了一个个生活的难题，在关键时刻给予体贴和关怀。就这样，老母处心积虑，历时八年终于得偿所愿，彻底颠覆了女儿的恋情。

可惜造化弄人，一年后因男方有性暴力和虐待倾向，女孩历经磨难方才脱离魔爪，母亲的如意算盘最终落空。老母临终前向女儿忏悔并恳请原谅，只是几经波折的姑娘已不问感情，现在是年过三十五岁的单身女博士，事业成就卓著，内心却极度孤独脆弱。

黄色总是喜欢把他们自己的意志强加在别人头上，他们认为，自己认为的一切都是对的，你不接受是因为你没有眼光，你不接受是因为你还小所以你不懂，你不接受是因为你不明白“不听老人言，吃亏在眼前”。你不接受？好，为了你的幸福，为了让你以后知道我现在的良苦用心，他们就会说上一句“你现在恨我，将来你会感谢我的”。可惜，他们所谓的“为了你的幸福”，所有的一切都是建立在他们认为的“你的幸福”之上，他们总是把其他人等同于他们自己，当别人和他们的想法不一样的时候，他们本能的想法就是“废掉你”。上面的“王母娘娘”还有向女儿忏悔的机会，有的人恐怕一辈子连这样的机会也没有了。

黄色对别人操纵权力和行使主导权十分警惕。认为对那些自以为是的家伙就应该毫不留情，殊不知他们自己有时也自以为是。他们讨厌为他人所左右，希望把他人的影响降低到最小限度，总想了解有关周围人的一切，以便排除未知因素，把握局势。在他们讨厌为他人所左右的同时，他们也无时无刻不希望左右他人。

富攻击性 心存报复

为何美国要对伊拉克先发制人

让黄色和别人互相对立起来，并不需要太多的煽风点火，他们对于“对立”是如此乐此不疲，却几乎很少关注到，自己已经制造出很多新的麻烦和冲突。他们自己也许没有意识到，他们很享受那种口角胜利的快感。他们就像刺猬，当觉得有人冒犯了自己的时候，随时随地准备张开刺。

一位同事善意地赞许黄色的小方：“最近你的变化很大啊。”小方马上反弹道："是吗？我变得像谁了呢？等我死了，到阎王爷那里点名的时候，就找不到我方小刚的名字了。"虽然小方从心底里希望他自己有改变和成长，但如果是由别人口中说出，嘴巴上还是不愿意承认的。黄色的反弹有时就是这样莫名其妙，比蓝色的阴酸更加彪悍凌厉，人家完全没有恶意地表示交好的姿态，却总是把自己弄得"弓上弦，刀出鞘"。

后来才知道，原来小方有一个比他还要更黄的母亲，在他母亲面前，小方只不过像只便秘的阉猫模拟目露凶光的老虎。小方有一天问："老妈你能不能换些不同味道的菜做做啊？"老妈无比干脆地回应："我也很忙，怎么有时间去弄这些东西，你要吃就吃，不吃拉倒。"后来考大学时，曾经问他娘："万一考不上怎么办？"老娘的回答更加掷地有声："那你就去死！"

我们此时会怀疑到底这是不是他亲生的娘，答案是肯定的，只不过，黄色已经习惯于反弹，对于黄色来讲，说服他人本身也是胜利的一种表现方式。而"胜利"和"占据上风"对他们来说，也许是内心深处不可遏制的追求。

"老三届"的父亲苦恼于女儿的铺张浪费，女儿在甜瓜密果中长大，对老一辈经受的苦难不屑一顾，因此总要讲几句话提醒她，却总是落得自讨没趣，毫无办法。

父亲：每月的1000元生活费你都用到哪里去了？

女儿：又没问你要钱用，问这么多干什么？

父亲：钱要省一点花，我们像你们现在这么大的时候……

女儿：又来了，又来了。赤脚、种地、砍柴、饭吃不饱、蚂蟥叮，你年龄不大，讲话倒像祥林嫂一样。

父亲：你生活上自己要注意有计划性，爸爸像你这么大年纪的时候，就……

女儿：哟哟哟，又来了又来了！总是这老套的东西，也不看看现在是什么年代了！谁叫你投胎的时候没有看准时机，下一次投胎看准时候……

父亲：毕业后我不再管你，你要学会自立，按照西方的说法，你要学会独立生活，否则你将一辈子生活在贫穷之中，天天像井底之蛙一样地生活。

女儿：你都走过这么多的地方了……我看你公务也去过六次美国了吧，也没见你去过夏威夷啊。

如果说上面的黄色还是因为"以为被挑战"时的还击，那下面的黄色就完全是为了攻击而攻击，这种为了攻击而攻击，世人称之为"先发制人"。

小方初学骑车，只会骑，不会上亦不会下。行在路上，歪歪扭扭，如同游蛇。行人远远望之，急忙抽身躲避。一次，骑至一小路，发现前方有一青年骑车迎面而来。小方一惊，想下车，路旁没有土丘，无法踩定。眼看就要摔倒，灵机一动，两脚叉开，冲那青年骑了过去，两车即将擦肩之时，小方飞起一脚先将青年车子踢倒。

青年愤然，说："我又没撞着你，踢我为何？"

小方说："我怕你将我撞倒，故而先将你放倒。抱歉，抱歉！"

在黄色优势的"坚定自信"部分，我曾提到相当数量的政治人物，现在回忆布什、切尼、拉姆斯菲尔德、沃尔福威茨这四个是清一色的黄色鹰派人物，唯一的鸽派鲍威尔和他们格格不入，最后老鲍出局。本质上，攻打伊拉克，就是黄色性格的"先发制人"及"富有攻击性"的内心一直在驱使。你不打我是吧？只要我觉得你想打我，或者我看你不顺眼，妈的，先把你放倒！所以萨达姆先生，请你不要哭泣，你被打，与你们家石油太多有关，但至少还有另一半原因，因为你是黄色，人家布什及他的幕僚团更黄！

因为黄色喜欢去命令和指使，当他们遭遇挑战的时候，会马上变得充满攻击性和咄咄逼人，这与他们内心趾高气扬的本质是很难分开的。对于冒犯他们的人，黄色会毫不留情地予以坚决还击，他们追逐自己生命中本能想要的东西，并忽略尊重他人的情绪反应，黄色，是典型的侵略性格。

"假小子"的性格分析

为什么很多女性有男性的外貌感觉和特征？这到底是些什么人？

那些外表是"假小子"的女生有为数相当不少的都是黄色。在很小的时候，黄色女性就因为她们喜好和男生在一起冲锋陷阵，而成了雄性团体中的一员，她们好哥们儿的数量有时远远超过好姐妹，这就是为什么典型的黄色女孩在成年以后，很少有女生陪同一起去逛街。她们认为女生过于烦琐，不如男生来得爽气，从而更加喜欢和男生打交道。因为对事业的执著和所谓的女权主义，她们中的很多人因此放弃了家庭生活，黄色女性比蓝色女性更有可能成为四色中抱持终身不嫁思想的人。

大多数"假小子"可能是黄色性格。

首先在外形上，蓝和绿的女性多阴柔感和崇尚阴柔美，对于过于男性化的装束呈排斥心理；对于红色女性来讲，外形打扮多有“明亮”或“扮酷”这两种比较强烈的倾向，偶尔男性化未尝不可，但只是新鲜的一种尝试，长此以往绝不享受；唯独黄色在心理上希望给别人精明强干的感觉，在这个男权为主的社会，她们希望和男人平起平坐，留着短发，穿着深色套装，“不爱红装爱武装”，节奏飞快地生活。

其次在心理上，因为黄色崇尚的强者价值，让她们对于强者有天生的向往和内心的亲近，她们鄙视女人的婆婆妈妈、不利索和情绪化，对于每月一次的“大姨妈”更是恨得牙根痒痒，对于男人可以逃避这每月一次的麻烦事儿和免受孕产之苦愤愤不平。她们乐于拼杀，相信自己而羞于依靠男人，为了在职场生涯或者人生旅途中具有更好的竞争力，她们将自己边缘化于男性的队伍，至少在其他的男人看来，不敢小瞧她们。

再次在行为上，她们敢于冲杀，攀岩极限也乐于涉猎，敢说敢做；当黄色女人的实力强大到男人开始恐惧的地步时，男人们想的是如何保住自己头上的乌纱帽，哪还有闲心考虑你是男是女，那些小瞧黄色女人的男人，最终都死得很难看。时间长了，没有人把非常强的黄色女人当成女性看。把她们当成男性来看，把她们想象为交配后要杀死雄性伴侣的雌性昆虫，会让那些丢失了一些尊严的男性，好歹可以捞回一点可怜的面子，让自己有个台阶下。

写到这里，我必须强调我的观点是“大多数‘假小子’是黄色；而不是大多数黄色女性是‘假小子’”，经常有人断章取义，以偏赅全，而无视红蓝黄绿四色下的博大精深。“假小子”本身只是一种黄色女性性格特质雄性化后产生的自然现象，不存在“好”或者“坏”，不存在“优势”或者“过当”之分，然而，必须提醒的是，因为这一切的根源是她们对于争斗和胜利的渴望，如果不加控制，势必引发更严重的后果。

勇争第一本来是件很有上进心的好事，可惜黄色的麻烦是——不知道生命的意义和真谛在哪里，她们认为争斗就代表一切。因为抱着强者心态，黄色对自己的要求即是凡事力争上游，不可懈怠半步。对于每件事情的输赢计较，与蓝色在完美主义方面的较真，横向比较，一丘之貉！

让我们看看公路上的车祸，男性司机肇事率远高于女性，那是因为男性激素本身是富于进攻性的。然而从性格色彩的角度来探究，在公路上喜欢飙车和超车的司机中，黄色和红色整体数量一定比蓝色和绿色要多得多。而剑走偏锋、险中求胜、誓不认输的黄色，在超车或者反超车的过程中，就会体验到极大的快感。

如果说公路上的飙车或者市区的抢车道是一场速度的竞争，那这场速度的竞争实际上是以死亡为代价的。我们可以想象在两个黄色或者在一黄一红的比拼下，稍不留神，就会有人成为这场没有意义的竞争中的牺牲品，然而黄色仍旧是那样地关注于输赢本身，因为他们很难遏制住自己“要在任何事情上战胜他人”的欲望，终有一天他们将毁在他们的争强好斗之下！

黄色应该常听听优客李林的一首歌：“输了你，赢了世界又如何？”相同的，有时你争赢了，却可能失去更重要的东西。事总有轻重缓急之分，不要为了争一口气而后悔莫及！

缺乏耐心 脾气暴躁

本人没有坐牢的耐性，宁愿死刑

若论速度之快，少有人能出黄色左右。黄色直截了当的旺盛精力，是理想的军人人选。但黄色对于复杂的文件及反复的协商谈判很没有耐心，他们认为那样效率太低。他们直接开放和强悍，他们更欣赏“买就掏钱，不买就滚，少废话”的语言风格。如果你喜欢单刀直入而不是曲线救国，那黄色是非常合适的人选，但是你必须注意他们是很没有耐心的群体。

一天早上我去银行办事。到了那儿，发现银行外面排起了一条长龙，不知为何，银行没有准点开门。队伍中的多数人对这五六分钟的延误似乎并不介意，一位仁兄（黄＋红）却把这看成一件惊天动地的大事，并开始发怒。他不断地跺脚，甚至鼓动大家联名投诉。这个人拼命抱怨银行职员“素质太低”，他甚至想和报社联系，那种感觉像心脏病即将发作！他把银行大门擂得敲山震虎，一分钟后，一名彬彬有礼的职员开门向大家道歉，并用颇有专业素养的态度解释说，计算机出了故障，耽误了开门时间。

如果你认为这位确实是唯一有急事的人，那么你会对他的行为举止表示理解和宽宥。但这一点在逻辑上却解释不通，因为看样子还有几个人也有急事，但他们采取的方式却截然不同。如果觉得没时间再等下去，就平静地离开，也不会因为这点不方便就火冒三丈，这毕竟只是日常生活中的一个小烦恼，构不成什么生死攸关。这种缺乏耐心是源于黄色对于“效率”和少花时间多办事的强烈追求和愿望，正因为此，黄色对于“他认为别人是在浪费他时间”的行为不能接受，从而感到愤怒。请看一个黄色讲述的小故事。

我和老公说好上街，约好在车站等。到了约定时间，没等到他，我马上打电话给他，他说在另外一个车站等我，我当时就怒火中烧，在电话中臭骂他：明明和你说过，还是搞不清楚地方，你要是不知道就先问问我……在骂了一通挂断后，我还是气愤难平，他打电话过来就继续掐断，几次以后索性把电话关了，之后就扔下他，一个人去逛街了。

如果类似上面的情形，你无数次地在生活中遭遇，那就是遇到了典型的黄色。如果你的生命当中有个黄色的人，那注定了你们不会是平静而轻松的关系。如果你企图赶上黄色的步伐，你会累得虚脱。更重要的是，黄色，可能根本就没有注意到你的努力，而只会报以“你好了没有”或者“你怎么花了这么长时间，你就不能快一点吗”“你有完没完，和你说过几遍了，这个事不需要这么复杂的”之类的评语。不要试图去追赶，这首先是基于你可能永远赶不上，而这只会引起他们的不耐烦，他们的心里可能会想“就你这小样，还想来追我？”另外，如果你真赶上了，也不见得他们有多喜悦，他们可不希望有什么人强压过他们，这样他们就丧失了他们带领你的那种强者的尊严和成就感。

黄色对于任何挑战很快就会有反应，他们的缺乏耐心和直接，使他们心里想什么就直接说出来。黄色并不擅长外交手腕，容易把意见不合推向极端，而非像绿色那样可以缓解矛盾，而当黄色忽略他人感受的时候，也终将为此在未来的某一时刻某一地点遭到某种形式的相关报应。

为了获得最大的成功，黄色重视效率，缺乏耐心，他们非常厌恶工作能力差、多思而不实干的人。他们讨厌慢慢吞吞的部下，希望部下是能促使自己走向成功的有用的工具。

我所听说的最为经典的没耐心的段子源于汪夫人陈璧君，这让我对黄色“无耐心”的认识上升到了新的高度，至少她的诠释，创造了一段新的价值观：“生命诚可贵，爱情价更高。若为效率故，两者皆可抛。”

陈璧君被捕后，坚不服罪。1946年4月16日，江苏高等法院开庭审讯陈璧君，陈璧君在法庭上说：“日寇侵略，国土沦丧，人民遭殃，这是蒋介石的责任，还是汪先生的责任？说汪先生卖国？重庆统治下的地区，由不得汪先生去卖。南京统治下的地区，是日本人的占领区，并无寸土是汪先生断送的，相反只有从敌人手中夺回权利，还有什么国可卖？”法庭最后判处陈璧君无期徒刑，陈璧君接到判决书时却说：“本人有受死的勇气，而无坐牢的耐性，所以希望法庭改判死刑。”

棍棒之下出孝子

黄色对于“以暴制暴”似乎情有独钟，他们自以为深得“棍棒之下出孝子”的精髓。可惜在如今这个“胡萝卜加大棒”的时代，他们“大棒”的功夫倒是做得很足，“胡萝卜”却在菜场里丢了一个礼拜，不仅生硬而且很不新鲜，更不用谈那些“不战而屈人之兵”的高明兵法了。一个黄色的母亲在聚会上分享了她从前是如何对待儿子的。

我对孩子的学习要求很高，要求他每次考试必须名列前茅。要是孩子放学回家，看到他垂头丧气的样子，我就感到情况一定不好，于是，就板着脸对他说：“你今天肯定考得很差，我跟你说过多少遍，让你不要看电视，不要玩电脑，你就是不听，从明天开始，你不许再看电视，不许再碰电脑。” 面对我这样劈头盖脸的一顿训斥，孩子怨恨地说：“我一次没有考好你就马上责怪我、骂我，我考得好的时候，你怎么不表扬我呢？你怎么不会像其他妈妈那样有耐心地帮助孩子来分析原因呢？你不配做妈妈！”孩子的话尽管带有很大的情绪性，却给我带来很大的震撼，使我不得不静下来深深思考自身的缺陷。

《我们现在怎样做父亲》是鲁迅在1919年写的一篇名文，每个父亲是否都有资格宣称自己已是合格的父亲呢？回答可能是让人难堪的。由于黄色望子成龙之心过于急迫，又没有耐心引导，于是采取种种不合理的甚至暴力的手段强制子女就范的事件屡见不鲜。

黄色的批判性使其在四种性格中算得上是大哥大级的人物。与蓝色的挑剔不同，如果说蓝色在刻薄上更胜一筹，那黄色则胜于得理不饶人和置人于死地而后快。如果说蓝色是浸了冰块的酸醋，劲头上不仅酸得够戗，还兼有一阵阴风袭来的感觉；那黄色就是芥末，他的话带给你的是鼻腔所感受到的那种“冲”，而这还不是你自个儿要吃的，是有人硬往你嘴里塞进去的。

黄色对于他人的弱点极度不耐烦，而且毫不掩饰地表现在他们的五官上。最重要的是，所有无效率的事情在他们看来都是一文不值的，而且是那样不可饶恕。有时，为了显示他们的权威与犯错者的渺小和愚蠢，黄色不惜当众羞辱，借以让被骂者茁壮成长，且美其名曰“不经历风雨怎么见彩虹”，为自己的暴政倾向涂脂抹粉。

强硬严厉
喜欢批判

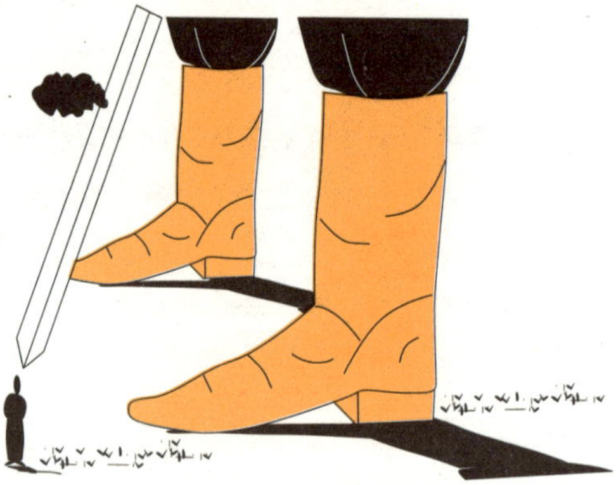

● 老海象的昨天就是老板的明天

黄色性格的阿建在外企和国企工作15年以后，自己跳出来创业，一直以来，他认为自己已经足够好了，结果一封下属的E-mail才让他才发觉自己内心的酸痛，“武功尽废”。

我的同学要我做一份测试，因为没时间，我就交给我最信任的一个下属，一个非常理解我也跟随我很长时间，在公司里我私下和她沟通最多的红色女孩。后来我朋友稍后也将她的答卷转发了E-mail给我，在这封E-mail当中，她评价了她的领导——“我”，除了敬畏之处，她对我的不满，使我真正受到了心灵的震撼：第一，我不容许别人犯错误。每一次严厉的批评，都被她认为是一种羞辱，很没面子，很伤自尊心，但我自己却一直认为是在苦口婆心地开导以及培训她。第二，我自认为和她无所不谈，经常开车送她回家，她有什么烦恼也会告诉我，我也真把她当做徒弟和小妹，但是她竟然说：她不敢和我说出任何她的想法，包括工资和远景如何等问题。

当时对我的打击极大，因为我一直认为，我对她是那样信任那样好，她居然会对我有这样的评价，实在太让人匪夷所思！！！经过这个件事情，才使我清醒地认识到我黄色性格中的很多问题。虽然公司员工很崇拜我在逆境中起死回生，在顺境中推进到顶峰的能力，但他们的内心其实离我很远。严肃的外表使我自己没有任何亲和力；毫无耐心的教诲过于坦率，其实说穿了就是责骂。

因为黄色的批判性和过度严厉，通常会让周围的人有“伴君如伴虎”和“如履薄冰”的感觉，胆子大点的黄色，像魏徵那样摊上个明主李世民的毕竟是少数，大多数就犹如韩信的结局一样，最后弄个以下犯上，诛灭九族；耿直一点的蓝色，好比司马迁，结果宫刑示众“杀一儆百”；而红色发现蓝色和黄色都没有什么好下场，还轮得到自己多话？结果就像上面那个女孩一样，敢怒不敢言，只能背后发发牢骚；最后只剩下绿色，发现旁边的人都岌岌可危，本来就不愿发生冲突的绿色，除了点头称是、低头作揖、“大人言之有理”以外，更吓得不敢多说什么，也实在不愿意或者不知道该说什么了。

为什么对于黄色性格，大多数人会有畏惧的感觉？这种感觉尤其会出现在黄色处于高位领导的时候，畏惧心理直接导致的问题就是下属隐瞒真相以避免责骂和批评，从下面的海象领导和他部属的关系中，你可以搜寻到答案。

“下面的情形如何？”老海象端坐在海边的一块巨岩上，大声发问。他期待着听到好消息。岩石下的一群小海象嘀咕了一会儿，事情一点都不妙，但没有哪只海象愿意告诉这位老祖宗真相。他是海象群中最聪明的一只，饱经沧桑，深谙世故，他们不愿让他失望。

“我们该告诉他些什么呢？”小海象们的带队人巴齐尔悄悄地想。他犹记得上次当小海象们没有完成捕获鲱鱼的定额时，老海象大声咆哮的情景。他不想再经历一回那样的噩梦。可是，附近海湾水位不断下降，要想捉到更多的鱼，就必须离开现在的地方。这种情形应该让老海象知道。可是谁来告诉他呢？又用什么办法告诉他呢？

巴齐尔最后一咬牙说：“一切都很正常，头儿。”不断退后的海水让他心情很沉重，但他还是继续说，“依我们看，海湾水位好像在升高。”老海象满意地说：“好，好，这会给我们带来更大的生存空间。”他闭上眼，继续悠闲地晒他的太阳。

第二天，情况变得更加不妙。一个新的海象群正向这块海滨进发，由于鲱鱼已经发生了短缺，他们的入侵显得格外具有威胁性。没人敢把这一险情通报给老海象，虽说只有他才能采取必要的措施迎击挑战。

巴齐尔来到老海象前，奉承了几句话之后，小心翼翼地说：“噢，头儿，忘了告诉你，一群新的海象闯到我们这儿来了。”老海象突然把眼睛睁开，深吸了一口气正准备咆哮。巴齐尔赶忙又说：“当然，我们不认为这有什么问题。他们看上去不像以鲱鱼为食的，而是贪吃那些小鱼。您知道，我们是不碰那些玩意儿的。”老海象徐徐吐出一口长气：“好，好，那么，我们没有什么可担心的，对吗？”

在接下来的几周内，形势越来越糟。一天，从岩石上望下去，老海象注意到一些小海象似乎消失了。他把巴齐尔叫来，怒气冲冲地问：“怎么回事，巴齐尔？那些小子哪儿去了？”可怜的巴齐尔没有勇气告诉老海象，许多年轻的海象已经离开自己的群体，加盟到那群新海象中。他清了清嗓子，对老海象说：“头儿，是这样的，我们加强了纪律性。您知道，这是为了吐故纳新。毕竟，我们的队伍必须保持纯洁。”

老海象咕哝道：“我总是说，玉不琢，不成器。如果一切正常就好。”又过了一些时候，除了巴齐尔自己，他所有的部下都投奔到新的海象群中去了。巴齐尔意识到他必须明确告诉老海象所发生的一切了。尽管十分害怕，他还是下定决心走到岩石上，对老海象说：“头儿，我要告诉您一个坏消息，所有的海象都离开您了。”老海象惊呆了，甚至都忘记了大发雷霆：“离开了我？所有的海象？为什么？这一切究竟是怎么发生的？”巴齐尔还是不敢说出所有的事实，所以他只是耸了耸肩。

“我不明白……”老海象喃喃地说，“原来一切不是都很正常的吗？”

现在你可以看到，上面那黄色老板和那只黄色老海象的“异曲同工之妙”了吧！多么神奇的巧合，在人间上演的一幕，在动物世界里也在上演，到底是动物模仿人类还是人类模仿动物？我们不得而知。我们只知道，如果典型的黄色对自己的问题没有深刻的认识，那么也许有朝一日，老海象的昨天就是他们的明天。

再相不中，就是找头猪也要给我结

十年前记得有人和我说，她的父亲是个很强硬的人，在家里没有家人和他说真心话，甚至还感到只要父亲不在，家里就会非常轻松、全家大喜。那时我还没有钻研性格之道，听到这个故事时，只觉得那样地不可思议！怎么可能居然对自己的父亲有这样的感觉？在接触了越来越多的典型黄色和超级黄色以后，我才发现所有的一切都不是梦，只是一个又一个不同的翻版而已，过度严厉和专横而形成的巨大压迫感，是黄色们自己没有意识到的，这也算是对典型黄色的控诉吧。

许多黄色的人非常气愤，因为黄色的思维始终认为，“我骂得总归是有理的，没理的东西我怎么会说？”换句话说，“就算我骂得没理，你认为不对你也可以说啊，为什么你不说？”你不说那就是你的问题了。黄色从来没有想过，他们在骂人时常秉持“声高占理”和“势猛赢人”这两大基本原则，再辅以面红筋跳、暴跳如雷之状，有灌夫骂座、泼妇骂街之勇，其他性格一见这般气势压将下来，连话尚未听清，便先晕将过去。

有个妈妈告诉我她对黄色性格的痛恨，原因是她的女儿大学毕业，在一个黄色老板手下打工，结果不到三个月，绿＋蓝的女儿半夜会突然从床上醒来抱着被子暗自落泪，被活活吓成了精神衰弱。这位黄色老板如果发现报告做得有问题，看上两眼，就把报告“刷”地直线甩到门外，“就这你也敢拿来？重做！”

乖乖，难道这黄色的老板，比牛头马面长得还要凶狠不成？

原来，如果蓝色是主骂方，对于蓝色而言，问罪是批判和分析的过程，即使要骂人，那也要一二三四，有埋有节有章有法，批判得你心服口服，对于那些本来反应速度就不快的性格来讲，他们总归可以听得懂。而如果黄色是主骂方，他们只关注结果，上来就直踢命门，一记撩阴腿下去，轻则阴阳不调，重则断子绝孙，一顿劈头盖脸，且毫无解释的余地；更有甚者，当众辱骂，丝毫不留情面。“你怎么这么笨啊？我讲了几遍了？几遍了？你说说看，我问你呢？你说啊，我说了几遍了？还听不懂？你这脑子怎么长的？啊？问你话呢！说话啊！不说，是吧？……你给我滚！滚得远远的！从此以后我不想再见到你！”

这就像一个黄色老爸对儿子三十岁还没找好对象，认为既丢脸也不满意，于是几乎一个月找一个姑娘让儿子相亲。但越这样，那个黄色的儿子就越不屈服，后来闹得太僵，父亲干脆就丢下一句话："我告诉你，今年年底如果你还没有相中，你就是找一头猪，也要给我结了。"

如果是黄色被骂，还会拼死抵抗；蓝色被骂，就将责骂转化为尊严的侮辱进而升级为内心的仇恨；红色被骂，大多就像阿建老板的红色部下，越想越委屈，牢骚私下发；绿色被骂，为了让气氛变得更加温和，只会和小海象一样，把问题掩盖，直到最后出了事情才爆发，那已经是不可收拾的局面。

盛气凌人的黄色绝不放过哪怕是小小的错误，他们发现失误，本能地想去指责和批判，他们认为犯错误是愚蠢的，愚蠢是黄色绝对不能够接受的，而事实上别人却无法理解他们为什么这样生气。

黄色喜爱自命为判官，总是会发现别人的许多言辞行径不顺眼的地方；黄色经常高声表达他们的不满，这让周围的人们都退避三舍，从而妨碍其亲密关系的发展。

一意孤行 刚愎自用

你懂，你懂，天下你最懂

以下事例发生在中国享誉盛名的地产集团。话说该集团信息中心新上任一位黄色领导，为尽快做出成绩，要求把一个重要软件的开发周期从原定的九个月缩短到三个月，为此，总工程师多次向领导力陈其巨大风险，非但见效不大，领导反而对于总工的犹豫不决和异议感到愤怒，认为这是搪塞和没有能力的表现。于是领导将该项目外包并转交他人负责，而原来的总工不再参与。

如总工所料，三个月后软件开发陷入谷底，半年后，终于拿出一份可交差的软件，但投入测试后，发现功能和要求相差太远。这时软件公司已处于亏损，无法再继续提供支持，如改进需要增加预算，而此时集团已付出一百万的开发费用，最终该项目在一年后彻底寿终正寝，这位领导也结束了在这个公司的职业生涯。

在以下对话中，各位可以了解到整个事件推进的全过程，你可从细微的变化和语言的味道，来感受这位黄色领导长期在“成功一定有方法”的思想熏陶下作出的武断决定，是如何导致他一步步走向深渊的。

第一天

总工刚上班，便看到MSN上黄色老板那儿蹦出“来”，进了办公室，简单寒暄几句后进入正题。

黄色：“软件开发现在进行得如何？”

总工：“软件开发目前正在进行需求调查阶段，已经派了信息中心的同事在分公司进行了将近一个月的需求调查，我要求他在每个岗位上都进行实习并与同事们交流，相关的业务流程图已经画好了一部分，等需求调查完后，会把所有的业务流程画出来，并邀请分公司业务部门的人员和相关人员一起评审，并最后签字确认，之后会进入代码编写阶段。”

黄色：“什么时候可以完成？”

总工：“九个月。三个月开发，三个月完善，三个月部署，基本上是这个思路。”

黄色：“太慢了，三个月要完成这个项目。”

总工：“这个有点困难，这个软件并不是一个小的系统，而且还需要通过需求的评审，代码开发的人员还没有定下来，使用什么样的技术进行开发也没最终确定，想要在三个月内完成基本上不可行，您看是不是再考虑一下？”

老板将目光转向屏幕，几声键盘敲击声过后，有人敲门进来，原来是这位老总一起带过来的吴一。

黄色：“吴一，你知道销售软件的开发这件事吗？

吴一：“知道一点。”

黄色：“这个软件，公司非常看中，我也向公司领导做了保证，在三个月内完成，如果你来负责有没有问题？”

吴一：“没有。”

黄色：“好，这个项目现在由吴一接管，你安排一下，将需求调研资料全部转给吴一。”

总工：“好吧，明天一早我就将资料转给吴一。”

黄色：“好吧，先这样。”

第二天

总工："老总，软件开发的事情我想跟您再谈谈，您现在有空吗？"

黄色："有空。"

总工："关于软件开发，我想我们应该作些风险控制，现在需求还不是非常清楚，如果急于进行代码编写，软件开发的风险太高，而且这个软件难度也很大，三个月内是无论如何都做不完的。我不了解昨天吴一为何会答应下来，您看是否考虑把时间加长一些？"

黄色："做什么东西都有风险，关键是看你是否努力去做，只要努力，什么都可以做得到，既然吴一认为他自己能做得到，就让他去做吧，如果有什么风险，他也会告诉我的，你不用再管了。"

第三天

总工："老总，我还是认为这个软件的开发风险太高了：1.技术太新，没人精通；2.需求不清；3.时间太短，没有足够的时间进行测试。您看是否跟吴一，还有大家开个会讨论一下风险的问题？"

黄色："吴一昨天跟我汇报了，他认为这个项目没什么问题，三个月内可以拿出一个试用版来，我想风险他会控制的，有什么问题他也会直接向我汇报，你不用再参与了。"

在以上故事中，我们在一开始就可以轻而易举地感受到，黄色性格的好大喜功和强烈的"新官上任三把火"心态。这种心态通常出现于红色和黄色，而少见于蓝色和绿色。在黄色看来，这个世界上没有不可能完成的任务，所有不可能完成的理由都只是借口，一定可以想出方法来解决所有的问题。在这种坚信"方法总比问题多"和"人定胜天"的信念下，他们很难听进他人的意见和观点。

劝告黄色的人是困难的，因为他们总能证明为何他们是对的，由于他们认为自己是英明的，所以如果是错的事情，他们不会去做。

点评惠普卡莉之"死"与王安石变法

从前，只在武侠小说里听说，有高手为练"葵花宝典"而"挥刀自宫"，对于男人来讲，付出这样的代价得到这样的身手，我的内心极为崇拜，因为知道即使机会来到面前，自己也是断然没有勇气尝试的。多年后的现在，得知东方不败有了"女粉丝"而且身体力行。更重要的是，这位步其后尘者还是商界炙手可热的人物，这不得不让人好奇。据媒体披露，惠普公司前CEO卡莉·费奥瑞纳曾为了工作，将自己的子宫“咔嚓”从身体的编制中永远去除。先前只是知道此人做派强硬，因为此事，我开始从卡莉的结局中回溯黄色性格过当之旅，让我们看看《财经文摘》中的描述和从背后我们可以读出的信息。

2005年2月初，硅谷送走了美国高科技行业最勇敢的豪赌者之一。惠普公司主席兼首席执行官卡莉·费奥瑞纳，因业绩不佳而被迫辞职。1999年，卡莉凭着她坚决果断、如钢铁般的意志入主惠普公司。但她那过于突出的坚强个性，不断地与这家年届花甲的科技公司原有的企业文化产生激烈冲撞。一旦人走茶凉，突然之间，以前她身上那“超凡、大胆甚至迷人”的特点似乎消失殆尽。现在，她所获得的评价跟以往大相径庭。许多人的看法是，事实胜于雄辩，既然卡莉不能为惠普带来更好的业绩，她以前表现出的“迷人”个性就一文不值。（这篇报道里，所有对她个性描述的用词，令人惊讶地清一色全部都是黄色性格的特点。）

当卡莉还在中学时，“当大家往一个方向走时，她一定会采取相反方向的观点。起码可以证明她比大家更理性”。作者评论道：这种对从众思维的厌恶，后来也是她职业生涯中一个重要特征。在惠普的头三年，她接连两次去测验被她所从事的行业广泛承认的一个常识：“高科技企业的合并行不通”。不管是夭折了的在2000年以180亿美元的价格收购普华永道咨询业务的企图，还是惠普跟康柏的合并交易，都公然不顾过去几十年中无数高科技企业合并中途夭折的历史经验，以及惠普公司本身在合并方面惨痛的教训。（可惜黄色的卡莉小姐为了验证她的个人英雄主义，最后滑入“人有多大胆，地有多大产”的泥潭。）

卡莉终结跟前夫托德的婚姻的方式也引来了争议。巴尔特伦认为，卡莉越来越变得对商业着迷——那种智力上的挑战性、成功之后的战栗感，以及巨大的金钱回报。他说：“她把全部身心都投入到了工作中，她变成了一个枯燥乏味的单向度的人。任何对她的商业生涯没有用的东西，她都不感兴趣。”这对夫妇分手前，卡莉这样对托德说：“我受过的商业管理训练让我得出一个结论：生活中还有一些东西我没有得到。我必须下定决心，采取我相信是正确的行动。我就得这么去做。这就是我的理由。”（黄色的专注精神，让他们能够在单一时间、单一目标，且不受任何外界影响的状态下达到成功。遗憾的是，以整个生命的角度俯瞰，他们显得是如此地单薄而欠缺生命的宽度和丰富性，似乎除了工作本身以外，其他的一切都是不必要的。他们虽然是最有经济实力获得上海大剧院和国家大剧院的天价演出前排VIP门票的所谓贵宾，然而从艺术欣赏的角度而言，我有足够的理由怀疑：对于他们来讲，观赏昂贵的演出只不过是一种实力的炫耀与角逐，坐在那里欣赏本身比欣赏到什么，对他们来讲要重要得多。）

卡莉究竟犯了哪些错？五年半前义无反顾支持她的董事会，何以最后却翻脸赶她下台？

自卡莉上任以来，她明星般的外表，名师设计的发型和服装，空中飞人般全球穿梭拜会、演讲，一直是聚光灯的焦点以及众多企业家的典范。然而有不少批评也指出，卡莉对惠普的管理“予智自雄”，自视甚高而不肯虚心听从他人意见，对元老重臣提出的忠告不屑一顾。公司大计只和身边的少数人士商量就悍然推行，让惠普员工怨声四起，也令她招致“刚愎自用”的批评。（她那种事必躬亲、直言不讳和绝不妥协的管理风格损害了她与员工的关系。卡莉是以局外人身份入主惠普的，在那以前，惠普管理非常松散，而卡莉性格刚毅，管理很严，有时让人感觉独断专行，部分员工对她敬而远之。而对于黄色来讲，让人们畏惧他们，远比让人们觉得他们可亲可近要重要得多。这是马基雅维利早在他的《君主论》中无数次强调过的理论，刚好与黄色的风格是那样地匹配，怪不得我所认识的大多数黄色老板的口头禅就是：我不需要人们喜欢我，我只想让他们尊重我！不过，我们不得不承认，名著的确有名著的力量，15世纪的政治思想家，就可预测出大多数政权或者企业的开创者都是由黄色把持，厉害！）

然而她的改革未取得相关共事者的支持，全凭一己权力推行，手段又纯粹是中国法家式的：下属达不到目标要求就“提头来见”。不但在员工内部累积不少反弹声浪、怨声载道，公司绩效也不进反退。2000年秋天，惠普获利比预期目标还减少25％。第二年，惠普的员工有86％共同艰难地签署了减薪同意书，但即使如此，公司在随后不久又宣布再裁员6000人，这是惠普历史上最大规模的裁员行动。许多惠普的员工都认为公司背叛了他们，一位惠普实验室的员工当时曾说：“卡莉如果不是接受了一个烂建议，就是她打算激怒大家。”（卡莉在1999年跃升为惠普首席执行官，以为得到董事会支持就可放手一搏，却无视和她朝夕相处的员工的感受，不纳人谏而招致人怨，庞大的反对势力最后终于逼她下台，其情节直如一千年前王安石变法的翻版。）

宋神宗时，王安石力主变法，他以为有皇帝支持就万无一失，瞧不起任何不同的意见，招来士大夫群起抵制，终因反对势力太大，王安石遭皇帝免职，满腔改革理想终究以失败告终。

当时宋神宗和大臣文彦博间有对话如下，神宗对文彦博说："自新法施行以来，老百姓交口称赞，都说对老百姓有利，为什么你们还那么激烈地反对？"文彦博答："皇上，您是用小民治理国家，还是用士大夫治理国家？"这句话正命中要害：任何改革纵有崇高理想，若失去相关共事者的支持，最终都要失败。一千年前立志革新宋朝的王安石，与一千年后誓言让惠普文化焕然一新的卡莉，虽然古今中外不同，给人的教训却如出一辙。

黄色容易成为独行大侠和独立工作者，他们最有能力来完成一些壮举。但是黄色的可悲之处在于过度暴政和严苛，其结局在历史上总是那样不得人心。典型的黄色不加控制，他们容易欺人太甚，他们认为所有的人都应该赶上自己的步伐，他们不够心平气和，因此无法赢得下属的支持。等到他们退出历史舞台，等待他们的就是白眼和鄙视。

今天，我们要将"千年后的王安石"这一荣誉归于卡莉，感谢她的出现为我们树立了一个黄色自我毁灭的绝佳典范！当然你也可能认为付出这些代价拿到高离职金还是划算的。重要的是，如果你是黄色，从她的身上感受到了多少有价值的，应该有则改之无则加勉的信息。

耻于休息 漠视平衡

那群黄色家伙的登山宝训

多年前，六人结伴探游浙江大明山，那时大明山游客寥寥，鲜有人知。爬山至一半，其中一对黄色小夫妻健步如飞，越走越快，不一会儿消失于林海之中。另外四人缓步而行，因大明山风景近乎黄山，峭壁两侧迎客送客双松密布，人在空谷，聆听鸟鸣风啼花语草香，目睹紫蝴蝶与红蜻蜓停落肉眼可及的岩石上，人生快意尽在当下。

半个时辰后，四人起身准备拾级而上，一对黄色已经返回，发现这群人才刚刚走到半山腰，一边埋怨他们为何行动如此蜗牛，一边力劝众人打道回府，号称山上毫无风景。原来在四人尽享天地之灵气时，那一对黄色夫妻早已爬到山顶。黄色的登山宝训为："爬，快爬，到了？再找更高的山爬！没了？快回。"

正巧，乐某人正是此事的当事人，那对黄色夫妻焦急的口气和不耐烦的表情，至今闭上眼睛仍旧可以历历在目。

回忆我自己从前的那个黄色老板，似乎没有任何的人生乐趣。因为黄色的粗糙和不细致，他们忽略掉了生命的风景线。即使要出去做员工活动，黄色老板也每每总是提出，搞个什么竞赛。对于黄色而言，生活中除了"竞赛"似乎什么都没有了；对于黄色而言，他们对于目标和结果的狂热追求，让他们心无旁骛地可以最快到达终点，然而沿途中所有美丽的风景都与他们无关。

Grace对她黄色的老公感到非常无奈，在两人欧洲旅游了一次以后，下定决心不再和他一起出去。按照Grace的说法，老公到了一个地方行李一扔，直奔当地的旅游纪念品商店，买上一堆诸如埃菲尔铁塔或者荷兰风车的模型；然后按照出游前的准备（在有限的时间内尽量覆盖最多的空间点），陀螺般地卡着秒表飞奔一个又一个景点，景点到了，象征性地转上一圈后，马上在门口摆上pose，心里高声念"我王老五到此一游"，不将胶卷拍尽储存卡布满绝不善罢甘休，至于大英博物馆的收藏、普罗旺斯的空气、爱尔兰的街头风笛、多瑙河的波浪、西班牙糕饼店的糖油条、桑塔露琪亚的散步道，在老公眼里全部都是没有价值的。

这时我突然明白，节日归来众人分享旅游见闻时，你想让黄色分享更多的感受和历程，那是一件无比枯燥乏味的事情。但黄色总是那样充满自豪地对你说，今年他去过哪里哪里，报出一溜儿你没有听说过的地方，这对于他是一件快乐无比的事情，因为这样，足以证明他去过的地方比你要多，所以潜台词就是："我比你见多识广！我比你厉害"！在黄色眼中，旅途的风景和感受，并不重要。我一直认为，四种性格相比，黄色和绿色相对而言不如红色或蓝色喜欢旅游。

与其他性格相比，绿色因为内心"稳定"和"不喜欢变化"的特点，对于新奇感和体验的欲望并不强烈，有不少绿色因为懒惰和宁愿留在家里看电视而放弃旅游；而黄色，我更愿意相信，对于他们来讲，工作本身带来的成就感更超过旅游带来的快感，而旅游赋予的另外一层"这个人去过这个地方，他很厉害哦"的间接意义，从侧面能够验证黄色的成就。故此，一般的黄色享受旅游的结果而并不是过程，不健康的黄色认为旅游本身只是一种变相的能力证明，只有经历了后天修炼的健康的黄色才懂得，人生除了工作还有更大的生活的意义。

黄色经常在到达人生终点的时候，只带着极少数真正能令他们醉心的回忆，而最醒目的就是布满整个墙壁的奖杯和奖状。

谁杀死了黄色

武学上有称，举凡“金钟罩铁布衫”练成者皆有自己的“命门”所在。每个人都有自己的“软肋”抑或“七寸”，到底什么是黄色的“命门”？对于如此强大的黄色来讲，到底什么是他最弱的点？假如说蓝色会被唾沫星子淹死，黄色是断然不会被流言蜚语击倒的。那么，到底是谁，杀死了黄色？

老鬼多年从事投资咨询，在社会底层摸爬滚打多年后，终有机会一夜暴富，据他本人说赚了几千万，把一半的钱取出来在家数了几天几夜过足了眼瘾后，买了加长版的奔驰和金桥别墅，开心了一阵。有一天与发迹前的朋友聚会，谈吐中仍透露自己的苦恼，说有钱没好项目做很是郁闷。于是旧友疑问，你现在多处金屋藏娇，香车随行，与当初那副穷酸样相比还有何不满？老鬼说最少再赚10亿才能满足，否则无法开心，原来上海一套紫园别墅要1.5亿，老鬼认为自己赚的连一套房子也买不起，失望之情溢于言表，所以每天寻找项目，必赚到10亿而后快。

各位仁兄敬请放心，这位老鬼先生，你以为到了10亿会收手吗？笑话！这只是芸芸众生中很小的一个黄色的缩影，我们不敢用“人心不足蛇吞象”来形容黄色，毕竟人家心大志高远，是社会进步的推动者。但麻烦就麻烦在黄色自己没有对于欲望的控制力，他们一味地认为人定胜天，自己可以得到更多的东西，而且坚信以自己的能力理应得到更多，怎么可以就此止步呢？他们的自我欲望永远是沟壑难平，他们不明白“得饶人处且饶人，该收手时就收手”的人生哲理。可惜他们对于成功的渴望和对于成就的无止境的追求，让他们失去了生活中的平衡，而这正所谓“成也萧何败也萧何”。

2008年4月10日，59岁的陈逸飞在世间永远消失了。如果再算上36岁的焦连伟和46岁的高文焕两位清华大学的教师，以及2004年去世的38岁的王均瑶，复旦大学党委副书记钟家栋、著名数学家张广厚，爱立信和麦当劳的两位高层接连猝死，这一连串事情给人们敲响了生命的警钟。

清华的那位老师，“文革”后参加高考，到90年代已经成为大学的骨干教师，行政教学双肩挑，他有一句名言“把一天当做十天来用”。他对他的研究生说，“多做学问，少看电影，少交朋友，不跳舞”，也许只有苦行僧的生活方式他比较钟情。他的爱人说从来不知道他几点回家休息，早上几点又去了学校，一个典型的超级工作狂。突然有一天，他心肌梗死发作在讲台上猝死，英年早逝，令人扼腕哀叹。

遗憾的是，黄色总觉得这些事情离他们很遥远，他们天真地认为，这些事情永远不会发生在他们自己身上。我的一位学员与王均瑶是长江商学院的EMBA同学，据他的说法，王均瑶生前的最后一刻，仍在均瑶广场正在装修的会所里视察，勤奋工作而无视医生保持呼吸空气洁净的建议。不少企业家在均瑶走后，当场拍头痛下誓言，定要学会生活工作两平衡，引以为戒，不少地方还展开诸如“管理者压力平衡”的讨论和学习，现在过去那么长时间了，有几个能够做到？说归说，一进入工作状态，黄色无止境的欲望便革了他自己的命。如果说蓝色是因为思考过多而忧虑至死，那么黄色就是“过劳死”——欲望过多，干活过多，活活累死的。

黄色对于成功的无限迫切，对周围的人产生了可怕的压力，人们意识到如果不分秒必争，将会沦落为三等公民。避免成为工作狂是黄色一生需要修炼的，因为只有那样别人才愿意和黄色在一起，而不是因为过度紧张而逃避。可惜的是，黄色自己并不在乎是否有人和他们在一起，他们只在乎自己的成就和是否达到自己期望达成的目标。

自我中心 忽略他人

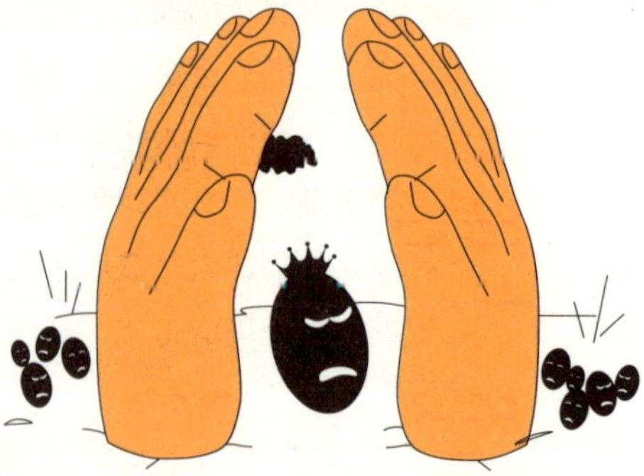

我的哈欠就是全世界的疲倦

朋友们一起出去吃饭点菜，如果和绿色在一起，因为他们永远随便，你大可做主，反正他们是不会有什么意见的。可你要是遇见一个黄色，那可就别指望有点菜权了，不但如此，他们有天真的三大倾向如下：贵就是好，吃饭不重要谈事很重要，我想吃的就是你想吃的。

六年前，刘生请我吃饭，两人坐下后还没等我反应过来，他已经飞速点好了四个菜，片刻，谈侃间尽数消灭。酒兴正酣，继续唤来服务员加菜，我刚想拿来菜单发表些意见，只见刘生看着服务员说了一声："不用看了，就刚才那几个菜一模一样，再来一遍。"

六年后，刘生重回故土，多年从无联系，突然电话我说要请客，我知必有事相谈，以刘生为人，绝对是"无事不登三宝殿"。多年不见，鸟枪换炮，刘生带来公司两个动人秘书作陪，仍旧刘生主掌点菜大权，四十分钟后又要加菜，对六年前一幕仍心有余悸，没想到"涛声依旧"，当"一模一样，再来一遍"的声音响起时，我头脑很冷静，思维很清楚，六年过去，此君黄色不改。

我对这厮从不询问他人意见，对于同样食物的反复咀嚼毫无倦意，无比钦佩。相比之下，那些全部已经点菜完毕再惺惺来问"你觉得这些菜可以吗"的黄色，那些表面上说"今天吃饭到哪儿你来决定"，结果你刚说完，又以"那个地方我去过的，不是很好，再说一个吧"等种种假民主真专权的理由，把你全盘否定的黄色；与刘生"直接下手，问也不问" 的手法相比，实在是小巫见大巫。

既然"我想吃的就是你想吃的"，所以"我要去的地方就应该是你要去的地方"，怎么你想去的和我不是一个地方呢？既然你和我不一样，你照我的去想去做就可以了。以此类推，我累了，你怎么可能不累呢？所以我打哈欠了，全世界都应该开始疲倦了。如果我打哈欠，你不疲倦；或者我提要求，你不满足我，那就肯定是你的问题了。

要让黄色学会为他人考虑，那真是奇迹。他们似乎天生就觉得这个世界是应该围绕他们转的。从这个意义上来讲，黄色的"理所当然"心态，将成为他们人生成长中一个最为麻烦的桎梏和障碍。

什么时候你才可以明白：人是需要情感的动物

Shirley和老公刚移民加拿大第二年就离婚了，据她的说法是无法忍受老公的冷酷无情。她在图书馆打工的某个无人的傍晚，突然遭遇了今生只有在影视中才能看到的镜头。两个以抢银行造型出现的歹徒以刀威逼，将她洗劫一空后跑掉，红色的Shirley蜷缩在墙角，在全身颤抖中给老公拨通了电话，老公在确认她没有受伤后，只回答了句“好的，我下班来接你”。更让Shirley掉入冰窟的是，回家后老公只是跟她简单聊了聊，最后说“既然没事，那你就早点休息吧”，然后就返身去客厅看报纸了。

这位可怜的红色女主人公在遭遇沉重打击的时刻，最需要的是拥抱和抚慰，以此感受到心灵的关怀和依靠。可惜对于黄色来讲，这些都是没有实际价值的。首先看人有没有受伤，有伤去治没伤下次小心；其次是抓住罪犯找回损失。对于黄色性格来讲，解决问题最重要，而他们却并不知道其他性格在此刻需要的并不是解决问题，而只是一句温暖的良言“对不起，你受苦了”、一个柔情的眼神和一记有力的拥抱。黄色，只会把下面的话作为自己的挡箭牌和借口，“这些事我做不来，你也别指望我做，我是很爱你，但如果我将来不发达的话，你可以跟别人……”听了，心寒啊！

宁波一对黄色的民营企业家夫妇，因为生意忙，孩子从小就寄宿到贵族学校，估计和家里保姆的关系也比和爹娘亲。初中毕业后，父母把他送到英国，为他提供最好的教育以及最高档的衣食住行，16岁的孩子每个月不包房租的生活费是4000英镑。孩子在这个老牌的资本主义国家被称为Mr.Zhu以后，学会了与白粉为伍，当然也包养了一个西方的美眉，为我华夏儿女开洋荤“留下了光辉的一笔”，自此开始了终日大碗喝酒、大块吃肉、大床泡妞的生活。每次打电话给老爹老娘，除了要钱，再也没有任何其他的问候和多余的话。19岁不到，因为参与“3K”党的活动锒铛入狱。到如今，孩子内心深处充满了对父母的仇恨，认为今天的结局全都是拜父母所赐。

黄色内心强烈以为金钱可以买到一切的心态和认知，让这对夫妻得到了人生最大的报应。对于孩子来讲，金钱不能够代表亲情，物质不等于关爱。黄色倾向于用最直接的方式，给予最赤裸的爱，比如你生日的时候，宁可直接给你现金，然后以大佬的口气告诉你，“我很忙就不给你买东西了，这点钱拿去，你想要什么就自己去买”。

这种以物化的形式来代替所有的情感的方式，对于他们的生命平衡和了解生活的真谛，将是巨大的挑战。生活本身最后将对他不顾一切地忽略他人感受的行径，给予最为强劲有力的还击和报复。等到那一天来临的时候，一切已经晚了！

某国有银行高级管理人员常驻其纽约分行工作多年，因夫妻两地分居，孩子无人照顾，故宁愿放弃高薪也希望领导开恩将其调回国内工作。遗憾的是，该行行长黄色甚重，拒绝其回国要求，但承诺给其加薪升级，继续要求其在纽约工作。结果当事人因实在无法忍受这种重用方式，没过多久便离职投奔到国内竞争对手的门下。

对于黄色来讲，因为内心对于目标的执著和追求，当他们去选择自己的人生道路时，黄色比其他性格更容易抛弃情感的负累，而在自己事业的筹码上多加一注。更多的薪水、更高的职位、更广的管理领域和成长空间，这在一定意义上代表了生命的全部，虽然有很多黄色看到这里内心会有反弹，然而遗憾的是，对于成就欲望极强的黄色性格来说，我描述的的确是事实。在这样的思维下，黄色想当然地又认为，“我的哈欠就是你的疲倦”，其他人的需求和自己的需求应该是一样的，黄色的思维逻辑便是：因为我对你表示重视，所以给你升官晋爵，然而却不知，人家需要的其实只是“老婆孩子热炕头”，这已经足够幸福了。不同的人性格不同，需求完全不同！

以上三者，无论是黄色老公、黄色父母还是黄色领导，都有共同的问题。黄色经常表现出自信、野心勃勃、行动敏捷。他们卖力工作来追求自我的目标，但可能在不自觉的情况下，专注于自己的目标而把别人踩在脚底下。他们的生命，包括休闲时间，似乎是由一系列有待完成的工作或目标组成，因为得到实质成就对他们而言很重要。他们都是那样关注事实本身，而对于他人情感的需要和考虑一概忽略！这也就是人们会用“冷酷无情”来形容某些黄色性格的原因。

> 黄色的“冷酷无情”来源于他们是那样专注于目标和关注事实本身，而对于自己和他人情感的需要一概忽略。

这里面的核心原因正是：黄色的“实用主义”和直线思维。比如，黄色认为“谈感受”是没有什么意义的，又不能当饭吃，也不能解决什么问题，他听人家“谈感受”，就像一个“有急事要打电话”的人，听公用电话亭里那个不停地说“你猜我是谁”的女孩的谈话时一样心烦。黄色的问题在于，他们以“最狭义的实用观点”来评判“谈感受”。如果他有机会旁听五六岁小孩子的“谈天”，我相信他会更心烦。黄色，如果你想节约时间，那何必花时间吃饭？以后你直接天天灌葡萄糖好了，可能营养会更均衡，也更节约时间。

如果以“黄色的实用观点”来看文学，那么，所有的文学作品都应该被列入“最没价值的语言”。在黄色“实用主义”的思维下，会认为把《琵琶行》缩减成“白居易听个小姐弹琵琶”，或者把《长恨歌》精简为“皇帝老儿跟杨玉环不错”，这并没有什么损失。那些“大珠小珠落玉盘”、“在天愿作比翼鸟，在地愿为连理枝”的优美语句都是废话，因为它们远离事实，未切要害，浪费时间。

黄色对于“效率”的关注，使他们习惯于一切追求简单高效，对于所有他们认为会影响效率的事情本能地厌烦。黄色对于“事实”的关注，也让他们忽略了其他性格在精神上的需求，殊不知，对于其他性格，他们是非常需要“情感”的，而这一切在黄色看来是那么地不值一提。

严重黄色的版本，可能发展到三情皆无（没有亲情、不相信爱情、不需要友情），这绝非耸人听闻。只有成功只有自我，那不仅仅是内心孤独的问题，若是以整个人生的长河来看，可怜、可悲、可叹！

黄色往往会以他们的孤傲和过度理性，把自己孤立在一个神奇的感性世界之外。他们经常错失真正的友谊，因为他们无法与比他们好的或比他们差的人建立亲密关系，因为亲密必须建立在平等的感觉上。相对于隐藏在黄色的内心来说，骄傲或者说故意高傲，是一种浅薄肤浅的防卫，除非他们能够抛弃这种外强中干的防卫，让自己去体验亲密和脆弱，否则他们可能成为自己给自己带上枷锁的罪犯。

黄色的本性局限

作为个体

- 自己永远是对的，死不认错。
- 趾高气扬。
- 只关注自己的感受，不体贴别人的心情和想法。
- 以自我为中心，有自私倾向。
- 霸道。
- 脾气暴躁，容易发怒。
- 缺少同情心。
- 傲慢自大，目中无人。
- 经常紧绷自己的情绪。
- 在情绪不佳或有压力的时候，经常会不可理喻与独断专行。
- 不喜欢受群体规范约束，打破既定规则且自己不遵守规则。

沟通特点

- 喜欢争辩和冲突。
- 铁石心肠，对情绪表现冷淡。
- 粗线条，简单粗暴。
- 毫无敏感，无力洞察他人内心和理解他人所想。
- 严酷且自以为是的审判者。
- 缺乏亲密分享的能力。
- 缺乏耐心，是非常糟糕的倾听者。
- 态度尖锐严厉，批判性强。
- 缺乏耐性，抗拒批评。
- 容易让他人的工作或生活步调紧张。
- 不习惯赞美别人。
- 说话有时咄咄逼人。
- 控制欲强。
- 不太能体谅他人，对行事模式不同的人缺少包容度。

作为朋友

- 大多时候仅保持理性的友谊。
- 讨厌与犹豫不决、能力弱的人互动。
- 试图控制和影响大家的活动，希望他人服从自己而非配合别人。
- 除了工作内容，很少交谈其他话题。
- 情感上习惯与人保持一定的距离。
- 很少对人流露出直接诚挚的关怀。
- 需要你的时候才找你。
- 为别人做主。

对待工作和事业

- 生活在无尽的工作当中而不是人群中。
- 数量远比质量重要。
- 目标没有完成时，容易发怒且迁怒于人。
- 寻求更多的权力，有极强的控制欲。
- 拒绝为自己和他人放松。
- 完成工作第一，人的事情第二。
- 为了自己的面子，不妥协且绝不认错。
- 对于竞争结果过分关注而忽略过程中的乐趣。
- 武断，刚愎自用且一意孤行。
- 很难慢下来，缺少生命乐趣的工作狂。
- 未明察就急于改变，急于求成。

第十章
绿色过当

FPA性格色彩入门——跟乐嘉色眼识人

懦弱无刚
胆小怕事

黄色男性讨绿色女性做老婆的原因

为数不少的黄男讨绿女做老婆的原因，大抵也就那么几个：

其一，依人。让再瘦小的男人也体会到自己有了宽阔的肩膀，充分体验到保护妇女的强壮感觉。

其二，平稳。从此家庭内部有了安定团结的局面，不会给自己添乱，也不用担心红杏出墙。

其三，简单。对自己在外面的花天酒地采取不闻、不问、不管的三不政策。

其四，宽容。就算自己下三路的功夫不行，也不会对你说“怎么这么快又完了”之类的抱怨，取而代之的是 “辛苦你了，赶紧睡吧”，让你有充分的自信可以对着自己说“我是个男人”。

这四点是让世间多数男人内心荡漾的，然而，相比之下，绿色男性对于绿色女性的向往度远远不如黄色男性那么强烈。恰恰有趣的规律是，当一个不健康的黄色面对软弱的绿色时，通常有变本加厉的倾向，而绿色的不反抗更加刺激了黄色的进攻倾向，于是才有了下面这个故事。

我的超绿姐姐，小时候只要我一哭，她永远都会把自己的那份零食给我吃。长大后她嫁了个超黄老公，姐姐那么老实，他还老担心别的男人招惹她，说他一个人能养家，让姐姐辞了工作，待在家里照顾老公和孩子。这也就罢了，他居然不把生活费交给姐姐，说姐姐想买什么他来买，他也的确会帮我姐买东西，可是并不问她喜不喜欢，只要他觉得好就行。我真为姐姐感到窝囊，她的一生都没有自我，谨小慎微，行动迟缓，满脸都是茫然和无助。

这个妹妹对于她绿色姐姐的所作所为无能为力，苦于不能参与人家的家事，又对懦弱的姐姐被蹂躏得已经没有尊严和人格，却仍旧犹如行尸走肉般地生活感到痛心疾首。除了“哀其不幸，怒其不争”外，只能苦笑。女性这样，社会最多赋予其“软弱良家”的称号，若是男人如此，诸如“窝囊”这样带有严重鄙视色彩的文字大帽就扣下来了。

巴金先生说，《家》中的大哥觉新就是他自己大哥的化身，那他为什么要把他“爱得最深的人”写成这样呢？巴老对大哥的“作揖主义”和“无抵抗主义”是绝对不认同的，如果巴老写《家》时，有性格色彩密码出世，巴老当知，这从头到脚就是一个绿色的典型形象。看觉新这个人物，虽然为他的忠厚、谦和、懦弱、隐忍、痛苦和忍辱负重表示同情、欷歔，却总有一种窝窝囊囊的不爽的感觉，说白了，就是“可怜不可爱”吧。觉新就是被他所信奉的那种绿色的消极苟且，“人欲批其左颊，吾更以右颊承之；人欲索其外衣，吾更以内衣与之”的主义葬送了。

想起我童年的拜把子兄弟麦冬，性格就像那个小猪麦兜，他兄弟六个，少时他人闯祸，黄色老爸却以为是他，打得他皮开肉绽也从不见他申辩和反抗。这种特质，还有人后来赞誉他为“小猪大道，幸福无边”，毕竟那屁股只是开他一个人，并不牵涉他人。而觉新先生一味地委曲求全，逆来顺受，憧憬着给他人带来幸福，然而他头已经低到膝盖了，还继续跪下来去舔脚面。也正是他的懦弱窝囊，直接导致了两个深爱他的女人过早地走进了坟墓。即使他清醒地认识到诸多不合理，也依然按照原先的生活方式惯性前行，没有勇气去尝试打破它。

这种绿色行为产生的动机正是在于：一方面要讨好他的长辈，另一方面又要照顾他的弟妹们，他不希望产生什么巨大的裂变，在能混则混、能忍则忍中，竭力维护着表面的和谐稳定，即便不断遭受其他人的批评，照旧也是人前微笑着吞咽痛苦。

黄色女性嫁绿色男性做老婆的理由

再来看看黄女嫁绿男做老婆的理由，也无外乎逃脱不了以下的套路：

其一，听话。什么事都依着自己，一个喜欢施虐一个喜欢受虐。须知，野蛮女友大行其道风靡一时，是要靠本色驯良的车太贤来全力配合的。

其二，平稳。对于想法比较多的人来讲，找到绿色老公，相当于买了份保险和长期饭票，当然吃的是鲍鱼熊掌还是白菜豆腐，取决于老公的赚钱能力而非性格。

其三，简单。没什么想法，相处容易，不用每天揣测他心里在想什么，也没什么要求，只要吃饱穿暖就可以了，从这个意义上来讲，和黄色一样简单。

其四，宽容。不会指责自己，如果自己做得过火了，也会充分理解，比方说打着事业和学习的招牌，连续一年每个双休都在外出差，不照顾孩子，绿色老公就可以同时扮演起爹妈的双重角色，必要时还可以随时前来客串“慰安夫”。

与黄男配绿女的四点原因相比，后面三点——平稳、简单、宽容都是相同的，唯一不同的是，男人如果“温柔依人”，说出去有娘娘腔之嫌。因此，女性就用了“听话”这个代名词来呐喊自己心中对绿色男人的最爱，她们享受在绿色男性面前肆意扮演野蛮女友的感觉。她们可以声色俱厉地开导绿色男人：“天为什么蓝？是我要它蓝；火为什么烫？是我要它烫；一年为什么分四季？是我要它分四季；你为什么出生？是我要你出生。”她们可以采用各种让你先穿上高跟鞋然后抽脸等SM的手法来摧残绿色。有受虐倾向本身没有问题，多少英雄好汉为了追求到自己神往的女子，也会高唱“在那遥远的地方有位好姑娘……我愿做一只小羊，跟在她身旁，我愿每天她拿着皮鞭，不断轻轻打在我身上”。看来喜欢被女人皮鞭抽的并不在少数，问题在于，如果绿色性格过分软弱，他们从一开始就注定了“从奴隶到奴隶”的人生道路，那才是真正的可悲。

杨伟，比觉新还觉新的一个绿色男生，学习委员；同班同学小莉，比凤姐还凤姐的一个黄色女生，成绩一般。杨伟对小莉的崇拜和喜欢，绝不能简单地用有如滔滔江水来描述，虽然小莉同学在校外有个固定男友，在校内又有若干流动的绯闻男友。但杨伟从开始的第一天，就似乎已经决定，要以比孟姜女还孟姜女的精神日复一日地为小莉做一切事情，以传达内心不敢表达的爱，期望终有一天能够感天动地融化小莉的铁石心肠。做一天好事当然不难，可是毛主席说过，难的是做一辈子的好事。这种愿意为小莉去死的心态，被精明的黄色女孩早已尽收眼底。从此以后，杨伟就永远成了这位小莉招之即来挥之即去、恣意使用的工具。

众所周知，杨伟同学是小莉同学除了“上1号”以外永远的跟班，每天的具体服务项目主要包括：到寝室里提热水瓶，食堂排队买饭，当英语辅导员；时不时地还需要做小莉的按摩员，而手部移动曲线，也仅局限在臀部分水岭以上，从来没有非分之想。而小莉同学上课时，有时却会戏谑性地置纤纤玉手于杨伟同学的关键部位，轻轻搔动两下，挑逗性地调侃道：“有反应吗？”总之，以小莉对杨伟指手画脚的程度，恐怕杨伟的娘如果看到，基本上就要进康宁医院了。

杨伟从来不敢提出任何关于他们两人关系的问题，更不敢触碰有关小莉周围那些男人的问题，而最让外人看不下去的是，小莉可以让杨伟去安排她与其他男伴的约会，而杨伟却依旧是那样兢兢业业。每当小莉出现临时的男伴，他就伤心得自动消失；而等到临时男伴走了，他又复活了。事实上，他非常想知道："小莉，你究竟有几个好哥哥？"那，也只不过是想想而已。

在苦等三年毫无任何进展之下，大学毕业后，杨伟处了另外一个喜欢他的女孩并开始恋爱。小莉知道此事后对他说："杨伟，你连三十都不到，如果现在就谈恋爱的话，我告诉你，我瞧不起你。"好一个"只许州官放火，不许百姓点灯"，小妇人之心，路人皆知。可结局是什么呢？杨伟乖乖地和人家分手，继续重复着过去的模式。

当年，有无数同学将杨伟的狗屎脑袋臭骂一顿。在杨伟一脸微笑不停点头毫不做声之后没多久，所有那些话全部被小莉掌握在手中，从此以后任凭杨伟被折磨成阳痿，也没人再去蹚这浑水了。

所谓"马善被人骑，人善被人欺"，不健康的黄色当然会"柿子挑软的捏"，这世道恶人并不鲜见，而窝囊的绿色连自救都不知，落此下场也怨不得旁人。想起那个《渔夫和金鱼》的故事。首先，我们看到在这样的黄女绿男的关系中，男人是懦弱的、顺从的、辛劳的，甚至是百依百顺的，女人则是专横的、霸道的、贪心的、颐指气使的。这种夫妻关系绝非罕见。其形成的最粗浅原因是，当一个懦弱的绿色男人和个黄色的强悍女人结合后，往往女人自然地成为统治者。接着，我们看到，这种搭配造成的直接结果是，面对外部世界，男人是懦弱的、不敢索取的，女人则常常成为向外界索取的推动者。懦弱与窝囊的表现并不仅仅局限在两性关系上，在任何一个时代、任何一种角色中都是有的。

压抑的绿色是所有人当中活得最累的，因为他们心里是怎么样的想法，永远不表达出来，而面对别人的时候却总展现最美好的一面，只有在安静的时候，才会去想怎样能让自己开心点。无论自己有多痛苦，他们表面永远是平静谦和的，而只要看到别人快乐，就算受点委屈也没有关系。有时我会用"虚伪"二字来批判绿色，倒并非他们不真诚，只是实在与那大块吃肉、大碗喝酒的性情中人无缘，他们为了制造一个所谓的"理想国"而甘愿委屈自己，有时付出的代价就太大了。

如果说蓝色的累是把事情复杂化和较真思考的累，那么，绿色的累绝对是为了迎合他人的人际关系上的累。

纵容放任
姑息养奸

我总是心太软，心太软

在诸多金庸小说中的江南女子里，如果海选出“最妇人之仁”的一位，包惜弱自是当仁不让。作为绿色典型代表人物，我们来加以剖析。单凭名字的含义“只要是弱者，都在怜惜范围之内”，就与寓言《农夫与蛇》中农夫的命运完全地交叉了。

《射雕英雄传》开头，因丘处机杀了奸臣被追杀至家门口，丘遂将追踪者尽数杀死，杨铁心将敌人全部埋入江边土中。稍有头脑的人都会知道，这件事一旦暴露，将带来灭顶之灾，郭杨两家包括杨妻郭妻腹中胎儿在内，无人可以逃脱。哪知，贼人中竟有一人未被杀死，藏入杨家松林中，被包惜弱发现后，她都做了些什么呢？她竟费劲力气，将这人拉入柴房，替他护理，似乎她根本不知道，这样做意味着什么。次日，那人独自逃离，这小包想的是：“若把昨晚之事告知丈夫，他疾恶如仇，定会赶去将那人刺死，岂不是救人没救彻底？”真是最起码的智商都没有，说得好听一点，就是过于妇人之仁。结果，她这一妇人之仁，郭啸天惨死，李萍流落异乡，杨铁心四处流浪，全是拜她所赐。

仁爱与善良，是人类最起码的道德，但仁爱与善良，要看清楚对象，否则会费力不讨好。相比之下，《飘》中的斯佳丽在同等情境下的反应更值得尊重。一个北方逃兵逃到庄园，这个逃兵虽然不一定会立即动手杀害庄园里的人们，但庄园本来就为数不多的可以果腹的食物必会被他全部取走。在这时候，他可以说是直接威胁到了庄园所有人的生存。黄色性格的斯小姐当时先下手为强，果断地开枪崩了他，并且跟媚兰一起毁尸灭迹。两个弱女子，为保护自己的亲人不惜动手杀人的勇猛和胆识，让我们对黄色性格肃然起敬。

想起《农夫与蛇》中的农夫，及《东郭先生与狼》中的东郭，因为所谓不分对象的仁慈，落得最后悲惨的下场，历史总是惊人地相似。马基雅维利在名著《君主论》中，曾经举出了他认为领导力中正反的两个例子。

正面例子是迦太基人的统帅汉尼拔。汉尼拔是非常明显的黄色性格的领导者，他有一支来自不同种族和民族的庞大的军队。他领导他们南征北战，但军队中从未发生过争吵，无论是在他走运还是处于逆境的时候，士兵与领导之间都没有纠纷；而这只能归功于他的极端残忍。他的无限勇气与残忍使得他的士兵们都认为他是一个令人崇敬而可怕的人，如果他没有严厉的品质，恐怕不能够产生这种效果。

反面例子是古罗马将军西皮奥，因为绿色的西皮奥过于仁慈，允许他的士兵们享有特权而不遵守军纪，导致了他的军队在西班牙发动起义。这一事件受到了古罗马议院的责备，他们称西皮奥是古罗马士兵的腐化者。

因为过于仁慈反而备受责备？因为极端残忍反而令人崇敬？不知道绿色性格看了以上一段论述后，会有何感受？ 阿健是2004年我的一位个人成长的咨询客户，在上市公司中谋有一职，带领有37个人的销售队伍。

“我这个人心软，如果员工业绩不好或触犯了什么规章制度，又不忍心骂或处罚他们，又怕罚了他们会有什么后果，总想多给他们一个机会，但他们总是让我失望。有一个仗着业绩还可以，也不听我的话，我行我素，更是不得了！”他实在很难想象为什么自己的仁慈居然在下属的眼中，变成了好欺负。

半年后，阿健再次与我相见时诉说，他现在的上司是一个比他更加绿色的超绿，和他合作自己很着急，他是这样描述的：“我不管给他提什么建议，他总是说‘知道了，知道了’，却从没有任何行动，我很郁闷，感觉跟着他没希望。这也让我找到了一面镜子，完全体会到了当初不理解的那种跟着绿色当下属的感受。”

的确，“以铜为镜，可正衣冠；以史为鉴，可知兴衰”。当初他自己做老板时没法体会给绿色做下属的感觉，现在轮到他了，立马就体会到那种原来自以为温柔、人性、仁政、宽容背后的弊端。

Alex，销售高手，原来备受黄色老板暴政折磨，现在老板换成绿色，一个月后见他，毫无解放翻身的感觉。他非常沮丧地说：“我不知道新上司会把我们带到哪儿去！虽然在上个老板的黄色管理之下，暴政的确恐怖，但至少黄色老板的严格要求和强力推动，让我们成长很快；现在完全没有了方向感，而且现在公司里我们部门的地位也远不如其他部门，不像原来很有威风的感觉。”

一对绿色父母十分宠爱儿子，儿子想怎样就让他怎样，儿子犯了天大的错误，也会笑着问：“知道错了吗？是错在哪儿了呀？以后可不能这样啊！”凡是任何人与儿子发生不愉快的事情，绿色父母也从不分析，一律说儿子是对的。在这种肆意骄纵的呵护下，儿子越发无法无天，最终身陷囹圄，锒铛入狱。

类似这样的场景在小说与现实中我们已经屡见不鲜了，最可悲的是，最后走向末路的儿子却将愤怒的手指戳向自己父母的鼻梁：“就是你们当初的纵容和不闻不问，才使我沦落至此，你们要承担全部的责任！”绿色，可悲！可叹！可怜啊！

该出手时不出手

小文告诉了我关于她自己非常痛苦的经历。这个女孩从小生活在黄色父亲和蓝色母亲的家庭中，非常乖顺地沿着父母早已设计好的道路成长，时间长了，原本绿色的依赖和缺乏主见的特点就更加强烈。大学毕业后，凭借母亲的独到眼光，选择了一份非常不错的工作。工作不久又遇到了黄色的追求者，任何事情小文都可以从他身上找到满意的答案，充满依赖性的姑娘深感这位黄色是最能依靠的，没多久便和他结婚了。

黄色老公是一家建筑公司的项目经理，非常繁忙。在她怀孕时去了外地工作，久而久之有了外遇。老公走时，小文思念到甚至晚上都睡不着觉。为了不打扰老公，小文会把所有的话都写下来以宣泄自己的情感，从怀孕开始一直到宝宝半岁后的十六个月内，居然一次性生活都没有。知道外遇事件后，因为姑娘已经对老公精神上充满了依赖，害怕面对，也不知道怎样去面对，更不敢与老公发生正面冲突。小文选择了眼不见为净的逃避政策。小文的举动非但没有让自己脱离阴影，反而使黄色老公更加变本加厉。到孩子两岁八个月，老公在外地将近四年时间，其间只回过三次家，而且每次都没超过三天。终于有一天，那女人找上门来要求小文与她丈夫离婚。

小文说：“其实发生今天这种事情，不完全是他的责任，如果当初我积极采取行动，这段感情还是有希望挽救的，而我表面还装做什么事儿都没发生一样，就算是我心态再好能够想通想开，但内心也是痛苦至极的。”绿色小文一味的宽容最终纵容了她丈夫在外的为所欲为，酿成了自己的人生苦果。宽容是绿色的优势，而纵容却成了宽容这面镜子后的阴影。绿色也许在付出沉重的代价后，才能学会不要太在意别人的反应，而敢于表达自己的立场和原则。

绿色对骑在头上的红杏出墙，若是视而不见，那恐怕就要给他送上一副对联伺候了：上联“只要日子过得去”，下联“哪怕头上有点绿”，横批“忍者神龟”。这就像被太监强奸，反抗是痛苦，不反抗还是痛苦；但至少反抗是短痛，不像不反抗是长痛。可惜绿色宁可在长痛中苟活，也不肯在短痛中奋起。

不思进取 拒绝改变

不会哭的孩子没奶吃

居500强的一外的企北京公司，有两个非常出色的经理。绿色的陈先生是个技术经理，和同事平稳相处，技术能力非常出众，尊重上级，爱护下属，人缘极好，老板也非常赏识，在该公司有很长的服务年限。红+黄的游先生是最近两年才来到这个公司担任行政经理的，爱表现，公关说服能力一流。

有一天总公司宣布，负责技术的副总裁James在三个月后调回总部，此前要物色一位接班人。根据资历和能力，陈先生最有希望，他自己和周围的同事也这样认为。陈先生就这样在十拿九稳中默默地等待；而另一位游先生，却频频在邮件当中以各种方式，向James表达了对这个职位的强烈想法，并向James展示了他的计划。最后三个月结束的时候，James选择了游先生，而不是陈先生。公司上下一片哗然，又过了半年，陈先生带了一批骨干跳槽，给公司带来很大影响。

事后有人问James当时为何选择游先生，他说游先生表达了对这个职位的浓厚兴趣，而他欣赏的陈先生没有一次表达过自己的想法。如果他对职位没有兴趣，那又如何有信心做好这个工作呢？

绿色被动的心态很容易导致他们本身在事业上的不作为。几年前，坊间流行一本名为《谁动了我的奶酪》的书，书中通过几个小老鼠的故事影射了变革的重要性，当时传说哪家公司把书发给你之时，就是你准备离开公司之时。在“酒香也怕巷子深”的这年头，主动出击也不一定能够有温饱，哪还轮得上你“守株待兔”的份啊。

某银行的总务部门要求各部门派一名同事参加恳谈会，讨论各部门希望在次年解决的物资配置问题。黄色经理的一个绿色副手参加了这次会议，绿色副经理带了秘书整理的满满两页的问题清单到会议上。两天后，方案出台，此部门几乎没有任何问题得到解决。黄色经理一看，气愤至极，要求绿色副手解释。结果绿色说：“会议上，其他部门已经将我的意见涵盖进去了，我说：‘我的部门也有此需求，请你们予以考虑。’我想总务部门总该一视同仁予以解决，也就没有明说，也没将那份书面材料递上去。”

“会哭的孩子有奶吃”，而绿色则是所有的孩子当中最不会哭的，与蓝色不同的是，绿色总是期待天上会掉下馅饼，如果你问他，假设天上的馅饼掉不下来你怎么办，他会很真诚地努力睁大眼睛无邪地看着你说：“没有就没有呗，也不是什么大不了的事。”的确，对于绿色这样可以置身于事外的高人来说，他们的心态好到“反正可有可无，不必这么在意”只是对于其他性格来讲，心中那种气憋得快要炸开了。尤其对于黄色来讲，直截了当地表达自己的观点天经地义，你不去争，在这个世界上就会被弱肉强食，由此可知黄色对于绿色的不进取有多么失望。

因为绿色的不积极主动，问题仍旧会一直存放在那里而丝毫不得解决。他们似乎已经习惯于事情会自动解决，这种守株待兔的心态让他们成为四种性格中最为被动的颜色。

我爱，可我真的不敢上

以进攻的积极主动而言，红色和黄色两种外向性格，一向来势凶猛。有句歌词说“爱你在心口难开”，情感方面，蓝色和绿色都倾向于被动守望，而绿色尤甚。绿色对喜欢的淑女总是期待不必主动表白，对方就能明白，抑或耐心地等待对方的暗示才采取行动。与绿色恋爱往往犹如在期待中徘徊的独角戏，一直是让人有点窒息的平静。当你悲伤时，他也很忧心和无助，但无法主动做些什么；当你欣喜若狂时，他也只有适度而温和的欢喜。

总结起来，蓝色的不开口大多是因为多虑和自尊，而且这里面可以包含好几层痛苦：

1.蓝色期待彼此心有灵犀一点通，觉得如果是落花有意而流水无情，说明自己会错了意，蓝色会痛恨自己的自作多情。

2.蓝色非常怕被拒绝，遭明确拒绝是很没面子的事情。而绿色本质上还是懒，如果不是很肯定对方的感受，会觉得要花太多的心思和精力太麻烦，也怕表白以后对方不接受，他们不喜欢那种被拒绝的碰撞和难受。而绿色的女人比绿色的男人更难说出口。

有那么多的雄性对于绿色女性的温柔充满了无限的保护之情、恻隐之心，如果黄色与绿色女性同时横在面前，除了绿色男性外，恐怕绝大多数人更欣赏温柔娇小状的绿色，这样可以显示一下男性的强大，在一个同样强势的女性面前，男人是享受不到这种保护者的快感的。可当绿色要追求自己的心中所爱时，他们原来的优势全都灰飞烟灭。童话《七个小矮人与白雪公主》和《灰姑娘》的主人公都是绿色，诚然最终得到了相当的幸福，可毕竟生活不是童话，有喜就有悲，绿色的悲剧在于：当他们得不到他们想要的东西时，因为天性中的逆来顺受和认命的丫鬟心态，使大多数绿色连争取都不愿争取，他们期待的是自己的所作所为可以静静地感动对方，待到一切花落去，再找个理由安慰自己，他们一生中得到太多自己原本无意追求的东西，而真正想要的却是越来越远。

绿色男性在恋爱中呈现出来的感觉，从以下一位天性谦和、宅心仁厚的绿色男人与他红颜知己的聊天记录中，你可以感受得到。

绿色：我们分开了。

好友：恭喜，可以重新开始。

绿色：谢谢，我怎么很平静，没有什么太多的感觉？

好友：因为其实是好事，而且说明你已经不爱她了。终点又回到起点，有合适的马上介绍给你，你现在喜欢什么类型的？

绿色：我喜欢脾气和你一样的，长相看着舒服就可以了，不要太厉害的，有没有呀？

好友：要想想，是不是后悔当初没追我呀？

绿色：哈哈，我真的特别喜欢你的为人，但不知道是不是爱情，挺怪的，我就觉得我们做朋友好，我做老公会有很多缺点，你肯定要后悔死的。

好友：这样好，我们一直都可以做很好的朋友。

绿色：那你也没有暗示要我追你呀?

好友：我没暗示任何人要追我啊，没暗示都已经忙不过来了。

绿色：所以你帮我找个老婆，大方点的，那我们以后还可以经常一起玩。

好友：有数了，一定尽心。

这位绿色兄弟在结婚四年后终于离了，从他的口气中，你可以感受到无限的解脱和轻松。搞笑的是，其实他有离婚的念头由来已久，老朋友聚会时总抱怨一大堆，可从来都没有行动，这次是他黄色的老婆主动提出的，他不但不难过而且连忙答应，终于可以省掉让他主动提出这样头大的事的麻烦了。我对绿色能够一直忍受他并不幸福的婚姻并且若无其事，表示由衷地叹服啊。另外一个有趣的发现是，这个故事当中的好友是位蓝色女性，以她的敏感，不可能感觉不到他人的喜欢，她居然和我说“从来没有感觉到丝毫，一直把他当成同性的朋友”。

绿色的悲剧在于他们连争取都不愿意争取，他们期待的是自己的所作所为可以静静地感动对方，待到一切花落去，再找个理由安慰自己，他们一生中得到太多自己无意追求的东西，而真正想要的却是越来越远。

自信匮乏 没有主见

算了吧，我还是觉得我不行

先前，觉得在行动中，蓝色的患得患失、前怕狼后怕虎的心理，让人心里堵得慌；等到绿色出现，发现他们那种缺乏自信，比蓝色更让人抓狂。再来看看一个绿色同事翻来覆去的故事。当然，如果你是绿色，可能你根本就笑不出来。

那年国庆，我们公司境外旅游，我的那位绿色老兄，临行前一个月就开始和我唠叨他10月3日生日的问题。因为那天我们在马来的一个海岛上，我立即建议他在海外过生日。绿色老兄犹豫地问我有没有必要弄那么复杂，而且大家都在海外，也不方便，再有就是……我一听就火大：“给你过生日是大家高兴，一起热闹，你胡思乱想什么？！”这老兄于是支吾半天，回复说再考虑考虑。

到了马来，10月1日，老兄深夜12点多约我出去聊聊，结果还是老问题，这位可爱但令人烦心的总监，在闲扯到快2点时，忽然又问我是否需要过生日。他找出一堆需要的理由：比如感谢其他的同事啦，可能很多同事都知道他过生日不办不合适啦；但同时他又找出一堆不办的理由：大家会不会认为他多事啊，耽误大家当天的安排会遭骂啊，还要花很多钱啊，大家英文不好咋办啊？

你应该可以想象我当时的愤怒。在一通大骂之后，给他提出命令式的决定和方向：办，一定要办，而且要大办。我是如此解释的：

因为大家英文都一般，因此晚上不大可能到处乱走，因此在酒吧包桌，请大家喝第一轮饮料，给大家点几首感谢的歌曲不会花很多钱，这样既娱乐放松，也挑起了气氛。

大家是自助旅游，没什么团队意识，但如此把大家召集在一起，显得是个大家庭，也是老板愿意看到的，而这种氛围是我们营造出来的，自然也可以显示我们的团队概念。

领导在如此气氛的感召下，自然也会对我们表示出好感，再说些感谢的话就会让领导很受用，如此也拉近了“干群”关系。

团队里你的职位也不低，自然是要感谢大家的支持，而国外费用高，花钱请客自然会赢得大家的好感。

在我的一再鼓动下，这个小子终于在“我想想，我想想”的思考后，同意了我的想法。最后，我们还共同认为他需要在聚会上发表感人至深的演讲。等我回到房间都可以看日出了。第二天下午，这个老兄居然还在问我：“大家都会来吗？虽然我们是好心，但大家会理解吗？”这回的痛骂自然更是毫不留情。

好不容易到了10月3日的晚上，这个家伙不先去酒吧看包桌的情况，而是跑到我的房间来问我是不是该走了。在路上我还不断给他打气，同时也大致跟他说了如何演讲。他在哼叽半天之后又问我：“讲不好怎么办？要不就别说了？”气得我半天没理他。

到了酒吧，公司的同事大多已经坐在那里了，等大家坐定之后，这个老兄笑呵呵地看了半天，说："我请大家喝第一轮饮料。"然后就招呼酒保去了。最终还是我们老板按捺不住，让他说说为何请客。这家伙讪笑着说："那个，嗯，大家都挺累的，我正好也过生日，就请大家喝酒。"这和白痴有什么区别啊？！我实在看不下去了，在同事们一阵起哄之后，我开始让他讲两句，看得出老板也是很高兴的，也一个劲儿鼓励他讲讲。这位老兄看了我半天，终于站起来："我觉得，这样挺好的，大家在一起都很高兴，感谢大家来给我过生日。"然后居然又坐下了。

在聚会后回房间的路上，我对他的表现彻底失望，这老兄终于说出了他的顾虑："这个，别人会不会说我做作啊，这个，我看好多人也不太在意我讲什么，那个，我也确实不知道怎么讲。嗯，有人听吗？……" 我又对他说："只要你是真心感谢大家，大家会接受的；那种时候，谁取笑你谁就会遭到大家的排斥；老板在这个时候也是需要你去增加团队凝聚力的，因此你只要真心感谢大家就好了；不要怕任何事情，因为做得正没私心，我们就是真心地感谢。"

这位老兄还是那么一副德行："噢，是啊，对，我就是没你想得那么好，也没你那么好的口才，没错没错，我有点胆小了，呵呵，是呀，应该这么做，是是，我们的确是真心的……"

从以上故事的遣词造句中，我们可以触摸到当事人那种"恨铁不成钢"的情怀，故此对于绿色这种反复征询的心态感到烦躁。在整个事件中，这个绿色"既想做贞节，不想立牌坊"怕被人骂成傻瓜；"既想立牌坊，不想做贞节"担心给人说成做梦；"既不想做贞节，也不想立牌坊"别人会不会以为自己抠门；"既想做贞节，又想立牌坊"那万一说我故意炫耀怎么办？所以，在内心的虚弱之下，他们也希望能够找到自己的主心骨，随时给予自己更多信心。

● "还可以"主义与"无所谓"精神

你是否发现绿色有三大口头禅，那就是："随便"、"还可以"和"无所谓"。

"随便"是告诉你：我不决定，你决定好了；
"还可以"是暗示：我不想直接否决让你下不了台，你不用问我的；
"无所谓"是表明：只要你高兴，我快不快乐，死活都一样。

两个同事的对话如下，一人问绿色说："你觉得我们的卫生情况如何？"绿色说："还可以，还可以。"那就说："你没觉得最近分行有些脏乱吗？"绿色说："是吗？"那人又说："我觉得我们该做点什么改进一下。"绿色回应："有道理，那就改一下吧。"

回忆学生时代，"跟屁虫"和"点头虫"的绰号大多是用在这样绿色的身上。你决定好了以后，他跟在身后就行了。如果你去征询他的意见，他除了鼓励你"自己的路自己走"以外，你也甭指望能从他那儿得到什么实质性的建议。不要说想你的事了，就是自己的事，他的脑子也不愿去想。为何？懒！为何懒？因为现在的一切就很好，根本没有必要去改变，改变是件非常辛苦和麻烦的事情。归根结底，又回到绿色的动机"稳定不变化"上，这就是动机影响行为的原因。看看四个版本的绿色身旁的人如何评价绿色的这个特点。

点菜没主见：晚上在饭店吃饭碰上绿色好友，我们已经吃得差不多了，她和朋友刚进来。这家店是我和她平时中午常去的一家，最近两个月就去过不少于五次。两人就坐在我们旁边，她朋友让她推荐，她在那里犹豫了半天，支支吾吾没方向，然后不停地朝我这边张望，我马上识趣地把我们吃完的没吃完的都说了一遍，顺便告诉她哪个比较好。她听得眉开眼笑，没动脑子地照抄了一桌。

买房没主见：的确如此，我回想起弟弟买房的时候，一个绿色的中介带着他看了十几套房子，可我弟弟每次都是兴冲冲地出门，神色黯然地归来，因为那个中介始终没明确地推荐一套给我弟弟，总是说"这个不错啊……那套也很好啊……"，而我那绿色的弟弟也是不知道怎么决定的人，于是在两个绿色互相推手的过程中，年华一点点老去。

寻工没主见：不愿刻意去改变什么，工作如此，生活亦如此。绿色的工作变动通常都是服从公司调动或听从亲友团的意见。我一直鼓动我一个朋友跳槽，他每次都说，"嗯，知道了"，其他也没什么进一步表示。最后和我说："算了，要去的话，你帮我写应聘信吧，我也不知道去哪儿，你觉得呢？你比较了解我，你决定好了。""去哪儿，是你自己的事啊！""无所谓，你决定也一样。"

通通没主见：我家从我爸妈、姐姐到我老公，全是绿色，要是你让绿色的人帮你出主意下决心，我觉得还是趁早死了这条心。我从选专业到工作、到出国、到回国、到跳槽、到找男朋友、到结婚、到买房子，基本上统统是我自己的决定。问我爸妈，他们说他们相信我所有的选择；而我姐，一般是不发表意见的；

我老公，就更别提了，我陪他去买裤子，这个还好，那个太贵，围着商场绕了几圈都不肯买，最后，他一个大男人和我说，连他自己也不知道要买什么样的裤子，最好我买了送给他，什么裤子他都会穿的。

以上几位绿色摆出的姿态似乎一直是：我对我自己是不在乎的，你不用考虑我，我的存在就是为了你，只要你满意了，我也就满意了，你怎么说我就怎么做。当人们习惯于绿色将自己的生命权交给他们以后，人们也不会去征询绿色的任何意见。显而易见，一个连自己的事情都拿不定主意的人，我们怎么还能指望他为别人提供什么意见呢？同样，绿色凭什么期待得到别人的尊重呢？在一般人看来，只有两个等式：不动脑子＝不为自己的生命负责；没有主见＝等待别人来审判自己的命运。

绿色一直觉得自己没有主见，就算伤害，也是伤害自己，谈不上伤害他人，我要伤害自己是我自己的事情，又不牵涉到你们，为什么你们要对我这般口诛笔伐，犯得着吗？非常有趣的是，他们有个普遍的心态，就是总是低估自己身上的问题对他人造成的伤害。但是有的问题出现以后，是不会自行消失的，绿色没主见和无所谓的态度无形中把压力和负担通通转嫁到他人身上，间接给别人带来了很多的麻烦。

绿色，一生都没有明白一个道理，当他们每每祭起“还可以”与“无所谓”的大旗来为自己保驾护航的时候，同时也将很多生命的机会抛弃了，更要命的是，他们将很多人生选择的权利交给了他人支配。

羞于拒绝 惹火烧身

不会说“不”的空姐

平时绿人总是高唱“无所谓”，但有时在“无所谓”的谎言下，绿色的内心其实是郁闷的，完全是打落门牙往肚里咽。与其他性格的不同是，他们的门牙，大多数都是由绿色自己给打落的。奇怪吗?

东方航空公司的绿色空姐Ella告诉我，她的一件往事，令她现在终于从绿色沉睡中苏醒过来了。

有一晚9点半，和我关系比较好的一位同事打电话给我。

同事："嗨，你还没睡吧，能不能帮我一个忙，明天我有一个印度航班，我想请假，你能不能替我去飞?"其实我很不想去飞这个航班，因为第二天正好开始周末双休，于是我开始婉言推托。

我："好啊，不过我们现在个人不能接航班，都要通过排班员。"

同事："如果排班员同意了，你愿不愿意飞?"

我："帮你飞是没有问题的，可是排班员这里比较难操作。"原想把这个难题推到排班员那里，让她知难而退，可没想到，过了十分钟左右，我的手机又响了。

同事："我跟排班员说好了，这里一切都搞定了，明天的印度航班就交给你了，谢谢。"到此时，我心里郁闷得不得了，恨我自己的懦弱，恨我碍于情面不敢说出"不"，白白浪费了两天和家人在一起的机会。

Ella因为不好意思拒绝，本想把责任推给排班员，然后心中默念 "菩萨显灵，菩萨显灵，快快说不，快快说不"， 祈祷排班员同志唬下面孔，将对方喝退。没想到，对方拿了鸡毛当令箭，还真以为Ella是个活雷锋。后来Ella更没想到的是，这个航班在印度延误了十一小时。没地方哭啊！只能打落门牙往肚里咽。

麻将三缺一，去叫小严。小严早已洗漱完毕，正待钻入温柔乡，众人情面之下只得爬起，当夜亏空五百大洋。事后问他是否无聊，答："反正可以增加一项技能，也蛮好，同时也能促进人际关系，还行吧。"

类似小严这样的绿色，人民群众总是喜欢的。对于小严自己，如果荷包满满，心情愉悦当然无妨；然而假设小严正在撰写重要报告，次日必须提交，若仍旧放下报告前去应酬，最后苦的就是自己了。

曾经在做招聘时遇到这样一件事，跟一个女孩约好次日下午三点半面试。到了时间她没来，给她打电话问她什么时候到，她说："真是不好意思啊，我现在和朋友在杭州玩，我很想加入贵公司，能不能再给我一次机会啊?我本来想今天去的，但是我朋友一定要我陪。所以今天很抱歉了！"

绿色，也许在一生当中，说出“不”这个音节是对他们最大的挑战了。他们是一群不会拒绝的人，宁可自己吃亏和忍受痛苦，他们也不愿意发出“不”这个音节。好比在出租车上，假使司机播放了一些很无聊又嘈杂的音乐，绿色其实早就被震得头都大了，但也不会要求司机关闭，甚至不好意思要求调低音量。我一度认为这是绿色担心提出要求会被拒绝，可这样解释于情于理似乎不通，那唯一的解释就是，绿色担心自己说出来，会让对方不爽。为了不让司机有这样的感觉，干脆不提，反正自己在车上的时间也不会很长。就是这样，一步步地，绿色自己革了自己的命。你想，他连这样的要求都不敢提出，他还能有什么要求？渐渐地，在不断的心理暗示下，绿色甚至自己都觉得自己可有可无了。

提出要求本身，是一件“可耻”的事情，一旦这样的世界观和想法形成，绿色就开始“沦落”成一个没有要求的人，活在了“别人遗忘他们，认为他们可有可无”，连他们自己也认为“自己可有可无”的世界中。

一个模子里刻出的未婚与已婚绿色女性

30岁单身的小翠还未成婚，身边的朋友纷纷为她张罗。热心人中最积极的是她老板，因为是老板平时不敢得罪，凡是他要求的小翠都有求必应，所以这次相亲安排也因老板的热情无法推托，只得赴约，所幸有老板亲自作陪，可能老板介绍的小王会不错呢，小翠这样安慰自己。到了饭局一看，坐着的三位看着都像小翠的大伯，正纳闷怎么小王还没到，没想到老板指着其中一位说，我给你介绍下，这就是小王，和你只差三岁，你们应该能比较有共同语言，大家一起聊聊……小翠怎么看小王像老王，酒席中老王不时流露大款的声势，价值十万的诺基亚钻石手机一直发出声音，可暴发户历来是小翠所讨厌的。回家的路上小王还热忱驾车护送小翠，可小翠却饱受了度秒如年的感觉。

小翠经此一役，未必不是件好事，至少懂得了一定要学会拒绝。大胆设想，当日若小王在车上意欲不轨，而小翠又够绿，碍于老板情面，尴尬反抗不力；小王借酒霸王硬上弓，痛苦之际，小翠碍于名誉不敢声张，两个月后才突然发现自己怀孕，那才真是让人心痛。当然这个故事没有那么凄惨，可这种事也不鲜见，在绿色性格身上发生太自然不过了，至少以下的这位同学是品尝到苦果了。

张同学性格极随和，年轻时十分贫苦，从农村到城市打工，受到李家很多关照，李家小女钟情于他，可他并没有任何感觉。当李家人提出招他为婿时，他万分痛苦。可最终因为不想让给他如此关照的李家失望，还是和那户的女儿结婚了。李女虽不是什么傻姑或东施，但结果也自然是婚姻不幸福。可张同学仍然是为了不伤害李家，始终不愿提出离婚，至今仍维持着那令他痛苦、但令家人满意的婚姻。

绿色最大的麻烦并不在于不敢拒绝，在我看来，知道自己的麻烦，知道自己的问题，但是并没有勇气去改变和面对，这才是他们最大的麻烦。相反，绿色会不断麻痹自己本来就已松弛到没有弹性的神经，让自己在自我宽慰中欺骗自己。

小碧早已成家立业，婚姻美满，天性温厚又有几许纯真，颇受异性青睐，身边常有成熟男士追逐，为此她一直苦闷、自责，不断问好友她是个什么样的人，为什么有那么些男人总要喜欢她。（这个问题听上去实在有点白痴）

“那你怎么知道别人喜欢你呢？”

“他言语有暗示”，“女人的第六灵感”，“有一次上车被别人突然拉住手”。

“那你呢？是否对他也有感觉？”

“一点也不。”

“那你为何不拒绝对方呢？”

“不好吧，又没明说，说不定别人不是这个意思，或者他只是比较关心我。”“正常的人际交往，会不会是自己多心了。”“真的不想明说，伤人面子，我对他没兴趣他应该会感受到。”“平时我的言谈举止表现如何？是否得体、端庄？轻浮吗？……”“怎么办？为什么我时常会受到这样的干扰，好烦……”

如果这个故事中，某男发现自己的举动，小碧并无拒绝（绿色的不拒绝，在他人看来，代表着某种默许），于是继续进攻，我也不知道未来会发生些什么。“再说吧，一切都会好的”，是绿色他们用来说服自己的常用句型。举凡办公室性骚扰与性侵害案件的受害者，若是红色和黄色恐怕大多会叫了出来，蓝色碍于尊严也难以表达，实在不行，就换个地方；唯独绿色，苦命的人啊，一不敢拒绝，二无力反抗，三害怕改变，四恐惧报复，假设碰上个无赖再吓上一吓，那定是在绿色的头上坐一辈子的庄了。

逃避责任能拖就拖

● 眼见轮胎已磨平，却还拒绝修复它

你领教过绿色拖延的功夫吗？先来体验一下不同角色控诉他们的这种感觉。

绿色老公：一件要干洗的衣服，可以一拖半年都忘记去取，其实是懒得去拿，最好我帮他去拿。公司汇了笔兼职工资到他的账户，几次提醒让他查账，一拖又是两个月才去查，结果发现财务把名字写错钱没汇到。事过境迁，又怕再去麻烦别人，说算了。

绿色友人：乃摄像发烧友，许多同事找他去帮朋友婚礼摄像。这人脾气也好，有求必应，拍摄完答应刻好光碟送给朋友。可他事情太多，催他时朋友见他自责，也不好意思太急，结果最久的一个，结婚半年后还没看到自己婚礼的录像。真是郁闷啊！

绿色同事：很多账目懒得及时报销，曾一再提醒也收效不大。结果去年因工作关系离开公司，仍有一万多元账目对不上，导致不得不自己掏腰包。

绿色下属：我部门中有一个绿色的业务员，当时正在谈一个重要的客户。会议上我对他说，谈业务要快，你开完会去给客户打电话，回答说，“明白”。十点钟问他进展如何。回答说，“电话没通”。中午的时候又问如何，回答说，“忘了”。十分钟后回答说，“下午来”。下班的时候问怎么样，回答说，“啊？没来”。速去再打电话，“客户手机关机”。怒！怒！！怒！！！

如果你曾经体验过，你就明白为何人们会怒不可遏了，当然我们也必须承认，绿色也不是任何事情都是落在最后的，还是会有偶然的嘛。

比如说，通常情况下，新生事物出来，第一个去尝鲜的，大多是那红色打前炮，唯一让我看到是绿色做开路先锋的，除了电动牙刷，也再没有其他的事了。正常男性早上醒来首先想到的通常是，怎么解决膀胱充盈擎天一柱的问题，一个绿色的小伙子有次却神秘地和我分享，他自己早上醒来，就总是想能不能不刷牙——刷牙是一件多麻烦的事儿啊。基于以上原因，电动牙刷上市的第一天他便冲去抢购。现在我明白了，绿色虽然是那么地不积极，但是如果你能发明出永动机，继续发扬让他更加懒惰的方法，保准他是那个比兔子蹿得还快的人。阿里巴巴的马云曾在雅虎员工演讲会上大放豪言，说“爱迪生欺骗了世界”，重新定义了爱迪生的勤奋论，大肆推广懒人理念，从这个角度讲，似乎有些道理啊。

绿色总是追求可以活得更轻松，用最简单的方法来完成事情，或者让事情自动发生，时下流行的《简单生活指南》这类书籍看起来就是在描述绿色的生活。这样说来，我真的建议绿色回归到小农经济去生活，因为在现代社会的运转下，绿色似乎有些不合时宜。

我绿色弟弟的家里，通常我是拒绝去的，原因是每每前去总是憋了一肚子气回来。三个月前饮水机出故障，家里无水可喝，当时叮嘱他要赶紧解决此民生大计之事，三个月后再去他家，依旧如此，问为何迟迟不做，难道你自己在家不喝水吗？他振振有词看着我说：“我又不喜欢喝水，上班单位里已经喝得够多了。”听后除了发蒙就是痛心，我在很长一段时间里，始终不能理解他怎么能忍受这样邋遢的生活呢？现在看来，也许绿色自己根本就觉得很好。

及至后来，见得多了，才发现，普天下和我同样心灵备受折磨的人比比皆是。

一个黄+红的妻子几乎哭丧着脸向我倾诉，客厅的大灯有16个小灯泡，第一个灯泡坏时，即嘱咐绿色丈夫掉换，答曰：“马上。”此后，每天坏一个灯泡，而丈夫回答亦如法炮制，第五天，黄+红的妻子自己解决此事，愤怒之余斥责绿色，绿色回答：“你急什么啊，全部坏了再修不是也来得及吗？而且这样还可以省点电，有什么不好？”

我反复强调“绿色也会用他们的方法伤害人”的观点，原因何在？的确，绿色是四种性格中最不容易伤害他人的人，他们的平和、温顺、回避冲突，都使他们不像红色那样张牙舞爪，蓝色那样阴森挑剔，黄色那样凶狠凌厉，然而绿色这种“眼见轮胎已磨平，却还拒绝修复它”的态度，实在是“得过且过”的最好脚注。我甚至想象，假设是某个绿色一个人生活，他甚至会容忍在灯泡全部坏了看不见东西的情况下，就用蜡烛来照明。渐渐地，他会习惯没有电灯的日子，我能理解他们那种在艰难环境下“苟且偷生”的本领，这完全不是黄色对梦想的那种追求的坚忍，而是绿色对于生活毫无追求的一种写照，是幸还是悲？你来作定论吧。

绿色看起来行动迟钝，说得具体些就是干什么事都磨磨蹭蹭、慢慢腾腾的，绿色表面上看常常了无生气，事实上，他们并不是真正的身体上的疲倦，而是心理上处于一种什么事也不想做的闲散状态中。绿色除了工作和参加必要的社会活动外，很少有参加其他有趣活动的愿望。

有人说，绿色很懒。按照计算机术语分类，我们可以将其和性格色彩对应起来：

• 红色男人属于“Excel型男人”：人们说他多才多艺，可你只用他做最基本的事情。活塞运动?

• 蓝色男人属于“E-mail型男人”：他说的10句话有9句是废话。经常说话很啰唆。

• 黄色男人属于“服务器型男人”：你需要他时，他总在忙碌中。永远专注在自己的工作中而不关心你。

• 绿色男人属于“鼠标型男人”：你必须拉他拽他，他才会干活。实在是太懒了。

理论上，绿色你需要拉他拽他才会干活，但至少有一半的绿色，在我看来，是你怎么拉和拽都不会动的，我更愿意称他们为“死机型男人”——一动不动。

掩耳盗铃者必视而不见

拖延，是绿色擅长的绝学，与蓝色因无法达到完美而“拖延”不同，绿色的“拖延”的本质是“醉翁之意不在酒”，是期待问题自动解决，以不变应万变，从而达到少花精力、不花精力而多办实事的功效。与“视而不见”有相同意义的是，他们都是被动地等待着他人的询问，如果别人不问，那说明别人也忘了，那刚好这个事也不用做了，绿色总是这样天真地以为。按照我的观点，“掩耳盗铃”的贼当属绿色性格无疑，反正我看不见也听不见，人家大概也会没反应的，难道人家真的都会忘记吗？看看这个主管是怎么说的。

我将一份工作安排给一绿人，下班前需要一份报告，而报告原始资料在某人处。快下班前，我问他报告完成得如何，他回答：“没完成，因为我没有找到提供原始资料的xx。”我一听，当即吐血。

如果她在当时找不到原始资料，至少可以做的两件事是：1.立即向我汇报，说明情况以取得无法完成报告的谅解，或者寻求我的帮助以得到资料。2.办公室人员在离开时，通常都有其他同事代理其工作，她可以寻求代理同事的帮助或找到该同事的主管，以得到相关资料。所以她完全有机会完成那个报告。而她明知无法完成任务，却不及时打招呼，把事情捂着，错失了协助或其他补救措施实施的时机，让我们无法在需要的时间内得到报告。

绿色有时真的很可爱，他们会幻想“问题也许会自动消失的”，活在自欺欺人中。这种宁可忽视问题存在的行为，归根结底在他们的内心深处有两个根源：第一，问题本身也许并不严重；第二，自然会有人来解决的。他们期望平静的生活从此不会被打扰。而他们对问题的拒绝处理，并不会使问题消失不见。虽然他们对世界一片善意，但当他们顺势滑行，遇到不愿意处理的问题就闭上眼睛时，他们仍可能给他人造成相当的麻烦。

问题是难道他们没有想过，万一别人发现来找他们的麻烦，到时应该怎么应对吗？各位，这就是绿色性格的问题关键所在：如果说红色想到困难和麻烦，很快就停止思考，是因为红色本能地向往自由回避痛苦，红色的侥幸想法是“总有方法解决的”；而绿色是连想都不愿意想，因为绿色总是有种绿色特有的侥幸想法——“总会有人来解决这个问题的”，他们更多地期待责任由他人来承担。

● 不主外，也不主内

通常流行的说法是“男主外，女主内”。等到这里的“男”是绿色时，就不要指望他会成为一家之主了，通常他们也乐得把手中的大权交给另外一方，懒得自己作任何决定。可是有时，绿色那种对责任的极端漠视和忽略，让你必须拿着个皮鞭抽动他们前进。一位黄色的家庭主妇这样描述了他那绿得冒油的老公。

认识绿色是从身边最亲近的他开始的，作为黄色的我，一直以积极进取作为人生最大的动力，从小我做事就很有决断力，可偏偏遇上他，算是碰到了生物界中的“天敌”。从谈恋爱开始，他只会用一种方式来表示对我的爱，那就是“等”。结婚之前，天天到我公司等；结婚之后，天天在地铁站等；我国庆出去开会三天，他就在家烧了一锅酱，天天煮面等我回来，“等”也成了我最烦他的一件事。

结婚是我逼他去的，他始终不敢开口和父母说，到登记前一天，才怯怯地向家里开口，因为不得不要户口簿。房子是我逼他买的，怀着身孕的我一定要他给我们母子俩一个安顿的窝。每到周末都是我打头阵，把区域里所有的房子看过一遍，挑出比较满意的才由他出面审核（等他去找，说不定现在我们还住在大街上呢）。大冬天连续一个多月在外面跑，一直到我得了重感冒整夜咳嗽，他才主动要求自己去看房子。我以为我和肚子里的宝宝终于有了依靠，晚上给他打电话，他说没有看到合适的，再三逼问下才把实话告诉我，看了一套就溜回去睡觉了。

有了我们自己的房子，我以为可以开始自己的生活了，谁知噩运才刚刚开始。婆婆帮我们带孩子，还在上班的公公一起住进了我们家里，说不习惯和婆婆睡在一起，就一下子占据了书房，接着小姑子又嫌自己家离上班地太远不方便，占据了我们的客厅。每天回家我只能窝在自己的卧室，看着装修一新的家慢慢地被各种杂物吞噬，宝宝的房间也成了不见天日的小黑屋，这样一拖就是四年。孩子大了，需要自己的房间，我和老公商量自己带孩子，请公公婆婆回家去住。老公不敢当面和他父母说，趁他父母一次回家，就在电话里说先不用他们过来，等过些时间再说，直到现在公婆的东西还留在我们家里没有拿走，可能他们一直等着“过些时间”的结束。宝宝房里安上了新家具，我说让你妹妹把东西整理一下吧，他又不吭气，趁他妹妹出差把东西一搬，就当一切都好了，整一个“掩耳盗铃”。小姑子回来后大发脾气，两个人言语不合大打出手，小姑子摔了门就走，指桑骂槐地说了我的不是。老公不敢回去向他父母交代，背着我买了个手机送给小姑子又把她请了回来，弄得我里外不是人。

绿色比较乐于当跟班或者不起眼的角色，而让大家去作决定。显然，绿色宁可去接受别人的决定，而黄色却是那样喜欢作决定，巧的是，黄色不仅喜欢为自己作决定还喜欢为他人作决定，这样刚好，周瑜打黄盖，一个愿打一个愿挨，两人刚好一拍即合。这就是婚姻中绿色会那么容易与黄色成为伴侣的原因。

然而，当黄色遇见绿色，真的是哭都哭不出，我很少听见黄色的控诉，不过，在黄色对绿色的评价中，却时常听到一些强烈的批判，是对绿色消极抵抗，拒绝改变的那种恨铁不成钢的愤怒！绿色永远也不会理解他们这种对生活极不负责任的态度，对于那些爱他们和在乎他们的人来说是多么大的伤害！

绿色十分不愿意去作可能出错的决策，就算是绝对不会出错的决策，也巴不得是由你的口里说出，这样可以避免由他们来承担那些责任。

袖手旁观 越搅越黑

不言者之罪

所有性格中，绿色的过当最为隐蔽，与其他性格相比，绿色伤害的多是自己，对他人的伤害相比不如其他三种显性，这个观点在前文已经提出，在这个部分，对于绿色是如何伤害他人的，我将从“不言者之罪”来重点阐述。

过去几年，我写了一个系列——《痛斥四种性格的七宗罪》在学员内部流传，在阅读完绿色部分后，已至不惑之年、目前在政府就职的一位黄色男性，将尘封了20年的往事分享给我。

我和女友大学期间两地恋爱，准备毕业后回她所在的城市。毕业前夕，我偶然发现女友在学校另有相好，这对我打击很大。事情发生后，朋友们都来安慰我，因小A是女友最好的也是我极好的朋友，所以我想从小A那儿找到原因。

小A听我讲话时一声不吭，在我一再追问她有没有曾经发现一些苗头时，她说也许她过去犯了一个错误。有一次她陪女友去火车站送那个人，看到他们很亲热，后来她问时，女友说内心矛盾，两个人都舍不得。当时，小A觉得是女友信任才把这个事告诉了她，这种事还是当事人自己去解决比较好，于是她一直选择了沉默。

我怒火中烧，强压着愤怒尴尬地结束了和她的谈话。我的想法是，朋友总有远近，就算我不如女友和她好吧，但当时的事未必不是“我的女友想从侧面通过她传话给我”，因为女友曾和我提过“有痛苦及不知如何向我开口”之类的话，并说过小A不是我的真朋友。我不知小A如果知道女友这么说，她会如何想。

某日小A请我第二天去她家，说是请了其他朋友一起要给女友送行，当时我和女友已完全没戏了，她将和那个人一起去外地。我彻底愤怒了，我实在想不通小A到底想干什么，当然是没去。女友一直想约我再谈谈，也没有勇气，所以委托小A约我几次，我永远都是拒绝。可以说，女友随便找谁拉我我都会去的，但就是小A，我绝对不会去。

我一直认为小A和我的关系非常好，她也主动这么说过，她是个很真诚的人，但这件事在当时是深深地伤害了我，某种程度上我觉得不比女友对我的伤害小。因为这件事，我们的关系也受到了影响，事后她找我道过歉，我也说没什么，现在每次我回去还会去看看她，但关系显然已经淡了很多，谁也不想再提往事，看得出她见我时总是多少有些不自然。

让我们来分析一下这个事件，请问各位读者三个问题：第一，如果小A是蓝色性格而不是本文中的绿色，她知道了当初女友的事情，会怎么反应？第二，黄色的“我”为什么要愤怒？第三，为什么绿色的小A事发当时，不劝阻女友本人，最后又会对“我”说出这个事情？本题堪称进入绿色心灵的GRE。

答案如下：

第一题：蓝色会在发现的当时，尝试劝阻女友，不成的话就什么也不说，一路保持沉默，让这个事情永远沉入大西洋底。

第二题：黄色感到内心愤怒的原因是：首先，觉得受到欺骗，甚至有被愚弄的感觉。你小A既然是我的好朋友，就要对我负责，你这样做，实在太不够朋友义气了，何况此事本来就是事实。其次，如果你是我的好朋友，你该帮我把那个浑蛋弄死，你既不帮我说话，还不告诉我，这算什么狗屁朋友，瞬间，黄色就会把小A列入心灵深处“敌人”的行列。

第三题：绿色迫于黄色的压力，觉得不说也对不起“我”，毕竟也是很好的朋友。绿色面对女友时，想要照顾女友的感受，觉得选择什么样的爱情是每个人自己的事；而面对“我”时，又尽可能想要照顾我的感受。

以上三题答对两题者可继续往下观看；答对一题，本章开篇重新把玩；一题也没答对？洗洗睡吧，明早大梦初醒时，本书开章再来一遍。

然而，绿色一直奉行“你好我好大家好”的“不求有功，但求无过”的人生策略，以为“小心行得万年船”的生活方式可以让他们的一生平安度过，却忽略了他们自己的种种“恶习”会无限纵容恶人坏事，从而也会对他人造成莫大的伤害。这恐怕是绿色行走江湖一生，做梦都没想到的！

绿色，到底在这个事情中扮演了什么样的角色？他自己是否意识到了呢？当小A保持沉默时，她口里念着“无为而治”，心里想着“仁义道德”，手里拿着“维持人际关系平衡”的大棒，却不知这种没有责任感、没有主见的行为，同样可对别人造成伤害。本质上，这与现在政府部门的行政不作为一样，令人感到内心肿胀两眼喷血，痛心疾首呜呼哀哉，所谓“渎职懒政者猛于虎”！

你不能同时侍奉上帝和财神

“老好人”无所谓褒贬，本来就是个描述绿色的中性词。“烂好人”您听过吗？明代大画家沈周的邻居掉了东西，误以为沈周家一个相似的东西是他的。沈周知道后，就把自己的东西送过去。直到邻居掉的那个找回来，把沈周的东西归还，沈周也只是笑道：“这不是你的吗？”古人以此推崇沈周先生的胸怀好比飞机场。只是，这难道真的叫胸怀吗？这根本就是不折不扣的“烂好人”。

一位红色太太是个马大哈，经常忘了自己的东西放在哪里。有次她发现自己新买的项链不见了，就质问绿色老公，老公回答：“我不知道，你再找找看。”太太说：“我昨天洗完澡明明就放在脸盆上，后来就没动过。你是在我后面洗的，是不是你动过了？”“我没有。”“这屋子就我们俩，不是你还有谁？”绿色老公实在受不了，最后妥协：“好吧！是我弄丢了，明天我再买一条给你吧！”这件事就算过去了，一周后，在卧室的墙角发现了这条项链，原来是给家里的小狗叼走了。

“烂好人”由于害怕冲突，一味地要息事宁人。自己背上黑锅事小，但扭曲事实，只是为了一时的息事宁人他们却从未想到，不客气地说，这就是纵容真凶。有人问孔子以德报怨好不好。孔子回问：“你拿什么去报德呢？”接着叮嘱：“以直报怨，以德报德。”儒家“求合理”、“不过火”的中庸之道，在这两句话中，已经作了明确的表现。可惜的是，大多数绿色只知其一，不知其二，将“中庸之道”与“不负责任地和稀泥”相提并论。

《了凡四训》中说到两个有关孔子的故事。

鲁国法律规定，如果有人肯出钱赎回被邻国捉去做妾的百姓，政府都颁奖金。孔子的学生子贡，赎了人，却不接受奖金。孔子知道就骂他说：“你错了！怎么可以只为自己高兴，博取虚名，就随意去做呢？现在鲁国大都是穷人，你开了恶例，使大家觉得赎人受赏是丢脸的事，以后还有谁会赎人？从此赎人的风气，只怕要渐渐消失了！”书里又说：子路有一次救起溺水的人，那人送了头牛为谢，子路收了。孔子听说，则大加赞赏。

“若所行似善，而其结果足以害人，则似善而实非善。若所行虽然不善，而其结果有益于众，则虽非善而实是善。”例如不应该的宽恕，宠溺小孩而纵大患，这些都是绿色自以为无伤大雅，但结果却极为恶劣的事情。

本人从业销售时，为巩固市场龙头位置，绿色老板下令对ABC三组开展销售竞赛，得冠组不仅大额现金嘉奖，平均业绩达标组，也皆有当季新款手机人手一部以资鼓励。虽无美女配发，这也足够使我们“重赏之下，必有勇夫”了。一个季度的浴血奋战玩命上阵，最终在乐先生督导下，本组力克群雄，荣膺所有荣誉。谁知，此时听说，老板觉得所有好处都是我们拿了，怕另两个组不平衡，因为他们离达标线距离不远，遂临时决定，另两组每人都颁发同样手机一部。得知此事，我们组的十人集体来到老板办公室，将手机一、二、三、四、五、六、七、八、九、十顺溜排开在老板面前，然后无声而退。

事隔多年，想起此事，仍旧气不打一处来。绿色以为那是在平衡关系，然而他似乎忘记了，我们的奖励是如何得来的。对于那些浴血付出并讲原则的人来讲，这是一种充满血泪的无声伤害，这种伤害只会让我们对自己过去付出的所有努力，让我们对我们自己，说一声“犯得着这么拼命吗？真是一个傻×！”绿色，他们一味地讲究人际关系的和谐，高唱着“人性化”，而并不知道这种刺骨的伤害，对于那些手持道理的人来讲，是绝对的“非人性化”。李敖在《将相怎样才能和？》一文中，对于孙观汉先生力图在他本人和柏杨之间“和稀泥”的行为，清楚地提出如下观点：

孙观汉先生明知我是有恩义于柏杨的人，但他今天反倒“纵容”柏杨忘恩负义，不但不予以声讨，反倒说这是“一个难题”，一个“难解的争执”，这未免是太缺乏勇气的行径。我所争的，正是人间天理啊！人间天理不先弄明，其他都是空的。在我举出那么多的证据之后，居然孙观汉先生还用和稀泥方式掩护柏杨，孙观汉先生的令人失望，不是很明显吗？

《新约》说“没有仆人能侍奉两个主人：不是恨这个，就得爱那个；不是重这个，就得轻那个，你不能同时侍奉上帝，又侍奉财神”。为什么？史密斯解释得妙，他说：“同时侍奉上帝和财神的，很快就会发现上帝没了。”这就是说，想两个都敬重的，最后必将失落。因为上帝和财神虽然都是“号召力非常高”的神，但他们绝非一类，任何把他们当成一类的人，都是把上帝亵渎的“神之贼”。所以孙先生，你必须选择，你不能同时肯定红色和紫色，一如你不能同时是黑又不非白。如果你不能站在第一线主持正义，请你也不要乱和稀泥。

绿色的问题不是在于对自己不公平，而是对别人太公平了，更让人不满的是，乃是绿色对别人的姑息态度。——这就好比，你维护正义是应该的，但你同时姑息不义，就是大错特错。一个人不能同时维护上帝又姑息魔鬼，歌颂上帝是不够的，你必须同时打击魔鬼；肯定正牌是不够的，你必须拆穿仿冒。

我收到的以下一封来信，代表了我最后想说的观点：

乐老师，让你见笑了，您上课的时候谈到绿色，我这几天一直想告诉您，我个人很不喜欢绿色的事。我许多次与小K争吵，胖哥基本上是我俩的和事佬，可这次我无论如何不能原谅他了，明明我有理，他这和事佬却两厢平分地把事和稀泥了。没有一个结果和说法，这让我非常不爽，这对我公平吗？其实，我不认为他们是公平的，他们只是表面公平，而没有意识到他们所谓的“公平”对我们这些人造成的“不公平”，我不敢讲自己追求真理，但至少对我这样要个说法的人来讲，我鄙视他们这种“老好人”。

粉饰太平 迷失自我

你还没有学会对自己的内心忠诚

不少绿色的内心一直认为他们自己是对人“忠诚”的。绿色是否对人忠诚呢？为何在提到对人“忠诚”的特点时，我会强调是蓝色而非绿色？我们来看看绿色所谓的“忠诚”吧。这是一个来自于红色的姐姐帮她弟弟咨询的案例。

我妈妈是典型的蓝色，对自己要求苛刻，对他人要求严格，生活在追求完美和不断努力地改进中，在我看来，她活得相当辛苦和心累，也影响到她周围的人都跟着累，因为很少有人能让她满意。我弟弟是典型的绿色，你都想象不出来，典型的蓝色和典型的绿色在一起，蓝色有多么痛苦和无奈，而这个绿色又是她至亲至爱的儿子。弟弟满足于现状，说什么都行，对他不会造成什么太大的影响。用妈妈的话说："不求上进，整天好像什么都不想，不知道在干什么。"

弟弟酷爱计算机，毕业后在北京的一家大型韩企做IT，妈妈很高兴，以为这下弟弟会奋发上进了。没想到，因为韩企等级严格，老板可以任意对下属指手画脚，弟弟做了一年，受不了这种经常加班挨批的日子，就辞职了，妈妈非常失望。接下来，上演的就是陀螺转的大戏了。

弟弟的女朋友毕业后去了上海，于是对辞职后的弟弟说："来上海吧。"于是，弟弟去了上海。妈妈非常担心。

在上海工作了不到一年，妈妈说："我一个人在家，很担心你的生活和身体，回来吧。"于是，弟弟又辞职回家，妈妈则又开始担心是否会影响弟弟的前途。

再后来，弟弟的女朋友说："上海挺好的，我们今后就留在上海吧。"于是，弟弟又离开家，去了上海。妈妈又开始担心。

没多久，妈妈说："你们在上海，没人照顾，又没有上海户口，将来生活会很艰辛的，回家来吧"。于是，弟弟又回家。妈妈又开始新一轮的自责，担心因为自己的要求而毁了弟弟的发展。

如此，三番五次，绿色的弟弟虽然始终乐呵呵的，没有什么怨言，到哪里就在哪里满足地生活。可他的工作却因为换来换去而没有成绩，在妈妈眼里就是一事无成。

妈妈气得受不了，不停地抱怨，认为弟弟没主见，不想赚钱养家，不想更好地发展，不想再进一步深造……她的生活也因为弟弟的不断变化而无法安定。

这个绿色的弟弟，不坚持自己的想法，只是为了让妈妈和女朋友高兴而选择听之任之，他以为这样是好的表现，殊不知，其实对两人都有伤害。这个绿色的他，被残忍地撕成两半了，而这一切都是在他自己默许的情况下进行的，换句话说，是他自己允许他自己被撕成两半的。他要把自己同时奉献给母亲和女友，他要对他们忠心，可是你必须注意的是，他从来没有对他自己忠诚过！

我让她送给她弟弟一句话，他需要了解：适当地让自己愉快一下，比花一生

绿色还没有学会要对自己忠诚，他必须通过别人来体验他自己的价值，这正是他们的最最可悲之处。他们需要了解：适当地让自己愉快一下，比花一生的时间去取悦他人要更为快乐！

的时间去取悦他人要更为快乐！也许他需要花一生的时间来明白这句话，那，是值得的！

老公与亲家母的偷情

在一次研讨会结束八个月后，我收到一封学员的感谢信，她和我分享了对于绿色悲剧的深刻认识，以及她是如何应用性格色彩的工具帮助她绿色的姐姐走出困境的。

绿，我喜欢的绿啊！为什么你穷其一生地付出，而得到的还是被伤害，在他人的欢笑背后总是你默默的付出。我的一个大姐，在60年代和一个军官结婚，一年一次的探亲是她生活的全部，为了相聚，平时省吃俭用，为的是攒够路费或带些稀缺的物品给丈夫。两年后生下一个女儿，而姐夫也只在孩子出生时在家待了半个月就归队了。之后又是长达六年的探亲生活，直到孩子上小学，姐夫终于复员，一家团圆了。

几年后，姐夫工作的不得志让他沉醉在酒精中，家中开始出现了争吵，但姐姐为不耽误女儿的学习和维持她的家庭，在默默忍受中精心照顾着一家人的生活，一直到女儿上完学开始工作。这时候企业不景气，两人皆提前退休，想想就平淡地过完这下半生算了，可发生了一件事情改变了姐姐所有的人生观！

我生下女儿那年，想让好心的姐姐来照顾我，她很乐意这样做。来到我家后，最初两个月姐夫还经常写信来，我倒是很羡慕到了他们这个年龄却还能如此恩爱，后来信不来了，偶尔有电话来，说是女儿未来的婆婆会常来他家，商量两家儿女的婚姻大事，来多了，姐夫竟然和女儿未来的婆婆好起来了！……双方的儿女同样承受了这天下最悲剧的爱情，但年轻人为了爱情，还是牺牲了父母后半辈子心灵的安宁（因为他们的父母在表面上可以接受未来的孙辈）。

可以想象姐姐回到家后的那段日子是怎样难熬！这些事情是姐姐回家两年后

才告诉我的，知道这些事情后我不知道怎样表达我的歉意和悔意，姐姐一生的付出却换来如此悲情的结局！她说的最多的一句话是："好人有好报。"每次去拜佛祖时，她都说，对死去的人和虚无的佛祖好，还不如对活着的周围的人好。唯独她忽视了自己要对自己好，而且忽视了当身边人已经习惯了你的好，也就往往会忽视你也需要被爱。

这件事情发生了以后，我同样发现了姐姐最坚强的一面，当现在我用性格色彩去解释给姐姐听的时候，她已经开始学会慢慢化解自己的痛苦。有次我邀请她去珠海"亚马逊"景点游玩的时候，她居然和我们一样在脸上涂满印第安人那样的油彩，痛快了一个下午！而且她告诉我，她的上半辈子为丈夫和孩子而活，现在她要好好地活出自己。偶尔我打长途给她，她不是去打乒乓了，就是去"斗地主"了。

绿色在孩提时代大多有过孤立无援的经历，认为谁也不重视自己所关心的事情，自己的要求微不足道，因而有意识地回避并逐渐淡忘自身的真正需求。长大成人后，绿色常以别人的需要为需要，而忘了自己真正的需要。用对别人不停止的付出来掩饰自己生理、心理、情绪及灵性也需要别人来抚慰的事实。绿色不习惯与别人分享自己，有时候甚至认为自己有需要是错误的，因此绿色不表达自己的愿望，当别人关心绿色的时候，他们总是用非常友善和客气的态度与之保持一段距离。

重新寻找到自己人生的真谛和意义，对绿色是至关重要的。绿色性格本身，决定了他们可以是非常被动的，他们可以一生跟定你，而自己完全不负起作决定的责任，他们经常以别人作为他们生存的核心，而忽略了发展自己的人生目标和方向。而因为忽略了自己，他们很容易成为丧失自我、迷失方向的人。

绿色只有当自己对自己宣告"我准备活出真实的自我"时，他们才能告别过去，迎向新生，关键是他们有没有这样的勇气和愿望。

绿色的本性局限

作为个体

- 按照惯性来做事，拒绝改变，对于外界变化置若罔闻。
- 懒洋洋的作风，原谅自己的不思进取。
- 懦弱胆小，纵容别人欺压自己。
- 期待事情会自动解决，完全守望被动。
- 得过且过。
- 莫名地害怕人际的冲突。
- 无原则地妥协，无法促使他们采取负责任的解决态度。
- 不愿意争取应该得到的利益。
- 逃避问题与冲突。
- 太在意别人的反应，不敢表达自己的立场和原则。

沟通特点

- 一拳打在棉花上，毫无反应。
- 没有主见，把压力和负担通通转嫁到他人身上。
- 不会拒绝他人，给自己和他人都带来无穷麻烦。
- 行动迟钝，慢慢腾腾。
- 避免承担责任。

作为朋友

- 不负责任地和稀泥。
- 姑息养奸的态度。
- 压抑自己的感受以迁就别人。
- 期待让人人满意，对自己的内心不忠诚。
- 没有自我，迷失人生的方向。
- 缺乏激情。
- 漠不关心，惰于参与任何活动。

对待工作和事业

- 安于现状，不思进取。
- 乐于平庸，缺乏创意。
- 害怕冒风险，缺乏自信。
- 拖拖拉拉。
- 缺少目标。
- 缺乏自觉性。
- 懒惰而不进取。
- 马虎敷衍。
- 宁愿做旁观者不肯做参与者。

第十一章
找到真正的我自己

我是谁

有两个人洗澡，一个人为了认清到底哪个是自己，就在手腕上绑了根红绳，可洗澡的时候掉了。另一个人看见后也这样想，于是就把红绳系在自己手上。所以，第一个人看到后在想："这家伙是我，那我是谁呢？"

当你断定自己的性格色彩时，关键是不带评判地观察，尝试把自己当成一个有趣的陌生人来观察。最重要的是，不要企图改变你观察到的内容，无论你是哪种性格色彩都没有好坏，最重要的是学会接纳真实的自己。也许对大部分人而言，性格本色被后天的环境影响所抑制和阻碍时，会逐渐萎缩。你的天性早已饱受想要控制它、改变它成为另一副模样的外力所摧残。如果你容许后天环境继续扭曲你的天性；容许后天被压抑而导致的行为继续埋藏自己的动机，你将一无所得，当然也无法判断你和他人真正的性格色彩。在莎士比亚的《哈姆雷特》中，波隆尼斯劝诫他的儿子："最重要的一点，对自己真实，就像黑夜和白昼，你不能对任何人虚假不实。"所以，请你对你自己保持真实！

本书的第一章，我反复强调"动机"与"行为"，"性格"与"个性"的核心差别，这正是"性格色彩"的奥妙所在。然而并非所有人都能轻而易举地判断出自己的性格。那些在自我成长过程中少受环境和外力影响，相对保持"原生态"比较完好的个体，在自我认知上当然不费吹灰之力；受环境影响不深者，通过本书的"乐嘉性格色彩速写"和各章的文字描述，也可大致了解自己的性格。但的确仍有一部分的个体，是需要时间反复思考自己的经历，剔除环境和外力的作用，才可最后找到真正的自己。

影响自我认知的四大要素

当你在探索自己真实性格的过程中遇到阻碍时，我的教学和辅导经验显示，通常有以下四个方面的原因可能会强烈屏蔽你的自我认知。这些问题的厘清可以帮助你更加清晰地判断和梳理真实的自己：

- 家庭成长中父母的性格色彩和关系对自己的影响
- 人生中重大的记忆深刻的事件或经历的影响
- 工作的影响
- 文化和习惯的影响

第一，家庭成长中父母的性格色彩和关系对自己的影响。

在所有影响个体的成长因素排名中，家庭环境和父母的性格色彩当拔得头筹。的确，伟人的童年往往很不爽，但过分的是，因为自己想当伟人的老爹，那些望子成龙的家长往往把自己孩子的童年搞得很不爽。当你成长在这样一个“望子成龙”的强势环境中或受制于强硬的个体时，个性的发展势必受到巨大的影响。

所谓“强势”或“强硬”，此处主要指向黄色或蓝色。在前面，我已详细论述了这是有强烈改造他人欲望的两种性格。红色和绿色因无此欲望，我们称之为“柔性的性格”。以改造手腕来讲，黄色倾向于强制性和逼迫性；蓝色倾向于用条条框框来束缚，是无休无止地水滴石穿型的说教。因为内心深处的坚持，他们按照自己规定的路线和指令，要求子女必须遵守。这两种“改造狂人”都非省油的灯。

另外，有些父母的期待对孩子的发展可能影响深远。例如，在父母都是黄色的家庭中，男孩被人期许要有运动员的体魄，并要非常坚强地面对一切挫折而不许哭泣。如果家里的儿子恰恰是黄色，要他实现父母的期望轻而易举，甚至是一件乐事。但若是一个生性柔弱的绿色，就吃足了苦头，从小只要有眼泪流下，就会被父亲斥责，他既不能使父母失望，也无法在篮球的对抗性运动或严格的纪律中找到乐趣。他的确可以打篮球，甚至打得很好，但是他并不认为篮球打得好是件趣事，他实在不喜欢这种人生的折磨。诸如此类还有“为什么你不能像你哥哥一样？”“好男孩不会那样做”“只有娘娘腔的男孩才会那么注重外表去打扮自己”等。

个案一：黄色女孩A，初中时有女同学为闺中密友，形影不离，日久，其黄色的母亲，怒斥其为同性恋，并将此事无中生有地报到学校。A原是学校的大队长，此事大张旗鼓后，其所有的荣誉在一夜间尽数抹尽，且遭受到前所未有的歧视，从而给A在与人的交往上造成强烈心理障碍。此后，A在行为上呈现出相当的蓝色状态。

个案二：蓝色男孩B，在黄色的父亲奉行的“棍棒底下出孝子”的政策中成长，属于“老三届”的父亲把他上大学作为圆自己梦的一个工具。少时，类似“因为鞋子弄湿被罚赤脚伫立雪地”的事件数不胜数，更有甚者，父亲曾在班级同学面前，因为儿子的一个小小失误当众扇了他一记耳光，差点造成B失聪。在这种高压的暴力下，蓝色只能持续压抑自己，做父亲要求的事，但内心充满了刻骨的仇恨。直到成人后，个性中也逼出了许多非常强烈的黄色反弹。类似这样的故事，影片《向日葵》正是极好的写照。

个案三：红色女孩C，受制于蓝色的母亲。她本是家族中最调皮开朗的孩子。母亲从来鄙视拥抱、抚摸，表达爱的唯一方式就是准备好一切，不容拒绝和挑选。女孩年年考试得第一，但蓝色母亲很少表扬，偶尔只考了个第二，却会遭到苦口婆心的说教。因为母亲总板着脸，家里的气氛完全取决于她的心情。故此，红色女孩一直表现得小心翼翼，拘谨而紧张，总担心被批评，毫无自信，长大后一个本来很自信的红色反而出现强烈的自卑行为，一直自以为是蓝色。

以上种种皆属于成长于强势个体下会带来的影响。除此以外，成长在父母经常发生剧烈冲突环境下的个体，个性往往得不到健康平衡的发展。类似《中国式离婚》中，宋建平与林小枫的频繁冲突导致孩子的自残事件在现实生活中举不胜举。由此可见，如果父母不注意自己的个性修炼，由于他们的无知和自以为是，由于他们强烈的性格冲突，会给子女的心理带来多大的痛苦，这也就是为何在这个单亲家庭越来越普遍的社会，子女的心灵总是受到巨大的蹂躏。

第二，人生中重大的记忆深刻的事件或经历的影响。

除却家庭的影响力，人生中的重大事件对性格辨识困难的影响位居第二。诸如事业发展上的重创和打击、情感历程中的磨难和坎坷、国外求学犹如“北京人在纽约”般的经历、成长过程中突如其来的横祸变故，任意一种只要足够强烈、影响深远，必对个性产生重大影响。

个案四：蓝色男性D，在14岁那年的一个半夜，起炕尿尿，目睹自己的母亲和父亲最要好的朋友共同睡在一张床上，于是开始沉浸在撕心裂肺的痛苦中。17岁时的一个下午突然回家取习题本，进门时发现自己的父亲和单位里的阿姨正发髻凌乱、衣冠不整、满脸尴尬地坐而论道，父亲怒斥道：“你现在回来干什么？”此后，小D先生终日蓝将不蓝，一副浪荡形骸，每时每刻游戏男女，把玩爱情于肉欲横流间，表面上俨然一副不知“情为何物”的红色韦小宝般的派头。

个案五：绿色女性E，初看颇有坚硬刚气。原来少时女孩家境富裕，高朋满座，后来父亲开厂失败，那些所谓的“至亲好友”的热情在瞬间烟消雾散。等到自己想读大学时，因农村重男轻女，父母在E的学习问题上放任不管，让其自己去借钱，走遍山间五十里地的三个舅舅家，无人愿借。后有机会被人带到上海滩，初期住在跳蚤与蝙蝠陪伴的地下室，一切都得自己打点。E曾经也想放弃，但一想到当初受到的侮辱，遂打落门牙握起小拳低声呐喊：“坚持到底，就是胜利！”日久天长一扫绿色的胆小和依赖，外人看来架势上活脱脱像一个王宝钏。

个案六：红色女性F，在八个月内，连续遭受五个接踵而来的海啸般的沉重打击：子宫肌瘤卵巢囊肿合二开刀，在家静养；从小手把手带大自己的外婆突然车祸，归入天国；苦恋四年的男友最终还是在前女友和她的博弈中，选择离她而去；分手一个月后，才发现自己已经怀孕，然后引产；在一个周末的清晨，被入室盗窃的歹徒强暴。从此，女孩愤恨于“大地不公，唯我命苦”，沉溺于过度的自我保护，把自己置身于终日沉默不语的态度中，犹如行尸走肉般地周而复始每日的生活。看上去，与忧郁到极致的蓝色毫无差别。

重大事件，常会是那么不经意她，却是血淋淋残酷地到来到我们的身旁，然后几乎以不可逆转的方式在形式上更改我们未来生命的表现方式。

第三，工作的影响。

广义上来说，生活和工作双翼张开便支撑了我们全部的生命，如果前面论述的是生活的影响，那么你的职业性质、从业时老板的风格或者说企业文化和环境等各方面也，都有可能给你的个性带来一定的影响。列举一二说明：

·职业的影响：以我自己的成长来讲，我的第一份工作是银行会计。因为我红色的粗心，刚进银行，屡次下班时账目无法轧平，众人一起诛连陪坐到半夜，到现在还记得同事当时看我那充满愤恨恶毒的眼神。对于天性并不仔细的我来讲，那段心有余悸的心情至今仍不敢忘怀，这段经历对于训练我的蓝色行为来讲，起到了绝对的奠定作用。一度我的蓝色行为超过红色，直到我离开银行，我才做回真正的自己，然而即使如此，看到他人行为中的不仔细，也仍会让我内心顿生不适。

·老板的影响：一个绿＋蓝的女孩F长期追随黄+蓝的老板，并被刻意栽培。因为绿色害怕冲突，每当被要求极高的老板批评时都不敢出声，稍有解释时，即引发更强硬严厉的回应。在老板长时间的压迫、批判和严师出高徒的想法下，F几乎透不过气来，导致更加胆小和缺乏自信，与此同时却反而加重了蓝色的死板和过度原则性。之后F在行为上强烈地模仿老板，却东施效颦，和同事的关系江河日下，并深陷“我到底是谁”和“我怎么觉得我不是我”的沉重的自我困惑之中。

·环境的影响：主要是指企业文化，你周遭的文化对你的行为有很大的侵蚀性。比如不少在政府机关工作的人员身上有很多明显的绿色特点，但并不代表他们一定是绿色。这就好比假使你长期从军，你的个性中也许会凸显出雷厉风行、上行下止等诸多黄色的明显特质。

在工作中，经常出现的另一种情况是，你的工作也许更多要求你发挥性格中的第二色特性，这会让某些人误以为自己的次色是主色，其实那只是因为运用次色的机会较多而已。比如，一个蓝＋绿的客户服务人员，在工作中，他的职业可能更多需要用到绿色的耐心、柔和、倾听等技巧，日久天长，他反而忽略了自己的蓝色动机，而片面地认为自己的性格是绿色。

第四，文化和习惯的影响。

·社会价值观的影响

“我是男孩，我必须勇敢；我是男孩，我必须坚强……”这是几年前某小学推出的“男子汉誓词”。据报道，为使全校800多名小男生成为真正的男子汉，开学第一天便举行了打造“男子汉”行动的誓师大会。什么叫真正的男子汉？我想质疑提出誓师大会口号的人“真正的男子汉”的定义是什么？我们已经知道，以性格的角度而言，黄色的勇敢和坚强是与生俱来的，而其他三种性格在这两点上都无法与黄色相抗。那是否意味着，如果男性想要成为真正的男子汉，就必须要做黄色？如果我们做不到黄色那样，是否我们就不能被称为男子汉？如此看来，岂非黄色的男子天生就是幸福的，黄色的女子天生就是可悲的？

在古代版中，对女性从来是要求“大家闺秀”与“小家碧玉”二选其一，看来只有绿色女性的天性可以完全符合那三从四德的品性。按照现代版的要求，男人应该成熟稳重，因此当红色男性落泪痛哭时，势必被外界指责为“不够男人”，而女性的情绪化却能被这个社会所接受。一旦性别角色受到严格地规范，不但温柔而被动的绿色男孩被期待成为运动员，调皮而喧闹的红色女孩也常被人斥责为不像好女孩一样文静、端庄、柔顺。孩子因为自己的性格不是父母和老师印象中的好形象，而感到自卑不如人，这可能会造成长远而破坏性的影响。这种负面的自我评价可能产生许多有害的态度和行为，包括不满意的个人关系和不正确的自我认知。

1992年，一对夫妇出版了名为《男人来自火星，女人来自金星》的书。这本书表示，“许多女性觉得自己没用，或因无法在男性领域中，与之一较长短而沮丧。其实没必要贬低自己的能力，女性不是失败者，只是她们擅长的事与男性不同而已”。事实上，该书中强调的“能力”与本书完全不同，在“FPA性格色彩”的世界里，排除男女两性在生理与思维能力方面的差别外，以性格的特质来讲，男女毫无二致。我一直认为：无论男女，人与人的本质差别大多存在于性格差异，而非性别差异。

· 地域文化的影响

在我的训练和演讲经验中，除了经常被问到“男女的性格色彩分布有没有差别”外，同时一定被附带的另一个问题就是“不同地区的人在性格色彩的分布上有没有差别”，值得关注的一个现象是，几乎绝大多数人都认为答案是肯定的。人们普遍的观念是：中国人与美国人是不一样的，中国人应该绿色性格分布最多，而美国人多黄色，就像人们认为德国人中蓝色应该比较多一样。就算是中国，南方人和北方人也是完全不同的，南方人整体上应该是蓝色或绿色多，北方人应该是红色或黄色多。

那么，让我来向你汇报，我所见到的真实情况是：当我在北京培训时，北京人对上海人嗤之以鼻，认为上海人比孔方兄还小气，上海男人不像男人（注意，这里人们已经开始有了对“男人”的自己的定义），怕老婆，娘娘腔，打架动口不动手，所以定是那蓝色的多；当我在上海培训时，上海人认为东北人个个大块吃肉大碗喝酒，横的怕愣的，愣的怕不要命的，肯定基本上是红色和黄色；当我在东北培训时，人们认为广东人爱吃不爱穿，所以邋遢的多，偏向懒惰但赚钱功夫却是了得，所以要么绿色多要么黄色多。事实上，各地情况相差无几。

如果你有以上同样的观念，就证明你也在“性格”与“文化习惯对于行为的影响”这两者间画上了等号，这对于理解人性的本质是一个巨大的误区。南北方文化历来有所不同，自古北方尚武南方崇文，故北方多出皇帝南方多出才子。北京皇城根脚下的“政治文化”与上海十里洋场下的“洋买办文化”自然有所不同，文化对人的行为心态的影响与性格本质并无瓜葛，但在行为上的影响的确存在。当年在成都与深圳面对两群同样是红色性格的人进行培训时，我明显感受到深圳的红色在表现方式上更加热情、活泼、积极、兴奋，这与深圳这个城市中“移民文化”强调的张扬和成都这个城市的“休闲文化”中滋养的平和之间的差异密不可分，但并不代表他们两地的红色性格有任何本质差别。所以，当你在阅读坊间关于不同地域的性格差别的书籍时，要小心区分。

· 国家文化的影响

在任何文化中，总有一些能力比其他能力更受人重视。在该文化中较受重视的活动上表现卓越性格的人，会比那些在较不受重视的活动上表现杰出的人获得更多赞美和钦羡。这样文化的差异就形成了所谓的“国家性格”。

美国人在殖民时代早期，具有强烈的西部牛仔的开拓精神。在那个短暂的拓荒时期，产生了西部的淘金者，故而在美国这样崇尚自由和“空手打天下”的平民英雄文化下，对于敢于张扬个性和善于创造奇迹的红色和黄色是认同的，这与中国接受的传承完全不同。在整个中国文化中，不仅“枪打出头鸟，有财不露富”的古训教导我们要低调，而且从称呼自己为“小人、草民、奴才”与称呼他人为“大人、老爷、老祖宗”的对比上，也可看出我们推崇的谦恭文化。在这种“自谦就是美德”及儒家文化的影响下，我们力挺内敛的绿色和蓝色。同理，德国人自小完全受洗于从笛卡儿是法国人！康德到黑格尔等本国伟人深厚哲学的影响。德国作为哲学之邦，他们的思辨明理和推崇思想的蓝色文化是根植在其内心深处的。

在特定文化的影响作用下，人们往往会自觉地刻意地压制自己的天性，发展被某种文化所认同和推崇的性格行为，以适应大环境的取向。久而久之本色性格的行为没能得到应有的发展，从而导致对自己本色认知的偏差。

以上罗列四大要素中的案例仅是尘世中的一瞥，此处蜻蜓点水而已。本书的重点，更侧重于人们的内在性格，而非外力的影响。虽然外在的因素会对我们产生冲击，但它们并不是决定我们性格的基本力量。

每次研讨会结束，总有一些学员写信给我分享他们内心强烈的感受和触动。为了对以上四大要素在现实生活中对个性的影响有更清晰的认知，我选择了以下八封来自于各行业当事人的信，这些人处在不同的年龄阶段，具有不同的经历背景，既有政府公务员也有外企白领和私营业主，涵盖了从20～60岁的各年龄段。所有来信的主题均集中于如何发现自己的性格色彩的历程。每位来信者均属于在了解性格色彩的概念后，有过长短不一的混沌和困惑状态，经过对自身的梳理，最终发觉了真正的自己。

感谢这些朋友，愿意把自己生命中私密的经历和自我洞见的过程拿出来分享。因为他们的分享，我们知道在寻找真正自己的旅程中，我们并不寂寞和孤单。

谢谢你，让我知道我是谁

凯佑（男）39岁 直销公司高阶直销商

作者按：本文笔者系红色性格。童年的一个阴影和长期在日本工作的经历，塑造了其许多坚实的蓝色行为，以至于他自己和密友一直都以为他是蓝色。凯佑目前是某直销公司在大陆和台湾地区的高阶领导人，带领庞大的销售团队。从业销售后，与真正蓝＋黄的合作伙伴产生了剧烈冲突及痛苦。

推荐我参与研讨会的朋友之前一直咬定我是蓝色，在他做过基本讲解后，我也确定自己是蓝色。我写这封信是想告诉您：如果没有向您深入了解的机会，我也许将一直都不理解我到底是谁！也许将一直半梦半醒过一生。我的朋友之所以咬定我是蓝色，原因很简单，因为他见到的我是30岁之后的我，如果他知道我之前的经历与工作上的痛苦，也许就明白原因了，正如您所说，对于过往的回忆让许多事豁然开朗。

在先天的本性上，我其实是个不折不扣的红色。原本我生长在大家族中，享受非常快乐的童年，跟兄弟姐妹、左右邻居的孩子在泥巴堆里玩耍长大。但有一天，我的阿姨因思念丧子，就偷偷到我家把我抱走打算养我，家里人知道她的情况也就没有马上去追讨，过了一段时间后，才把我接回家里住。这件事影响了我活泼的天性，回家之后我变成一个非常安静的孩子，再也没有蹦蹦跳跳，不敢再跟那群小孩吵闹了。原因是害怕自己再被带走，怕是不是因为自己调皮犯了错，所以得到惩罚，认为自己应该要多加顺从，过去原本的活泼几乎不复存在。这个事情对我影响之巨大非当事人不能体会。

在中学，我又是一个处处出风头的活跃分子，在朋友当中是开心果，我常说我是大家的太阳。进入社会后，因为家族关系，我到了日本工作，从事过服务业，当过计算机系统工程师。在日系公司中最讲求团队工作，公司纪律及制度非常严谨，绝对是仔细与严苛，我在工作中一直战战兢兢。也许就是这将近六年的日本工作经历，让我的蓝色特质突飞猛进，以工作上的蓝色表现来讲，少有人超越。

回国后我进入了直销行业，因为我的红色性格，可以每天都去热心协助客户，找到他们的需求。面对不同的客户，每天都有变化，我发现这样的环境才是我所钟爱，产生了过去在日本的七年都是在浪费生命的感觉。

我工作上的合伙人，是个事事要求完美的蓝＋黄，不论对她自己或对家人，甚至对团队里的人都是秉持谨慎而且严苛的态度。十多年来，我们产生了非常多的争执与纠葛，因为彼此不了解，我们会反复为类似问题发生争执，甚至连争执时的话都是重复的，等到争执结束后，自己很茫然，觉得无聊得不可思议。

比如说，我常因为工作必须在台上做培训，因为我过去在日本受到的训练，在台上我属于比较权威或者严肃的，但在私底下，工作后常有与朋友们聚会的机会，我总是希望彻底轻松一下，因此在聊天时比较嘻嘻哈哈，喜欢谈天说地。我的合伙人则认为我的轻松言谈会破坏形象，认为我应该更加成熟些，不要显露轻松的一面给别人看到，甚至认为我应该不论在任何场合都尽量不与人交谈，她希望我只听别人说话，而不发表任何意见，因为沉默是金，若我作为一个男人都不能做到，那就是一种轻浮幼稚的表现。因此她会以严厉的口吻批评我，让彼此之间的感觉很不好。一个人认为在台上完美演出了，台下就可以真实地过自己的生活，另一个人却认为这是幼稚的行为。

诸如此类的事情累积久了没有得到适当调解，久而久之就变成一股潜在力量，爆发出来时，问题往往就是无法解决的。彼此都失去耐心，发现歧见已深，为了让自己解脱，只有选择各走各路，原本的友谊也随问题的扩大而丧失。

但经过红蓝黄绿的分析后，我不断回想过去，洞见自己，想想自己认为受到的委屈或是自己认为正确的想法。换个角度看，对方可能也是这样认为，此人真是无药可救。现在我终于明白，该如何去接受并了解其他人的出发点或想法，也终于知道自己所坚持的，其实造成了别人的不解或痛苦。

从26年前的日记中找回自己

文琴（女） 43岁 医生

作者按：本文笔者系红＋绿性格。因为从小被一强势的黄＋蓝母亲压抑，经常发挥性格中的绿色，方可更有效地保护自己避免责骂和获得安宁，故在行为上文琴一直对外显示出更多的绿色，同时也人为地压制自己的红色，以绿色自居，渐渐地遗忘了自己红色的天性。在本文中，文琴通过对自己青年时代一篇日记的回溯，来探寻如何洞见自己的内心。

有一句描写喜马拉雅山上一位圣者的话，应该也适合您：“……最吸引我的是您对每一个人的深切了解。”谢谢您启发了我，帮助我打开了我未曾想到的巨大世界。您是唯一初次见面就确定我是以红色为主的人，这实在是太神奇了！因为在此之前，所有人包括我自己一直都觉得自己是绿色，因为一直以来我给他人的印象是温和耐心的、超级好脾气的。

突然想起您说的“回忆过去”，我就翻看了一下以前的日记，顺手拿到26年前写的一本，打开一读，才洞见到原来的我。

1980年9月22日

……

猜我现在在想什么？我回忆起了那次愉快的令人难忘的十一聚会。我希望今年再搞一次，我想请几个同学再来我家。最好要让爸妈不在家，我们可以痛痛快快地玩一下、乐一下，顺便庆祝一下我的生日。这该有多好啊！我想象着，红红的蜡烛燃起来了，照亮聚在我周围我心爱的同学们，大家都一声不吭，等待着我吹灭那代表着我18个春秋的18支蜡烛。然后，该是谁会第一个伸手向我祝贺生日快乐呢？

我高兴得快疯了，然后切蛋糕，这该有多快活，简直乐死人了。想象着这一切是多么美好，要是真有所成，那将使我永生难忘。上帝保佑，成全我的美梦吧！那将是我中学时代最难忘的最辉煌的一幕。

……

日记里透出浓重的红色性格特点，我几乎已经忘记我原来是这个样子的。看着我成长的日记，倒是很真实地看到了我骨子里的一些东西。

我天性里追求快乐有趣，一个人自我陶醉，但我母亲是黄＋蓝，“女孩子应该文静！应该……”这些管教充斥着我的整个人生。现在翻出来当初写的日记看看，里面有很多对父母管教的不服，但敢怒而不敢言，甚至都不敢怒，只好偷偷发泄在每天的日记里，从每天写日记里得到解脱与快乐。也正是由于我母亲的高压管教，压迫出我更多的温顺。

由于母亲极其严厉的管教，有一阵子我甚至想过要死。现在我知道，是因为我天性中的红色容易忘却痛苦的记忆，而绿色又有很强的忍耐和化解压力的能力，所以日子也就一天天平平静静地过去了。幸亏那时候的挣扎都发泄在日记里，不然，我真想不起来这么多年是怎么过来。那时，每次一看到母亲板着脸很严肃的样子就开始心里发抖，因为知道她又要开始批评而非表扬我了。我会忍不住开始想解释，但永远是我母亲有理。每一次都搞得我心灰意冷，有很失败的感觉。她总是说我是你妈，这么疼你，所以要对你说这些，是为你好。你看外人是不会对你说这些的。可我心里却真宁愿她是个外人，因为至少一个外人，不会总是来批评我，她的爱让我有巨大压力。

我当时真是非常压抑。现在明白了这完全是两种不同性格的冲突。黄色的母亲目标非常明确，在乎结果和未来，而红色的我，非常在乎当下的感觉，喜欢快乐和有趣。这种冲突一直让我很痛苦，又不敢去顶撞我母亲，只好暗地偷偷发泄。比如关起书房的门，把书橱里的书全都扔到地上 。

忍吧！我的绿色辅助色在这时候开始发挥作用。慢慢长大后开始明白，千万别跟母亲去斗，斗赢斗输都是输，而且她也一天天老下去，没有一天停止过为我们子女操心。所以，后来我找到了一个方法，那就是只要她开始说我什么，我就再也不跟她反驳，微笑地看着她，随便她说什么，就说："是的，对的，好的，好好……"看我这么顺服，这么愿意接受批评，她也好有成就感。不过后来她发现，其实我听的一套做的又是另一套，最后根本没听她的。套用乐老师对绿色的评价"不管你们怎么样，我该怎样还怎样"。所以她老说我阳奉阴违。总算等到结婚嫁人后，我才过上了自由自在的生活。

能找到真实的自我，听从内心需求的指引，才能真正地发挥自己的所长，也算是对得起自己的人生。

解析60年的人生迷惑

于华（男）61岁 退休中学校长

作者按：本文笔者系蓝＋黄性格，退休前长期从事管理工作。笔者的蓝色与黄色在外部行为上表现同等明显，故一直无法判断自己到底是蓝＋黄还是黄＋蓝。在本文中，关华对与老伴当年蜜月中的冲突，到工作中的管理策略和处理棘手问题的反应，一一从性格角度进行了诠释和分析。最终从自己人生事业发展中目标转移的轨迹上，找到了真正的答案。

我是南开大学六七届毕业生，今年61岁，刚退休在家。当我在静思、回顾、总结自己走过的一生道路时，青少年立志科学兴国、恋爱、成家、工作，这一幕幕的镜头从我眼前浮现、晃过，有的是清晰的，可还有许多是模糊的，这种困惑成了我解不开的结。正在此时，有人向我推荐性格色彩理论，没想到“山重水复疑无路，柳暗花明又一村”，我像挖到了一座金矿，短短两天达到了洞见自己、洞察他人、解析人生迷惑的神奇效果。

我确认自己是蓝+黄，我太太是红+黄，让我回忆起了很多往事。她比我小七八岁，那时她是个非常活泼可爱、热情聪慧、人见人爱的小姑娘，我们可说是“一见钟情”。可我是蓝+黄，讲究逻辑、重思维，又计较自尊、地位，所以尽管我们经常是如漆似胶、难分难舍，但仍然时不时会爆发红脸、争吵，甚至大战，而我总是坚持认为真理在我这边，要坚持原则，不能迁就。

现在我恍然发现自己错了，错就错在蓝+黄的我只知道死理，只知道较真，却不知道在日常生活里，夫妻关系中本就没有绝对真理，很多琐事完全是可以让步的。不仅如此，恩爱夫妻生活了几十年，我还真是不了解她。她在我这个重点大学理科高才生的大哥面前撒娇是正常的，这既是她的需要，也是深爱我的表现。红色的她需要表扬，需要听好话，为什么我就不能满足自己心爱的人呢？有时她也会来点歪理，可我为什么不能让一让、哄一哄呢？也就因为我不理解她的需求，造成了我们之间的冲突。听完课后，我迫不及待地回家和太太交流，开始性格分析。

想起我们生活中发生过的一些事：第一件，在我们旅行结婚途中，重庆的游览活动原本已计划好日程，中途有一次我太太要改方向行走，我坚持不肯，最后她只能悻悻地跟我走，弄得蜜月也过得不开心，何苦呢？第二件，她怀孕时，有事发生争吵，我坚持就是不让步，她就在地上打滚、扭身子，而蓝+黄的我却依然坚持“真理”，没理她，最后造成分娩时发生困难， 现在想起来非常内疚和负罪。通过交流，我认识到自己蓝色过当，给夫人造成了很大的伤害，而她听了以后脸上露出了幸福的笑容，并原谅了我，还跟我说了很多亲热、高兴的话。真是啊！红色心软，你让她一步，她就非常讲理。为什么我过去就不知道呢？红色的人需要梳顺毛的，顺着她则一通百通啊！

在工厂里，我干的专业是配角，虽然混得不错，但性格里的黄色使我不甘于碌碌无为，需要寻求新的目标和挑战。1982年，我是厂里第一个应聘去深圳的，后来厂长和我达成协议，为了稳定工厂技术人员的人心，我出任厂子弟中学校长，干两年再放我走。那时我37岁，既然可以小试牛刀，体现一下人生的价值，就接受了任命。当时子弟中学有两大难题：一是教师积极性不高，二是学生难管理。

我到校一个月后，为调动教师积极性，采取了两条措施：一是打破框框，扩大生源，招收非本厂子弟入学，目的是扩大收益；另一方面出台了一份“教师奖金分配方案”，做到公正公开。这算是我典型的蓝+黄的表现了，蓝色理性分析问题的能力帮助我制订方案措施，黄色的坚定自信使我敢于推动革新。20世纪80年代初就在教育系统推出此办法算是首创，其经验后来全省推广，西北地区大城市的学校也络绎不绝地来到山沟沟中取经！

子弟中学的学生都是职工子弟，不少是厂领导的孩子，所以老师感到憷头，不敢管。我分析了一下形势，是厂长请我去当校长的，况且厂里大多数职工都希望山沟沟里的孩子高考能得高分，以便跳出去将来有出息，所以厂里员工是支持搞好学校的，也是支持管好学生的。那么为什么不敢管呢？我告诉班主任和全体老师，要敢管、管严，管好了才能多发奖金，出了问题由我承担，我会去找家长和厂长的。那时总有一部分初中毕业生不能升入高中，其中有少数捣蛋生就到学校来闹事，影响上课秩序，还要殴打年龄小的学生。我下决心要管一管这件令学校头疼的事情。有的校领导和老师劝我，要小心一点，他们会砸你家的玻璃窗，还会打你儿子的。这时我黄色性格的坚定执著、不畏压力又充分体现出来了，我想没什么可怕的，你怕，他就来捣乱，你不怕，他就不敢了，一切就看谁硬了。难道我的事业和目标就被这点小小的威胁吓退了吗？另一方面，我的蓝色性格又善于理性分析，做出解决方案。我抢先一步，预先找了几个挑头的捣蛋孩子的家长，把问题提前讲清楚，结果平安无事。

1997年南开毕业生三十周年聚会时，我的同学、老师都认为我应该早就出国进修了，以为我已是一个相当有名气的科学家了。1962年，我的高考成绩中数、理、化均为96分（当时满分为100分），是理科高才生，而做科学家也正是我青少年时立志奋发的目标。可现在为什么不是呢？以前我回顾、总结这个问题时，总是简单地认为既有客观因素，又有主观因素。客观因素是赶上了“文革”耽误了；主观因素是自己不够坚持，为什么我的同时代人中仍然出现了杰出的科技人才呢？现在通过性格色彩，我又深层次地找到了自身性格的原因。我性格中的天性是蓝色而非黄色，后天环境又慢慢培养了我的绿色。毕业后在工厂18年，在开发区10年，由于适应性较强，在哪儿都混得不错，因此就逐渐放弃了自己原来的目标。如果我性格中的天性是黄色，那么在追求事业的成就上也许会更加执著，如果当初坚持自己的目标，咬定青山不放松，那今天的我就可能是另外一个样子了。

好了，抒发了这么多话，忽地明白了许多道理，我这个61岁的人也算个长者吧，性格色彩能用一幅简单、美妙的图画来解析困惑好多人的人生，在我年逾六十之际给予我启迪和心灵撞击，让我知道我真正是谁，的确妙不可言！

家庭关系的纽带

子谦（男） 31岁 私企财务主管

作者按：本文笔者系蓝色性格。子谦一直活在一个人的世界里，从小到大，身边少有人懂他，为了适应环境，他发展出一些红色的性格，但骨子里的东西依旧没有改变。经过学习和自我洞见，他找到了家庭关系和性格的相互作用对他成年后幸福感的影响所在，并尝试运用性格色彩解开多年的谜团，放下心头大石。

我不知道，一个人最终是否幸福、是否孤独，是不是和小时候的生活体验有着紧密而且必然的联系？我希望不是。

我母亲作为知青上山下乡时，和H市当地一名医生结婚，生下了我。出生后第三天，我就来到S市的外婆家，长期居住。仅仅在每年寒暑假才会回去看望父母和父亲的亲戚。我对他们的印象和感情其实很淡薄。印象中，父亲是一个严肃固执的人，我怕他。

外婆家有很多亲戚，大家都住在一起，我是最大的孩子。因此，大家都非常照顾我，对我的要求也很高。由于父母不在身边，他们对我也更多了一份责任，把我管得更紧。那么多亲戚，除了我阿姨是红＋绿外，其他人都有非常强烈的黄色性格。他们虽然爱我，但强硬的做法却让我觉得非常痛苦。他们给我他们认为最好吃的、他们认为最好玩的，强调都是为我好。我努力做一个好孩子，可一旦有反抗或者做得不好，他们就会说些很冷酷的话，用很粗暴的方式解决问题，还吓唬我要把我送回乡下去。现在我知道，黄色的他们一直希望我像绿色那样按照他们的意愿生活。虽然我努力改变自己去适应，但在那样的环境下，总有种寄人篱下的压迫感，爱着也恨着他们。

我非常羡慕别的孩子和大人有亲昵行为的情感交流。可是除了我父母，我真的不记得有谁亲过我。当我沮丧地对外婆说："你们说你们喜欢我是假的吗？"外婆说："什么真的假的。虚哒哒的，早点睡觉！"这次打击后，尽管我的蓝色性格对情感上的体贴和关心有很强烈的需求，可我再没勇气去表达这种需求了。

他们认为物质的给予就是爱，而我渴望得到的精神和情感的给予几乎就是不可能得到的。因此，我的童年非常压抑，也没办法顺畅地和外界沟通。我想得很多，却一直想不通，想过离家出走，也想过自杀。最希望自己能快点长大，不再依靠任何人生活，不再忍受没有温度的感情。

小学毕业时，我父母离婚了，我母亲回到S市，我觉得自己很幸福很快乐。红＋黄的她总是能带给我快乐和久违的温情，也给了我很多细腻的关怀。她是我最亲的亲人，我以为我能永远如此，享受平和温馨的日子。但时间久了，她的性格和家里其他人性格的冲突越来越明显，几次失败的恋爱和再婚，使她的情绪变得非常不稳定。那段时间，我也非常痛苦，几乎觉得自己就要崩溃，一度认为自己心理上是不是出了什么问题。幸亏我高中所在的班级气氛非常活跃，我渐渐变得更加独立开朗，开始尝试发展自己的红色，减小压力，免受伤害。因此，我高中时，母亲的再婚对我的影响就变得小了很多。我想我已经渐渐学会如何去适应环境，适应别人，适应黑与白之间绵长的灰色地带。

我不善于和人打交道，也许长期的封闭和外婆家传统的管教方法使我显得更加笨拙。初中时我曾暗恋过一个女生，却因为自己的蓝色性格没有勇气和她说话，还帮喜欢她的那些男生传递情书。多年后，她写信跟我说当年想追我，却由于我的反应而止于暗恋，我无语。我把大部分的精力放在学习上，并不是我多爱学习，觉得多有乐趣，很大程度上是为了寻找出口，排遣内心的郁闷，也希望借此摆脱现状。

乐老师，上了性格色彩课程以后，我洞见了自己，并尝试克服蓝色的过当，解决了一个困扰我将近七年的问题。事情如下：

高中时，我和一个同学感情很好，形影不离。我们约定分头去了解外校老师的水平，定下来以后，告诉对方一起去补课。但是，高三我遇到了一位语文老师，她有魅力、细腻、美丽，不仅课教得好，而且非常懂得理解和认同别人。她跟我的精神交流令我开始不那么自卑，开始相信自己，我对她除了敬仰更有一种恋母般的感觉。我窃喜能有这样的体验，也害怕这样的心思为人所知，所以我没有告诉我的朋友。当他通过另外的途径当堂和我相遇时，双方都非常惊讶。很多年过去了，我们谁都没提过这件事，可是每次见到他，我都会有一种背叛似的愧疚感，一种万蚁蚀象的难耐感。这又是典型的蓝色性格，对于自己的错误久久无法释怀。在上完您的课程后，我鼓起勇气向我的老朋友表达对这件事的歉意。没想到，他对此非常感动，还说，经我提起他才想起那么多年前有这么一回事，连对那老师的印象都模糊了。我先前所有的顾虑一下子烟消云散了，也终于放下了煎熬我多年的心头大石，可以从此坦然面对我的好友。

永不言弃

漫雪（女） 35岁 广告公司总经理

作者按： 本文笔者系红＋黄性格。在行为表现上，黄色的果断和行动力尤其明显，且在人际交往中毫无任何红色的过当之处，异常得体，故一直以来自认为是黄＋红。在我与傲雪相识的开始阶段，我也一直被她散发出的黄色的光芒吸引。然而在谈到人生中的若干巨大打击和几个重要选择时，我对开始的判断产生了质疑并不安。最终，从傲雪身上，我看到了对于生活充满热爱的憧憬和感染力完全来源于其真正体内健康的红色力量。

洞见自己是一件很难的事情，因为人的思想委实太过复杂，特别是那些有着特殊家庭背景和生活经历的人更是如此。其实每个人的今天都是由过去累积而成，很小就听过这句话：“性格决定命运”，但是我对自己的性格始终不确定，直到上了乐嘉老师的课，才明白这么多年来，生命中的一切苦痛、折磨与幸福，都与自己的性格有着极大的关系。

我从小便失去母亲。那一年，我三岁，弟弟一岁。所以，我的记忆里母亲的样子一直非常模糊，也没太多母亲的概念。父亲身兼母职，在艰难的岁月里，领着我和弟弟苦苦挣扎。我很幸运，有一个修养极好，而且对我们充溢着爱的绿色父亲。所以童年的生活虽然清苦，但是依然感觉温馨。

平静而温暖的日子在我十岁那年被彻底打破。那一年，父亲娶了一个后妈，我原来的想法是希望有个妈妈照顾我们，但是后来的事实证明，这一段婚姻，是我们全家最不堪回首的一段岁月。随着这个后母的到来，父亲、我和弟弟的生活被彻底地打乱。说说这个后妈，这是一个极端黄色的女人，而且多为黄色过当，性格非常暴烈，结婚不久，家里便硝烟四起。为了不让我和弟弟受影响，我初一时，父亲便把我送到学校寄宿，那一年，我十一岁。

到了学校，我意识到自己要独立地去面对一切，那个乖巧害羞的小女孩在十一岁那年告诉自己要改变。从初中直到大学的这段岁月，我性格中红色的本性开始显山露水，我开始有意识地参加学校的各种活动，在各种比赛中都能取得好成绩，那时的我，喜欢出风头，喜欢被关注，但对未来还是没什么具体期望，呈现出很多红色。现在想来，其实那段时间内心深处是希望自己可以早早地离开这个家庭，黄色的部分驱使我独立生活，让自己开始刻意地改变自己的个性。

毕业之后，我被分回家乡的一个国营单位过着平静如水的生活，我的内心开始极度地躁动不安，内心深处常常有一个声音在告诉自己：“走出去，到外面的世界去！你不能在这个小城埋没一生！”当时父亲已和后母离婚，家庭恢复了往日的平静，父亲很珍惜这来之不易的生活，期望一家人在一起安安静静地过日子，我却怎么也不甘心就此庸庸碌碌过一生，所以，在一个平常的早晨，瞒着父亲，我留了一封信在桌上，带着简单的行李，一个人来到了陌生的北京。现在看来，其实红色才是我内心的颜色，只要我喜欢做的事情，我便会不惜一切代价去争取，那一年，我21岁。像很多刚去北京的人一样，举目无亲的我，在北京的最初几个月可谓吃尽了苦头，但是夜深人静的时候，常常咬牙告诉自己，一定要坚持下去，我终于在北京立了足。

我对很多东西执著，包括事业，包括爱情。所以，一次一次追寻着心中的声音而去，我得到很多常人无法得到的东西，同时，也失去常人可以得到的幸福。我的事业一直发展得不错，25岁的时候，已经成了一家外资公司在北京的副总经理，但是我在感情生活上却吃尽苦头。

经历过几次失败的恋爱之后，我在25岁那年认识了一个台湾人，我对他在台湾的背景并不了解，但是多年的孤独与漂泊让我渴望有个家，渴望一个男人的疼爱。所以，当他千里迢迢地从台湾跑到我老家去看我的时候（当时我在老家过年），并不爱他的我做了一个轻率的决定，决定跟他生活在一起。这也许就是红+黄的我因为性格中的冲动，要付出的代价吧。

几个月之后，我怀孕了，我催他结婚，但是发现他开始逃避这个问题，在我的一再追问下，他不得不承认自己在台湾已经成家，并且已经有了孩子。当时的我如五雷轰顶，天哪，全家人和所有的朋友都以为我要结婚了，我却掉进了一个这么老套的故事！我真是欲哭无泪，跑到医院，医生告诉我，已经可以听到孩子的心跳，在那一瞬间，我便再次做了一个坚强的决定，要把这孩子生下来，因为无论大人的对错，她都是无辜的。

这样，我有了一个女儿。他从台湾过来跟我生活在一起，表示一定要跟太太离婚。他在北京开了一个公司，所有的人都以为我们结婚了，我们的家看起来平静而正常，然而平静的生活下面其实隐藏着无数的暗礁，用谎言堆积的所谓婚姻根本就不堪一击。来北京之后，他所有的毛病都暴露无疑，不负责任、贪玩、做生意没有诚信……我对他越来越失望，甚至是绝望。但是我的倔强要强，让我没有对任何人透露关于婚姻的真相，后来跟乐嘉老师谈到这一段的时候，他告诉我，大多数情况下只有性格中有黄色的人才会做出这样的举动，能够把这种事一直独自扛着，谁也不说，而且一藏就是这么多年。

我为这段感情付出了巨大的代价，内心无比痛苦的我开始上网寻求解脱，因为网上的世界是虚拟的，谁也不认识谁，我大可以把内心的苦痛向网上的陌生人倾诉，或许，我还可以在网上碰到一个知己。而网络给予我的，是另一个深渊。

我在网上认识了一个才华横溢的男人，我深深地被他的才华和气质所打动，那段时间，正是我和那个台湾人处在水深火热之时，内心的苦闷无处发泄，所以我把我的真实情况一股脑儿地告诉了这个网友。那段时间，他成了我的精神支柱。经过无数地争吵和激战，我终于离开了那个台湾人，带着一岁的女儿，我恢复了自由。

我以为，幸福已经离我很近了。我和网上的这个男人从未谋面，但却早已心心相印，他在南方的一个城市，离我非常遥远。命运一直在捉弄着我，在我们计划着未来和见面的时候，他得了脑癌。老天一直在跟我开着残酷的玩笑！在得知自己得了癌症之后，他无论如何也不愿再跟我见面，只是劝我好好地找个人嫁了。我不敢想象他如何独自去面对这残酷的时刻，也无法割舍这段感情。于是，我把女儿送回了老家，父亲帮我照顾着幼小的女儿，我去了他在的那个城市。

我见到他的时候，真的不敢相信自己的眼睛，照片上那个英俊潇洒的男人，早已被疾病折磨得面目全非。由于用了大量的激素，他的身体明显发胖，更可怕的是 ，他的身上由于用了过多的雌性激素，甚至出现了许多女性的特征。医生说他随时都有生命危险。我们抱着大哭了一场，哭过之后，我留在了那个城市工作，一边照顾着他。或许爱情的力量真的很伟大，他的病竟然奇迹般地好转了，除了外形无法再回复，医生说他已基本度过危险期，不再有生命危险了，我们都松了一口气。

但是，我万万没有想到，这场病让他的个性彻底改变。由于对自己的外形极端不自信，他对我很不放心，他依然爱我，但是这种爱却走到了极端。我不能有自己的朋友和生活，我不能跟异性有什么接触，他变得极端多疑和容易暴怒，我们的生活开始充满着浓重的火药味。其实现在想来，他也是一个性格与我相似的人，只是网络把彼此都美化了，两个红+黄的相处，注定纷争不断，我在无数次的忍让后也终于失去耐心，我感觉这样下去两个人都会疯掉，所以，我再次选择了离开。这一次，我的伤痕更深、更重了。

回到北京，一切从头开始。女儿已经快五岁，我对她深怀愧疚，因为从小对她照顾太少，这些年来，感情把自己拖得疲惫不堪，很多次都觉得自己已接近疯狂的边缘，只是心中一直有一个声音告诉我要坚持，坚持！所幸，所有噩梦都已过去，我终于回到了正常的生活轨道。

因为我的个性，我相信在无意间伤害了很多人，同时也让自己在不断地受伤。 我很珍惜现在的生活，同时我也在反省着自己走的每一步路。现在想想，以前的痛苦，大多是我一意孤行所造成，而且我太要强，无论生活或工作都从不服输，因此常常伤了别人也把自己弄得伤痕累累。

如果早点遇到乐嘉，早点知道“性格色彩”，洞见自己，我会对许多事情释怀，不会让自己在好几次危险时刻都如临深渊，差点走入绝境。 很幸运，在跟乐嘉老师经过几次深谈之后，终于明白自己骨子里是一个黄色的人，所以，我必须尽量多地修炼自己的绿色和蓝色。庆幸因为这短短的两天，我今后的人生，将会少走许多的弯路。很幸运，现在，我找到了我的爱人，一个宽厚的男人，可以包容我的一切，我也变得平和体贴，我不再需要惊天动地的爱情，我要的，便是这样平静的幸福！

我的事业，也开始顺风顺水，我仍然会执着于我的梦想，只是我已经找到了更好的方法，我知道在以后的人生里，怎样去避开一些暗礁，又怎样让自己更加成熟。我终于知道了我是谁，知道了我生命中最重要的是什么，知道了我人生的路该如何更好的走下去。我相信，明天一定是美好的。谢谢性格色彩，谢谢乐嘉老师！

真实、自然，才是生活

阿碧（女）25岁 设计事务所行政管理

作者按：本文笔者系黄＋蓝性格。长期职业生涯的严格训练，将她的蓝色反复不断地强化，与此同时，阿碧本人在平时工作中，相对而言有更多的场合和机会运用到蓝色，阿碧完全认为蓝色是她性格中的主色，本文中她分享了通过对从家乡到深圳闯荡历程的回顾，来洞见自我的全过程。

生活在快节奏的都市里，我们每天都在为不同的目标忙碌奔波……我们甚至忘记了，已经多久没有面对自己，我们也不知道，自己究竟要奔向哪里。经常在结束了一天的奔忙之后，万籁俱寂时，才听到内心的波澜起伏，失落、焦虑、彷徨……有多久没有用心去聆听细雨溅落在地上的声音了？两天的培训，却使我的内心真正被触动了。那种久违的感觉啊，让我的心里一直在激动地流着泪，因为听到了自己内心跳动的声音，因为洞见了一个真实的自我，我开始重新思考和面对生活。

培训开始时我想当然地认为自己是蓝色的，直到测试结果出来后，竟然是黄色。怎么可能呢？“性格是天生的，个性可以修炼；动机无法改变，行为可以训练”，乐老师反复强调。性格？个性？动机？行为？脑子里不断跳动着这几个词，我开始陷入迷惑与思考……

我的童年，是快乐自由的，九个月的时候便跟着姥姥、姥爷一起生活。刚懂事的我就是个勤奋好学的孩子，学会写的第一句话就是“自己的事情自己做”，那时只有三岁。七岁时，才开始与父母、妹妹一起生活，对父母的感觉是陌生的，与妹妹的相处更是不和谐。妹妹在父母身边长大，活泼、随和、依赖父母，而我倔犟、独立，两人跟本玩不到一块儿去，还经常打架，父母总是在为协调我们的关系而伤脑筋。直到我11岁那年，由于我的倔犟和疏忽间接造成了妹妹的意外离去，生活完全变了……父母多年沉浸在悲痛中无法自拔，而我的青春时期也完全是在深深的内疚、自责和痛苦中度过的。

压抑了多年的空气终于在沉寂中暴发，父母开始为了生活上的琐事无休止地吵架、闹离婚。我能理解那是一种发泄，但年少的我还是无法忍受这种痛苦，曾经试图自杀、离家出走、自虐……但我骨子里是坚忍的，我不甘心就这样生活下去，为什么别人可以有与我不一样的生活？高考后，我坚定地选择了离开家去外地读书，我想，自己的命运是可以掌握在自己手中的。

四年的大学时光，虽然与同学们有很融洽的关系，大家在一起生活得很开心，但我仍保持着独自学习、独自逛街、独自面对感情问题的“独行侠”风格。大二那年，樱花纷飞的季节，我的初恋结束在英语六级考试前二十天，我们曾约定考试后的那个暑假一起去看海……我用了五天的时间去埋葬这段感情，剩下的时间则废寝忘食地准备冲刺。二十天后，尽管约定已消逝，我依然如愿以偿地以全系第一的成绩通过了考试。在泛滥的爱情充斥着大学校园的年代，现实、理智、时间，纷纷剥落真爱的可能，从斑斓到斑驳，心慢慢老去……从此接受现实，深深埋藏起内心的情感，开始构筑人生的梦想与目标，默默积蓄着一切能量。

大学毕业后，父母已经能够继续和睦地生活，便决定留在父母身边享受家庭的温馨。然而，父母和亲戚们热心为我铺好的路，安排我的工作，筹划我的生活让我重新感到在被无形的手操纵控制，我“不安分”的心再次反抗，因为我不愿意走别人为我铺好的路。工作了半年之后，我毅然辞去了一份不错的工作，背起行囊，留给父母一份善意的谎言，独自踏上了南去的列车。火车开动的一刹那，心中也曾涌起一丝惶恐，我知道前方将是一个完全陌生的城市，我必须自己生存下去，已经无路可退……

站在深圳火车站广场上，不知该到哪里去，没有朋友、没有住处、没有工作，只有心中那份执著与梦想。把行李往寄存处一放，便开始拿着份地图“四处游荡”，找住处、找工作，晚上住在车站附近的一个小旅馆里，天刚亮又开始了新一天的奔波。为了生存，我拼命地工作，利用在装饰工程公司设计部工作的机会，我着魔似的自学AutoCAD制图，半年后我已经可以很熟练地使用AutoCAD绘制建筑平面、立面、室内装修施工图纸了，甚至比专业的设计师做出的图纸还要规范、漂亮。

在深圳的第一年几乎没有休息过一天，每天工作十二小时以上。曾住过办公室，也曾寄人篱下，还曾在一个寒冷的夜里与室友闹翻，提着一大堆行李无处可去……但无论面临什么样的困境，我始终不认为我的选择是错的，即使身上只有十块钱的时候，我都没有向父母要过钱，也没有想过向别人求助。因为我坚信，历经风雨才会有彩虹，那才是我所追寻的颜色。

如今，从事的工作虽然跟过去的工作经历无关，但正是有了绘制施工图的工作经历和个性历练，才使我在十几个面试者中脱颖而出。我格外珍惜公司给予我的信任和机会，在工作中，我干练、高效、勤奋、不惧压力、追求完美的工作作风深得公司的赏识。三年里，从普通员工到部门经理，目标的实现带来的满足感让我一直沉溺于不断去追寻一个目标……我没法控制自己对完美的追求，没法放弃对目标的追逐，这个过程中虽有快感，但同时我也失去了很多东西：过于专注于工作，忽略了工作和生活中对人的关注和感受，疏于与朋友的联络和与人的交流，使自己经常感到孤独，过于理性而忽略了情感的美妙，为了目标与完美放弃了应有的退路，放弃了原本可以轻松与快乐的机会……终于，我感到累了。

回忆成长经历中的种种动机，成长环境和特殊的人生经历造就了我独立、坚忍、执著的个性。“黄色被两个基本需求所驱使：控制和目标。当形势都在掌控之下时，就是内心获得快感的时候。”正如乐嘉老师说的，对人生目标的达成，和对自己命运的掌控才是我内心的真实动机，这个发现让我兴奋得有想痛快哭一场的冲动……我的每一个选择、走的每一步都是受这个动机驱使的。我不断给自己树立目标、沉溺于目标达成后的满足感、挣脱一切束缚与控制、拒绝平庸。“黄色”才是我内心的真正颜色，而外表仅呈现出“蓝色”稳重、冷静、理性的一面，这也是许多朋友在熟悉我之后的一致评价：内心与外表看起来完全不一样的人。

对目标和完美的追求使黄+蓝的人较难做到心灵上的放松。因此，几年来，常常感到身心疲惫、失望、痛苦和彷徨，总想不明白为什么自己的生活会是这样的，而周围的很多人却可以生活得那么轻松、快乐。“最终决定我们生命本质的并不是性格，而大部分取决于我们的个性”，个性是可以修炼的，所以生命的本质完全可以掌握在自己手中，喜欢享受生活中的绚丽时刻，也要享受生活的简约、平淡与不完美。再次听到张曼玉在感性与唯美的铂金广告画面中，娓娓道出女人内心的独白：“为什么要解释？我承认自己有一些小缺点——悲伤的时候微笑；高兴的时候流泪；下定决心的时候，没有什么是不能放弃的；投入的时候不顾一切……喜欢做女人。”已忘记了还在人群中，眼睛就湿润了……真实、自然，才是生活。

现在差不多了吧

呼河（男）33岁 政府公务员

作者按：本文笔者系绿+红性格。呼河在研讨会的测试中显示出强大的蓝色特质，而这与我初次见面持续观察中他所呈现的“亲和”与“非常自然开放的心态”完全不相符。在研讨会结束后，呼河致信我，对超蓝色父亲于他的影响大做文章，让我得以知晓蓝色对于他人强大的塑造和影响力丝毫不亚于黄色。而以下是在研讨会结束一年之后的另一封来信，是对于他享受认识自我的若干真情流露。

对于自己的性格，说实在的，的确很是迷惑。记得跟您说过，刚上课那会儿，以为自己是蓝色，上课中您却说我可能是绿色，课后又对自己的绿色产生了怀疑。一年以来，有时虽也曾思索过自己究竟是什么颜色，但在想来想去想不清楚的情况下，也不会痛苦。我有个习惯，不为想不通的东西头痛，会先放一放，有时间和心情的时候再想，这一点似乎很符合绿色“懒”和“拿得起放得下”的性格。也许有的人对不能准确地认知自己会很着急，希望越快搞清楚越好，但对我而言，早点晚点也没什么，以前也曾想过自己究竟是个什么样的人。我倒以为，对于一些问题，人在不同的时间和阶段会有不同层次与深度的认识，探索自身和认识人生本身就是一个漫长有趣的过程，不着急。

我想，工作环境对我的影响虽有，但影响不算太大，恐怕还是家庭和婚姻对我的影响比较大。既然有点搞不清楚，那我就用排除法结合肯定法判断吧。

首先要肯定的是蓝色可以排除，虽然工作中我表现出了很强的蓝色行为，但第一个要排除的，却是蓝色。超蓝色老爸对我的影响绝对是深远的，以至于在工作中体现出的蓝色风格自己也很难摆脱，但在家里我完全是另一种风格。虽然知道家里的东西要归类整理好，但常常只限于有想法没行动，只要还能忍受，多半不会动手收拾，除非有重要客人要登门造访，呵呵。记得我的黄色老婆曾经说过：“怎么别人对你的评价很不错，说你做事认真、细心、周到，我看你在家里不是这样的嘛，经常丢三落四的，家里也乱七八糟的？”我当时说：“上班要万无一失已经够费心劳神的，下班还要这么操心，太累了吧？”从这种心态来看，我确实得承认，我表现出来的蓝色是因为家庭教育而后天养成的。

再说黄色吧，虽然有个朋友一直说我应该是黄色，理由是我对别人没有同情心。其实，同情心我是有的，只不过没有像她期望的那样强烈罢了，再说现在的世道，伪装弱者骗取同情的人太多，对每个人都要去同情的话，实在顾不过来，很多事情都爱莫能助。而且我并不愿意控制或影响别人，从中得不到任何快感，说明我本质里黄色并不突出。黄色行为上的果断只是在处理工作问题上，这恐怕更多来源于工作后自身的调整。记得刚开始工作时非常胆小，极怕跟领导打交道，说个话都会紧张，心里是能躲则躲，实在躲不了了就听。后来看过《飘》后，对斯佳丽百折不挠的性格颇有感触，一直提醒自己。加之随着个人事业的成长，慢慢地开始独立负责一些重要的项目，在工作中不自觉地拓展了黄色的行为。所以，黄色应该也不是我的主要性格。

然后，要肯定的是绿色应该是我的主色。我从小一直崇尚得过且过，偷懒，能坐着就不站着，能躺着就不坐着，讨厌别人勉强自己但又无法拒绝别人。想不通为什么有人会因为鸡毛蒜皮大的事争得头破血流或是吵得天翻地覆，我会觉得真可笑啊，有什么好争的呢？输了又如何？赢了又如何？这种心态让我很容易在打坐时进入空灵的状态。还有就是喜欢用模糊记忆法，读书时就好不求甚解，学什么都是知道个大概，还美其名曰“意会”，呵呵。其实，还是对自己的要求不高所致。

最后说说红色，和您通过几次邮件后，您对我存在的红色的积极主动赞不绝口，对于这一点我现在想明白了。不错，我小时候的确一高兴就容易犯事，所以常被老爸说是“得意忘形，乐极生悲”。长大之后玩起来有时也确实有点疯，比如上大学时半夜里和同宿舍的同学去掏田螺。但这种状态并不是经常出现，而且是在别人主动提出后，我才会有响应。也许您提到的我的积极主动性是典型的绿色少有的，就是指的这回事。在您说完之后，我仔细想了周围一些典型的绿色，连我有时也很难忍受他们的那种沉闷和无趣。这样看来，周围的人很喜欢和我在一起，也许正是因为我性格中绿色的不冲突和红色的趣味开心同时兼备。所以，可以肯定的是我的性格中有红色的成分，但红色究竟有多少呢？就不管它了。

这样的结果会不会气死您？孺子不可教也。不过，我一定要告诉您的是，知道了我不是蓝色，您不知道我有多么轻松，我非常享受洞见自我的状态，在工作中我会继续发挥蓝色和黄色；生活里，还是免了，绿和红多好！

软弱的婚姻

一思（女） 30岁 美容院自营业主

作者按：本文笔者系绿＋蓝性格。起先，笔者一直自认为是蓝＋绿，原因是在她最终离开家庭的勇气和行动上，绿色的人很少能走出这步。在“绿色过当”一章中，对于绿色的懦弱和纵容可能导致的种种危害和后果我已有所说明，一思在研讨会上，从那些案例中洞见到自己真正的人生轨迹。在本文的最后，笔者对于自己过往婚姻中的得失有精确的自我评价，也正是那段惨痛的反思，成为找到自我的关键。

我来听您的课，最初只是源于和朋友聊天时，她建议我来听课，说或许对我有帮助。

我的妈妈是一个黄色，什么事都必须顺着她的意思去做。因为不想触怒妈妈，所以我们之间有很多事情都没有过多的沟通，积压在心里。虽然我的主色是绿色，但是我的性格里也有蓝色，表面上相安无事，其实内心有一些自己的想法。

在我19岁时，终于一个人来到上海发展。一个偶然的机会认识了一个上海男人，起初我对他一点感觉都没有，可他天天下班以后静静地等我下班，然后送我回寝室，就这样坚持了半年多。因为我初到上海，内心里总是感到有一种无助与寂寞，潜意识里觉得有个人关心我也没什么不好，也就默许了他经常来看我。我周围的朋友都说人家对你那么好，你还想让人家怎么对你呢？你到底要找一个什么样的呢？最后自己想想也是，在上海找一个对自己好的老实男人，以后不会太累。现在想来，也许这就是绿色需要稳定有依靠，耳朵软心又软，容易受周围人的影响。

我们决定正式谈朋友后，我在他家附近租了套房子住下。我每天都要去他家吃晚饭，如果当初我了解他父母的性格和喜好，就不会相处得那么累和不愉快。他妈总是说我和他们家人不亲，在他家很少讲话，不管他们讲什么我都没意见，有时候他爸烧了一桌菜，他妈让我吃饭时多夸夸菜好吃，我当时说了，他爸很开心，可我心里不是很理解。我觉得“好”不是用嘴夸出来的，心里清楚就行了，讲出来还有什么意思啊。以前没学过性格色彩，不知他爸是一个红人，不了解他们的需求，如果是发生在现在，我会毫不吝啬地多夸几句，也不致造成彼此之间的矛盾。有时我会努力去尽孝道，在我开始自己做化妆品，用第一个月赚的钱买了礼物送给他们时，他们没有任何的表情，只是说了声“谢谢”。当时我心里仿佛有什么东西悬在那里，可是现在仔细想一想，以前我吃他们烧的菜也没有任何的表情时，他们当时的感受和我送礼物给他们时，没有得到赞赏时的心情是一样的。唉，人付出的好意都是需要回应的。

两年后我一人回家过春节，正月初六我打电话到他家里才联系到他，他告诉说他刚认识了一个女孩子，喜欢上她了，我当时心好痛啊！饭也吃不下了。接下来的几天真是度日如年啊，在短短的几天里我瘦了十多斤。虽然当初我对他没什么感觉，但是两年多下来让我已经习惯了这种生活方式，习惯了这种平静的日子，对于可能被打破的平稳，也许就是所谓的我自己性格中的绿色（现在我知道了），开始产生了本能的恐惧。

回到上海，他对我说他喜欢人家，但不知人家是否喜欢，说他们认识二十几天了，她是他的一个客户，又很谈得来，他说：“如果是古代多好啊，可以娶两个，你们俩我都舍不得。”爱情为什么会让一个人变得像无赖一样呢？可是换一个角度想一想，又觉得他很可怜，那么喜欢她可又不敢告诉她，我也不知当时自己是怎么想的，他问我能不能帮他打个电话问问她喜不喜欢他，我稀里糊涂地答应了。即使在这种情况下，我还是忍不住为他着想而忽视自己的感受，现在我明白了，原来这就是绿色性格的可悲之处。

下午他拨通了她的电话（因为他知道我不会吵架，我总觉得万事有什么不能忍的呢？），把手机交给我，我说：“你好！我是他女朋友，他告诉我说很喜欢你，可又不知你是否喜欢他，也不好意思直接问，所以我就替他冒昧问一下，他人很好的……”还没等我说完，对方就迫不及待地回答：“这二十多天来发生的事情太多了，很多事情你都不清楚……”我忽然觉得脑子一片空白，耳朵嗡嗡做响，也不知道她后面还说了些什么，等我冷静下来仔细的想了想，其实他们彼此心里都很清楚，只是在玩我这个大傻瓜，当时真恨不得找一个老鼠洞钻进去。

他不让我对我父母讲这些事，而我居然也没有反抗，我害怕冲突，不敢吵也不敢闹，潜意识里希望我的容忍会打动他，挽回他的心，可是我的绿色过当却不断纵容了他。由于他父母的坚决反对，他和我分手无望，于是他就经常背着他父母拿话来刺激我，又提出许多的条件，可我居然都答应了，我无原则的忍让更是纵容了他的变本加厉。他们那时几乎天天见面，我心里清楚，只是不想也没有勇气去拆穿他，直到后来那个女孩离开了他。

我们结婚后又过了两年，他在外面有了外遇，是我的同事。真是当局者迷，旁观者清，所有的人都知道了，就我被蒙在鼓里。我知道的时候他们已经在一起快半年了。其实会有这么一天也都怪我，我的生活习惯和他不一样，还有一点洁癖，也讨厌别人睡觉时把床单弄得皱巴巴的，洗衣服时，每件衣服都要用消毒水和柔顺剂浸泡，晾衣服时衣架也要朝一个方向，很少用洗衣机洗衣服，认为洗不干净。这也给他造成了心理上的紧张和压力。

我们如果不离婚，我现在可能已经疯了。我当时的日子是多么痛苦，越是痛却越是无法描述。那个女人竟然还发短信给我："你放心，我不会抢走他的，因为我怜悯你。你一个乡下人，没文化、没魅力，你能怪谁呢，要怪就只能怪你自己。"她所谓的表哥打电话给我，让我小心一点，说要撕了我，这些我都是视而不见，她还安慰我说现在离过婚的女人，很好找对象的。他们吃定我的软弱，才敢这么有恃无恐地欺负我。

拿到离婚证书时，我以为我会哭，可是正好相反，我很轻松。我们去吃了最后的一顿午饭，是我请的，那也是我那一段时间以来吃得最舒服的一次。搬出来的那天，我给屋子来了个大扫除，把床上用品全部换成干净的，把所有的脏衣服和床上用品洗干净晾好，轻轻松松地出了门。我前脚刚出门她后脚就进门了，到现在我也不明白为什么我要这么做。再想开一点，无非就是费了点力气嘛，没什么大不了的。

原来我一直以为是我的蓝色性格，对生活中一些无关紧要的小事太过苛求，给他造成生活上的压力，所以他才会发生外遇。现在我才真正了解、洞见到我真正的问题是：如果不是因为我耳朵软听从周围人的意见，而没能正视自己真实的内心感受，同时过于期望所谓的稳定，我就不会踏入这场一开始就先天不足的婚姻；如果不是我的懦弱，害怕冲突，一味地只照顾他的感受而无视自己的需求，他们也不至于变本加厉地欺负我。我性格中的绿色过当和蓝色过当造成了我婚姻的悲剧，把我推入了痛苦的深渊。现在都已经过去了，我希望我的经历能够给绿色的朋友一些启示。

附　录
入门色友的普遍疑惑

问题1：我的测试结果是：红 0 蓝14黄 8 绿 8 ，那到底是蓝+黄还是蓝+绿呢？这结果说明了什么？

回答：并非所有人都是两种性格色彩的组合，很多人天生的性格只有一种。切记，“性格”本身是一种还是两种并不重要，因为天性缺少的色彩都可通过后天训练而得。另外，天赋的性格色彩必然是优势和过当（局限）同时具备，对那些性格是两种色彩的人而言，他改正缺点时要同时兼顾两个，他所面临的挣扎和痛苦也相应地多得多。

问题2：我和什么颜色的人最相配？老师您帮我看看，他的分数是……我的分数是……您觉得我们两个配吗？

回答：性格色彩不是星座，不能告诉你现在的运程，也无法说明所谓的克星是谁，更无法确定终身伴侣谁可谁不可，或者斩钉截铁地告诉你和他（她）是否一定幸福。这里有两个原则：其一，不同性格搭配都有成功幸福的案例，也有失败凄惨的现实。关键取决于这两种性格在一起，彼此发挥的是性格的优势还是性格的过当。如果双方都是性格优势居多，就可以非常和谐；如果双方都是性格缺点居多，那的确很难。其二，有些性格搭配天生就比较容易；有些性格搭配天生就困难。比如两个黄色因为都要求婚姻内的控制权，婚姻搭配并不多见；两个绿色因为都不主动也不愿意承担责任，在婚姻内的搭配更是少见；倒是黄色和绿色完全相反的搭配组合，在婚姻中非常多见，但这并不能得出黄色和绿色的婚姻就一定幸福的结论。关于性格的碰撞，今后需要进一步学习。

问题3：本书中，您只讲了最典型的先天四种颜色，其实很多人都不是那么典型的，在后天发展过程中有很多变化，而不同人的变化历程也不同。既然这样，看书还有什么意义呢？

回答：刚学数学时，老师教我们1+1=2，学到高级数学课时，我们才知道“皇冠上的明珠”就是证明1+1不等于2。如果刚学数学时，老师就告诉我们，1+1可能等于2，也可能不等于2，那我们就什么数学知识也学不会；如果我们刚开始拿着一把尺子学习测量物体时，老师就告诉我们物理学上的“测不准原理”，那我们就晕了。性格色彩的学问同理。在本书中，在性格色彩学习的初级阶段，你首先要做的最重要的事情，是能够对四种不同性格的优势和过当有透彻的认知。没有这个基础，你根本无法进入更深层次的学习。

问题4：我用九型测出来是思考型，我觉得很好地描述了我的特点。但在“FPA性格色彩”的系统里面，我思考问题很深刻，像蓝色，但有时候计划性又没有那么强，很难一直坚持，工作环境中，我的东西很整齐，但家里是乱的，而且我不介意乱。我不知道红色和蓝色哪一个是我的本色？

回答：不同的性格分析体系对比，犹如关公战秦琼，没有可比性。“FPA®性格色彩”是抓动机而非行为，思考问题深不深刻，也可以理解为是一种能力而非性格本身。比如，某红色性格的同学是位编程天才，逻辑思维能力超强，为了编程可以做到一个月不梳头。按照你的假设，表面看上去这人去多像蓝色。事实上，因为编程是他感兴趣和热爱的，所以他无比投入。他追求的不过是在编程过程中的无限乐趣和变化。本质上，跟一个抱着心爱的玩具痴迷地玩上一天的红色小孩并没有两样。

问题5：知道自己的性格色彩后该怎么办？做完了测试：红20蓝4黄2绿4，可还是不清楚自己今后到底该如何完善自己的性格。老板是典型的黄＋蓝，请告诉我该如何与他相处？另外，我男朋友是典型的蓝色，而我是典型的红色，他很希望我能了解他，可我很多时候猜不到他在想什么。他心情不好时，我也不知道怎么安慰他；他很悲观，把事情都往坏处想。我想问问，我怎样才能和他更好地相处？

回答：以上问题，简言之，都属于“如何修炼自己”和“如何搞定某人”两大类。最好的学习性格色彩的方式，就是参加我们的研讨会。因为对于人的把握和理解需要真实的现场观察，在研讨会上，我们会将不同性格的人聚在一起，人以色分。当某位红色强烈地认为自己是蓝色时，他会与一群真正蓝色性格的人围绕而坐，通过对比，很快他就会发现，他所想象的那个蓝色与真实的蓝色完全不同！书籍永远无法达到研讨会百分之一的高度，这种真实的感受和体验永远无法替代。

问题6：人的经历和环境会改变人的性格色彩吗？

回答：在大多数正常环境下是不会的，我们可以改变我们的行为，并随客观环境的需要发展各种能力和习性，但是我们不会改变我们的性格本质。当然，如果是处于非常特殊的环境下，人们通常会变得具有很强的易塑性（或容易被毁坏），以至于他们不再认识原本真实的自己。但是在大多数情况下，真正发生改变的只是我们的行为，而不是动机。

问题7：我在工作和生活中完全不同，是否意味着我有两种截然不同的性格同时存在？

回答：你所以为的两种截然不同的“性格”存在，在专业术语中，准确的说法是两种截然不同的“行为”存在。举个最简单的例子，你在家中东西乱放随意无常，到了单位东西则整理得很有规则、很干净，这只能说明你在工作环境中感受到了职业训练和规则上的压力与要求，你的行为发生了变化，但是你的性格本质没有变化！

伴随你出生的性格色彩的组合，将伴随你的一生。如果你觉得自己看上去在工作和生活中是完全不同的表象，这里面最大的可能性是——你属于矛盾组合。矛盾组合使得你在工作和生活中显现为两种完全不同的人，这种组合的形成大多是由于成长环境中的负面影响造成的。你可以考虑一下，哪一个你是真正的和真实的自己，而哪一个又是你不得不扮演的角色——为了符合给自己定义的形象和目标去做的。

事实上，当你无法寻找到真正的自我时，你会一直生活在痛苦中，因为必定有一种行为模式表现出的不是真实的自己，“FPA性格色彩”在这里最大的功能，便是帮助挖掘和找到真正的你。

问题8：对性格色彩的认知，对处理自己个人的人际关系有怎样的帮助？

回答：“FPA性格色彩”可以帮助你在与朋友和伙伴的交往过程中，用有效客观的眼光去审视自己和对方的性格差异以及双方的互动关系。它提供了一个切实可行的、不带道德审判性的框架去理解人和人之间天生的性格差异，以及这些差异是如何导致一些必然冲突的。它甚至可以帮助恋人或夫妇捕捉到彼此的脉动和频率——在传递信息时，使用对方更乐于接受的方式，同时也可在子女教育方面因“色”施教、因势利导。

问题10：为何学习“FPA性格色彩”如此重要？

回答：对于任何一个组织和团体而言，无论是企业、机关、政府还是非营利性机构，它在运转和发展中遇到的绝大多数矛盾都和人有关，多数领导者的多数时间都会用来解决人的问题。无法搞定人，也就无法做成更多的事。而团队中每个成员对于彼此性格的理解，将会大大降低毫无必要的组织内耗和斗争，上下左右的沟通将会更加顺畅。对于组织中的领导、管理、销售、客服、招聘、团队合作、创新 、沟通，你能想到的所有需要和人接触的领域，都可以运用性格色彩去改变现状，促进理解与和谐，最终达成组织要的绩效目标。

对于个人而言，我们每个人一生中的痛苦归根结底有两种：第一种，是我们与他人互动时的痛苦。比如，搞不定客户、合作伙伴的分歧、老板对自己的批判、与同事的战斗、下属的背叛、恋爱中的矛盾、婚姻中与配偶的冲突、教育孩子时的无力、双亲的干涉引发的争吵……第二种，我们与自己相处时的痛苦。你的人际关系可能很和谐，你对任何人都很忍让，从来不与任何人发生冲突，但是你确定你快乐吗？你可能会莫名地陷入悲伤，你可能会常与某个不相干的人去对比从而对自己很不满，你可能会因为自己总是原地打转无法突破而抓狂，你可能因为自己的无力感而颓废沮丧，这些都不需要和其他人相处，是你自己和自己相处时遇到的麻烦。深入地学习并且善用性格的知识，是我们每个人一生中通往幸福的唯一途径。

问题11：“FPA钻石法则”是否适用于世界上任何一种文化呢？

回答：“FPA钻石法则”见于《跟乐嘉学性格色彩》一书，是指我们要用适合对方性格的方式对待别人，而非用自己喜欢的方式，它适用于任何一种文化，但很重要的一点是，这个世界上的人们因为社会背景的缘故，会带有一种集体的文化支撑的倾向性行为模式。因此，在一个热情奔放的国家，比如西班牙，内敛和保守的风格是非主流，他们的社交能力普遍较强，因此他们的公民中，红色和黄色受到社会大环境的认同；而在德国和日本，在这样内敛谨慎和精密的国家，显然蓝色和黄色会更多受到社会大环境的认同。

问题12：同样的性格色彩，为何有不同的人？

回答：同样的季节，为何广东和黑龙江有这么巨大的差别呢？除了性格以外，有两样非常重要的因素将影响一个人的基本状态。

其一，心智是否健康，即EQ，这就是为何疯子里也会有各种不同颜色的性格出现的原因。

其二，能力。性格与能力并不相干，每种性格中都有能力高\中\低的人群存在。

造成EQ与能力差别的原因有很多，其中重要之一是环境。同样是红色，一个销售与仓管的反应是完全不一样的，你甚至会怀疑仓管的红色表现少得可怜，可能还不如一个蓝色销售人员所表现出来的红色；然而事实并非如此，只是他的环境没有给他充分表现和磨炼的机会，日久天长，这部分的行为表现会在他觉得有压力的场合越来越弱，只有当他自己感到有自信的环境才能发挥。而且尤其当这两个不同环境的人在一起工作时，对比差距会更加明显。

这就解释了总统与乞丐都是同样的颜色并没什么奇怪的。

你所遇见的人，每种人都有，切记：至少性格、品德、能力三者综合，才能全面评价一个人。在性格色彩的运用过程中，经常会有偏激和一概而论的情况产生，以上的尺度有助于我们更好地理解人。

问题13：我们能改变自己的“性格”吗？

回答：“FPA性格色彩”从未想要改变你，而是希望能帮你做到更好的自己。

最重要的是，问题的关键不在于改变，关键在于“修炼”。

我能控制自己的过当吗？作为红色，我能激励他人，滔滔不绝地谈话，同时我能安静地听他人谈话吗？作为蓝色，我能谨慎完美地完成一个计划，但我能充满信心地偶尔尝试冒一下险吗？作为黄色，我能富有行动力地领导一个项目达成目标，但我能在非原则性问题上不要总是像公鸡一样永远处于战斗状态吗？作为绿色，宽容和耐心已经不是我需要做任何努力的，但我能学会该说“不”的时候，非常坚定地表达吗?

如果一个惯用右手的人突然一天丧失了右手的功能，他能学会用左手写字。他也许会感到没有以前舒服，但他能够适应和调整得很好。如果我们的愿望足够强烈，我们都能学会修炼。对我们来说，用我们最舒服的方式做事情当然最容易，但这样做也许不能为我们带来好处。

通过理解四种性格色彩，并且持之以恒地运用，我们可以使自己在任何情况下都能保持高效率和高效果。

切记，改变不应该是我们的精髓所在，因为你无法改变自己的性格本色，我们只能努力让我们自己做得更好。

问题14：是否有最佳的性格与我相匹配？是否有两种性格的组合是最糟糕、最容易破裂的?

回答：是，同时也否。你和你的伴侣性格近似，就意味着你们在交流时更为顺利和默契。但是，互补性格产生吸引力也是不争的事实。这并不意味着，有一种性格最佳搭配模式是通向完美幸福之路的，或者有一种搭配必然面临失败的结局。了解和掌握自己和伴侣的性格色彩，有助于你们的婚姻更和谐。在某些情况下，它甚至可以决定你的婚姻是幸福还是破裂。

四种性格色彩，彼此的碰撞会产生十种不同的性格搭配。有一些说法认为，和那些性格近似的人在相处中更容易理解、沟通和生活在一起；也有人认为，是相反的互补。事实上，构筑一个令人满意的人际关系是受各方面因素影响的，而性格是其中一个非常重要的因素——但也只是其中之一。

问题15：由于性格差异造成的配偶间最普遍的问题是什么?

回答：如何相互理解！配偶中一方希望可以聊天，而另一方希望先安静地思考一会儿；或者一方关注速度和效率，而另一方更喜欢探究可能性和细节；一方冷静理智，而另一方感性冲动；一方希望更多地享受过程，而另一方只关心结果；一方喜欢整洁有序的环境，而另一方喜欢自由随意的环境。这些并没有对错之分，只是性格色彩的差异导致了冲突。

问题16：性别与性格色彩有关联吗？

回答：性别和四种性格色彩之间没有任何相互关系。传统文化中，黄色是男性专属，但我也认识很多很“黄色”的女性，只是很多地方由于文化和观念的原因，女性在很多公共场合，都会像“绿色”般屈服于男性。然而，当她们在全部是女性的环境中时，她们的个性特色就非常明显了。通过观察男孩和女孩在一起玩玩具，你就会看到他们的真实性格，确实跟性别无关。

问题17：你一直强调“FPA性格色彩”的体系是“洞见－洞察－修炼－影响”四位一体，这四个功能的作用和目的是什么？

回答：“洞见”——是为了让我们找到真正的自己，从而获得生命的力量，并且在我们摔跟头之前，就可随时知道我们会怎样摔以及会在哪儿摔，防患于未然；“洞察”——是为了更好地理解和读懂别人，而理解别人最大的好处是我们自己内心可以舒坦，不用纠结和困惑；“修炼”——是为了做更好的自己、圆融的自己、平衡的自己、幸福的自己；“影响”——是为了更好地发挥个人影响力，用适合不同性格的方式与任何你想建立良性关系的人有效且愉快地相处。

问题18：为何书中一直强调性格色彩的组合都是两种，而不是三种或四种？

回答：1、我们长期的教学和研究表明，无论多么复杂的个体，最多用两种组合已经足够将其的性格本色勾勒和描绘，你所有以为的复杂多变的情况，几乎都是个体后天的影响导致（详见第11章）。在“FPA性格色彩”的专业中，先天“本色”和后天影响而成的“染色”是两回事。举例：有两个人，一个是红+黄性格，另一个是红色但后天训练出很多黄色行为。在表象上，这两个人似乎一样，但在专业上，在性格的本质中，他们是两种不同的性格，前者是红+黄，后者还是红色。如果你不能正确地区分，在理解和沟通时，就会遇到不必要的麻烦和障碍。你见到的人越多，你越尝试使用这套工具，你越会意识到这一点；2、越复杂的组合越不易被大众掌握和运用，这4种单色和8种组合，加上后天产生的种种变化，已经足够解释万千世界的诸般变化。

问题19：是否“性格”是两种性格的组合比天生是单色的要更好？

回答：完全不是！因为天生的性格无好坏，老天赐予你这种性格时，必定将其优势和过当同时扔过来，全看你如何驾驭，无论是谁，都需要后天的修炼以达致平衡。举例：一个红色，如果要修炼平衡，需要拓展蓝色、黄色和绿色的优势，需要控制自己红色的过当；而一个红+黄，如果要修炼平衡，需要拓展蓝色和绿色的优势，需要控制自己红色和黄色的过当。也就是说，前者，需要做3个加法1个减法；后者，需要做2个加法2个减法。大家的本色不同，故后天个性修炼的途径和道路不同，不存在好坏之分。

尾声

一切还是刚刚开始

2006年还没什么电视节目的事，也没有后面几年里陆续出的五本书，更没有这几年中FPA性格色彩发展出来的分支和体系。所以，我只要告诉大家“一切只是刚刚开始”就万事大吉。今非昔比，性格色彩虽未远到路人皆知，但比起当年，已是鸟枪换炮，因为很有可能你已通过各种通路耳闻或知晓了性格色彩，已经不是当初那种丈二和尚摸不着头脑，还以为是讲服装搭配，或者只是谈谈自己喜欢的色彩与心理关系的懵懂状态。

如果你是第一次接触性格色彩，你从开头津津有味地走到了这，说明本书的故事中总有几款击中了你，让你想起诸般往事，勾起了你复杂的回忆，并且已经使你对周遭的人际关系及过去的人生做了梳理，那么，下面这些话才有可能对你是有价值的。

你此刻心中可能会存有很多问题，很快你会发现，这总比你对自己说“这套东西太简单呀，你看你看我都懂了呀”要值得庆幸。事实上，只要你不盲目为他人贴标签，同时持续地思考和应用，我们离“看谁看懂，想谁想通”的那种“世事洞明皆学问”的境界会越来越近，但如果你希望“人情练达即文章”，本书的阅读只是刚刚开始。当你读完本书，不同性格相处时所产生的问题，并不会因为了解就销声匿迹。

了解本身并不能改变事物的本质，但会帮助我们接受，因为真相就是如此，并非简单的好坏。一旦你“洞见”了真正的自己，你就能开始学习完全地接纳并且喜欢自己；这样才能真正认清自己的优势与局限，从而找到合适自己的“修炼”之路；一旦你“洞察”了别人，你就可以读懂为何别人会与你有如此巨大的差异，你就不会再跟自己瞎较劲，天天死活想不明白，你会心下释然，从而让自己活得更舒服；而只有在这个前提下，你才有可能不再一厢情愿地去改造他人，你将学会运用FPA性格色彩的独门武功——钻石法则，根据不同性格的需求用不同的方法有效地“影响”他人达致双赢。

你在阅读本书后存在的种种疑惑，主要将集中在：性格色彩的各种组合规律，性格色彩彼此的最佳搭配，不同性格色彩的碰撞，复杂的四色混淆者如何自我洞见，怎样快速读懂一个人真正的内心本色而非只是看到表面行为，怎样改变自我的缺点和训练原来没有的优点以达致四色平衡，怎样运用钻石法则去影响不同的人。本书已经在最后一章中提到了关于“洞见”的入门常识，从内容上讲已经偏深，如果说前面几章都是小学的教材，这部分明显已到了初中，其他上述种种疑惑不能再深入写下去的唯一原因是内容太多，一口吃成胖子会死人的；当然还有一个原因，再写下去，书实在太厚，你也没兴趣看了。

在过去十年我和我团队的教学生涯中，最引以为豪的是，“FPA性格色彩”已经发展出来一套完整的课程体系，从专业课程上分为“基础研讨会——进阶研讨会——咨询师授证——演讲师授证”来探究深度，从应用课程上分为“恋爱、婚姻、亲子、学校教育、领导力、销售、客服、团队合作、人力资源”来探究广度，而每一个领域都是一门独立的学问，但不管如何变化，万变不离其宗，其核心根基都是“洞见、洞察、修炼、影响”这四大功力，而这四大功力的入门基础，便是你现在正在阅读的这本《FPA性格色彩入门——跟乐嘉色眼识人》，只有你对四种性格色彩有了较全面的了解，你才有可能进入更加深层的学习。

想学习“FPA性格色彩”的真正力量，只能是在面对面的状况下。纸上谈兵是一回事儿，但在一组有着各种各样性格的人中间去亲身体验又是另一回事儿。技巧可以训练，经验可以学习，但感受无法替代！当我们和一群人处于安全的环境中共同探讨性格的碰撞时，我们会发现在现实生活中和我完全八杆子打不到一起的这个人，居然他老妈给他造成的痛苦和你媳妇给你造成的痛苦的模式如出一辙，连用语习惯都一字不差，你原以为只有你是全天下最苦的人，别人无法理解你所遭受的痛苦和折磨，结果你发现天下居然有这么多同路人，更重要的是通过交流，可以帮助你增加思考的深度，看得更远，剖析地更透彻，并且寻找到最终解决问题的方法和获得内心力量的钥匙，这些都是阅读永远无法得到的好处。但无论我如何努力，在过去这些年的性格色彩培训中，我一直在培养带领更多的性格色彩培训导师和咨询师，并力图建立更多的培训分点，让更多的朋友能有机会参与现场学习，但即便如此，终我一生，仍旧只有少部分人能够参加我们的小型研讨会，这就是我写本书的原因，以这种并非最佳的学习方式来让更多没机会听课的人通过文字进入性格色彩的世界。

有人在的地方就有红蓝黄绿，我很遗憾自己没有机会早些接触到关于性格的学问，更遗憾的是，当我在1996年初涉性格分析后，就自以为是，并没有强烈地去深入探索的欲望，等到我开始有动力学习时，已付出了人生中永远无法挽回的惨痛代价。事实上，对每个人而言，你一生中最大的代价，几乎都是与性格有关，而人生中的有些痛，会伴随一生。

关于性格的学习本该是从娃娃抓起，它会使人们受益终身，可惜我们从小努力考高分，走入社会后，有成千上万的书籍教导我们如何升职如何奋斗如何赚钱如何成功如何时尚如何泡妞……但我们从不学习如何认识自己，如何读懂别人，如何追求幸福，如何挖掘真实生命的最高境界。在这样一个光怪陆离心灵困惑的年代，希望你能通过本书的阅读拨开云雾。这本书我只是提供了“FPA性格色彩”的入门方法，愿你经由对己对人的理解，去爱美好的生命。

就让我们从本书开始。

图书在版编目（CIP）数据

FPA性格色彩入门：跟乐嘉色眼识人 / 乐嘉著. —
长沙：湖南文艺出版社, 2012.5
ISBN 978-7-5404-5448-7

Ⅰ. ①F… Ⅱ. ①乐… Ⅲ. ①性格－通俗读物 Ⅳ.
①B848.6-49

中国版本图书馆CIP数据核字(2012)第044513号

上架建议：心理学·通俗读物

FPA性格色彩入门——跟乐嘉色眼识人

作　　者：乐　嘉
出 版 人：刘清华
责任编辑：丁丽丹　刘诗哲
监　　制：刘　丹
策划编辑：王　静
营销编辑：孙玮婕　刘智慧
封面设计：崔振江
版式设计：利　锐
出版发行：湖南文艺出版社
（长沙市雨花区东二环一段508 号　邮编：410014）
网　　址：www.hnwy.net
印　　刷：北京天宇万达印刷有限公司
经　　销：新华书店
开　　本：720mm×960mm　1/16
字　　数：300千字
印　　张：23
版　　次：2012 年5月第1版
印　　次：2015 年1月第6次印刷
书　　号：ISBN 978-7-5404-5448-7
定　　价：39.00元
（若有质量问题，请致电质量监督电话：010-84409925）